님은 침묵하지 않았다

님은 침묵하지 않았다 2

초판 1쇄인쇄 2024년 3월 5일

초판 1쇄발행 2024년 3월 8일

저   자 김호운

발행인 박지연

발행처 도서출판 도화

등   록 2013년 11월 19일 제2013-000124호

주   소 서울시 송파구 중대로34길 9-3

전   화 02) 3012-1030

팩   스 02) 3012-1031

전자우편 dohwa1030@daum.net

인   쇄 유진보라

ISBN | 979-11-92828-47-3*03810

SET ISBN | 979-11-92828-45-9*04810

정가 17,000원

도화道化, fool는

고정적인 질서에 대한 익살맞은 비판자,
고정화된 사고의 틀을 해체한다는 뜻입니다.

님은 침묵하지 않았다 2

김호운 만해평전소설

도화

목차

제2권

고마자와
학림駒澤學林에 들어가다

한용운은 약왕사에서 아사다 오노야마 교수를 만났다.

"재미있는 구경을 많이 하셨습니까?"

"예."

"조동종 히로쓰 종정께 한용운 스님 말씀을 드렸습니다. 매우 반가워하시더군요. 한번 만나 뵙고 싶어 하십니다. 고마자와 학림에서 공부하도록 배려도 하셨어요."

"정말 감사합니다."

"종정께서는 조선 불교에 대해 관심이 많으십니다."

한용운은 아무런 이해관계 없이 베푸는 그들의 호의를 사심 없이 받아들이겠다고 생각하면서도 어쩐지 아사다 교수의 그 말이 마음에 걸렸다. 원종 종무원에 일본 조동종 승려가 고문으로 가 있지 않은가. 더구나 그는 일진회 이용구의 천거를 받은 사람이다. 학암 스님이 받아 준 다케다의 소개장을 내보이지 않은 것을 한용운은 천만

다행으로 생각했다. 이쪽에서 호의를 베푸는 게 모양새가 좋다. 소개장을 들고 구걸하는 것처럼 보이는 모습은 당초부터 싫었다.

"기숙사도 있으니까 숙식에는 큰 문제가 없습니다. 일본말을 모르시니까 우선 어학 코스에 들어가도록 하십시오."

한용운은 잠시 격양되던 자신의 마음을 안으로 삭였다. 복선을 깔고 그의 말을 들은 데 대해 한편으로는 미안하기도 했다. 일본 조동종이 조선 불교를 정치적으로 이용하고자 했다고 하더라도, 아사다 교수는 전혀 그런 마음이 아닐 수도 있다. 호의를 악의로 받아들이는 것도 죄악이다.

한용운은 아사다 교수와 함께 조동종 종정 히로쓰 다케조를 만났다. 고마자와 학림이 조동종 종립학교라 조선에서는 조동종 대학이라고도 한다.

"조선 승려를 이렇게 만나게 되어 큰 영광이오."

"저도 뵙게 되어 영광입니다."

"조동종은 조선 불교에 관해 관심이 많습니다."

한용운은 촉각을 곤두세웠다. 종교 문제만을 두고 보면 나쁘지 않으나 지금 일본이 조동종을 앞세워 조선 강점의 한 축을 이루려고 하기에 히로쓰 다케조 조동종 종정의 그 말이 예사로이 들리지 않았다.

"일본 불교는 조선 불교와 한 나무에서 갈라졌어요. 우리가 조선 불교에 관심을 가지는 것은, 그동안 단절되어 있던 양국 불교를 비교하면서 새로운 선학을 창조하려는 데 있습니다. 양국 불교는 각기 다른 모습으로 발전해 왔어요. 서로 일장일단이 있으리라 여겨집니다. 이제 양국이 자유로이 통교하고 있는 마당에, 양국 불교가 좋은 점만 취하여 하나의 교리를 구축한다면 명실공히 세계적인 교세를 가질 수 있을 것입니다."

한용운은 응답하지 않았다. 그의 말을 어떻게 해석해야 좋을지 몰랐다. 그만큼 그의 말에 여러 가지 색깔이 보였다. 양국 불교가 교류하는 것은 매우 바람직하다. 그러나 어떻게 들으면 국가 간 정치적 통교에 발맞추어 종교를 통합하자는 뜻으로도 들렸다. 한용운은 일본이 무력을 앞세워 을사늑약을 맺은 마당이라, 그의 말이 자꾸만 정치 색깔 이상으로 들려옴은 어쩔 수 없었다.

"우리 학림에서 좋은 공부 하시길 바라오. 그리고 한용운 스님께서 훌륭히 이 일에 앞장서 주기 바랍니다."

"한 가지 물어봐도 되겠습니까?"

"무엇이오?"

"일본과 조선은 어떤 관계로 발전할 것 같습니까?"

"음……."

히로쓰는 대답을 미룬 채 한용운을 지그시 바라보았다.

"가령 을사조약 같은 것 말입니다."

"정치에 대해서는 별 관심이 없어요. 다만 일본과 조선에 불국토를 건설하는 일은 나도 찬성합니다."

"무슨 뜻이신지……?"

한용운은 그의 말에 묻어온 묘한 뒷맛을 느꼈다. 일본이 마치 조선에 불국토를 건설하고 있다는 뜻으로 들린 것이다.

"기독교를 보시오. 세계가 그리스도의 나라라고 믿고 있지를 않소이까. 그네들은 종교를 위해 전쟁까지 일으키는 사람들이오. 우리 불교는 너무 조용하게 포교하고 있어요. 앞으로는 보다 적극적인 포교가 필요합니다. 조선 승려들이 우리 학림에 와서 공부하고, 일본 승려들이 조선에 나가 포교를 한다면 저절로 불국토가 만들어질 겁니다."

한용운은 정치적인 이야기는 되도록 자제하려고 했다. 아직 조동종의 실체를 알 수 없을뿐더러, 손님으로서의 예의도 아닌 듯싶었다. 더구나 통역을 두고 나누는 이야기였다.

한용운은 조동종 대학인 고마자와 학림 부속 사찰인 별원別院 기숙사에 들어갔다. 그는 어학 코스에 들어가 일본어를 배우는 한편 불교학을 공부했다. 그러면서 틈틈이 측량학에 관해서도 공부했다. 규슈를 여행할 때 시모노세키에서 본 일본인 측량 기사들의 모습이 그에게서 지워지지 않았다. 그는 안정훈 외에 최린 등 일본 유학생들과도 자주 만나 세계정세에 대해 의견을 나누고는 했다. 이렇듯 그의 일과는 시계처럼 일분일초도 버릴 수 없을 만큼 꽉 찼다. 몇 년 동안 계획을 세워 공부하러 온 것도 아니다. 짧은 기간 안에 공부할 것이 너무 많았다.

일본에 온 지 벌써 두 달이 지나갔다. 한용운은 이제 웬만한 말은 할 수 있을 정도로 일본어 실력이 늘어났다. 조선 불교와 일본 불교가 특별히 다를 것도 없었다. 교리로 보면, 같은 선종이면서 일본 조동종은 화두를 배격하며 지관타좌只管打坐를 주장한다. 그것은 바로 일본 불교의 특징이기도 하다. 같은 대승이지만, 조선 불교는 관념으로 흐르는 경향이 많은 데 비하여 일본 불교는 교리 그 자체가 곧 생활 양식이다. 불교 교리가 곧장 생활에 이어진다. 교단 제도는 확연히 다르다. 일본 승려는 머리를 기르고 결혼도 한다. 비구 비구니로 출가하는 조선 불교와는 다르다. 이 부분에 있어서 조선 불교에서도 생각할 부분이 있을 듯했다. 조선 승려들이 산중에 앉아 신도와 생활 속에서 섞이지 못하는 것은 생활 양식이 다르기 때문이다. 고기를 먹지 않고 독신 생활하니 부녀자 신도들과 자연스레 어울리지 못하는 게 당연하다. 승려가 별종처럼 되어서야 생활 불교가 될 수 없다.

그러던 어느 날이다. 한용운은 안정훈과 함께 유학생 모임에 참석했다. 공식 모임이 아니라, 간단한 술자리였다. 그 자리에는 최린을 비롯하여, 오세창 고원훈 채기두 등도 있었다. 술자리가 무르익자 차츰 화제가 시국관으로 옮아가고, 토론도 격렬해졌다. 한용운은 정식 회원이 아니라 손님으로 참석했기에 이야기를 듣기만 했다. 화제는 조선의 정체政體에 관한 것이었다. 말하자면 황제는 이제 상징적인 군주여야 한다고 했다. 따라서 통치 형태가 절대 왕권이 될 수가 없음은 당연하다. 그렇다면 앞으로 왕정에 대체할 정치 형태가 무엇이 좋겠느냐는 것이 화제의 핵심이었다. 그런데 누군가에게서 사회주의라는 말이 튀어나왔다. 모든 이가 평등한 대접을 받고 생산을 공동 분배하는 사회주의 정치 형태가 조선에 가장 어울린다고 역설했다. 그 이유로는 우선 땅이 좁고 자원이 풍부하지 못하다는 걸 들었다. 일부 양반 지주들이 토지를 독점하고 있기에 사유 재산을 인정하면 또다시 몇 사람의 능력 있는 사람이 다 차지한다고 주장했다. 반대로 이를 반박하는 쪽은 그럴수록 자본주의를 택해야 한다고 했다. 사회주의를 하면 가뜩이나 양반들 밑에서 소극적인 생활을 해 온 백성들이 무위도식할 우려가 크다는 것이다. 땅이 좁고 자원이 없는 나라일수록 개인적인 노력과 창의력으로 극복해야 하는데, 그러자면 자유 경쟁주의 경제 체제를 가져야 한다고 했다. 사회주의를 하여 공동 분배한다고 하는데, 누가 분배하느냐로 반론을 제기하였다. 결국 공동 분배라고는 하지만, 특권 계층이 형성되지 않을 수 없는 모순을 안고 있다는 주장이다. 결국 그것은 형태만 달랐지 또 다른 절대 권력을 가지는 집단을 만드는 것이라며 강력한 이의가 제기되었다.

한용운은 새로운 사회 구성에 관한 관심이 이토록 진지하고 구체적인 데 놀랐다. 마치 이들이 새로운 정부 하나를 구성하려는 듯 격렬한 토론을 하는 것도 마땅치 않았다.

안정훈이 한용운을 쿡 찌르며 물었다.

"한용운 스님은 어느 쪽입니까?"

"글쎄요……."

한용운은 말꼬리를 흐렸다. 중요한 문제인 건 틀림없으나, 장래의 정체를 논의하기에 앞서 조선의 현재를 걱정하는 일이 더 시급했다. 일본이 조선 내정을 장악하고 있는 마당에 장래 정체를 토론하는 것은 어쩌면 환상이다.

그때 최린이 한용운을 돌아다보며 한마디 했다.

"한용운 스님은 왜 아무 말씀도 없으십니까?"

"객이 무슨……."

"무슨 말씀입니까? 우린 모두 조선인들 아닙니까. 조선의 장래를 토론하는데, 같은 조선인으로서 객이 어디 있고 주인이 어디 있단 말씀입니까?"

한용운은 빙그레 웃었다. 장자의 「제물론」이 떠올랐다. 시시비비의 대립을 논쟁으로 풀려고 들면 대립이 대립을 낳아 끝없는 논쟁에 휘말린다. 이를 해결하기 위해서는 장자는 천예天倪가 필요하다고 했다. 천예는 '절대 하나'를 말한다. 즉 옳고 그름과, 크다 작다는 개념, 나와 남의 구별도 없는 경지를 말한다. 말하자면 상대적 시비가 없는 '존재의 참모습'만 있는 경지다. 이러한 경지를 장자는 '도추道樞'라고 했다. 시비를 자기 안에서 하나로 녹이는 용광로인 셈이다. 온갖 불순물이 섞인 철광석을 녹여 좋은 철을 만드는 것과 같다. 시비를 자기 안에서 녹여 진면목만을 골라 내보인다. 이는 『화엄경』의 '하나가 전체이고, 전체가 곧 하나一卽多 多卽一'라는 말과 같은 뜻이다. 한용운은 앞에 있는 술잔을 들고 입 안을 축인 뒤 조용하게 말했다.

"다들 훌륭하신 말씀입니다. 허나, 아무리 좋은 음식이라도 담을 그릇이 시원찮으면 소용없는 일이지요."

"……?"

좌중은 모두 한용운 쪽으로 시선을 돌렸다.

"음식을 만들기 전에 그릇부터 준비해야 합니다."

좌중은 물을 끼얹은 듯 조용해졌다.

잠시 뒤 최린이 침묵을 깨면서 말했다.

"한용운 스님께서는 어떤 생각을 하시는지, 구체적으로 말씀해 주시겠습니까?"

"하기야, 만든 음식이니까 어떻게 먹든지 먹어야 하겠지요."

"허면?"

한용운은 되물었다.

"지금 조선은 어디로 가고 있습니까?"

최린은 대답하지 못했다. 안정훈이 시선을 문 쪽으로 돌렸다. 한용운은 그런 안정훈을 쳐다보며 말했다.

"범 아가리 속에서 기름 냄새를 풍기면 잡아먹히겠지요?"

"……?"

안정훈이 어찌할 바를 모르고 당황해했다. 갑자기 최린이 껄껄 웃었다.

"반갑습니다, 한용운 스님."

한용운은 그를 바라보았다. 최린은 한용운의 말뜻을 그제야 알아차렸다. 그가 못을 박듯 말했다.

"싸워야지요."

모두 혈기는 왕성해 보였지만, 눈빛에 패기가 없다. 고양이를 제거하려는 데까지는 의기투합하지만, 정작 고양이의 목에 방울을 달생각은 없다.

한용운은 최린에게 물었다.

"어떻게 싸우겠습니까?"

"기회를 기다려야지요."

"그건 싸움이 아니지요. 상대는 승승장구하는데, 기다리고만 있어서는 안 됩니다. 영영 기회가 안 오면 어쩌럽니까? 저승에서 기다릴 수는 없는 노릇 아닙니까?"

"그럼, 한용운 스님에게는 무슨 방도가 있습니까?"

"싸움은 주먹으로만 하는 게 아닙니다. 자생력을 기르는 것도 싸움 아닙니까?"

"그게 기다리는 것과 무엇이 다릅니까?"

"다릅니다. 상대방의 허점을 기다리는 일은 자신도 동시에 쉬는 것 아닙니까? 자생력을 기르는 것은 장차 맞싸울 수 있는 강력한 힘을 비축하는 일입니다. 조용히 있는 듯 보이지만, 안으로 싸우고 있는 게지요."

"……?"

"배움이라는 게 무엇입니까. 나만 출세하자고 배우는 것이 아니라면 그게 곧 나라를 위하는 일이 될 것입니다. 배운 것을 나 아닌 다른 사람에게 전해야 합니다. 그 사람이 또 다른 사람에게 영향을 준다면, 그건 총칼보다 더 무서운 무기가 될 것입니다. 그것이 조선의 힘이요 사상이 될 것입니다. 누구도 범접하지 못하는 무서운 힘이 될 것입니다."

최린은 놀란 표정을 지었다. 약간 충격을 받은 듯했다. 그는 한용운의 말뜻을 알아들었다. 어떻게 보면 당연한 말이다. 한용운의 그 말 한마디는 잠자는 의식에 생명을 불어넣는 것이었다. 갑자기 최린이 한용운의 손을 덥석 잡았다.

"정말 훌륭하신 생각입니다."

"과찬이십니다. 따지고 보면 모두 마음속에 품고 있는 평범한 생각일 뿐입니다."

최린은 눈에 남의 마음까지 꿰뚫어 보는 한용운이 예사롭지 않은 인물로 보였다.

별원으로 돌아온 한용운은 기분이 착잡했다. 모든 유학생이 조선의 장래를 고민하며 일본과 싸우는 투사가 되는 욕심은 갖지 않는다. 다만, 장래 조선의 힘을 만드는 원동력은 되어야 하지 않은가. 가문이 좋고, 기회가 닿아 유학 온 걸로 만족한다면 조선의 앞날은 암담해진다. 그들 가운데는 일본 사람 밑에서 고급 관리로 출세할 꿈에 부풀어 있는 사람도 있을 것이다.

한용운은 별원 정원을 혼자 거닐었다. 정원에는 아름답게 키운 정원수가 빼곡하게 숲을 이룬다. 도심이지만 마치 깊은 산중처럼 고요하고 한적하다. 한용운은 정원수 아래에 있는 넓적한 돌에 앉았다. 이름 모를 새들이 정원을 한가로이 날아다니며 지저귄다. 그는 그 새들이 부러웠다. 울적한 마음을 달랠 겸 그는 잠시 시상에 잠겼다.

其一
一堂似太古 與世不相干(일당사태고 여세부상간)
幽樹鍾聲後 閑光茶藹間(유수종성후 한광다애간)
禪心如白玉 奇夢到靑山(선심여백옥 기몽도청산)
更尋別處去 偶得新詩還(갱심별처거 우득신시환)

其二
院裡多佳木 晝陰滴翠濤(원리다가목 주음적취도)
幽人初破睡 花落磬聲高(유인초파수 화낙경성고)

1

절은 고요하기 태고 같아서 세상과는 인연이 닿지 않는 곳.

종소리 끊긴 뒤 나무들 그윽하고, 차 향기 높은 사이 한가한 햇빛.

선심(禪心)은 맑아서 백옥인 양한데 꿈만 같이 이 청산 이르른
것을.

다시 별다른 곳 찾아 나섰다가 우연히 새로운 시 얻어서 돌아왔네.

2

절에는 아름다운 나무가 많아 낮에도 음산하고 물결 떨어져

깜박 잠들었다 깨어나 보니 꽃이 지는데 경쇠 소리 높아라.

그때 인기척이 들렸다. 한용운은 고개를 돌려 살펴보았다. 아사
다 교수가 저만큼에서 걸어온다.

"향수병이라도 난 모양이지요?"

한용운은 빙긋 웃었다.

"일전에 부탁하신 평판을 하나 구했어요. 중고품이기는 하지만
공부하는 데는 사용할 만한 것입니다."

"정말 감사합니다."

한용운은 벌떡 일어나 아사다 교수의 손을 덥석 잡았다. 얼마 전
에 그에게 측량 도구를 좀 구해 줄 수 있는가 하고 부탁한 일이 있다.
수중에 돈이 없어 그냥 지나가는 소리로 한번 해 보았을 뿐인데, 그
가 잊지 않고 구해 준 것이다. 그는 평판平板과 수평자, 축척縮尺, 중
심추, 폴대, 줄자 등 평판 측량 도구 일습을 구해 놓았다고 했다.

"그런데 한 가지 궁금한 게 있어요."

"무엇입니까?"

"측량을 배워 뭣하시게요?"

말해야 좋을지 몰라 한용운은 잠시 생각에 잠겼다. 일본이 조선 땅을 빼앗아 가는 걸 막기 위함이라고 말할 수는 없었다. 그렇다고 거짓말하기도 싫었다. 그는 재빨리 생각을 정리한 뒤 말했다.

"땅 모양을 안다는 게 신비롭지 않습니까?"

"그렇지요……."

아사다 교수는 응대하기는 했지만, 아직 한용운의 말뜻을 충분히 파악하지 못한 듯했다.

"땅 모양을 아는 것은 인간의 시야를 넓히는 일입니다. 불경이 정신적 시야를 넓히는 것이라면, 측량은 실체의 시야를 넓히는 것이지요. 궁극에는 이 모두가, 설 땅 못 설 땅을 가려 볼 줄 알게 하는 것들 아닙니까?"

한용운은 조금은 뉘앙스를 풍기는 말을 했다.

"그렇겠군요. 승려라고 해서 불경 공부만 해서는 안 되지요. 능력이 닿으면 이것저것 다 공부해야 합니다. 서양 선교사들 보세요. 의사들이 얼마나 많습니까. 인간을 구제하는 데 있어서 열 마디 성경 구절보다 한 번의 의술이 더 효과적일지 모릅니다. 그런데……."

"……?"

"아마 동서양을 막론하고 성직자가 측량을 배우는 것은 한용운 스님뿐일지도 모르겠군요."

아사다는 껄껄 웃었다. 한용운도 따라 웃었다. 가만히 생각해 보니 그가 이상하게 느낄 만도 하다. 의학이나 음악 같은 건 생활에 직접 필요하다. 선교 활동에도 활용할 수 있다. 측량학은 개인 구원에 직접 필요한 것이 아니다. 땅 모양과 넓이를 아는 일은 신앙과는 거리가 멀다. 측량학을 배운다는 게 그로서는 이상하게 볼 수도 있다.

"나는 호기심이 많은가 봅니다."

"자기 땅 모양을 아는 일은 중요하지요. 그게 곧 땅을 지키는 일이니까요."

잘못 들은 건가 하고 한용운은 그를 바라보았다. 마치 아사다가 한용운의 속을 들여다보고 있는 듯 말한다. 빙그레 웃는 그의 표정에 여유가 배어 있다.

"조선인들은 셈에 밝지 못합니다. 자기의 땅이 얼마나 되는 줄도 모르고 사는 사람이 태반입니다. 자로 크기를 재는 게 아니라, 마지기라고 해서 큰 덩어리로만 셈하는 거지요. 그래서 지방에 따라 때로는 백오십 평이 한 마지기가 되고, 때로는 이백 평이 한 마지기가 되기도 합니다. 그만큼 순박하게 사는 사람들이지요. 이제 문호가 개방되고, 외국 자본이 들어오기 시작했으니 셈을 정확하게 해야 할 필요가 있어요. 땅을 사고파는 일도 생기겠지요. 분쟁을 사전에 없애자면 땅 주인이 자기 땅 모양을 알아야 합니다."

"그렇군요. 아무튼 놀라운 일입니다. 두고두고 한용운 스님을 기억하게 하는 일이 될 듯합니다."

"도와주셔서 감사합니다."

"아닙니다. 다행히 집안에 측량하는 조카가 있어요. 안 쓰고 처박아 뒀기에 얻어 왔어요."

벌써 여름이 깊었다. 한용운이 일본에 체류한 지도 어느덧 다섯 달이 지났다. 그는 조선에서 일어나는 사건들을 유학생에게서 간간이 전해 듣는다. 오랜만에 안정훈이 한용운을 찾아왔다. 그는 한동안 소식이 없었다.

"어디 여행 다녀왔습니까?"

"예."

"아니, 그런 기회가 있으면 소승에게도 적선을 좀 베푸셔야지 혼자서 즐기십니까."

"스님과 함께 가면 바람을 피울 수가 없잖습니까?"

안정훈은 호탕하게 웃었다.

"내가 바람을 쫓는 사람입니까?"

"여행의 참맛은 여자를 보는 데 있습니다. 꽃은 모두 색깔이 다르고 꿀맛도 다르거든요."

"그렇다면 염려 마십시오. 함께 가더라도 얼마든지 여자를 보게해 드릴 테니까요."

"스님도 여자를 좋아하십니까?"

"중은 사내가 아닙니까?"

"사실은 그렇게 생각하고 있었어요."

"그래요? 이거 정말 실망했어요. 오사히무라에서 알몸까지 보고서도 그런 말씀을 하시다니."

둘은 마주 쳐다보며 한바탕 웃었다.

"사실은 며칠 감방에 들어갔다가 나왔어요."

"감방이라니요?"

"영창 말입니다."

"무슨 일로요?"

"좌익 쪽 유학생들이 천황 행차 때 시위를 벌이기로 한 모양입니다. 이게 새어 나갔어요. 내부에 배신자가 있었던 모양입니다. 모두 잡혀갔는데, 그 가운데 한 친구가 나와 술을 마신 적이 있어요. 그 일 때문에 나도 붙들려 갔지요. 함께 어울리는 사람들 이름을 대라고 족치니까, 다급한 나머지 술 마신 친구들까지 댔어요. 함께 술 마신 죄로 일주일간 갇혀 있었습니다."

"고생했겠군요."

"무지막지하게 좀 맞았지요."

안정훈은 옷을 걷어붙이고 등을 보여 주었다. 시퍼렇게 멍들었다. 한용운은 이맛살을 찌푸렸다.

"여기서는 가끔 이런 일이 일어납니다. 모두 친구 아니면 선후배 사이들이니까, 한 사람이 잡혀가면 굴비 엮듯 줄줄이 잡혀들어가는 것이지요."

"최린 씨는 어떻게 되었습니까?"

"괜찮아요. 유학생회에서 주도한 게 아니라, 일부 학생들이 별도로 벌인 일이지요. 그도 불려가서 조사는 받고 나왔어요."

한용운은 잠시 착잡한 심정을 가라앉혔다. 무계획으로 일으키는 그런 행동은 오히려 전체 행동에 방해가 될 수 있었다. 강대용의 말이 새삼 생각났다. 달걀로 바위를 칠 수는 없다. 싹마저 잘려 버려서는 안 된다.

안정훈이 말했다.

"우리 여행이나 한번 할까요?"

"여행을요?"

"왜요, 싫습니까?"

"아닙니다. 그렇지 않아도 답답해하던 중이었습니다. 어디로 가시게요?"

"감방에 있던 친구에게 들었는데, 쇼센쿄라는 곳이 있답니다. 신선이 놀던 곳인데, 경치 좋기로 유명하다는군요. 조선인들이 그곳에 많이 찾아간다는군요. 유길준도 그곳에 들렀답니다. 오가사와라의 하하시마에서 하치조시마로 옮겼다가, 귀양살이에서 풀려난 후 동경에 머물 때 들른 모양입니다."

유길준은 지금 조선에서 흥사단을 만들어 국민 교육에 정열을 쏟고 있다. 흥사단이라는 이름 그대로 조선인을 모두 선비로 만들겠다는 거다. 그는 교육사업에 중점을 두고 있다. 단장에는 김윤식을 추대하였다.

한용운은 안정훈과 함께 쇼센쿄로 향했다. 쇼센쿄는 동경에서 가까운 야마나시현 고후시에 있다. 중앙 본선 기차를 타면 금방 닿는 거리다. 가는 동안 안정훈은 쇼센쿄에 대한 자랑을 열심히 늘어놓았다. 자신도 들은 이야기에 불과하지만, 그만큼 그는 기대에 부풀었다.

센쿄는 소문대로 과연 이름에 걸맞게 절경이었다. 한자로는 승선협昇仙峡이라 읽는다. 신선이 오르내리며 노는 골짜기란 뜻이다. 신선이 놀던 곳으로 손색이 없다. 깎아지른 절벽이 병풍처럼 둘러쳐져 있었고, 곳곳에 크고 작은 폭포가 쏟아졌다. 특이한 것은 붉은 소나무가 무성하게 우거져 있었다. 소나무를 본 한용운은 문득 조선의 어느 산에 와 있는 듯한 느낌을 받았다. 순간 그는 눈이 번쩍 띄었다. 하마터면 그는 '아!' 하고 감탄사를 내뱉을 뻔했다. 설악산과 많이 닮았다. 쇼센쿄는 설악산을 그대로 옮겨놓은 것 같았다. 백담사에서 12선녀탕으로 올라가는 설악의 모습 그대로다. 이래서 조선인들이 많이 찾아오는 모양이다.

"왜 그러십니까."

안정훈이 우두망찰 서 있는 한용운을 바라보며 물었다.

"설악산을 옮겨놓은 듯하군요."

"그래요?"

"설악산에 가 보셨습니까?"

"못 가 봤습니다."

"귀국하면 꼭 한번 가 보십시오. 설악을 먼저 보았더라면 더 좋았을걸. 허나, 만에 하나라도 쇼센쿄를 그곳으로 옮겨놓았다는 생각일랑 마시길 바랍니다. 설악이 이리로 온 게지요."

"그러고 보니 조선의 어느 산 같습니다."

산을 한 바퀴 둘러보고 나서 두 사람은 골짜기 위쪽으로 올라갔다. 유길준이 머물렀다는 여관 대흑옥이 보였다. 오래된 여관이다. 방을 정한 뒤 한용운은 여관 주인을 불렀다.

"수년 전 일인데 기억하실지 모르겠소이다."

"무슨 말씀인데요?"

"혹, 이 여관에 머물렀던 손님 가운데 유길준이라는 어른을 아시오?"

"유길준 대감 말씀이오이까? 알다마다요. 그런데 그 어른을……
혹 조선에서 오시었소?"

"우리는 조선 사람이오."

"아, 그렇습니까."

"그분이 쓴 필적이 있다고 들었소이다만."

"명필이지요. 제가 간청해서 두어 점 받아 두었어요."

"한번 구경해 볼 수 있겠습니까?"

"잘 아시는 사이십니까?"

"뵌 적은 없지만, 훌륭하신 어른이라 모르지는 않소이다."

"잠깐 기다리십시오."

잠시 뒤 주인이 글씨 두 점을 가지고 왔다.

蓬萊洞天

'봉래동천', 쇼센쿄의 절경을 이 네 글자에 담았다. 글씨의 크기로
보아 아마 현판용으로 쓴 듯했다. '구당 유길준矩堂 兪吉濬'이라 쓰고
낙관했다. 또 하나는 족자다. 옛말을 인용한 시구로, 역시 쇼센쿄의
경치를 빗댄 글이었다. 이번에는 '구당거사矩堂居士 유길준'이라 서
명했다. 한용운은 '거사'라는 칭호에 관심이 갔다. 스스로 벼슬이 없
는 선비라고 밝힌 것이다. 문득 유학생 모임에 참석한 일을 떠올렸
다. 사회주의와 자본주의를 놓고 토론하던 자리였다. 그 때 그는 아
무리 좋은 음식이 있어도 담을 그릇이 없으면 무슨 소용 있느냐고

말했다. 유길준의 경우도 마찬가지 아닌가. 조선의 발전보다 그의 사고가 더 앞서간다. 혼자의 힘으로 그것을 끌고 가기에는 벅찬 일이다. 어찌 보면 그도 불운한 지식인이다. 아니, 불운한 정치인이다. 지식인으로만 남는다면 행불행을 논할 필요가 없다. 지식은 썩은 물건이 아니다. 있는 그대로 남아 언젠가 빛을 본다. 그는 앞선 자신의 지식을 정치에 이용하려고 했다. 그래서 더욱 쉽게 꺾였는지도 모른다. 정치는 혼자서 하는 게 아니다. 정치는 혼자서 끌고 가는 게 아니라, 여럿이 밀고 당기며 가야 한다. 모든 사람이 참여해야만 정치가 굴러간다. 밀 사람을 팽개쳐 둔 채 혼자서 끌고 가려 했기 때문에 힘에 부쳐 쓰러진 것이다.

한용운은 일찍이 일본에 유학했고, 유럽을 두루 돌아보았던 한 지식인의 고뇌와 갈등을 보았다. 안정훈이 말했다.

"우리가 꼭 유길준 추종자 같습니다."

"왜 그렇게 생각하지요?"

"규슈에서도 그랬고, 또 이곳까지 좇아오지 않았습니까."

"그렇게 생각하고 계셨습니까?"

"그런 느낌이 드는군요."

"느낌은 마음을 좇는 겝니다. 뜻을 두면 느껴지는 법이지요. 우리는 지금 승선협의 절경을 구경하고 있지요. 그는 우리가 가는 길에 우연히 만난 인연 정도입니다."

"그를 혁명가라고 할 수 있을까요?"

"글쎄요…… 보기에 따라서는 그럴 수도 있겠지요."

"일심회 사건 말입니까?"

"그것도 그것이지만, 조선 사람의 의식을 바꾸겠다 마음먹은 게 더 큰 혁명입니다."

"혹시…… 한용운 스님께서도 무슨 계획을 품고 계신 것은 아닙니까?"

한용운은 그를 돌아다보았다. 단도직입적으로 묻는 그의 의도가 진지해 보이지 않는다.

"그렇게 보입니까?"

"예사롭지는 않다는 예감이 들었습니다."

"농담이 아니었군요."

"이런 말은 농담처럼 해야 어울리지 않습니까."

"딴은 그렇소이다. 허나, 난 염불하는 중입니다."

"왜요, 스님들 가운데도 혁명승 많았잖습니까. 묘청, 신돈, 이동인 같은 분이 있지요."

"……?"

한용운은 신돈이라는 말에 눈을 크게 떴다. 요승妖僧이란 불명예스러운 이름이 붙기도 한다. 안정훈이 그를 갑자기 혁명승으로 격상시킨 이유가 뭘까.

"신돈이 혁명가였나요?"

"그렇습니다."

"지금까지는 타락한 모사꾼으로 알려지지 않았습니까?"

"그래서 역사는 정사나 사건보다 그 배경을 잘 훑어보아야 합니다."

"……?"

한용운은 역사를 공부한 적이 없다. 절에서 공부하면서 단편적으로 얻어들은 상식 정도가 고작이었다.

"고려사가 씌어진 것이 조선 태종 때입니다. 조선은 고려 왕조를 무너뜨리고 역성혁명으로 세운 나라 아닙니까? 왕조 수립을 정당화하고 새로운 국가 이념을 세우기 위하여 불교를 멀리하고 유교를 받아들이는 등 일련의 정지 사업을 하게 되지요. 「용비어천가」니 「월인천강지곡」이니 하는 것들도 모두 그런 목적으로 만들어진 작품입니다. 고려사도 그런 맥락으로 집성한 사업이지요. 고려 역사를 올바로 기술했을 리가 없잖습니까? 신돈에 관한 이야기는 고려사 열전에 몇 줄밖에 안 나옵니다. 주지육림에 묻힌 음탕한 요승에 반역한 것으로 기록되어 있지요. 이러한 시대적 배경을 깔고 살펴보면 참 재미있는 사실을 발견하게 됩니다."

안정훈은 역사 이야기만 나오면 신바람이 나 있다. 한용운이 생각해도 그럴 만했다. 기록된 사실을 자신의 사관으로 이해하고, 나름대로 새로운 이론으로 정리했다는 것은 신나는 일이다.

안정훈은 갈증이 나는지 술을 한 모금 마시고 나서 이야기를 계속했다.

"신돈은 원래 법명이 편조였지요. 옥천사라는 절의 종 몸에서 태어난 미천한 신분이었습니다. 그러한 신분으로 승려가 되고, 한 나라의 최고 권력가가 되었다는 것만 해도 놀랍지 않습니까?"

"……."

"그만큼 신돈은 야망이 있었던 겁니다. 종의 몸에서 태어나 절에서 염불만 하고 있었지만, 세상을 보는 눈은 뛰어났어요. 이런 혜안이 공민왕의 눈에 띈 겁니다. 공민왕이 출사를 요구했지만 신돈은 거절합니다. 거듭되는 왕의 출사 요구에 신돈은 한 가지 조건을 답니다."

"……?"

"서로 목숨을 지켜 주기로 한 것이지요. 서로를 버리면 둘 다 죽게 된다고 하였습니다. 왜냐하면 당시 권문세족의 힘이 막강했거든요. 이들에게 반감을 사고서는 살아남을 도리가 없었지요. 그래서 왕은 신돈의 목숨을 지켜 주고, 신돈은 왕의 신변을 지키기로 약조를 한 것입니다. 이렇게 하여 신돈은 하루아침에 만인지상의 제2인자가 되었어요. 이름도 편조에서 신돈으로 바꾸었습니다. 그가 제일 먼저 한 일은 토지 개혁입니다. 전민변정도감을 설치하고 권문세족이 차지하고 있던 토지를 몰수하여 억울하게 빼앗긴 백성에게 되돌려 주었지요. 또 양민의 신분으로 권력가 밑에서 종노릇 하는 사람들을 방면케 했습니다. 이러니 야단이 났어요. 백성들은 하늘이 보내 준 분이라며 춤을 추었고, 반대로 권문세족들은 그를 잡아먹으려고 눈을 부라렸지요."

한용운은 잠시 환상의 세계에서 놀다가 온 느낌이었다. 지난번『일본서기』를 이야기할 때도 그런 느낌을 받았지만, 안정훈의 놀라운 논리에 감탄했다.

한용운은 내친김에 안정훈과 함께 닛코로 갔다. 닛코는 도치기현의 중심 도시다. 그곳에는 도쿠가와 이에야스를 모신 도쇼미야[東照宮]가 있다. 일본에서도 명승지로 이름난 곳이다.

설악의 단풍을 그리며

어느덧 여름이 가고 가을로 접어들었다. 설악에도 단풍이 서서히 물들고 있을 것이다. 한용운은 설악의 단풍을 그리며 귀국 준비를 서둘렀다. 이것저것 주마간산으로 들여다보았지만, 그래도 그에게 는 일본 체류가 귀중한 시간이었다. 세계 만유는 아니지만, 조선 밖 에서 조선을 보았다는 것만으로도 시야가 넓어진 기분이었다.

한용운은 혼자 동경 교외로 나왔다. 번잡하지 않게 혼자 사색하고 싶었다. 그는 버드나무가 늘어서 있는 강둑 위를 천천히 걸었다. 그 는 저만큼 앞에서 한 여자를 보았다. 하얀 블라우스가 유난히 인상 적이었다.

"······?"

그 여자의 뒷모습을 보는 순간 한용운은 깜짝 놀랐다. 양장을 입 었는데 뒷모습이 강연실과 흡사했다. 그러나 강연실은 아니었다. 하 마터면 그녀에게 다가갈 뻔했다. 순간적이나마 강연실이라 생각한 자신이 무척이나 놀라웠다.

　여자는 깊은 생각에 잠긴 모습으로 낙엽을 한 잎 한 잎 밟으며 걷는다. 석양이 그녀의 그림자를 길게 늘어뜨린다. 무슨 생각을 하는 걸까. 누구를 생각한다는 건 아름답다. 이 가을은 사랑하는 이를 생각해도, 이별한 이를 생각해도 모두 아름답다. 한용운 자신도 잠시 세월을 잊고 그냥 이 가을을 생각하고 싶었다. 갑자기 시상이 떠올랐다.

　　　　匹馬蕭蕭渡夕陽(필마소소도석양)
　　　　江堤楊柳變新黃(강제양류변신황)
　　　　回頭不見關山路(회두불견관산로)
　　　　萬里秋風憶故鄉(만리추풍억고향)

　　　　쓸쓸히 말을 몰아 석양을 가면
　　　　강 둔덕 버드나무 노래진 잎새
　　　　머리를 돌려도 고국 길 안 보이고
　　　　만리라 가을바람 고향 생각뿐.

　한용운은 시를 한 수 지어 읊고 나서 내친김에 한 수 더 다듬으려고 시상을 정리했다.

　그때 여자가 그의 곁으로 왔다.

　"……?"

　"스님은 어느 절에 계세요?"

　"석양이 참 아름답소이다."

한용운은 우리말로 동문서답했다. 여자와 함께 있는 가을 분위기가 어쩐지 불안하게 다가와 애써 저만큼 일어냈다.

"어머, 조선에서 왔어요?"

여자가 눈을 동그랗게 뜬다. 한용운은 서툰 일본어로 더듬거리며 물었다.

"조선을 아시오?"

여자는 고개를 저었다. 조금 전에 놀라던 표정과 달리 여자의 표정이 어두워졌다. 석양이 비끼는 강둑을 혼자 걷고 있던 모습에서 분명히 피치 못할 사연이 있는 듯했다. 그러고 있는데 여자가 조심스럽게 물었다.

"조선은 일본에서 얼마나 머나요?"

"글쎄요. 동경서 시모노세키까지 가서 연락선을 타야 하니까, 넉넉잡아 사나흘은 잡아야 할 겁니다."

"……."

"혹, 조선에 아는 사람이라도 있습니까?"

여자의 볼이 발개졌다. 홍조가 사라지면서 여자는 또 우울한 표정을 짓는다. 이상한 느낌을 받았으나 그녀의 속을 알 길이 없다. 조금 뜸을 들인 뒤, 여자가 나직하게 말했다.

"약혼자가 조선에 계세요."

"군인이오?"

"예."

군인이라는 말에 한용운은 표정이 굳어졌다. 조선에 나가 있는 군인이라면 헌병대일지 모른다. 기이한 인연이라지만 여기서 이런 사연을 만날 줄은 꿈에도 생각하지 못했다. 그때 한 줄기 바람이 불어왔다. 해지는 들녘의 가을바람은 차가운 냉기가 잔뜩 배었다.

"스님들은 절에서만 예불을 올리나요?"

여자의 말뜻을 알아듣지 못해 한용운은 그녀를 바라보기만 했다.

"저 해가 지기 전에 이 자리에서 불공을 드리고 싶어요."

한용운은 황당한 표정을 지었다. 이 들판에서 예불을 올려 달란다. 군인으로 가 있는 약혼자의 안녕을 기원하는 불공이겠지만, 그로서는 매우 당황스러웠다. 일본에서는 이런 즉흥적인 예불을 하는지도 모르나 조선에서는 상상할 수도 없는 일이다. 예의에도 어긋나지만, 조선 승려여서 그런 요구를 한 듯하여 불쾌했다. 대답하지 않자 여자가 조용하게 말했다.

"그분은 돌아가셨어요."

"?"

둔기로 한 대 얻어맞은 듯 한용운은 머릿속이 떵하고 울렸다. 잘못 들은 건 아닌가 하고 그는 여자를 바라보았다.

"조선에 나가 있었는데, 노일전쟁 때 전사했어요."

그제야 한용운은 여자의 마음을 헤아렸다. 붉게 물든 석양 너머에 조선이 있고, 그 어디에 약혼자의 혼령이 있다고 생각하고 있는 모양이었다. 그는 속으로 관세음보살을 염했다. 이름도 모습도 모르는 청년을 위해 극락왕생을 빈 것이다.

"예불에는 격식이 필요 없습니다. 그냥 마음속으로 영가의 천도를 발원하십시오. 그게 곧 불공입니다."

"객지에 나가 죽어도 혼령은 일본으로 오게 될까요?"

한용운은 뭐라고 대답을 해주어야 좋을지 딱히 떠오르지 않아 "생사는 구별이 없습니다." 하고 말했다. 말을 하고 보니 너무 어렵다는 느낌이 들어 다시 "영혼은 바람 같은 것이오." 했다. 그러자 여자가 묻는다.

"사람이 죽으면 바람이 되나요?"

한용운은 광덕스님을 떠올렸다. 바람은 보이지 않는다. 흔들리는 나뭇잎을 보고 바람이라고 생각할 뿐이다. 여자가 말을 잘 알아들을까 염려도 되었고, 또 일본말로 설명할 자신도 없었으나 그는 여자의 마음을 달래 주어야겠다고 생각했다.

"바람은 어디든 다닐 수가 있지요. 바람은 눈에 보이지도 손에 잡히지도 않지만, 느낄 수는 있지요. 우리가 마시는 공기가 곧 바람입니다. 나뭇잎을 흔드는 것은, 외부 작용에 의해 공기의 흐름과 방향을 불규칙하게 만들었기 때문입니다. 사람들은 그걸 바람이라고 이름을 붙였지요. 사람들은 움직이는 물체를 보아야 바람이라는 걸 알게 되지만, 사실은 나뭇잎이 흔들리지 않아도 바람은 있습니다. 우리가 서 있는 이 지구가 돌고 있고, 또 지구 아래쪽에는 사람들이 거꾸로 서서 삽니다만 우리는 그런 걸 못 느낍니다. 움직이는 것과 정지한 것에 대한 착각이지요. 죽은 이의 영혼은 바로 공기가 되어 새 생명을 만드는 에너지입니다. 가슴에 살아 있는 영혼은 바람 같은 것이지요. 자신의 마음에 따라 그 바람의 흐름과 방향이 불규칙해져서 마음을 흔들어 놓는 겁니다. 흔들리지 않는 진공 상태를 만들면 생명의 힘을 읽을 수 있게 됩니다."

한용운은 여자의 표정을 살폈다. 알아들은 것 같은 눈치가 아니었다. 자신의 일본 말 실력에도 문제가 있었겠지만, 이해하기 어려웠을지도 모른다. 여자는 조용히 미소를 지었다. 그녀는 이번에는 엉뚱한 질문을 했다.

"스님들은 모두 극락에 가시겠지요?"

"지옥에도 떨어집니다."

여자는 눈을 동그랗게 떴다.

"승려도 사람이기 때문이오."

"참 재미있는 스님이세요."

한용운은 여자의 표현이 더 재미있었다. 승려로서보다 인간으로서 좀 더 친밀감을 느꼈기 때문이라 여겼다. 이미 석양은 사라졌다. 들판에는 어둠이 서서히 깔린다.

"저는 이만 돌아가야겠습니다."

"어디에서 머물고 계십니까?"

"고마자와 학림 별원에서 지냅니다."

"공부하시는군요?"

"사람은 늘 배우지요."

"그럼, 일본에는 오래 계시겠네요?"

"아닙니다. 다음 달에 떠날까 합니다."

"오신 지 오래되신 모양이군요?"

"봄에 왔습니다."

"공부하러 오셨는데 그렇게 일찍 돌아가세요?"

한용운은 대답 대신 웃었다. 별로 의미 없는 대화라 생각했다. 들판을 걸으면서 여자가 말했다.

"바쁘시잖으면 우리 집에 모시고 가서 차를 대접해 드리고 싶어요."

"……?"

"여기에서 가까워요. 저기 보이는 마을이에요."

여인은 들판 한쪽에 모여 있는 집들을 가리켰다.

"그냥 돌아가겠습니다."

"왜요, 불쾌하셨어요?"

"아니요. 날이 어두우면 돌아가지 못합니다. 나는 아직 이 동경 지리를 잘 알지 못해요."

"염려 마세요. 제가 모셔다드리겠어요. 스님 말씀을 좀 더 듣고 싶어요. 왠지 마음이 편안해지는 것 같아요."

"일본 말이 서툴러 별로 도움이 되지도 않을 겁니다."

"지금까지 하신 말씀도 잘 알아들었는걸요?"

"……?"

"죽으면 바람이 되는 것이라고 하지 않으셨어요? 바람은 우리가 마시는 공기다. 죽은 이를 생각하면서 괴로워하는 것은, 공기가 바람이 되어 마음을 흔들어 놓았기 때문이다. 마음을 흔들지만 않으면 진공이 된다. 그러면 영혼을 볼 수 있다. 이러지 않으셨어요?"

한용운은 빙그레 웃었다. 여자는 보기보다 생각이 깊고 이해력도 빨랐다. 서툰 자신의 일본 말을 가지고 이만큼 알아들었다는 것은 놀라운 일이다.

다행히 여자의 집은 왔던 길을 되짚어가는 길목에 있다. 한용운은 돌아가는 길에 잠시 들르는 거라며, 여자의 집을 방문하는 것에 별

다른 의미를 두지 않았다. 더구나 일본인들의 여염집을 살펴보는 좋은 기회라는 기대도 없지 않았다. 여인이 살고 있는 집은 전통 일본집이다. 식구가 많지 않은지 집 안이 조용했다. 그녀의 어머니가 혼자서 집을 지키고 있었다. 거실에는 일본 가옥 고유의 도코노마床の間가 있고, 그 옆에 불단佛壇이 있었다. 도코노마는 거실 역할을 하는데, 윗목 벽 아래 방바닥을 1미터 정도 너비로 약간 높게 하고, 벽 한가운데에 조그마한 난초 그림 액자 하나가 걸려 있다. 매우 간결하게, 마치 신을 모시듯 엄숙한 분위기를 연출해 놓았다. 그 방에 앉으면 저절로 마음이 가라앉을 수밖에 없을 것 같다. 일본인들은 이 방에서 차를 마시기도 하고 손님을 맞기도 한다.

불단은 불단과 사당祠堂을 합친 듯한 분위기를 풍긴다. 한 자 크기의 보살상과 함께 위패를 모셨고, 그 옆에 망자의 사진이 놓여 있다.

한용운은 불단을 바라보면서 일본을 다시 한번 생각해 본다. 받아들인 문화를 버리는 법이 없다. 또 전해준 나라의 냄새가 배어 있는 그대로 사용하지도 않는다. 자기네들의 생활로 정착을 시키고 있었다. 도자기 문화가 그랬고 불교 또한 그렇다. 그들은 조선의 도자기를 가져갔으면서 일본 도자기를 만들었고, 인도·중국·조선을 거쳐 들어간 불교가 일본에서는 독특한 종파로 자리잡고 있다.

불단에 놓인 중년 남자의 사진을 한용운은 자세히 바라보았다. 얼굴은 모르지만 노일전쟁에서 죽었다는 여자의 약혼남을 떠올렸다. 아무래도 그는 아닌 듯하다. 나이 차이가 너무 많이 났다. 그러고 있는데 여자가 차반을 들고 들어왔다.

"누추한 곳에 모시게 되어 죄송해요."

"아닙니다. 본의 아니게 과분한 대접을 받는군요."

한용운의 시선이 불단의 사진에 머무는 것을 보고 여자가 말했다.

"저의 아버지세요."

"군인이셨군요."

"아버지께서도 조선에서 돌아가셨어요."

한용운은 찻잔을 들다가 말고 여자를 쳐다보았다.

"조선 주둔군으로 파견 나가 계셨는데, 동학군에게 전사하셨지요."

한용운은 자기 귀를 의심했다. 어떻게 이런 인연이 닿을 수 있다는 말인가. 처음에는 조선을 잘 모른다고 하지 않았는가. 약혼자가 노일전쟁에서 전사했다는 말만 했다. 그렇다면 자신이 조선 사람이어서 일부러 숨겼다는 이야기다. 적대감을 느끼고 있는 것일까. 그럴 수도 있다. 싸움에서는 언제나 상대가 적이다. 일방에서 보면 모두 정당한 일을 하고 있다고 여긴다. 그래서 피해자는 가해자를 원망하게 마련이다.

한용운은 뭐라고 말해야 좋을지 잠시 말문이 막혔다. 조선인으로서 보면 반대로 그녀의 아버지가 가해자다. 그로서는 몹시 착잡한 심정이었다. 그의 아버지 한응준도 선략장군행충무위부사용宣略將軍行忠武衛副司勇으로 동학란을 진압하였다. 조선인으로 보면 그녀의 아버지는 적이 되고, 관직 임무로 보면 동지가 된다. 한용운은 차를 한 모금 마셨다.

"조선인을 미워하겠군요."

그녀는 대답하지 않고 사당 앞으로 가서 향을 피운 뒤, 선 채로 고개를 숙이고 잠시 묵념한다. 그것을 보면서 한용운은 약간 섬뜩한 느낌이 들었다. 당신을 죽인 조선인이 여기 와 있다고 고하고 있는 것일까? 그는 마음이 개운하지를 않았다.

여인이 다시 차반 앞으로 다가와 앉는다.

"조선인도 일본인을 미워하겠지요?"

한용운은 한 대 얻어맞은 것처럼 얼떨떨한 기분이다. 여자는 의외로 차분하고 생각이 깊었다.

"따지고 보면 미워할 것도 예뻐할 것도 없는 일이지요."

한용운은 여자의 말을 새겨 보았다. 자포자기한다는 뜻일까, 아니면 바다 건너 멀리서 일어난 일이라 미움조차도 미치지 못한다는 뜻일까. 그런 생각을 하다가 한용운은 소스라칠 듯이 놀랐다. 어쩌면 그녀는 이미 화해하고 있는지도 모른다고 생각한 것이다. 다툼이란 어떻게 보면 꼭두각시놀음과 같다. 지배자의 욕심에 의해 전쟁이 이루어진다. 한 걸음 뒤에서 보거나 한 시대가 지나서 보면 그것은 다 부질없는 짓이라는 걸 알게 된다. 우리 역사에 그러한 일이 얼마나 많은가. 원수의 나라가 친구의 나라가 되고 친구의 나라가 원수가 되기도 한다. 당시 역사에 서 있던 사람의 가치는 한낱 빛바랜 깃발이 되어 뒷전에 뒹군다. 싸움에서 죽어 영웅이 된 사람도 훗날 화해가 이루어지면 졸지에 우스운 죽음이 되어 버리기도 한다.

한용운은 자기 아버지를 생각했다. 동학은 조선의 장래를 위해 싸웠다. 그것을 토벌한 아버지도 조선의 장래를 위해 임무를 수행했다. 그녀의 아버지나 약혼자도 마찬가지다. 일본을 위해 싸우다 죽었지만, 반대로 상대방 쪽에서는 침입자를 죽인 것이다. 전지전능한 제삼자가 보면 허탈한 일이 아닐 수 없다. 훗날 두 나라가 친구가 되었을 때 이들의 죽음은 아무런 가치를 지니지 못한다. 정치가나 역사가들이 억지로 '충성'이라는 의미를 갖다 붙일 것이다.

한용운은 서산대사의 「삼몽시三夢詩」가 새삼 떠올랐다. 서로 꿈이야기를 하는 나그네와 주인을, 또 다른 나그네가 보면 둘 모두 꿈속에 있는 게 보인다. 그는 천천히 차를 마셨다. 부드러운 차향茶香이 입 안에 감돌았다.

생각은 다시 원점으로 돌아왔다. 인간은 닥쳐오는 역사를 외면할 수 없다. 그것을 극복하는 길은 역사와 대항하는 것이 아니라, 그 역사를 물리칠 수 있는 사상을 만들어야 한다. 역사를 피하는 사상은 바람을 막는 나무와 같다. 나무는 바람과 싸우지 않는다. 바람이 나무를 피해 가는 것이다. 그러자면 나무는 뿌리를 튼튼히 내리고 가지를 잘 뻗어 놓아야 한다. 이것이 역사 앞에 서는 인간의 자세다.

한용운은 찻잔을 내려놓으면서 여자를 바라보았다. 아버지와 약혼자를 잃은 사람치고는 너무 차분하다는 느낌이 들었다. 미워할 것도 예뻐할 것도 없다는 말을 쉽게 한다는 게 믿어지지 않았다. 달관한 것일까.

"가족은?"

"동생이 하나 있어요. 대학생이에요."

"어른이 안 계셔서 어려운 점이 많겠군요."

"어디 우리 같은 가정이 한두 집이겠어요?"

여자는 입가에 쓸쓸한 웃음을 지었다. 밖은 이미 캄캄해졌다. 한용운은 더 어둡기 전에 돌아가기 위해 일어섰다.

"이만 돌아가야겠습니다. 차 잘 마셨습니다."

"잠깐만요."

여자는 안방으로 바삐 뛰어갔다. 잠시 후 돌아온 그녀는 조그마한 인형 하나를 그에게 주었다. 나무를 깎아 만들었다. 몸은 사람이고 얼굴은 무슨 동물처럼 생겼다. 표정이 매우 익살스러웠다. 인형을 들고 그는 여자를 바라보았다.

"곧 귀국하신다니, 일본에 오신 선물로 드리고 싶어요."

"고맙긴 합니다만……이건?"

"아버지께서 제게 생일 선물로 주신 거예요."

"아니, 그런 귀한 것을 어찌……?"

"아버지께서는 조선에 계시잖아요. 스님이 그걸 가지고 계시면, 아버지께서도 늘 보실 것 아녜요."

한용운은 잠시 멍한 기분이었다. 선물로 주고 싶었던 것보다, 자기 아버지를 생각해서 준 것이었다. 마음이 개운하지는 않았지만, 그렇다고 되돌려 줄 수도 없는 노릇이었다.

"아무튼 고맙습니다. 나는 한용운이라는 중이오. 실례가 되지 않는다면 이름을 물어봐도 괜찮겠습니까?"

"미치코라고 해요."

"미치코…… 오늘 만난 인연을 잘 기억하겠습니다."

"언제 또 일본에 들를 기회가 있으시다면 꼭 찾아 주세요."

"고맙습니다."

한용운이 현관을 막 나올 때였다. 그녀의 어머니가 따라 나왔다.

그는 그제야 집에 들어올 때 보았던 그녀의 어머니를 기억했다. 두 사람이 대화하는 동안 한 번도 나타나지 않았다. 그는 그것이 얼른 이해가 되지 않았다. 승복을 입었으나 낯선 사람이 집을 방문하여 딸과 이야기를 나누고 있다. 보통 사람 같으면 한 번쯤 나타나는 법이 아니겠는가.

그녀의 어머니에게 가볍게 목례를 한 뒤 한용운은 돌아섰다. 그녀의 어머니는 아무런 반응이 없다. 쌀쌀하다는 표현이 어울릴 정도로 차갑게 사람을 노려보았다. 한용운은 그 시선에서 얼음처럼 차가운 냉기를 느꼈다. 미치코가 재빨리 말했다.

"죄송해요. 어머니는 조선을 싫어해요."

한용운은 다시 그들을 향해 합장하고 돌아섰다.

어둠 속을 걸어오면서 한용운은 자신의 생각을 정리했다. 인간의 사상은 우주관에서 비롯되어야 한다. 자신에게 머물거나, 자기 나라 안에서 머물거나, 아니면 종교 안에서 머물게 되면, 그건 사상으로서 생명을 갖지 못한다. 방금 미치코의 가정에서 한용운은 그러한 사실을 발견했다. 조선에서는 일본이 원수이겠지만, 일본에서는 조선을 원수로 여기는 사람이 있다. 러시아에서는 일본이 원수겠지만, 일본에서는 러시아를 원수로 여긴다. 모두 다 정당성이 있는 일이다. 그러나 이것도 역사가 흐르면 반드시 빛이 바랜다. 원수였던 나라가 화해하면 원수가 친구가 된다. 이념이나 사상은 생명력이 없다. 우주관이 없기 때문이다.

어두운 밤하늘에 유성처럼 빛줄기 하나가 달려온다. 조선 백성들에게 불어넣어 주고 싶었던 사상을 한용운은 다시 수정했다. 한 시대를 살아가는 국가 이념으로서의 사상이 아니라, 온 인류가 공통으로 지닐 수 있는 사상을 만들고 싶었다. 그것은 화엄증도華嚴證道를 바탕으로 인간 본성을 올곧게 세우는 사상이어야 한다. 별원으로 향하는 한용운의 발걸음은 나는 듯 가벼웠다.

귀국을 앞둔 어느 날이다. 아사다 교수가 한용운에게 시를 한 수 지어 주었다. 한용운도 그 자리에서 시로 화답했다.

　　－淺田斧山遺以參禪詩故以此答(천전부산유이삼선시고이차답)

　　　天眞與我間無髮(천진여아간무발)
　　　自笑吾生不耐探(자소오생부내탐)
　　　反入許多葛藤裡(반입허다갈등리)
　　　春山何日到晴嵐(춘산하일도청풍)

　　-아사다의 참선 시를 받고 이에 화답하다

　　　본성은 그대와 나 차이가 없건만
　　　참선에 열중도 못 하는 몸은
　　　도리어 미로에서 허덕이느니
　　　언제나 산속으로 들어갈는지.

아사다는 시를 받아 들고 읽어 보더니 일어서 합장한다.
"한용운 스님은 훌륭한 시인이십니다."
"과찬이십니다. 그냥 생각을 읊었을 뿐인걸요."

"이 시를 읽으면서 문득 부끄러움을 느꼈어요."

"무슨 과분한 말씀을…… 몸둘 바를 모르겠습니다."

"책 몇 권 더 읽었다고 해서 남을 가르친다는 게 새삼 부끄러워집니다."

"실례를 범했다면 용서하십시오."

"아닙니다, 그런 뜻이 아닙니다. 한용운 스님은 짧은 기간 동안 청강하셨지만, 가르치는 나보다 더 깊은 사유를 합니다. 빈말이 아닙니다. 조선 불교의 앞날을 보는 듯해서 몹시 기뻐요."

"과찬을 채찍으로 알고 더욱 정진하겠습니다."

한용운은 그간 자신에게 호의를 베풀어 준 아사다 교수에게 정말 고마움을 느꼈다. 측량 기구까지 구해 주는 열성을 보여 주지 않았던가.

한용운은 마쓰노 히로유키를 비롯하여 안정훈, 최린 등과도 작별하고 귀국선을 탔다. 그는 꽤 긴 시간 미치코를 생각했다. 다른 사람들은 조선에서 다시 만날 수 있지만, 미치코는 다시는 만나지 못할 사람이다. 그는 그녀가 준 목각인형을 들여다보며 그들 가족의 평안을 빌었다.

기우는 대한제국

한용운이 1908년 6개월 동안 일본에 머무는 동안 조선에는 큰 변화가 있었다. 일본이 내정 전반에 걸쳐 전권을 장악했고, 그가 우려하던 대로 동양척식주식회사를 세워 본격적인 토지 수탈을 시작했다.

일본에서 귀국한 한용운은 곧장 건봉사로 갔다. 일본으로 떠나기 전 유점사 월화스님에게 배우다 만 『화엄경』을 좀 더 공부하고 싶었다. 일본에서 본 화엄의 실체가 그에게 계속 숙제로 남아 있었다. 화엄 사상이 그들의 생활 속에 깊이 뿌리내린 걸 보고 그는 위기를 느꼈다.

마침 학암스님이 건봉사에 머물고 있었다. 한용운은 학암스님으로부터 『화엄경』과 『반야경』을 공부하였다. 그는 특히 『화엄경』에 깊은 관심을 보였다.

"스님, 일본 화엄과 우리 화엄이 어떻게 다릅니까?"

"그릇이 다른 게지. 불법은 본디 모양이 없다. 모양이 없으니 다름도 있을 수가 없다. 담는 그릇에 따라 모양이 달라 보일 뿐이니라. 일본 화엄이 달라 보이는 건 그것을 담은 그릇이 다르기 때문일 것이다."

"그 그릇은 내용에 영향을 미치지 않는 것이옵니까?"

"불법은 모양이 없다. 공기와 같으니라, 큰 그릇에 담으면 커지고, 작은 그릇에 담으면 작아진다. 허나, 크고 작다고 하여 공기가 불이 되지는 않는다."

"그런데 일본 화엄은 눈에 보이는데, 우리 화엄은 보이지 않는 것은 어쩐 연유입니까?"

학암스님은 한용운을 노려보았다. 한용운은 몸을 움츠렸다. 그가 한 말 속에는 한국 불교 교단을 힐난하는 저의가 배어 있었다. 스승 앞에서 대덕의 무능에 관해 질문한 것이다.

잠시 침묵하던 학암스님이 조용히 말했다.

"없는 게 아니니라. 공기가 보이지 않는다고 해서 숨을 쉬지 않는 것이 아니요, 물이 보이지 않는다고 하여 나무가 자라지 않는 것은 아니다. 물은 이 공기 중에도 있고, 땅속에도 있다. 그래서 물이 가는 길이 법이라고 하지 않았더냐?"

법法을 파자破子하면 물[水]이 간다[去]는 뜻이 된다.

"화엄은 때를 만나야 피어나느니라. 더우면 공기가 되고, 추우면 얼음이 되는 물과 같다."

"그럼 덥고 추운 것은 누가 제도합니까?"

"인간이 한다."

"……?"

"네가 화엄을 한번 꽃피워 보아라."

한용운은 몸둘 바를 몰라 자세를 고쳐 앉았다. 꾸짖음인지 과분한 분부인지 그는 분간할 수 없었다.

"소승이 어찌 감히……."

"할 수 있다. 화엄이 별거더냐? 이 산천에 흐드러져 있는 들국화도 화엄 분신이다. 하물며 눈, 귀, 코, 입과 손발까지 달린 인간이 못한대서야 말이 되겠느냐."

한용운은 잠시 눈을 감았다. 산을 하얗게 덮고 있는 들국화가 머릿속 가득히 들어왔다. 국화 향기가 코끝에 스며든다. 그는 국화 향기를 가슴으로 음미한다.

"이 땅에 화엄이 들어온 것은 신라 의상으로부터 시작된다. 그 무렵 신라는 삼국을 통일하였는데, 통일신라는 각기 다른 환경에서 발전하였던 삼국의 문화와 백성들의 성품을 하나로 묶는 사상이 필요했던 게야. 그때 의상과 원효가 당시 중국에 유행하던 화엄을 공부하러 갔는데, 원효는 도중에 일체유심조를 깨닫고 돌아오고 의상은 혼자 중국으로 가서 화엄을 공부하고 돌아온 게야. 화엄의 향기는 삼라만상의 모든 물체를 물들게 하는 힘이 있지. 의상은 중국 장안에 있는 종남산 지상사에서 지엄으로부터 화엄을 배웠다. 지엄은 화엄 제2조가 아니더냐? 화엄이 신라에 들어온 것이 그만큼 빨랐다는 뜻이다. 통일신라가 번성한 것은 바로 이 화엄의 힘이었느니라."

한용운은 그제야 잡힐 듯 말 듯 화엄의 실체가 보였다. 신라 불교가 호국 불교가 되었던 이유도 드러났다. 통일신라는 소백산 부석

사, 가야산 해인사, 지리산 화엄사, 계룡산 갑사, 비슬산 옥천사 등 화엄 10찰을 건립하여 외곽을 둘러싸고 안으로 화엄의 향기를 피워 올렸던 것이다. 아무리 좋은 음식도 과하면 탈이 난다. 아름다움에 너무 취한 인간들이 사치와 권력층을 형성하면서 화엄도 무너져 버렸다. 그 원인은 화엄이 대중 속으로 들어가지 못하고, 승가와 귀족의 울타리 안에만 머물렀기 때문이다. 신라 불상이 대부분 금동불이고 규모가 작은 것도 이런 데 연유한다. 불상이 작고 고급스럽다는 건 불교가 귀족 중심의 소수 특권층에만 머무른 흔적이다. 반대로 일본의 경우에는 화엄이 대중 속에서 꽃 피웠다. 동대사에 화엄 대불을 조성하고 대중 법회를 연 것도 바로 같은 의미다.

신라의 귀족불교는 고려 때 와서 비로소 대중 속으로 들어갔다. 불상이 커지고 연등회 팔관회와 같은 대중 법회가 열린다. 불상이 커지는 것은 많은 사람이 우러러볼 수 있게 함이었다. 그러나 이미 화엄은 산속에 똬리를 틀고 처박혀 앉은 채 나오지 않고 있을 때였다.

학암스님은 빛바랜 종이 한 장을 꺼내 보였다. 깨알 같은 글씨가 미로처럼 빼곡하게 씌어져 있다.

"……?"

"화엄일승법계도이니라."

한용운은 그것을 들여다보았다. 어디가 시작이고, 어디가 끝인지도 모를 미로였다.

〈화엄 일승 법계도〉

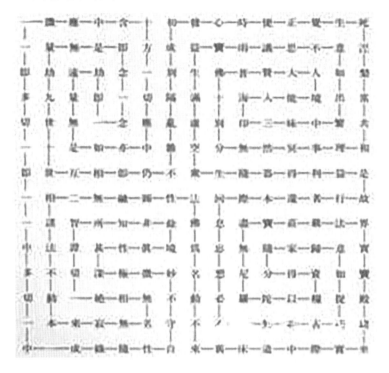

화엄 일승 법계도華嚴 一乘 法界圖는 화엄의 법계를 하나의 도형으로 형성한 것이었다.

"의상은 지엄에게 배운 화엄을 마무리로 정리하였지. 자신이 지금까지 배운 화엄이 과연 올바른 것인가를 실험하기 위하여, 그 화엄을 불에 집어넣은 것이야. 제대로 되었으면 타지 않을 것이고, 잘못 받아들여졌으면 재가 되리라 생각한 것이지. 그런데 그 화엄은 불에 타지 않았다. 그것이 바로 이 화엄일승법계도이니라."

"……?"

"여기 씌어 있는 이백열 개 글자를 도인이라고 한다. 가운데 법法 자에서 시작하여 왼쪽으로 한 바퀴 돌아 불佛 자에서 끝났다. 시작은 끝과 통하므로, 사물의 진리가 곧 깨달음임을 나타내느니라."

210개의 도인圖印. 진리[法]가 곧 깨달음[佛]이라고 말하는 학암스님의 말씀을 상기하며 한용운은 화엄일승법계도를 읽어 보았다.

법法 성性 원圓 융融 무無 이二 상相, 제諸 법法 부不 동動 본本 래來 적寂…… 구舊 래來 부不 동動 명名 위爲 불佛.

"이것은 법성계法性偈이니라. 60권의 화엄경의 이치를 칠언절구 30행으로 함축하였다. 이를 다시 대립하는 네 개의 구조로 법계도를 만들었는데, 이것은 사섭법四攝法을 말한다. 사섭법이란, 보살이 세상 사람들을 깨닫게 하도록 제시한 네 가지의 실천하는 방법이다. 첫째, 남에게 덕을 베푸는 보시布施다. 둘째, 부드러운 말을 해야 하는 애어愛語다. 셋째, 남에게 이익을 주는 이행利行이다. 넷째, 더불어 일하며 살아가는 동사同事다. 또 모두 쉰네 번 구부러지게 한 것은 선재동자가 만났던 쉰세 명의 선지식과, 대각大覺을 의미하느니라. 낱낱의 글자로 뜻을 표현하는 것은 부처님이 한 글자로 세계를 펴 보인 것이며, 줄로 이은 것은 중생의 여러 소리를 일시에 모두 듣는다는 뜻이 들어 있다. 따라서 이 법계도 안에는 화엄의 모든 모양이 그대로 담겨 있느니라."

한용운은 화엄의 바닷속에 몸을 담갔다. 그는 이 오묘하고 화려한 지혜의 바다가 교학으로만 전해진다는 게 너무나 안타까웠다. 부처님이 이런 중생의 소리를 듣는다면 분명히 중생의 아픔도 알았을 것 아닌가. 그 아픔의 소리를 외면한 채 조선에서는 훌륭한 승려를 만드는 데만 머물렀다는 게 답답했다. 학암스님은 계속 설명했다.

"원효는 진경 육십 화엄경을 가지고 소疏를 만들었는데, 소는 보이지 않고 서문과 일부 내용만 전해 온다. 그 서문에 화엄의 진면목이 잘 나타나 있다."

중앙아시아 코탄 국에서 인도로부터 전해진 『십지경』과 『입법계품』 등의 편린들을 모아 새로운 경전으로 정리하였는데, 동진東晉의 불타발타라가 이를 3만 6000게偈로 번역하여 만든 것이 『60화엄경』이다. 원효는 이를 가지고 소疏를 썼다. 원효의 『진경화엄경소서晉經華嚴經疏序』의 첫머리는 이렇게 시작된다.

'원부무장무애법계법문자(原夫無障無碍法界法問者), 무법이무불법(無法而無不法), 비문이무불문야(非門而無不門也)'

학암스님은 이 부분을 특히 강조했다.

"무장 무애한 법계의 법문을 살펴보면, 법이 없으나 법 아닌 것이 없고, 문이 없으면서 문 아닌 것이 없다는 뜻이니라."

"……?"

"이는 진리로 들어가는 길은 특별히 진리를 설하거나 배워서 이루어지는 게 아니라는 뜻이다. 문은 어디로나 통하되, 그것을 찾으려고 하면 보이지 않는다. 문은 본래 없기 때문이다. 법계는 바로 이러한 자유의 세계다. 그 자유는 일상에 늘 존재하고 있다. 법을 먼 곳에서 찾으려고 하지 마라."

한용운은 학암스님의 그 말에 귀가 번쩍 뜨였다. 하루 세 끼 밥 먹

고 똥 누고 잠자는 것이 도라는 말과 통하기도 했다. 행주좌와行住坐
臥, 길을 가고 머무르고 앉거나 누워 있는 인간의 움직임 그 어느 곳
에든 법계가 열려 있다는 뜻이었다.

"법이란 찾는 것이 아니라, 본래의 자리로 돌아가는 것이다. 법은
없다가 생겨난 것이 아니라 본래 그 자리에 있다."

"누구에게나 다 법이 있다는 말씀입니까?"

"그래서 개에게도 불성이 있다고 하잖았느냐."

"그럼, 삼라만상의 변화는 어째서 일어나는 것이옵니까?"

"바람 때문이니라. 바람에 흔들리는 나뭇잎을 보아라. 흔들리는
나뭇잎이 바람의 실체가 아니질 않느냐? 티끌이 날고 먼지가 인다고
해서 그것이 곧 바람은 아니다. 그렇다고 바람이 없는 것도 아니다.
바람이 보이지 않는다고 해서, 바람이 일으키는 현상을 보고 바람이
라고 하여서는 안 된다. 이같이, 사람의 마음에 일어나는 모든 현상
은 바람이니라. 흔들리는 망상을 마음의 실체로 보아서는 안 된다.
나뭇잎이 흔들리지 않고 평온하려면 바람을 잠재우면 된다. 자기 마
음의 실체를 발견하도록 하여라. 그것이 법계로 들어가는 문이니라.
문이 없는 곳에서 문을 찾는 것이다. 그 문을 찾으면 흔들리지 않는
삼라만상이 한눈에 보인다."

한용운은 아사다 교수에게서 들은 도견道堅의 오도송이 떠올랐
다. 산죽山竹 부러지는 소리와 두견새 우는 소리를 듣고 화엄 경지를
깨달았다. 소리를 '들은' 것이 아니라 '본' 것이다. 바로 무문관無門觀
이다 학암스님의 화엄 요지는 바로 이 무문관을 이야기한다.

한용운이 건봉사에서 『화엄경』과 『반야경』을 공부하고 있는 사이에 어느덧 가을이 지나고 겨울로 접어들었다.

그러던 어느 날이었다. 한용운은 무심코 방 안 윗목에 놓여 있는 평판 측량기를 바라보다가 정신이 번쩍 들었다. 공부에 열중하느라 일본에서 가지고 온 그 측량기를 까마득히 잊었다. 이미 일본은 동양척식주식회사를 설립하여 이 땅의 토지를 수탈할 준비를 마친 상태다.

한용운은 우선 각 사찰의 승려들에게 측량 교육을 받게 하고 싶었다. 사찰 땅은 산속 여기저기 흩어져 있어 관리가 허술하다. 또 일반 속가와 달리 오랫동안 재산권 행사하지 않은 탓에 정확한 위치조차 파악되지 않은 땅이 많았다. 여기에는 승려들이 재물에 연연하지 않은 맹점도 원인의 하나다.

한용운은 사찰에 측량학의 중요함을 알리는 일부터 시작하고자 했다. 그러나 이를 실천에 옮기지 못했다. 승려의 신분으로, 더구나 개인 자격으로 각 사찰을 돌며 측량 교육의 필요성을 역설한다는 게 쉬운 일이 아니었다. 또 그들은 아직 땅의 소유권에 대한 절실함을 느끼지 못하고 있었다. 그는 생각을 바꾸어 한성으로 가기로 하였다. 일본이 이 땅의 토지를 수탈하려고 한다면 우선 한성을 중심으로 서서히 시작할 것이다. 측량 교육도 한성을 중심으로 펼쳐야 한다고 생각한 것이다.

한용운은 평판 측량기를 메고 한성으로 올라왔다. 그는 우선 동대문에 있는 배오개장으로 이순덕을 찾아갔다. 한성에 그 말고 아는 사람이 없었지만, 측량 강습소를 열려면 재정적인 도움이 필요했다.

그에게 도움을 청하기로 한 것이다.

이지룡에게서 배운 장사 수완이 있어서 그런지 이순덕의 가게는 지난번보다 훨씬 더 번창했다. 종업원도 여러 명 있었다.

한용운을 본 이순덕은 매우 반가워하였다.

"한용운 스님 아니십니까?"

"오랜만입니다."

"일본에 가신다더니, 언제 오셨습니까?"

"지난가을에 왔지요."

"멀리 가셨는데, 금방 오셨어요?"

"살러 간 것도 아닌데, 오래 있으면 뭘 합니까. 그래, 이지룡 선생 소식은 자주 듣습니까?"

"여름에 한 번 다녀가셨지요. 그쪽에서 자리를 잡았다는군요."

"반가운 소식이군요."

"그렇지 않아도 한용운 스님 이야기를 했어요. 한번 뵙고 싶어 하셨는데……."

"언제 또 뵐 날이 있겠지요. 헌데, 가게가 번창했군요?"

"웬걸요. 규모만 커졌지, 이문은 전 같지 못해요. 다행히 조선 사람들에게 필요한 물건들만 취급하다 보니 그런대로 꾸려나가고 있어요."

이순덕의 가게는 건어물만 취급했다.

"조선 사람들은 제사를 안 지내고는 안 되지요. 아무리 개화되어도 이 장사만은 될 겁니다. 잡화를 파는 친구들은 대부분 문을 닫았어요. 일본 상인들 때문에 발을 붙이지 못해요. 앞으로 백화점인가 뭔가 하는 큰 상점이 들어온답니다. 그러면 문을 닫는 가게가 더 늘어날 겁니다."

한용운은 잠시 환담을 나눈 뒤 말했다.

"사실은 좀 부탁드릴 일이 있어 찾아왔습니다."

"무슨 일인가요?"

"정말 체면이 없는 부탁입니다만, 하도 절박하여 염치불고하고 찾아왔어요."

"제가 할 수 있는 일이라면 도와드려야지요. 무슨 일입니까?"

"측량 강습소를 하나 낼까 합니다."

"측량? 측량이 뭡니까?"

"땅 모양과 넓이를 재는 일이지요."

"아니, 스님께서 그런 일을 하신단 말씀이오이까?"

"내가 직접 그 일을 하는 게 아니라, 사람들에게 기술을 가르치려고요."

이순덕은 한용운의 진의를 잘 이해하지 못했다. 측량이라는 말도 생소했지만, 승려가 별안간 그런 강습소를 연다니까 어리둥절한 표정을 짓는다.

"지금 일본은 동양척식주식회사라는 괴물을 만들고 조선의 땅을 야금야금 훔쳐 가고 있어요."

"저도 그 말을 들었습니다만?"

"그 회사가 바로 이 땅의 토지를 정리하고, 남은 땅을 차지하려는 속셈을 감추고 있어요. 일본에 갔을 때 많은 측량 기사들이 조선으로 들어가는 걸 보고 놀랐습니다. 생판 모르는 낯선 사람들이 측량기를 들고 자기 땅 넓이를 재고 있는데, 정작 주인은 자기 땅이 얼마나 되는지 모른대서야 말이 안 됩니다. 말이 안 되는 것까지는 그래도 괜찮아요. 송두리째 빼앗길지도 몰라요."

이순덕은 한용운의 말을 듣고 고개를 끄덕였다.

"정말 훌륭하신 생각입니다. 사실 숙부께서도 상해에서 국권 회복을 위한 일을 하고 계십니다. 상해 황포구에 있는 상회를 중심으로 망명 인사들을 규합하고 있답니다. 지난번에 오셨던 일도 국내 단체들과의 연계와 자금을 마련하기 위해서였지요. 측량을 가르쳐 자기 땅을 지키는 것이 곧 자기 나라를 지키는 일 아니겠습니까. 미력하나마 저도 돕도록 하겠습니다. 그런데, 한용운 스님은 측량을 배우셨습니까?"

"일본에서 곁눈질로 배웠지요. 전문지식은 아니지만, 잘못된 것을 밝힐 정도는 압니다."

"구체적으로 제가 어떻게 도우면 되겠습니까?"

"강습소를 열 장소가 필요해요. 창고 같은 데도 괜찮고, 아니면 가정집도 괜찮아요. 여러 사람을 모아놓고 공부할 정도면 됩니다. 일부러 구하려면 돈이 들 테니, 혹 아는 사람 가운데 그런 장소를 제공해 줄 만한 분이 없을까요?"

"갑작스런 일이라…… 한번 알아봐야겠습니다. 가만있자, 가정집이라도 괜찮다고 하셨습니까?"

"예."

"우선 차를 드시면서 잠깐 기다리시면 제가 한번 알아보겠습니다."

이순덕은 종업원들을 불러 모아 놓고 뭔가 의논하고 오더니 말했다.

"마침 잘되었습니다. 일하는 아이네 집인데, 아래채가 비어 있다는군요. 함께 써도 번잡하지 않을는지요?"

"아닙니다. 그만한 장소가 있다는 것만으로도 감사한 일이지요."

한용운은 '경성명진측량강습소'라는 간판을 내걸었다. 소문을 들은 사람들이 하나둘 모여들기 시작했다. 측량만 가르치는 것이 아니라 한문과 생활 철학도 가르쳤다. 생활 철학은 동양 철학과 불교에 바탕을 둔 인생관 같은 것이었다. 측량 강습소를 운영하는 중에도 그는 틈나는 대로 사찰을 순회하면서 측량에 대한 중요성을 강의했다. 이것을 계기로 일부 사찰에서는 자체 측량 강습소를 개설하기도 했다.

사찰을 순회강연하면서 한용운은 승려들의 자질 향상이 시급함을 느꼈다. 불교의 오랜 침체로 말미암아 승가의 체계가 허물어져 있었다. 교육도 등한히 하며, 경전 정리도 제대로 되지 않았다. 승려가 천민으로 전락하는 바람에 글도 제대로 깨치지 못한 사람들이 승복을 입고 무위도식하기도 한다. 스승으로부터 염불만 배워 입으로 경문이나 주절주절 외는 승려들이 태반이었다. 승려와 신도들이 일사불란하게 움직이는 일본 불교를 생각하면 답답함이 가시지 않는다. 한성에는 이미 곳곳에 일본 불교 포교당이 세워져 있는데, 조선 불교는 아직도 산중에만 있다.

어느 날, 한용운이 강의하는 곳에 일본 헌병이 찾아왔다. 조선인들이 모여 불온 집회를 연다는 정보가 들어왔다는 것이다. 경찰도 아니고 일본군 헌병이 찾아온 것에 그는 속에서 분노가 일었다. 마침 한문 공부를 하던 중이었다. 유창하지는 않으나 한용운은 일본말을 대충 할 줄 알았다. 그러나 그는 일부러 조선말로 대답하였다.

"보시다시피 한문을 가르치고 있지 않소?"

헌병은 사방을 두리번거리고 나서 물었다.

"또 무얼 가르치오?"

한용운은 측량을 가르친다는 말은 하지 않았다. 측량을 가르치는 게 법에 저촉되는 일은 아니나, 그 목적이 일본의 토지 침탈을 막기 위해서이기 때문이다.

"불경을 가르치오."

"또?"

헌병은 이미 모든 걸 다 알고 온 듯했다. 한용운은 잠시 그를 노려본 뒤 당당하게 말했다.

"측량학도 가르치고 있소."

"측량학이라…… 그걸 왜 가르치오?"

"왜 가르치다니, 그게 무슨 말이오?"

"이 사람들을 측량 기사로 만들 생각이오?"

"그건 개인의 자유요. 사람은 무엇이든 배워야 하는 게요. 취미가 맞아 측량사가 되는 건 그다음 문제일 것이오."

한용운은 말하면서 일본 헌병 옆에서 통역하는 조선 사람을 노려보았다. 측량을 가르치고 있다는 것까지 알고 온 것으로 보아 여기서 공부하는 누군가가 밀고하였음이 틀림없었다. 한용운은 측량을 가르치면서 일본의 토지 침탈에 대비하여 정신을 바짝 차려야 한다고 말했었다. 지금 일본 헌병과 함께 온 조선인이 이러한 의도를 자세하게 설명해 주었을 것이다.

"어느 절에 있소?"

"백담사에 있소이다."

"백담사가 어디요?"

조선인이 통역해 주자 일본 헌병은 주위를 두리번거리며 묻는다.

"아니, 그곳에서 일부러 올라왔다는 말이오?"

"중은 본래 여기저기 떠돌아다니는 것이오."

"조선인들의 일거수일투족이 모두 헌병대에 보고되고 있소. 조금이라도 불온한 내용이 나타나면 즉각 체포할 것이오. 명심하시오."

일본 헌병은 별 뚜렷한 단서를 잡지 못하자 으름장만 놓고 물러갔다.

한용운은 잠시 마음을 가다듬었다. 착잡한 기분이었다. 일본 헌병과 직접 부딪히는 건 처음이다. 시모노세키 연락선 대합실에서 안정훈과 함께 주재소로 연행되어 가기는 하였지만, 그곳은 일본 땅이다. 조선 땅 안에서 일본 헌병에게 행동의 자유를 속박당하고 있다는 사실이 너무도 치욕이었다. 더구나 가르치는 사람들 가운데 누군가의 입을 통해 밀고되었다는 것은 더더욱 분통 터질 일이다. '아, 조선은 어디로 갈 것인가?' 한용운의 입에서 저절로 탄식이 터져 나왔다.

이듬해(1909년) 6월, 각의에서 사법권마저 일본에 양도하고 말았다. 군부도 폐지하였다. 이제 황제는 명분뿐이다. 황제가 존재한다는 사실만 있을 뿐 대한제국은 이제 일본이 통치했다.

다음 달에 한용운은 강습소를 다른 사람에게 맡긴 채 강원도 표훈사로 떠났다. 그곳에 불교 강원이 개설되어 강의를 맡게 된 것이다. 사회 교화 활동도 중요하지만, 그보다 우선 불교 내부의 의식 개혁 운동이 더 시급하다고 생각했기 때문이다. 아직은 불교가 조선인들의 정신적 뿌리 역할을 한다. 이 뿌리가 썩어들어간다면 치유 불가능하다.

가을이 깊어 갈 무렵, 전국을 뒤흔든 큰 사건이 터졌다. 만주 하얼빈역에서 조선인 안중근이 초대 통감 이토 히로부미를 사살하였다. 강의 중에 이 소식을 접한 한용운은 강의를 중단하였다. 그는 강원 학승들을 모두 법당으로 데리고 가서 예불을 올렸다. 이토 히로부미의 극락왕생을 기원하는 천도제를 올린 것이었다. 영문을 모르는 학승들은 한용운의 엉뚱한 행동에 눈이 휘둥그레졌다. 일본 통감이 죽은 것을 애석해하는 줄 알았다.

예불을 마친 한용운은 조용히 말했다.

"안중근 의사의 쾌거는 조선의 독립을 예고하는 종소리입니다. 그러한 용기는 독립을 믿는 사람이 아니면 할 수가 없습니다. 눈앞에 보이는 일본의 강력한 군사력을 보고 일본이 세계를 지배할 것이라고 믿는 사람은 친일하게 마련입니다. 우리는 반드시 일본 세력을 물리치고 독립합니다."

"……?"

학승들은 또 한 번 눈이 동그레졌다. 한용운의 행동을 도무지 종

잡을 수가 없었다.

"내가 이토 히로부미의 극락왕생을 빈 것은 그의 죽음을 애석해해서가 아닙니다. 어떤 이유로든 사람을 죽인다는 것은 불행한 일이지요. 더구나 우리는 성직자입니다. 다만, 한 사람의 죽음이 만인을 구하는 일이라면 죽일 수도 있겠지요. 그 살생은 살생이 아니라 활인活人입니다. 그들이 먼저 이 땅을 침탈했으니, 활인의 매듭도 그들이 풀어야 합니다. 이토 히로부미의 죽음은 바로 그 매듭을 푸는 출발점입니다. 조선인들은 물론이고 일본인들의 가슴에 잠자던 새로운 의식에 불을 당기는 힘이 될 겁니다. 조선인들에겐 자유 독립사상이 될 것이고, 일본인들에게는 인도주의와 인간 평등에 대한 사상을 눈뜨게 될 것입니다. 한두 사람이라도 괜찮습니다. 하나둘 모이면, 언젠가는 큰 바다를 이루게 될 것입니다."

학승들은 그제야 한용운의 깊은 속마음을 헤아렸다. 바로 화엄의 대의를 실천하는 것이었다. 사람을 죽인다는 것은 슬픈 일이다. 그러나 대승적 시각에서 보자면 더 많은 중생을 구하는 일이다. 한 마리 소를 잡아 많은 중생의 허기를 채운다면 그 소의 죽음은 헛된 것이 아니다. 이토 히로부미가 안중근의 손에 죽기는 하였지만, 대승 차원에서 보면 그는 대의를 위해 희생된 것이다. 그의 죽음으로 인하여 무지한 인간들의 눈이 떠질지도 모르는 일이다. 한용운은 바로 그런 뜻에서 이토 히로부미의 천도 예불을 올렸다.

한용운은 나직한 목소리로 말했다.

"이토 히로부미의 극락왕생을 빌고, 그의 죽음을 큰 의미로 받아들이는 건 안중근 의사의 살생을 활인으로 바꾸는 일이기도 합니다.

이토 히로부미의 죽음이 개죽음이 되면 안중근 의사의 살생도 하찮은 것이 될 수밖에 없지 않습니까? 이토 히로부미의 죽음은 새로운 역사를 위한 희생입니다. 그래야 안중근 의사의 행위도 큰 것이 됩니다."

그날 밤, 한용운은 밤새 안중근을 위한 독경을 했다. 이토 히로부미를 죽였으니, 그도 살아남을 수가 없다. 이토 히로부미가 죽는 순간 그도 죽은 사람이 아닌가.

문살이 희끄무레하게 갓밝이가 다가온다. 한용운은 그때까지 가부좌를 튼 채 앉아 있었다. 독경을 끝내고 선정禪定에 들기 위해 눈을 지그시 감았다. 머릿속이 혼란스러웠다. 낮에 학승들에게 안중근 의사의 쾌거는 독립이 온다는 사실을 믿는 사람만이 할 수 있는 행동이라고 말했다. 그중 과연 몇 사람이 그 말을 제대로 이해했을지가 궁금했다. 들판에 누렇게 익어 가는 벼들이 그의 눈앞에 보였다. 가을은 풍요롭다. 먹을 게 많은 계절이다. 먹을 게 많으면 평화로울 수밖에 없다. 가을걷이를 끝내 놓으면 하얀 눈이 내리는 겨울이 온다. 곳간에 양식을 가득 채워놓고 한가로이 겨울을 날 수가 있다. 그 가을은 바로 조선인에게는 독립의 계절이다.

한용운은 가부좌를 풀었다. 안중근을 위해 시 한 수 짓고 싶었다. '안해주安海州' 제목을 먼저 떠올렸다. 해주海州는 안중근 의사의 고향이다. 거기에 안중근의 성을 붙여 그 땅을 길이 빛내고 싶었다. 그의 고향을 떠올리고 나니 한용운은 불현듯 또 강대용이 생각났다.

萬斛熱血十斗膽(만곡열혈십두담)

淬盡一釖霜有韜(쉬진일일상유도)
霹靂忽破夜寂莫(벽력홀파야적막)
鐵花亂飛秋色高(철화란비추색고)

만석의 뜨거운 피 열 말의 담(膽)
한칼을 벼려 내니 서리가 날려.
고요한 밤 갑자기 벼락이 치며
불꽃 튀는 그곳에 가을 하늘 높아라.

"조선인들이여, 우리 모두 가을을 맞으러 가자!"

한용운은 갓밝이가 오는 밤을 향해 혼자 그렇게 외쳤다. 유사지추 有事之秋, 가을이 오면 일거리가 많다. 어른과 어린아이 모두 힘을 합쳐 일해야 한다. 일할 사람이 필요하다. 지금부터 조선인들은 유사지추에 대비하여야 한다.

산속은 겨울이 빨리 찾아온다. 그 누가 서설瑞雪이라고 하였던가. 첫 눈발이 휘날리던 날 한성에서는 정말 어처구니없는 일이 일어났다. 일진회에서 한일합병 성명서를 발표한 것이다. 다 같이 힘을 합쳐도 될까 말까 한데, 조선인들이 앞장서서 합병을 공표하는 건 피를 토할 일이었다. 이 소식을 접한 한용운은 주먹을 불끈 쥐었다. 같은 조선 민족이면서 안중근 의사와 같은 사람이 있는가 하면, 이용구와 같은 인물도 있다. 똑같은 인간의 마음이면서도 이렇듯 극락과 지옥이 함께 하고 있다.

유생 김창숙이 일진회 해산을 중추원에 요구한 것을 시작으로 각지에서 일진회를 규탄하고 나섰다. 일진회의 성명은 이미 각본에 짜인 순서일 뿐이었다. 조선인 스스로 합병을 요구하고 있다는 걸 나타내 보이기 위한 술책이다. 눈이 어두운 조선인들이 그들의 꼭두각시 노릇을 하고 있었다.

봄이 되자 원종 종무원 본사를 양산 통도사로 정하고, 한성 수송동에 각황사를 지어 조선 불교 중앙회의소 겸 중앙 포교소로 운영했다. 종단 안에서의 움직임도 심상치 않았다. 종정 이회광이 조선 불교를 일본 조동종과 합치려 한다는 소문이 심심치 않게 떠돌았다.

한용운은 산등성이에 앉아 멀리 펼쳐진 들판을 바라보았다. 그날따라 하늘이 몹시 맑았다. 따뜻한 햇살이 잔디 위로 쏟아졌다.

그때였다. 한용운의 무릎 위로 개구리 한 마리가 풀쩍 뛰어올랐다. 개구리는 도망가지 않았다. 커다란 눈망울을 굴리면서 한참 동안 꾸르륵꾸르륵 울다가 잔디 위로 다시 뛰어 내려갔다. 그는 그 개구리를 무심히 바라보다가 정신이 번쩍 들었다. 동면에서 깨어나야 한다. 저 개구리처럼, 우리 조선도 깨어나야 한다는 생각이 불길처럼 솟구친 것이다. 웅지는 펼쳐야 빛이 난다. 아무리 높은 이상도 끌어안고 있으면 웅지가 아니다. 한용운은 훌훌 자리를 털고 산에서 내려왔다.

한용운은 먼저 불교를 혁신할 결심을 굳혔다. 불교가 중생을 제대로 구제하자면 교단 안에서부터 혁신하지 않으면 안 되었다. '惟新(유신)'이란 말을 떠올렸다. 유신은 파괴의 아들이요, 파괴는 유신의 어머니다. 따라서 파괴 없이는 유신이 있을 수가 없다. 새로운 혁신을 하자면 파괴의 두려움을 극복해야 한다. 그는 우선 불교를 중흥

하는 것을 최우선 과제로 삼았다. 하화중생下化衆生하려면 불교 자체가 뿌리를 제대로 내리지 않으면 안 된다. 수만 권의 불경을 쌓아 놓아 보아봐야 아무런 소용이 없다. 승려의 입을 통해서, 승려의 행동을 통해서, 그것이 실천으로 옮겨져야 하는 것이다. 그러자면 승려가 몸 담고 있는 불교 교단이 제 궤도에서 굴러가야 함은 당연한 이치다.

그러면 무엇부터 파괴해야 하는가. 한용운은 불교의 현실을 하나하나 진단하기 시작했다. 문제는 한두 가지 아니었다. 승려의 교육, 참선, 염불당, 사원의 위치, 불상과 불화 숭배 문제, 각종 의식, 승려의 자격, 주지 선임 등 문제가 이루 헤아릴 수 없이 많다. 그 가운데 제일 먼저 해야 할 일이 승려의 결혼 금지 계율을 없애는 일이었다. 불교는 승려에 의해 운영되고, 승려로 대표된다. 승려의 얼굴이 곧 불교임으로 승려의 모습부터 정리해야 한다. 청정무애淸淨無碍하기 위해 독신 구도 생활이 더없이 좋으나, 그것은 혼자 득도하는 방편으로서 좋을 뿐이다. 중생을 널리 구하기 위해서는 중생 속으로 들어가지 않으면 안 된다. 중생이 가정을 이루고 있고, 시정市井에 살고 있다. 독신으로 산중에 앉아 중생을 절에 찾아오게 하는 방법으로는 그것을 제도할 수 없다. 자식을 갖지 않고 살림을 살아보지도 않은 사람이 중생의 마음을 어떻게 알 것인가. 동시에 중생이 청정 비구로 살아가는 승려의 속을 어떻게 헤아리겠는가. 중생에게 승려의 생활이 환상으로 보이면 안 된다. 절을 찾아오는 중생이 불법을 얻으러 오는 게이 아니라, 복을 빌기 위해 오게 되는 것도 이런 데서 연유한다. 중생이 사는 곳이 곧 절이요, 절이 곧 시정이어야 한다.

이렇게 생각하던 한용운은 잠시 마음을 안정시켰다. 스스로도 엄청난 파괴를 하고 있음을 본 것이다. 계율을 파괴하자고 나선다면 그 파문이 엄청날 것임은 의문의 여지가 없다.

『법망경』에 '부처님의 가르침을 받드는 자는 스스로 음행을 하거나, 고의로 여성을 음행하지 못한다'라고 하였다. 대승 계율의 하나인 사분율四分律에도 '부정한 짓을 축생처럼 범하면 비구의 불공주不共住에 해당한다'라고 하였다. 불공주는 바라이를 번역한 말이다. 바라이는 승단의 근본 계율로, 이를 어기면 승려의 자격을 잃고 승단에서 쫓겨난다. 그뿐만 아니다. 사미계의 세 번째가 부정한 계율이다. 살생殺生, 윤도倫盜, 사음邪淫, 망구忘口 등 비구에게 가장 무거운 죄인 4바라이 계율에도 사음을 금한다. 불경 어느 것 하나에도 승려의 결혼을 용납하는 구절이 들어 있지 않다.

한용운은 경전이 부처님 이후에 만들어진 것이라는 데 주목했다. 더 나은 수행 방법으로 채택했을 뿐이다. 수천 년을 내려오면서 한 번도 의심해 보지 않았다. 절대 진리로 지켜 왔다. 이것이 청정 비구가 진리를 얻는 지름길이라면 인간 모두를 청정 비구로 만들어야 한다. 과연 그럴 수가 있는가?

한용운은 화엄의 사사무애事事無碍를 떠올렸다. 화엄은 높고 넓으며 끝이 없다. 공空과 색色이 다르지 않은 경지에서 옳고 그름을 나누고, 있고 없음을 규정하는 계율을 짊어지고 문門을 들어서려 하는가. 계율로 불법을 구하려는 태도는 한 잔의 물속에서 용을 찾고, 개미집에서 호랑이를 찾는 것과 같다.

한용운은 규슈에서 강연실이 하던 말이 떠올랐다.

"결국 스님은 사람이긴 하지만 남자는 아니라는 뜻이군요?"

승려도 사람이어야 한다. 그래야 중생 속에 섞여 중생의 아픔을 함께 나누고 해결할 수가 있다.

한용운의 불교 개혁 건의를 들은 스님들은 기절초풍하였다. 그를 종문난적宗門亂賊으로 취급하려 들었다. 승려들을 시집·장가보내야 한다고 주장했으니 당연하다. 그도 애당초 온전하게 대접받을 걸 기대하지는 않았다. 그런데 제시된 문제를 파악조차 하지 않으려는 데서 한용운은 분노를 느꼈다.

한용운은 종단 원로 스님들을 만나 난상 토론하였다.

"승려의 결혼이 구도에 방해가 된다면 과거 칠불이 모두 아들을 두고 있는 것을 어떻게 설명해야 합니까?"

한용운의 이 질문에 그들은 표정만 엄하게 지을 뿐 대답하지 않았다. 과거 칠불七佛은 사바세계에 나타난 일곱 부처로, 비바시불, 시기불, 비사부불 구류손불, 구나함모니불, 가섭불, 석가모니불을 말한다. 부처의 조상이고 모든 법의 근원인 이들 7불은 모두 아들을 하나씩 두었다. 비바시불은 방응을, 시기불은 무량을, 비사부불은 묘각을, 구류손불은 상승을, 구나함모니불은 도사를, 가섭불은 진군을, 석가모니불은 나후라를 두었다.

"모든 물질은 상극이 하나로 모여야 상승하는데, 하물며 사람에게 일면을 강요함은 우주 만물의 생성 이치에도 어긋납니다. 음계로 수행의 청정을 요구한 것은 번뇌를 없애려는 데 있는 줄 압니다만, 그 계율이 또 새로운 번뇌를 낳을 수도 있지 않습니까. 계율로 묶어 부처님을 숭상하는 것과 계율을 풀고 부처님을 숭상하는 것은 근본적으로 다르지 않다고 생각됩니다."

이러한 설득이 2,400여 년 동안 잠자고 있던 승려들의 뿌리 깊은 의식을 깨울 수는 없었다. 한용운은 생각을 바꾸기로 하였다. 불교 종단 차원에서의 개혁은 불가능하다는 것을 깨닫고 불교 밖으로부터 개혁의 틈을 찾아보기로 하였다.

먼저 젊은 학승들을 상대로 유신 취지를 강의하면서 한용운은 유신에 대한 논문을 집필했다. 개혁 취지를 글로 남겨 언젠가 꼭 조선 불교의 모습이 일변하기를 기대한 것이다.

한용운은 불교의 포교 방법에 대해 강의했다.

"만법은 대포 일문보다 못하다는 말들을 합니다. 이것이 오늘날 국제 관계에 있어서 법전처럼 여겨지고 있는 원칙입니다. 멀리 있는 법보다 가까이 있는 주먹이 났다는 말처럼 들려 매우 속되게 들립니다만, 가만히 내용을 살펴보면 그런 것만은 아닙니다. 물론 옳은 일에 쓰이면 좋은 말이 될 것이고, 나쁜 일에 쓰이면 나쁜 일이 되겠지요. 장자는 지고의 진리를 물이라고 하였습니다. 물은 높은 데서 낮은 곳으로 흐릅니다. 그러나 낮은 곳에서 사는 사람들이 물난리가 났는데, 지대가 낮으니 그렇다며 앉아만 있으면 어떻게 됩니까? 땅을 돋우어 지대를 높이는 적극적인 자세가 필요합니다. 불교가 참선을 강구하고, 정적인 자세로 중생을 끌어들이려 한다면 중생을 모두 잃고 맙니다. 조선 불교가 오늘날 이렇게 위축된 데에는 교세를 뻗지 못했기 때문이고, 이는 불교의 가르침이 중생에게 배어들게 하지 못했기 때문입니다. 이는 절이 산중에 있고, 승려는 신도가 찾아오기만을 기다리고 있어서 그렇습니다. 스페인 사람 마달가기는 10년

간 전도하여 신도 한 사람을 얻었다고 합니다. 또 길림덕이라는 사람은 버마에서 5년간 전도하여 신도 한 사람을 얻었으며, 나리림은 중국에서 7년 만에 신도 한 사람을 얻었다고 합니다. 서양 종교는 이와 같은 자세로 포교에 임합니다. 불교는 어떻습니까? 만약 조선 승려가 외국에 나가 이같이 인내하며 포교할 수 있겠습니까?"

한용운은 중추원 의장 김윤식에게 헌의서獻議書를 보냈다. 승려 취처의 금혼 계율을 무너뜨리는 일은 불교 자체의 개혁 운동으로 이루어질 수 없음을 알고, 그는 정부의 힘을 빌리기로 한 것이다. 그는 종단 내부 문제를 외부의 힘을 얻어 해결하려는 것이 가슴 아팠다. 그러나 이것은 불교의 장래를 위해 꼭 이루어져야 하는 것이고, 또 내부의 개혁으로는 도저히 이루어질 수 없는 일이기에 어쩔 수 없이 단행하였다. 대포 일문을 얻는 것이라 생각했다.

이 일도 그렇게 간단히 해결되지는 않았다. 중추원이라고 하더라도 특정 종교의 교리에 관한 문제일 뿐만 아니라, 대부분 승려가 반대하는 일을 군이 앞장서서 해결해 줄 필요가 없다고 생각했다.

여름이 한창 깊어 갈 무렵이었다. 한일합병 소식이 산사에 전해졌다. 8월 16일, 이완용이 통감 데라우치 마사다케에게 합병 각서를 전했고, 일주일 뒤인 22일에 조인되었다고 한다. 한용운은 대중들과 공양하던 중에 이 소식을 들었다. 그는 눈앞이 캄캄했다. 하늘이 무너지고 천지가 진동하는 충격을 받았다. 얼마쯤 예상하기는 했지만, 설마 나라를 합병하기까지야 하겠느냐고 생각했다. 일본에 갔을 때 느낀, 일본인들도 정서가 있고 철학이 있다는 걸 믿었다. 이러한 그의 기대가 무너졌다. 공양하던 대중들이 서로 돌아보며 수군거렸다.

"기어이 합병되었군."

"이제 조선은 어떻게 되는 거야?"

"어떻게 되긴, 일본놈 나라가 된 거지."

잠시 술렁거렸으나, 승려들은 아무렇지도 않은 듯 공양을 계속했다. 한용운은 숟가락을 팽개치듯 놓았다. 그러고는 밥을 먹는 승려들을 노려보았다. 순간 그의 가슴에서 뜨거운 피가 용솟음쳤다. 한용운은 벌떡 일어나 밥상을 발로 걷어차 버렸다.

"이 중놈들아! 나라가 송두리째 없어졌는데 밥이 아가리로 들어간단 말이냐!"

공양하던 승려들이 혼비백산하여 뒤로 물러났다. 그 자리에는 주지 스님을 비롯한 한용운보다 법랍이 높은 노승들도 있었다.

"이 무슨 무례한 짓인가?"

그중 한 나이 든 승려가 한용운은 꾸짖었다.

"너희들은 어느 나라 백성들이냐? 산중에 들어앉아 배만 채우면 사는 길인 줄 아느냐?"

"저런, 저런 고얀 놈 보았나!"

한용운은 방문을 박차고 밖으로 나왔다. 온 산천이 단풍으로 붉게 물들었다. 산은 변함이 없는데 역사는 변했다. 한용운은 어금니를 꽉 깨물고 눈을 감았다. 앞으로 어떻게 해야 좋을지 암담했다. 혼자의 힘으로 밀려드는 거센 물결을 막을 수는 없다. 그렇다고 불교의 힘을 이용하기도 요원했다. 구습을 버리고 유신하자는 일에도 소극적이지 않았는가.

한용운은 쓰고 있던 「유신론」 원고를 싸 들고 백담사로 갔다. 당분간 백담사에 틀어박혀 유신론을 완성해야겠다고 마음먹었다. 어떻게든 불교를 유신해야 한다. 일찍이 불교가 대중화 되었더라면, 이런 국난에 훌륭히 대처할 수 있었을 것이다.

　백담사에서 불교 유신론을 집필하고 있는 한용운에게 또다시 충격적인 소식이 전해졌다. 원종 종정 이회광이 일본 조동종과 연합하기 위해 일본으로 떠났다는 것이었다. 한용운은 붓을 내동댕이치며 벌떡 일어났다. 기름에 불붙듯 모든 일이 너무 급속도로 진행된다고 여겨졌다.

　한용운은 정신없이 설악산 능선을 돌아다녔다. 덩굴과 나뭇가지에 손발이 긁혀 피가 나는 것도 몰랐다.

　얼마나 돌아다닌 것일까. 그는 지친 몸을 내던지듯 계곡의 바위에 걸터앉았다. 맑은 물이 바위틈을 돌아 흘러간다. 그 물에 파란 하늘이 담겼고, 그 하늘 위에 그의 초췌한 얼굴이 어른거렸다. 일엽편주처럼 다시 그 위로 낙엽 하나가 떠내려간다. 그의 시선이 그 낙엽을 좇았다.

　이제 대한제국 왕조는 막을 내린다. 아니 조선족의 나라가 막을 내린다. 일본의 식민 속국으로 탈바꿈한다. 한용운은 끓는 속을 달래며 시를 읊었다.

　　산골 물아
　　어디서 나서 어디로 가는가.
　　무슨 일로 그리 쉬지 않고 가는가.

가면 다시 오려는가, 아니 오려는가.

물은 아무 말 없이
수없이 얼크러진 등 댕댕이, 칡덩굴 속으로
작은 돌은 넘어가고
큰 돌은 돌아가면서
쫄쫄 꼴꼴 쏴 소리가
양안(兩岸) 청산에 반향한다.

그러면
산에서 나서 바다에 이르는 성공의 비결이
이렇단 말인가.
물이야 무슨 마음이 있으랴마는
세간(世間)의 열패자(劣敗者)인 나는
이렇게 설법을 듣노라.

떠내려간 낙엽은 이미 보이지 않았다. 물은 처음과 똑같이 그대로
흘러가고 있었다. 낙엽이 물을 따라 바다에 이르게 될지, 어느 바위
틈새에 끼어 썩어 갈지는 아무도 모른다. 인간도 떠내려간 그 낙엽
처럼, 그렇게 세월 위에 떠 가는 것이리라. 물은 쉼 없이 흐른다. 옛
사람 앞에서도, 또 훗날 그 어떤 사람 앞에서도 지금처럼 흘러갈 것
이다.

한용운은 천천히 일어났다. 그는 바삭거리는 낙엽을 밟으며 절에
돌아왔다.

종정 이희광이 일본에 갔다면 틀림없이 통합 결의를 하고 올 것

이다. 정부가 합병한 시점에 당당히 일본으로 갔다면 그 저의를 짐작하고도 남는다. 가장 앞장서서 일본을 경계해야 할 종정이 오히려 통합 술책을 쓴다. 한용운은 답답한 가슴이 씻기지 않았다. 대처할 방법이 전혀 없었다. 혼자 달려가 싸운다고 해결될 문제도 아니었고, 산중에 있는 승려들은 염불만 하고 있다.

"아, 조선은 어디로 가는가! 조선 불교는 잠을 자고 있는가! 깨어라, 조선의 중들아!"

한용운은 방 안이 쩌렁쩌렁 울리도록 마음껏 소리를 질렀다. 그의 외침은 소리가 아니라 선홍색 피울음이었다.

불교유신론

한용운은 잠시 잊고 있던 한 생각이 다시 꿈틀거렸다. 지난번 중추원 의장 김윤식과 통감부 통감 데라우치 마사다케에게 승려 취처에 대한 헌의서獻議書와 건백서建白書를 보낸 일이다. 조선인들로 구성된 의회 기관에 보낸 헌의서가 별 효과가 없자 그는 조선 내정을 담당하는 일본 통감부에다 다시 건백서를 보냈다. 조선인으로서 통감부를 조선의 조정으로 인정할 수는 없다. 그러나 지금은 불교를 유신하는 일이 더 다급했다. 빨리 불교를 유신하지 않으면 교단마저 일본에 예속된다. 그러기에 앞서 불교가 자정하고, 조선 독립을 위해 일을 할 수 있는 근간이 되어야 했다. 그래서 한용운은 통감 데라우치 마사다케에게 건백서를 보냈다. 큰일을 도모하기 위해서 그들에게 작은 미끼를 던진 것이다. 이번에는 곧 해결되리라 생각되었다. 일본 불교가 취처娶妻하고 있고, 한일 불교가 통합을 꾀하는 때다. 조선 승려가 취처를 건의한다면 얼씨구나 좋다 하고 허락할 것 같았다.

　이 일도 뜻대로 되지 않았다. 아무리 결과가 좋다고 하더라도 그 방법에 있어서 문제가 있다면 옳은 일이라고 할 수가 없다. 계획적이기는 하지만, 조선을 침탈한 그들을 조선 조정으로 인정한다는 것은 큰 치욕이었다. 한용운의 이런 후회를 더욱 가슴 아프게 한 것은 매천 황현의 자결 소식이었다. 황현은 『매천야록』을 쓴 한학자로 성품이 대쪽 같기로 이름난 선비였다. 한용운은 밤을 밝히며 매천을 위한 헌시를 지었다.

　　　就義從容永報國(취의종용영보국)
　　　一暝萬古劫花新(일명만고겁화신)
　　　莫留苦忠不盡恨(막류고충부진한)
　　　大慰苦忠自有人(대위고충자유인)

　　　의(義)에 나아가 나라 위해 죽으니
　　　만고의 그 절개 꽃 피어 새로우리.
　　　다하지 못한 한은 남기지 말라.
　　　그 충절 위로하는 사람 많으리라.

　한용운은 끓어오르는 의분을 억누르며 불교 유신론을 마무리하였다. 이대로 산중에 앉아 있어서 안 된다는 초조함이 솟구쳤지만, 이 일도 소홀히 할 수 없었다. 비록 뜻을 펴지는 못했지만, 문서로 남겨놓음으로써 장차 조선 불교의 장래를 결정짓는 계기를 만들 수도 있다고 믿었다.

한용운은 탈고한 유신론을 『조선불교유신론』이라 했다. 이 유신론을 크게 18개 장으로 나누었다.

한용운은 『조선 불교 유신론』에 사찰 내부의 큰 문제를 두루 다루었다. 이는 조선 불교가 얼마나 중생과 괴리되어 있었으며, 이를 타파하고자 한 그의 집념이 얼마나 강했던가를 말해 준다. 헌의서와 건백서로 주장하던 취처론 외에 불당과 불상 숭배에 대한 모순까지도 날카롭게 지적했다. 그는 이 원고를 고이 잘 보관했다.

일본에 간 종정 이회광이 조동종 관장 이시가와 소도와 합의하여 조선 원종과 일본 조동종의 연합 맹약을 합의하고, 곧이어 조동종 종정 히로쓰와 조약 7개조를 작성하여 합의 체결하였다. 조선 교계와는 한 마디 상의도 없이 개인 자격으로 조약을 체결한 것이다.

이회광은 귀국한 뒤 굴욕적인 조약 7개조는 발표하지 않고 서로 대등한 입장에서 교류하기로 하였다고만 밝혔다. 또 자신의 취지에 동참하는 세력을 규합하기 위하여 전국 13도 주요 사찰을 방문하며 찬성 날인을 받아냈다. 동조한 사찰들은 서로 동등한 입장에서 교류하기로 하였다는 그의 말만 듣고 도장을 찍은 것이었다.

통도사에서는 이 소식에 분개하여 전국 각 사찰에 격문을 돌리며 부당함을 알렸다. 마침 건봉사로 가던 통도사 보담스님이 날이 저물어 백담사에 묵게 되었다. 한용운은 보담스님을 통하여 이 사실을 알게 되었다.

한용운은 별로 놀라는 기색도 없이 말했다.

"당연한 일인 게지요."

"아니, 그게 무슨 말씀이십니까?"

보담 스님은 얼굴을 붉히며 반문했다.

"그렇게 해도 될 만하니까, 그런다는 말이외다."

"그렇게 해도 될 만하다니요?"

"조선 중들이 어떤 인물들입니까? 모두 동면하고 있지 않습니까. 동냥 쌀로 밥이나 지어 먹고, 시줏돈으로 주머니 채우고, 뜨뜻한 방에 누워 잠자고, 심심풀이로 염불이나 하고 있으니, 잡아먹으려는 사람이 생길 수밖에."

보담스님은 멍하니 한용운을 바라보기만 했다.

"두고 보시오. 이 연합 맹약은 일본 조동종이 조선 불교를 합병하려는 술책일 게요. 나라까지 잡아먹는 판에 이 썩은 불교 하나 먹는 일이야 식은 죽 먹기 아니겠소?"

한용운은 동경에서 히로쓰를 만났을 때 그가 하던 말이 귓가에 맴돌았다.

"정치에 대해서는 별 관심이 없어요. 다만 일본과 조선에 불국토를 건설하는 일은 나도 찬성합니다."

한용운은 당시 그 말을 듣고 한용운은 여러 가지 해석을 했었다. 이제 그들의 본색이 서서히 드러나고 있는 것이다.

"저…… 혹시 유신하자던 용운스님이 아니십니까?"

"그렇소. 내가 중들을 장가보내자던 사람이오."

"아, 이거 몰라뵈었습니다."

보담스님은 새삼스럽게 한용운을 향해 합장했다. 한용운도 맞절한 다음에 조용히 말했다.

"조선 중들을 싸잡아 욕한 것은 미안하오. 아직은 그래도 조선 불교의 싹을 지킬 불씨는 남아 있을 게요."

"구암사 정호스님과 화엄사 혜찬스님께서 이회광 일파를 몰아내기 위해 승려 대회를 연다는 말을 들었습니다."

"정호 스님?"

"예, 속성은 박씨고, 자는 한영이며, 호가 정호이십니다. 원종 운동에 참여하여 불교 개혁에 앞장섰던 스님이시지요."

한용운은 반가운 나머지 보담스님의 손을 덥석 잡았다. 정호는 석왕사에서 만났던 바로 그 박한영 스님이다. 원종이 창설되자 학암스님과 함께 가담하여 고등 강사를 하던 박한영 스님이다. 법호가 정호鼎鎬, 시호가 영호映湖, 당호가 석전石顚이다. 혜찬은 진진응陳震應 스님이다. 그는 박한영 스님이 이 일에 앞서고 있다는 게 무엇보다 기뻤다. 블라디보스토크에서 돌아올 때 잠시 머물렀던 석왕사에서 박한영 스님과 밤을 밝히며 시국을 걱정하던 일이 생생하게 떠오른다.

"일본의 조선 침탈은 하루아침에 이루어진 것이 아니오. 개항 이래 꾸준히 공작해 온 것이오. 눈을 뜬 사람들이 등잔 밑을 보지 못한 게 일을 이 지경으로 만들었소. 불교도 마찬가지요. 이미 개화 초기부터 조금씩 침탈되기 시작했는데, 염불만 하느라 그걸 보지 못했던 게요."

"지난 오월에 일본 정토종 중 사이비 코즈이란 자가 통도사를 접수하러 왔더랬어요. 이 소식을 듣고 용주사 강대련 스님이 달려와서 일본 승려들과 한바탕 활극을 벌이며 내쫓은 일이 있었습니다."

한용운은 햇빛이 쏟아지고 있는 뜰을 내다보았다. 비록 찢기고는 있었지만, 조선의 미래가 보이는 서광이었다. 그는 주먹을 으스러지게 꽉 쥐었다. 유신을 이제야 완성한 것에 대한 자책이 앞섰다. 조금 더 일찍 완성하였더라면 하는 아쉬움을 그는 지울 수가 없었다.

이회광과 일본 조동종 종정 히로쓰 사이에 맺은 연합 7개조의 조약 전문이 원종 서기의 손에 의하여 통도사에 전해졌다. 이로써 이회광의 만행이 만천하에 드러나고 말았다. 조약 7개조는 조선 원종을 일본 조동종에 통합한다는 내용이었다. 말하자면 원종을 조동종으로 개종하려는 짓이었다. 을사늑약이 한일합병으로 이어졌듯 연합맹약은 곧바로 개종하는 전 단계였다.

한용운은 행장을 꾸렸다. 사미가 눈이 동그래져서 물었다.

"스님, 어디 행차하십니까?"

"매 잡으러 간다."

"예?"

"이 바랑을 나꿔채 가려는 매가 조선 하늘에 날아다닌다."

"……?"

"큰스님 돌아오시면 나 떠났다고 전하여라."

"어디로 가셨다고…… 말씀드릴까요?"

"그냥 매 잡으러 갔다고만 하여라."

"예……?"

한용운은 산문을 나섰다. 그 길로 박한영 스님을 찾아갔다. 스님은 한용운을 보자 매우 반가워했다.

"봉완스님. 아니지, 한용운 스님, 이거 얼마 만이요? 유신론 소식은 잘 들었소이다."

"오랜만입니다, 스님."

"큰일 났어요. 절집이 푹푹 썩고 있어요."

석왕사에서 만났을 때도 그랬지만, 박한영 스님은 한용운을 동년

배처럼 흉허물없이 대해 주었다. 나이가 한용운보다 9살 위였고, 법랍은 18년이나 위였다. 한용운에게는 대선배였다. 그는 법랍이 문제가 아니라, 한용운이 가진 교학의 깊이를 인정해 준 것이다. 그는 이미 한용운의 불교유신론에 대한 소문도 모두 듣고 있었다.

"한용운 스님의 바람은 이 산골짜기에까지 불어요."

"과분한 말씀이십니다. 미력하나마, 우리 불교를 위해 심력을 바치고 싶습니다."

"그래 유신론은 완성하였소?"

"예, 탈고하였습니다만……."

"그래요? 큰일을 하였소."

"졸문인 듯하여 부끄럽습니다."

"뜻이 곧 글 아니오? 혼란에 빠진 종문을 구한 뒤 한 번 출판해 보도록 하오. 내가 발문을 쓰리다."

"정말이십니까?"

"허어…… 이회광 같은 땡중 하나 때문에 불신 풍조까지 들었군."

"죄송합니다. 너무 영광스러운 나머지 허언을 했습니다."

한용운은 박한영 진진응 김종래 등과 함께 광주 중심사에서 승려 궐기 대회를 열었다. 그러나 홍보가 제대로 되지 않은 데다가, 또 연락받은 사찰에서도 대세를 관망하는 눈치를 보느라 별로 참가하지 않았다. 한용운은 이를 보고 통분했다.

"이런 중놈들을 봤나! 절 기둥이 송두리째 뽑혀야 제정신을 차릴 인간들이군."

"참으시오. 너무 급하게 시작했나 보오. 취지를 충분히 알리지 못한 탓도 있지 않소."

"취지를 알리지 않는다고, 어찌 이 위기를 모른단 말입니까? 그렇게 까막눈들이 어떻게 중생을 구제한다고 떠든단 말입니까. 그것들은 중이 아니라 밥벌레들입니다."

"다시 한번 해봅시다. 이번에는 우리가 직접 돌면서 강연하는 게 좋을 것 같소."

이리하여 한용운은 사찰을 순회하며 현재 조선 불교가 처해 있는 정세를 연설했다.

"지금 온 산천에 불길이 치솟고 있습니다. 그런데도 자기 굴만 안전하다고 하여 나올 생각을 않고 있어요. 모두 다 타 죽어야 속이 시원하겠습니까? 나라가 없으면 종교도 없어지는 겁니다. 중생이 없어지는데 종교가 무슨 소용 있습니까? 중생을 살려야 합니다. 중생을 살리려면 나라가 있어야 하고, 종문이 있어야 합니다. 지금 역조逆祖 이회광이 조선 불교를 일본 조동종에 넘겨주려 하고 있어요. 이대로 앉아 조동종 솥 안으로 들어가 삶겨야 합니까?"

한용운의 강연에 많은 승려가 감복했다.

이듬해 정월 15일, 영호남 지방의 승려들이 순천 송광사로 구름같이 모여들었다. 승려 대회는 대성공이었다. 여기에서 종명宗名을 임제종으로 하는 새로운 종단을 창설하였다. 조선 선종이 태고 보우로부터 임제 선풍을 이어 왔기에 그 법통을 이으려 한 것이다. 총관장에 선암사의 김경운 스님을 뽑았다. 김경운 스님은 법명이 원기元奇로, 박한영 스님의 은사다. 그러나 김경운 스님이 연로하여 참석 못하고, 한용운이 관장 대리로 종무를 맡아보게 되었다.

동래 범어사에 임제종 종무원을 설치한 뒤, 한용운은 광주에 포교당을 세우는 등 불교 포교 활동에 주력하였다. 또 각 사찰을 돌아다니면서 불교유신론과 조선의 사상을 부각하는 강연을 하였다. 그러나 강연 활동은 한계가 있었다. 이미 불교계 안에 2개의 유파가 나뉜 탓이다. 남쪽의 임제종, 북쪽의 원종을 지지하는 파로 나뉘었다. 단순히 종파가 나뉘었다면 문제가 없었다. 이는 곧 친일이냐, 항일이냐 하는 문제가 걸렸다.

한용운은 그날도 지친 몸을 이끌고 돌아오자마자 박한영 스님과 함께 유운 선사를 찾아갔다. 밤이 깊도록 불교의 장래에 대해 의논했다. 이날 한용운은 또 한 번 깨달았다. 법어 한 마디나, 참선 강구로 이 난국을 구할 수는 없다. 지금 당장 팔만대장경을 조성하는 불사를 한다고 해서 날아오는 총알 하나 막을 수 없다. 불법은 인간이 받으려는 자세가 되어 있어야 힘을 발휘한다. 눈을 감고 귀를 닫은 사람들에게 아무리 아름다운 꽃을 보여주고 훌륭한 법문을 들려준다 한들 무슨 소용 있는가. 우선 눈을 뜨게 하고 귀를 여는 일이 더 시급했다. 힘으로라도 뜨고 열게 해야 한다.

돌아오는 길에 박한영 스님이 말했다.

"용운 스님, 강연을 그만두는 게 좋을 것 같소."

"예? 그게 무슨 말씀이십니까?"

"지금 일본 헌병들이 촉각을 곤두세우고 있어요. 임제종이 창종되자 우리를 위험인물로 감시하고 있어요."

"스님은 그게 겁나십니까?"

"아니요. 나 하나 다치는 건 겁나지 않소. 일을 그르치게 될까 그러는 것이오."

한용운은 또다시 울화가 부글부글 끓었다. 제 나라를 빼앗기고도 정신을 못 차리는 모습들이 한심스러웠다. 중생을 구하는 게 아니라 화탕지옥으로 몰아넣는다.

"용운 스님의 의기는 충분히 이해합니다. 허나, 이제 겨우 뿌리를 내린 임제종이 무너져 보세요. 누가 이 불교를 구할 것이오?"

"아니, 그럼 스님께서는 일제의 힘을 이용하여 임제종을 세우려 하셨단 말입니까?"

"허허…… 용운 스님의 그 기개는 아마 조선 개국 이래 처음일 듯 싶소이다. 내 말은 그런 뜻이 아니오. 그들의 힘을 구하는 게 아니라, 그들의 눈을 막는 것이오. 한 사람이라도 더 우리 임제종을 지지해야만 제힘을 펼 수가 있다는 뜻이오이다. 어찌 목적이 좋다고 하여 나쁜 방법까지 끌어들이겠소."

한용운은 박한영 스님의 그 말에 오히려 가슴이 뜨끔해졌다. 승려 취처를 관철하기 위하여 중추원 의장 김윤식에게 헌의서를 내고, 통감부 데라우치 통감에게도 건백서를 보냈었다. 박한영 스님의 그 말은 마치 자기를 두고 하는 것처럼 들렸다.

"송구스럽습니다, 스님."

"아니요. 한용운 스님은 앞으로 더 큰 일을 해야 할 사람이오."

"예?"

"조선은 이미 일본에 완전히 침탈되었소. 앞으로 이 나라는 선장 없는 배 신세요. 바람 부는 대로 물결 치는 대로 흘러갈 것이외다. 그 배를 끌고 갈 사람이 필요하오. 불교 유신도 중요하고, 우리 임제종을 살리는 길도 물로 중요하지만, 중생이 모두 바닷속으로 침몰하고 나면 쓸데없는 일 아니오. 교육은 백년지대계라 하였소. 오랫동안 억압받던 중들에게 새로운 사상을 불어넣는다는 게 쉬운 일이 아니오. 그건 오랜 시간을 두고 해야 할 일인 듯싶소. 그러나 당장 배가 침몰을 하고 있잖소?"

"그럼 어떻게 해야 합니까?"

"중이 중들에게 불경을 가르치는 것은 아무 말 하지 않을 것이오. 아직 글자도 채 못 깨친 중들도 많소. 그래서는 교학은 물론이고, 사회사상이 제대로 들어갈 리가 없지 않소. 우선 중다운 중을 먼저 만들어야 하오."

"물속에 빠지는 중생은 어찌해야 합니까?."

"해야 할 일이 있을 것이오. 그것을 기다립시다."

한용운은 하늘을 올려다보았다. 달빛이 교교하다. 강토는 비록 일제에 짓밟히고 있지만 달은 옛 달 그대로였다.

"아, 조선의 달……."

한용운은 혼자 속으로 그렇게 중얼거렸다. 일제가 조선의 국호를 빼앗아 갔지만, 저 달처럼 조선인의 마음은 빼앗아 가지 못하리라. 그는 밤새 잠을 이루지 못했다. 영호 스님의 말이 귓가를 떠나지 않았다. 사공 없는 배가 거친 바다를 표류한다. 그 중생들에게는 한 마디 법문보다 당장 놓친 노와 키를 잡아 주는 일이 더 중요했다. 문득 시 한 수가 떠올랐다. '영호화상과 함께 유운화상을 만나고 밤길을 돌아오면서'라고 시제를 붙였다.

與映鎬和尙訪乳雲和尙乘夜同歸
(여영호화상방유운화상승야동귀)

相見甚相愛(상견심상애)
無瑞到夜來(무서도야래)
等閒雪裡語(등한설리어)
如水照靈臺(여수조령대)

만나니 우리 뜻이 맞아서
어느덧 해 저물고 밤이 되었네
눈 속에 주고받은 심상한 말도
내 마음 비쳤네 밝히는 물처럼

　박한영과 유운 두 스님의 말은 한용운에게 큰 의미를 주었다. 임제종을 세워 북방 원종과 대립하고 있긴 하지만, 종지를 세우는 일은 꼭 자신이 나서지 않아도 누구든 할 수 있다. 원종과 싸우는 일 자체가 일본과 싸우는 일이기는 하나, 이왕 새 법통을 잇기 위해서는 새로운 배를 만들어야 한다. 새로운 배에는 새로운 손님이 타야 한다. 낡은 옷을 벗고 새 옷을 갈아입게 해야 한다. 그 일이 더 시급하다.

　유신이나 개혁은 하루아침에 이루어지는 것이 아니다. 박한영 스님의 말처럼 교육은 백년지대계다. 교육이 중요하기는 하나 백 년을 붙들고 있을 수는 없다. 조선은 지금 풍전등화의 형국 아닌가.

　일제 총독부는 조선 불교의 두 종파를 그냥 강 건너 불 보듯 보고

만 있다가, 그해 6월에 불교를 보호 육성한다는 구실로 사찰령을 공
포했다. 전문 6조로 된 사찰령 시행 규칙에 따라 전국 사찰을 30본
산으로 나누고 총독의 관할 아래 들어가게 되었다. 임제종도 원종도
모두 총독부의 지시와 간섭을 받게 된 것이다.

한용운은 새로운 벽에 부딪혔다. 총독부가 조용히 있으리라는 생
각은 하지 않았지만, 이렇게 빨리 칼을 빼들 줄은 예상하지 못했다.
임제종이 어느 정도 단일 종단으로 뿌리를 내리게 되면 정교政教 분
리를 주장하며 자주적인 종맥을 이을 수 있으리라 여겼다. 그 꿈이
무너졌다.

그러던 어느 날, 사미가 문밖에서 한용운을 불렀다.

"스님!"

"누구냐?"

"진호이옵니다."

"무슨 일이냐?"

"어떤 스님이 찾아오셨습니다."

"그래? 들어오시라고 하여라."

한용운은 방문을 열었다.

낯선 스님이 한용운을 향해 두 손을 모은다. 한용운도 엉거주춤
일어나 합장했다.

"들어오십시오."

"예, 스님."

방에 들어온 그는 한용운에게 삼배를 올리려고 했다. 통성명도 하
지 않은 터라 한용운은 삼배를 받기가 민망하여 만류하면서 서로 맞

절로 인사를 하게 하였다.

"어느 절에 계십니까?"

"내장사에 있는 성도라고 합니다."

"성도 스님이라…… 오늘 초면이군요?"

"아닙니다. 홍주 의병 때 한번 뵌 적이 있습니다."

"홍주 의병?"

한용운은 눈을 크게 떴다. 벌써 십수 년 전 일이기는 하지만 그는 전혀 기억하지 못했다. 말단 병사로 활동했기 때문에 가까운 대원이 아니라면 특별히 그를 기억할 리도 없다.

"이항 선생을 아시지요?"

"이항이라고 하셨습니까?"

"예, 그분이 제 종형 되십니다."

한용운은 그제야 정신이 번쩍 들었다. 야밤에 도망쳐서 헤어진 뒤로 그를 까마득히 잊고 있었다.

"그렇습니까…… 정말 반갑습니다."

"그때 종형을 뵈러 갔다가 잠깐 스님을…… 그때는 유 자 천 자 존함을 쓰셨지요."

"그랬었군요. 그래 어찌하여 출가하셨습니까?"

"저는 이리저리 숨어 살다가 민종직 대감의 홍주 의병 때 이세영 장군 밑에 들어가 싸웠지요. 홍주성이 패하면서 또 쫓기는 몸이 되어 산으로 들어갔습니다."

이세영은 충남 청양 사람이다. 초기 홍주 의병 때 이인의와 함께 관찰사 이승우를 총대장으로 추대하여 의병을 일으켰다가, 이승우의 배반으로 김복한 등이 체포되는 바람에 실패하였다.

"정말 반갑습니다."

한용운은 성도 스님의 손을 꼭 잡았다. 마치 이항을 대하는 듯 감회가 새로웠다.

"그래, 이항 선생은 지금 무얼하오?"

"소식이 없습니다."

"고향에도 들르지 않습니까?"

"저도 고향에 걸음을 하지 않은 지가 십 년이 가까워 옵니다."

한용운은 눈을 지그시 감았다. 무엇 때문에 조선의 젊은이들이 고향을 버리고 이렇게 구름처럼 떠돌아 살아야 하는가. 그는 주먹을 부르쥐었다. 제 나라 제 땅에서 힘을 펴고 살 수 없는 것이 분했다.

한용운은 성도스님의 손을 놓으면서 말했다.

"그래, 난 줄 어떻게 알아보았습니까?"

"어제 스님의 강연을 들었습니다. 머리를 깎으시긴 했으나 옛 모습이 많이 남아 있었습니다. 그래도 긴가민가했으나, 그때 홍주 호방을 털어 의병을 재규합할 때 열변을 토하던 음성과 똑같아 이렇게 찾아뵌 것입니다."

한용운은 고개를 끄덕였다.

"그래, 절간 생활은 지낼 만하십니까?"

"만주로 가 볼까 합니다."

"만주요?"

"예, 사실 저는 승려 생활할 체질이 못 됩니다. 그저 먹고살 방도가 없어 절간에 들어와 있으나, 어차피 도를 닦기는 틀렸습니다."

"음……."

"만주에 이회영, 이시영, 이상룡 등이 신흥학교를 세웠다고 합니다. 박은식, 김동삼 선생 등 우국지사들도 많이 가 있고, 망명 정부를 세운다는 소식을 들었습니다. 거기 가면 제가 할 일이 있을 듯싶습니다."

한용운은 다시 그의 손을 꼭 잡아 주었다. 승려가 되어 중생을 구원하는 것도 옳은 일이기는 하지만, 조국을 위해 싸우는 것도 결국은 중생을 구하는 일이다.

"스님을 찾아뵈니 용기가 백배 솟는 듯합니다."

"성도 스님의 의기를 보니 오히려 내가 부끄럽습니다."

"아닙니다. 스님의 강연을 듣는 순간, 절밥을 얻어먹으면서 지금까지 무위도식한 게 부끄럽습니다. 그래서 만주로 갈 결심을 한 것입니다."

"큰 결심을 하였습니다. 부디 건강 조심하고, 좋은 날 오면 다시 뵙도록 합시다."

"스님도 건강하십시오."

그를 떠나보내고 나서 한용운도 새로운 결심을 하였다. 만주로 가야겠다는 생각을 한 것이다. 이곳 종단은 박한영 스님이나 진진응 스님이 있어 충분히 이끌어갈 수가 있다. 만주 지방에 나가 있는 조선인들은 개척자들이다. 황무지를 일구어 생계를 꾸려 가면서 조선 독립을 위해 싸우고 있다. 남의 나라 땅에 뿌리를 내리는 일이 쉽지 않을 것이다. 그들의 상처난 가슴을 어루만져 주는 일이 무엇보다 중요하다고 생각했다.

만주로 향하다

그해 여름은 유난히 무더웠다. 일명 '105인 사건'으로 불리는 안악 사건의 결심 공판이 여름에 있었다. 주동자 안명근은 무기, 김구 등 7명은 15년, 나머지는 5년 내외의 징역형을 받았다. 이 사건을 보면서 한용운은 그 어느 때보다 이 여름이 무더웠다.

'105인 사건'은 황해도 안악 지방을 중심으로 독립운동을 하던 인사들이 무더기로 체포 구속된 사건이다. 안명근은 안중근 의사의 사촌 동생이다. 안중근 의사는 지난해 봄에 여순감옥에서 총살당하고 말았다. 그러고 나서 올 연초에 안명근에 의한 안악 사건이 일어났다.

안명근은 서간도西間島에 무관학교를 세우기 위하여 황해도 부자 이원식 신효석 등으로부터 기부금을 받아냈다. 그런데 신천 발산에 사는 민閔 부자가 이를 거절하였다. 안명근은 권총으로 그를 위협하며 "조국을 외면하고 자기만 잘먹고 잘살려고 하는 버러지 같은 인간!"이라며 일갈한 뒤 평양으로 떠났다. 이 일을 민 부자가 재령 주둔 일본헌병대에 밀고했다. 안명근은 평양역에 도착하자마자 일본 헌병들에게 체포되었다. 서울 경무 총감부로 압송된 안명근은 심한 문초를 받았으나, 끝내 단독 범행임을 주장하며 실토하지 않았다.

일본은 이 사건을 항일 운동의 싹을 자르는 절호의 기회로 이용하였다. 무관학교 설립 자금을 총독 데라우치 마사다케의 암살 음모 사건으로 날조했다. 안중근이 이토 히로부미를 암살하였기 때문에 그의 사촌 안명근을 이런 맥락으로 고리를 만든 것이다.

이리하여 황해도 지방에서 애국 문화 운동을 하던 인사들이 모조리 체포되었다. 김홍량 김구 이승길 등 600여 명이 체포되어 모진 고문을 받고, 그 가운데 105명이 실형을 선고받았다. 그래서 이 사건을 '105인 사건'이라고 한다.

이 안악 사건은 만주 지역에서 활동하던 조선인 단체에도 큰 영향을 끼쳤다. 이시영 이회영 이상룡 등이 유하현 삼원보 추가가에 있는 대고산 기슭에 경학사耕學社를 조직하였다. 이 단체는 이상룡을 사장으로 한 만주에 사는 조선인들의 자치 기구다. 일제의 눈을 피하려고 경학사라는 회사로 위장했다. 경학사는 이름 그대로 경작으로 민생을 해결하고, 교육을 통하여 민족혼을 불어 넣으려 하였다. 이들은 무관을 양성하기 위하여 '신흥 강습소'를 설치하였다. '다시 일어나 투쟁' 한다는 뜻으로 '신흥'이라 이름 짓고, 중국 원주민들의 눈을 피하려고 강습소로 위장하였다. 신흥 강습소에는 이동녕 김달 윤기섭 등이 교관으로 활동하였다.

이들은 낯선 땅에서 풍토병과 흉년, 극심한 자금난으로 고통을 겪었다. 여기에다 안악 사건으로 신민회가 보내 주기로 한 자금이 오지 않아 이석영 개인 재산으로 운영하였는데, 이마저 거덜 나서 교민들의 기부금으로 겨우 운영했다. 황무지를 개간하여 겨우 연명하는 교민들의 사정도 이보다 나을 것이 없었으나, 교민들의 피눈물 나는 협조로 겨우 명맥을 유지했다.

일본은 이미 1907년에 이 간도에 통감부 임시 파출소를 설치하고 교민들의 생활 실태를 감시하기 시작했다.

가을에 접어들 무렵 한용운은 행장을 꾸려 만주로 떠났다. 고향을 떠나 낯선 땅에서 삶의 터전을 잡으려 하는 교민들에게 용기를 북돋워 주고 싶었다. 그는 큰 삿갓을 쓰고 바랑 하나를 걸머멘 채 만주로 향했다. 구름 따라 떠도는 승려이기는 하지만, 그는 조국을 떠나는 감회가 새삼스러웠다. 일본으로 갈 때와는 전혀 다른 심정이었다. 그때는 그래도 아직은 대한제국 국민의 신분이었다. 지금은 대한제국이 사라졌다. 일본의 식민지 '조선 반도인'으로 떠난다. 국민 모두 바람에 날리는 한 잎 낙엽 같은 존재가 되었다. 내 조국에 사는 백성들이 객이 되어 떠돈다고 생각하니 그는 가슴에서 뜨거운 피가 끓었다.

황해도를 지나면서 한용운은 차창 밖을 향해 합장했다. 안중근 의사의 극락왕생과 안명근의 무사를 빌었다. 그는 강대용도 떠올렸다. 치하포에서 스치다 중좌를 살해한 김구(김창수)도 생각했다. 김구는 안악 사건에 연루되어 또 투옥되었다. 모두 다 해주 사람들이다. 황해도 해주 땅은 독립지사를 끊임없이 내보내는 활화산이었다. 구월

산의 정기를 받았음인가.

한용운은 안중근 의사의 의거 소식을 듣고 지었던 시를 입속으로 되뇌었다. 이들의 혼이 살아 있는 한 조선은 반드시 국권을 회복할 것이라는 강한 신념이 살아 올랐다. 창밖으로 보이는 하늘이 보석처럼 맑다. 온 산천이 오색 찬란하게 물들어 있다. 아름다운 금수강산이다. 이 아름다운 산천에 무뢰한이 총칼을 들로 휘젓고 다니고 있었다.

갑자기 열차에 남부여대男負女戴한 조선인들이 만주로 떠나는 모습이 많이 눈에 띄었다. 국경이 가까이 온 모양이다. 내 조국을 버리고 기다리는 사람도 없는 허허벌판으로 떠나는 그들의 표정은 모두 수심으로 가득하다. 사람에게 희망이 없다면 그건 죽음과 다를 바 없다. 보다 나은 삶이 있다는 희망 때문에 살아가는데, 저들에게는 희망이 없다. 붙어 있는 생명이니까 어쨌든 살아야 한다는 생각밖에 없어 보인다. 이들에게 희망을 불어넣어 주는 일이 무엇보다 시급하다. 그 희망은 재물도 명예도 아니다. 오직 조국의 독립이다. 독립된 내 나라 내 강산에서 혈육과 함께 사는 게 저들의 희망이다.

한용운은 조선이 독립할 수 있다는 강한 신념이 솟구쳤다. 힘은 더 강한 힘에 소멸되는 천리天理를 그는 굳게 믿었다. 또 일본은 무력을 앞세우고 남의 나라 침범을 일삼는 짐승 같은 인간들만 사는 집단이 아니라는 사실도 그는 알고 있다. 일본에도 훌륭한 지성인이 있고, 겟쇼와 같은 저항 승려도 있다. 또 아사다 오노야마 교수나, 마쓰노 히로유키 같은 종교인도 있다. 총칼 들고 날뛰는 저들은 일본의 껍데기에 불과하다. 껍데기는 늙는다. 또 더 강한 풍화에 상처

받게 마련이다. 밖으로 소멸하고, 안으로 정도가 용솟음치면 일본의 대세도 결국 쓰러지게 마련이다. 그는 이러한 역사의 흐름을 읽었다. 그러자면 조선인도 강해야 한다. 독립을 원하는 조선인의 의지가 약하면 상대적으로 일본의 대세는 더 강해질 수밖에 없다. 조선인의 가슴에 조선의 혼이 꺼지지 않고 살아 있어야 한다.

한용운은 삼원보로 가기로 작정하고 만주 들판을 걸었다. 만주 땅에는 몇십 리를 가야 마을이 나올 정도로 사람들이 드문드문 산다. 길을 물어보려 해도 사람을 만날 수가 없다. 그는 문득 블라디보스토크에 갔을 때 조선인 마을 연추煙秋를 지나 두만강으로 오던 날이 생각났다. 지금 이 순간이 그에게는 연해주의 허허로운 벌판을 가던 때와 똑같은 심정이었다. 노숙한 경험이 많은 그는 허허한 산천이 두렵지는 않았다. 이렇듯 황량한 곳에 살고 있을 교민들의 생활이 얼마나 힘이 들까, 그 생각이 앞섰다. 사람은 산과 물이 있어야 살 수가 있다. 농사를 지을 수 있어서이기도 할 뿐만 아니라, 바람이 잔잔하여 정서가 안정되기 때문이다. 원시인들도 그러한 바람을 찾아 떠돌아다니지 않았던가. 하물며 개화 세상에 사는 인간이 이런 척박한 땅에 어쩔 수 없이 살아야 한다는 사실 앞에 그는 통곡했다.

날이 어두워지려 한다. 산기슭에 드문드문 개간한 밭이 보이는 것으로 보아 가까운 곳에 마을이 있을 것 같았다. 그는 빠른 걸음으로 길을 재촉했다. 어디에선가 노랫소리가 들려 왔다.

만주 땅 너른 들에
벼가 자라네, 벼가 자라.

우리가 가는 곳에 벼가 있고
벼가 자라는 곳에 우리가 있네.
우리가 가진 것 그 무엇이냐
호미와 바가지밖에 더 있나.
호미로 파고 바가지에 담아
만주벌 거친 땅에 볍씨 뿌리어
우리네 살림을 이룩해 보세.

반가웠다. 이 황량한 만주 땅에서 듣는 조선말이 그의 가슴을 뭉
클하게 울렸다. 더구나 지금은 인적을 찾는 중이다.

산모롱이를 돌아 나가자 10여 호가 모여 있는 마을이 보였다. 억
새풀로 엉성하게 지붕을 이었고, 담장을 둘렀다. 대부분 두어 간의
맞배 홑집이다. 한용운은 그중 한 집을 찾아갔다. 마흔이 넘은 부부
와 자식 셋이 함께 살고 있었다.

"하룻밤 묵어갈 수 있겠습니까?"

"조선 사람이오?"

"예, 그렇습니다."

봉두난발한 주인이 한용운의 아래위를 의심의 눈초리로 훑어보
았다. 절간도 없는 이곳에서 승려를 보는 일이 흔치 않아 이상했던
모양이다.

"어디에서 오셨소?"

"조선에서 오는 길입니다."

주인은 더더욱 경계의 눈빛을 띠었다. 한용운은 재빨리 눈치챘
다. 블라디보스토크에서 일본 앞잡이로 오인받은 일이 떠올랐다. 이

곳은 조선에서 쫓겨난 사람들이 와서 사는 곳이다. 같은 조선인이라 하더라도 일단 경계의 자세를 갖는 것은 당연했다. 대부분 독립운동을 하거나, 평범한 농민이라 하더라도 독립군을 도왔다.

"조선에서 온 중이오. 유하현 삼원보로 가는 길인데, 날이 저물어 하룻밤 신세 좀 질까 하오."

"유하현 누구를 찾아가는 길이오?"

꼬치꼬치 캐묻는 품으로 보아 그렇게 무지한 사람은 아닌 듯했다.

"딱히 정하고 가는 게 아니라, 무작정 가는 길이오이다."

"날이 저물었으니 우선 들어오시오. 사는 게 짐승 같아 집이 누추하오."

"고맙습니다."

한용운은 주인을 따라 방 안으로 들어갔다. 흙벽으로 겨우 바람만 막았고, 관솔로 등불을 켜는 통에 온 벽이 시커멓게 그을렸다. 경계는 하지만 조선에서 동포이기에 그렇게 매몰차게 대하지는 않았다. 주인은 자기 부인에게 저녁을 짓게 하였다.

"괜히 번거롭게 합니다. 식은밥이 있으면 한 덩이 주십시오."

"먼 길을 오신 손님인데, 소찬이지만 뜨거운 진지를 드셔야 노독이 풀립니다."

한용운은 합장하며 감사의 뜻을 표했다.

"이곳에 오신 지는 오래되셨습니까?"

"예, 세월이 꽤 지났습니다. 우리는 선대에 이주했어요. 선친께서 동학에 가담했다가 이곳으로 오는 통에 솔가했지요."

"동학이라, 그러면 십오륙 년은 되는군요?"

"을사조약 이후에 많이들 왔지요. 그전에는 세 가구가 살았어요."

"어려우리라는 건 짐작 됩니다만, 어떻게 생활하십니까?"

"중국 사람 땅을 빌려 농사를 짓기도 하고, 개간하기도 하지요. 보시다시피 땅이 척박해요. 이곳에는 밤길이 위험합니다. 대낮에도 산짐승이 돌아다니는 곳이지요. 또 마적 떼들이 창궐하고, 우리 독립군들이 사방에서 활동하고 있어 서로 신분이 확인되지 않으면 곤욕을 치르기도 합니다. 땅이 넓고, 동족이라고는 하지만 서로 낯선 사람들끼리 모여 사는 곳이라 어쩔 수 없는 일이지요."

"여기에는 일본 헌병들이 날뛰지 않습니까?"

"만주 자치 지역이라 놈들이 마음대로 하지 못하는 모양입니다. 참, 삼원보로 가신다고 하셨습니까?"

"예."

"그곳도 몹시 어려울 겁니다. 경학사도 곧 문을 닫는답니다."

"……?"

"먹을 게 있어야지요. 흉년에다 풍토병까지 창궐하여 생활이 말이 아니랍니다."

그때 부인이 저녁상을 들고 들어왔다. 밥 한 그릇에 풋나물 반찬 두어 가지가 올라 있었다.

"소찬입니다."

"아닙니다. 고맙게 잘 먹겠습니다."

합장하며 인사하던 한용운은 깜짝 놀랐다. 조밥에 쌀알이 드문드문 섞여 있었다. 소문에 들은 바로는, 이곳에서는 밭농사밖에 할 수 없다고 했다. 그러고 보니 아까 오다가 들은 노랫소리도 기억났다.

그때는 무심코 들었으나, 벼갈이 때 하는 노래였다.

"웬 쌀입니까?"

"예. 벼를 조금 키웠습니다."

"이곳에서 논농사도 짓습니까?"

"몇몇 군데에서 짓고 있지요. 조선 사람들이 처음 성공했다고 합니다."

주인이 자세하게 이곳 농사 사정을 이야기했다. 조선인들이 처음으로 만주에서 벼농사를 짓기 시작했다. 길림성 통화현 상전자上甸子에 이주한 김씨 성을 가진 조선인이 오랫동안 그 곳 기후와 강수량을 조사한 뒤에 벼농사에 성공한 것을 시작으로 일대에 번져 나갔다. 만주 지방 조선인들은 대부분 소작농이었다. 보통 이방자二房子나 점산호占山戶에게 땅을 빌렸다. 이방자는 중국인 소유의 넓은 땅을 빌려서 제삼자에게 다시 빌려주는 사람을 말한다. 점산호는 만주인 토착 지주들이다. 점산호에게 빌린 땅은 주로 황무지로, 개간한 첫해에는 수확량의 10%를, 이듬해에는 20%를, 3년째 되는 해에는 30%를 주어야 하고, 4년 뒤에는 점산호가 요구하는 대로 소작료를 내야 했다. 따라서 황무지를 옥토로 바꾸느라 죽어라 고생하고, 수확을 제대로 낼 만하면 혹독한 지세地稅에 시달렸다.

"초기에 이주해 온 사람들은 만주족처럼 변발하고 만주 옷을 입지 않으면 땅도 빌려주지 않았다고 합니다. 그래서 농사를 짓지 못하고 막노동꾼이 되기도 했는데, 주로 광산으로 가거나 철도 부설 공사장으로 흘러갔어요. 착취당하기는 이들도 마찬가지였지요. 옆집에 사는 분도 막장에서 일하다가 결국 이곳으로 왔어요."

만주 땅으로 이주한 조선인들은 연길, 화룡 등지의 작은 탄광과 금광에서 일했다. 광산에도 이방자처럼 '덕대'라는 거간꾼이 있었다. 광업주에게서 채굴권을 얻어 일정한 양을 광업주와 나누었다. 그러니 덕대는 노동력을 착취하여야만 자신에게 돌아가는 이익이 그만큼 더 많다. 광산 가운데 천보산 은광이 비교적 규모가 컸다. 이 은광은 길림 주둔 장군, 훈춘의 부도부, 북양대신 이홍장 등이 관여하여 주주 체제로 운영한다. 노동자들은 손으로 굴을 뚫고, 흙으로 만든 용광로에 광석을 녹여 내는 등 혹독한 시달림을 받았다.

한용운은 블라디보스토크에서 돌아올 때 포시에트에서 만난 조 치구가 생각났다. 젤투가 금광에서 일하다가 이홍장이 이끄는 청나라 군인들에게 쫓겨 그곳으로 흘러들었다고 말했었다.

"그래도 왜놈 밑에 시달리는 것에 비하면 훨씬 났지요."

그 말이 면도날처럼 한용운의 가슴을 긋고 지나갔다.

"참고 지내다 보면 좋은 날이 올 것입니다. 잔설 위에 매화가 피지 않습니까? 어둠이 아무리 길어도 새벽은 반드시 옵니다."

"조선이 독립된다고 믿습니까?"

"무슨 말씀입니까?"

"왕이 무능하고 대신들이 제 명리만 쫓다가 나라를 팔아먹었는데, 누가 조선을 독립시킵니까? 호미를 들고 농사짓던 백성들이 총칼을 들고 일본 군인과 싸워요? 동학이 실패했잖습니까. 이곳 만주에서 일본군과 싸운다고 하나, 어디까지나 여기는 만주입니다. 조선으로 쳐들어가지 않는 한 일본군을 밀어낼 방법이 없습니다. 발해가 이곳에다 나라를 세웠지만 결국 우리 땅으로 돌아가지 못했습니다. 그나마 우린 발해처럼 그러지도 못합니다. 여긴 중국 땅입니다. 떠돌이 말갈족이 사는 곳이 아니라 독립 정부 중국이 소유하는 땅입니다. 이러지도 저러지도 못하는 거지요."

"적을 힘으로만 무너뜨리는 것은 아닙니다. 사람이 사고로 죽지만 않지요. 병들어 죽는 사람이 더 많습니다. 일본은 안으로 병이 들게 됩니다. 그때까지 버티는 힘을 길러야 합니다."

"그게 언제입니까? 백 년, 이백 년 후입니까?"

"역사는 순간을 기다리는 게 아닙니다. 언제일지는 모르지만, 반드시 옵니다."

"모르겠습니다. 나는 농사꾼이니까 풍년이 들기만을 기다립니다. 우리도 고향에 있을 때는 비옥한 문전옥답이 있었어요. 선친께서 공연히 앞 나섰다가 가족이 이런 신세가 되었습니다. 뒷짐 지고 있거나, 적당히 시류를 따른 사람들은 떵떵거리며 잘살고 있어요."

"인간이 동물보다 못한 건 배부름을 모르는 일입니다. 동물은 배가 부르면 더 먹지 않습니다. 인간은 제 배가 터지는 줄도 모르고 있으면 있는 대로 다 먹어 치우려고 합니다. 그래서 탈이 나서 죽습니다. 인간이 만물의 영장이라는 건 바로 배부름을 아는 지혜를 가진 자를 일컫는 말입니다."

우회적으로 설명을 했지만, 한용운은 부끄러움을 느꼈다. 출가한 승려들마저 명리를 추구하고 있는 판이다. 주인은 긴 한숨을 내쉰 뒤 푸념처럼 노래를 흥얼거렸다.

늙다리 황소 느린 걸음, 쪽수레는 덜컥덜컥.

누더긴 다 버리고, 안해는 질그릇만 이고 가네.
타양살이 떠나가는 우리네의 무거운 발길.
이조(李朝)건 당조(唐朝)건 알게 뭐냐,
땅 있는 곳 찾아간다네.
정처 없이 가는 늙다리 소야, 천애지각 가더라도
생지옥만 벗어나면 되리니, 어서 걸음만 재우쳐라.
안해여 속일랑 태우지 마소. 우리 살 곳 꼭 있으리니.
미옥한 산천 햇살이 넘칠 제, 씨앗 뿌려 농사지으리.

그는 노래를 끝내고 자조적인 웃음을 띠며 말했다.

"이게 간도 땅 조선인들의 실정입니다."

한용운은 조용히 눈을 감았다. 그에게 해줄 희망의 말이 떠오르지 않았다. 바윗덩이로 짓누르듯 가슴이 답답하기만 했다.

한용운은 이튿날 유하현 삼원보에 도착했다. 이시영 이동녕 김동삼 이상룡 등이 그를 반갑게 맞았다. 이시영은 한용운의 손을 잡으며 말했다.

"잘 오셨소. 그렇지 않아도 망명 조선인들에게 정신적 희망을 불어넣는 일이 시급하던 참입니다. 대종교와 천도교, 그리고 기독교가 미미하나 활동하고 있으나 좀 더 적극적인 종교 운동이 필요합니다."

이시영은 본관이 경주慶州로, 이조판서 이유승의 아들이다. 김홍집이 그의 장인이며, 외부 교섭 국장으로 재직하다가 을사늑약 소식을 듣자 사직하였다. 그 후 한성고등법원 판사를 역임하였고, 중형仲兄 이회영과 안창호 전덕기 이동녕 등과 함께 신민회를 조직하여 국권 회복 운동을 하였다. 그러다가 신민회의 해외 독립운동 기지 건설을 위하여 여섯 형제의 재산을 처분하여 서간도 유하현으로 들어와 경학사와 신흥 강습회를 설립하였다. 경학사 사장은 이상룡, 신흥 강습회 교장은 이동녕이 맡고 있었다.

한용운은 그간의 국내 사정을 그들에게 전했다. 불교에서 임제종을 창종하여 교계 내에 침투한 일본 세력을 제거하기 위하여 싸운다는 이야기를 해주었다.

"불교계에서도 적극적인 독립 의지를 내보여야 합니다. 일찍이 서산, 사명대사가 구국 운동에 앞장서지 않았습니까?"

"옳으신 말씀입니다."

"보시다시피 이곳은 지금 최악의 조건입니다. 흉년이 든 데다, 풍토병까지 번지고 있어 기력이 쇠진해졌어요. 신민회를 탄압하는 바람에 국내로부터의 자금도 조달되지 못하고 있지요. 그러나 우리는 해낼 겁니다."

"훌륭한 지도자들이 계시니까 잘 되겠지요. 아니, 틀림없이 조선은 독립합니다."

"엎친 데 덮친 격으로 일본 총독부에서 밀정이 들어와 마적단과 어울리고 있다는 정보가 들어와 있어요. 우린 두 적과 싸워야 해요."

"마적단은 어느 편입니까? 일본입니까, 중국입니까?"

"일본 앞잡이와 손잡았으니 일본 편이기는 하지만, 좀 복잡합니다."

"복잡하다니요?"

"그들은 단순한 떼도적이기는 하지만, 만주족이 세운 청나라를 부흥하려는 자들도 있어요. 마적단 가운데는 중국을 적으로 싸우는 집단도 있습니다. 따라서 마적단은 일본의 힘을 빌려 중국과 싸우려는 야심을 가지고 있고, 일본은 그들과 손을 잡고 간도 땅에 있는 조선인들을 괴롭힙니다. 조선인과 아무런 이해관계도 없는 마적단이 일본이 바라는 조선인 탄압에 나서는 거지요."

한용운은 잠시 눈을 감았다. 만주 땅에 사는 교민들의 신세가 마치 대한제국의 초기 모습을 보는 듯했다. 갑신정변이 일어나고, 을미사변이 일어났다. 군대가 해산되고, 곳곳에서 의병들이 들고일어났다. 중국에도 지금 대변혁의 바람이 분다. 신해혁명이 일어나 푸이 황제를 마지막으로 청나라가 무너지고, 만주족은 자신들의 옛 터전인 이 허허벌판으로 쫓겨났다. 그들 중 일부는 왕조를 부흥하기 위해 몸부림친다. 아니면 최소한 자기네 고향인 이 만주에 일본의 힘을 빌려 독립 정부라도 세우려고 한다. 여기에 들어온 조선인들도 어쩌면 그들에게는 이방인으로 보였는지도 모른다.

한용운은 신흥강습회 대원들을 모아 놓고 강연했다.

"여러분! 조국을 떠나 이 낯선 만주 벌판에서 불철주야 애쓰는 여러분의 우국충정을 깊이 존경합니다. 오늘 흘린 여러분의 이 한 방울의 땀이 궁극에는 큰 바다를 만들고, 일본의 총칼도 능히 물리칠 수 있을 겁니다."

대원들은 우레와 같은 박수를 보냈다.

"힘을 기르는 데는 두 가지 과제가 있습니다. 무력과 사상을 동시에 길러야 합니다. 조선이 일본에 나라를 빼앗긴 건이 두 가지 힘이 모두 없었기 때문입니다. 위정자들은 사상도 없이 부림만 당하던 백성들의 힘이 얼마나 소중한가를 지금쯤은 깨달았을 것입니다. 안타까운 건 국운이 기운 다음에 깨달았다는 것입니다. 백성들의 힘이 무섭다는 건 진작 알았겠지요. 그러나 그 힘이 모이면 지배권이 위태로워지기에 사상 주입을 두려워했던 것입니다. 그저 무식하게 만들어 짐승처럼 부리기만 하였지요. 그 결과가 이렇게 나라를 빼앗기는 데까지 온 것입니다. 백성들을 가르치고, 사상을 심어주었더라면 조선은 지금보다 훨씬 강한 나라가 되었을 것입니다.”

“옳으신 말씀이오!”

“신흥강습회를 보면서 나는 감탄했습니다. 악조건하에서 염려하던 두 가지 공부를 모두 하고 있는데 놀란 것입니다. 여러분, 무력이냐 사상이냐 둘 중 하나를 택하라면 사상을 택해야 합니다. 무력은 길게 가지 못합니다. 또 다른 무력 앞에 굴복해야 하기 때문입니다. 사상은 영고 불변입니다. 그러나 학문은 백년지대계라고 하였습니다. 단시간 내에 이루어지는 것이 아니지요. 지금 조선은 풍전등화의 처지입니다. 한가하게 공부만 하고 있을 사이가 없습니다. 무력을 기르는 일이 더 시급합니다. 그렇지만 마음속에는 사상 무장이 더 중요하다는 것을 늘 염두에 두어야 합니다. 무력으로 나라를 되찾더라도, 그 나라를 꾸려 가는 힘은 사상이기 때문입니다. 나라를 되찾는 일에만 몰두하다 보면, 나라를 지키는 일을 소홀히 하기 쉽습니다. 이 두 가지 과제를 모두 연마하여야 합니다.”

“그럼, 그 사상이 무엇이오?”

“사상에는 여러 가지가 있습니다. 크게는 마르크스주의가 있고 자본주의가 있습니다. 작게는 루소의 사상이 있고, 칸트의 사상도 있습니다. 오랫동안 우리를 지배하던 유교주의도 있고, 이태리 독립을 위해 싸운 마치니 사상도 있습니다. 우리에게는 사상이 없습니다. 그래서 아무 사상이든 좋은 것을 선택해야 합니다. 그러나 이 사상들은 모두 장단점을 다 가지고 있습니다. 우리가 유리한 점은 이들을 공부하여 좋은 사상만 취해 가질 수가 있다는 것입니다. 사상을 바꾸자면 좌우파가 싸워야 하지만, 기득 사상이 없는 우리는 그런 싸움이 필요 없다는 점이 다행이라면 다행이겠지요. 어떤 사상을 취하느냐는 물음에 답하겠습니다. 훌륭한 지도자들이 담당하겠지만, 나의 소견으로는 자유 평등 사상입니다."

"자유 평등 사상? 그게 어떤 것이오?"

"자유는 인간이 마음대로 하고 싶은 일을 하는 것이오. 평등은 차별 없는 누림을 갖는 것이오."

"그야말로 지상 천국 아니오?"

"지상 천국은 그냥 오는 것이 아니지요. 자유가 높으면 평등이 낮아지고, 평등이 높으면 자유가 낮아집니다. 이 두 사상은 장미와 같습니다. 아름다운 향기를 가지고 있지만, 날카로운 가시가 있어 사람을 찌릅니다. 예를 들어보겠습니다. 자유는 저 하고 싶은 대로 하는 것입니다. 일등을 하고 싶은 사람, 돈을 많이 벌고 싶은 사람이 존재하는 사회입니다. 이러는 사회에는 꼴찌가 있고, 굶주리는 사람도 생겨납니다. 평등한 사회는 일등도 없고 꼴찌도 없으며, 잘살고 못사는 사람도 없는 곳입니다. 그러나 여기에는 놀고먹으려는 게으름뱅이와, 분배 책임을 맡은 또 다른 절대 권력자가 존재하게 됩니다."

한용운은 좌중을 한번 둘러본 뒤 다시 말을 이었다.

"이제 이 두 사회가 동시에 존재하지 못한다는 것을 아셨을 겁니다. 그러면 이 두 사상을 어떻게 동시에 얻을 수 있을 것인가. 그것은 정치라는 통제를 가하는 것입니다. 대부분의 위정자들이 이 좋은 정치라는 걸 절대 권력으로 착각하고 횡포를 부렸습니다. 정치라는 미명 아래 백성들 위에 군림한 것입니다. 정치는 법률의 힘에서 나오는 것이라 믿고 절대 권력을 유지하는 법을 만들었기 때문입니다. 나는 다른 꿈을 가지고 있습니다. 인간의 외부에서 작용하는 정치적인 힘이 아니라, 자신 안에 있는 마음으로 정치를 하는 것입니다. 인간이 본심으로 자신을 통제하면 그러한 목적을 이룰 수가 있습니다. 사람마다 가난한 이웃과 나누어 먹으려는 마음이 있으면 위정자가 통제력으로 빼앗아 나누어줄 필요가 없을 것입니다. 남을 해코지하는 게 나쁜 줄 아는 사람에게는 범죄라는 말도 필요 없을 것입니다. 이 절대 자유와 평등은 여기에서 나오는 것입니다. 아무리 훌륭하여도 제도만으로는 이를 다 이룰 수가 없습니다. 오직 이 마음에서 나오는 자정自淨의 힘만이 가능합니다. 나는 중의 신분이라 불교를 중심으로 설명하겠습니다. 불교에는 화엄 사상이라는 게 있습니다. 마음의 눈을 떠서 우주의 진리를 꿰뚫어 보는 사상입니다. 이 화엄 중도證道만이 자유와 평등을 동시에 가질 수 있는 사상입니다. 화엄은 기독교의 자애, 공자의 인, 장자의 도추와도 같은 것입니다. 어느 종교에 귀의하든 그 사상을 올바로 본다면 모두 같은 길을 걷게 될 것입니다. 자신의 이익을 위해 종교를 선택하면 그 길은 보이지 않습니다. 자리심自利心을 버리고 이타행利他行을 해야 합니다."

이날 강연은 대성공이었다. 대원들의 사기가 충천하였고, 비록 먹는 것 입는 것이 궁핍하였지만 국권 회복을 위해 일신을 바치겠다는 각오를 단단히 하였다. 이시영을 비롯한 지도자들도 대단히 흡족해했다.

신흥강습회는 오직 구국 일념으로만 모인 집단이라 자칫 잘못하면 정서가 부족할 수도 있었다. 조국을 구하는 무력 양성에는 좋을지 모르지만, 독립된 후의 조국까지도 걱정해야 한다. 독립만 시켜놓고 나라를 제 모습으로 만들지 못하면 모든 게 소용이 없다. 한용운의 연설 취지는 대략 그런 것이었다. 먼 훗날을 내다보는 역사관을 가진 안목이 아닐 수 없었다.

한용운은 김동삼과 깊이 대화를 나누었다. 그는 호가 일송—松으로 본관이 의성義城이며, 고향은 안동이다. 고향에서 동지들과 협동학교를 세워 후진을 양성하다가 서울에 올라와 양기탁의 집에서 신민회 간부들과 독립운동 기반 조성을 협의하였다. 그 후 국권 침탈로 국내에서의 활동이 어렵게 되자 그는 만주로 왔다.

그날따라 달빛이 교교하게 흘렀다. 이국의 달빛은 더 차갑게 느껴진다. 우수의 눈물이 배어 있다. 조국을 떠나 낯선 땅을 떠도는 사람들의 서글픈 마음을 담고 있어서 더욱 그렇게 느껴지리라. 달빛이 새어드는 창 앞에서 두 사람은 밤새워 술을 마시면서 이야기를 나누었다.

"강연 내용이 정말 훌륭했습니다."

"고맙습니다."

"다른 분들도 마찬가지지만, 나는 교육의 절실함을 강조하고 있어요. 까막눈이 무서운 게 아닙니다. 사상이 없는, 지혜가 배어 있지 않은 교육이 두려워서입니다."

　한용운은 정신이 번쩍 들었다. 이제까지 누구에게서도 들어보지 못한 말을 들었다. 대부분 교육이라면 무식을 타파하기 위해서라고 말한다. 그는 무식을 깨치기 위해 교육의 중요성을 강조하는 게 아니라, 인성人性이 없는 교육을 경계하기 위해 교육이 필요하다는 것이다. 이는 초기 개화 지식인들의 시행착오를 힐난하는 말이기도 했다. 한용운은 자기 생각과 일치하는데 기뻤다. 박영근과 안정훈에게서도 그러한 말을 들었다. 혜안이 없으면 역사를 긴 안목으로 바라보지 못한다. 그런 사람이 민족의 앞에 서면, 그 민족은 함께 휩쓸려 쓰러지고 만다. 운요호 사건 이후 불과 35년 만에 조선이 무너지고 말았다. 이 35년 동안 얼마나 많은 개화 지식인이 등장하였던가. 단군 성조 이래 유구하게 흘러온 4천 년 역사를 단 35년 만에 말아먹은 것이다. 굳이 따지면, 국력이 모자라 국권 침탈을 가져온 것은 아니다. 역사 발전은 서두른다고 앞당겨지는 게 아니다. 민족은 영원하다. 그 영원한 민족의 앞날을, 짧은 자기 인생에서 이루려 한 개인의 영웅심이 국가 멸망을 초래했다. 그들은 남보다 앞서 신문물을 받아들여 실물에 대한 눈은 떴지만, 마음의 눈은 뜨지 못했다. 그래서 겉치장만 요란하게 하였다. 화려한 옷은 남의 눈에 잘 띄게 마련이다. 조선을 침탈하려는 야욕으로 차근차근 계획을 꾸미는 일본의 눈에 그들의 모습이 잡힌 것이다. 경술국치에 앞장서 나라를 판 이완용이 독립협회 2대 회장이다. 한 사람의 잘못을 두고 전체를 희석하는 건 옳지 않겠지만, 나머지 선각자(?)들도 까막눈이었기는 마찬가지다.

임진왜란 이후 일본은 조선에 대한 미련을 버리지 않았다. 그들은 전후 내정 수습을 위해 침략 야욕을 잠시 잠재우고 있었을 뿐이다. 선각자로 자처하는 그들이 그런 일본을 경계하지 않은 것은 큰 잘못이었다. 그들은 그 책임을 면할 길이 없을 것이다.

김동삼이 이를 염두에 두고 한 말이었다.

"의병장 신돌석 장군을 보십시오. 그는 평민으로 제대로 배우지도 못한 사람입니다. 영해 울진에서 의병을 일으켰습니다. 그런데 이인영을 중심으로 전국의 십삼도 의병을 연합할 때 유림 의병장들은 양반 출신이 아니라고 그를 배제하였어요. 조국을 구하는 일에까지 양반의 기득권을 주장했습니다. 그들은 조국을 구하려는 게 아니라 자신들의 특권 회복을 위해 싸운 것입니다. 상실한 왕권과 양반 권세를 회복하기 위해 싸운 것이지요. 당시 의병을 일으킨 인물들이 모두 구관료 출신 아니면, 유림이었던 것도 그런 이유에서입니다. 이런 싸움이 어찌 성공하겠습니까? 지금까지의 교육은 특권층 유지를 위한 방편이었어요. 이것이 잘못된 것입니다. 교육은 모든 국민이 공평하게 받아야 합니다. 조국이 누구 것이 아니듯, 교육도 누구의 것도 아닙니다."

"정말 훌륭하신 뜻입니다."

"여기 오신 지도자분들을 보십시오. 모두 양반 관료 출신입니다. 그러나 그들은 지금 조선의 한 평범한 백성으로 부귀영화를 버리고 이 허허벌판에 서 계십니다. 잃어버린 관직이 아쉬워 싸우는 게 아닙니다. 혁명하여 공신 자리 하나 얻으려고 이러는 게 아닙니다. 우리 민족이 편히 잠잘 수 있는 하늘을 되찾으려는 마음밖에 없어요.

나라를 끌어갈 주인은 하늘을 되찾은 뒤에 나타납니다. 적과 싸우면서 미리 그런 욕심을 가지면 제대로 싸울 수가 없지요. 난국에 나타난 주인은 욕심이 있는 사람입니다. 난국에는 모두 주인이자 손님입니다. 그래야 한마음이 됩니다."

한용운은 김동삼의 손을 꽉 잡았다. 지금까지 만난 인물 가운데 처음으로 가슴 후련한 소리를 하는 사람이었다. 그는 마음을 비웠다. 자신의 참모습을 발견한 사람만이 생각할 수 있는 말을 했다.

"우리 대한은 반드시 독립합니다. 선생과 같은 분이 계시는 한 독립합니다."

"한용운 스님께서 함께 간다면 독립이 앞당겨질 것입니다."

"그나저나 먹을 게 있어야 할 텐데, 걱정이군요."

"잘 해결이 되겠지요. 지금은 흉년이라 여기저기 돌아다니며 구걸하고 있습니다만, 앞으로는 자체 조달이 가능하리라 봅니다. 밀림으로 들어가면 개간할 땅이 더러 있어요. 군사 훈련을 하기에도 좋고…… 그쪽으로 옮겨볼 생각입니다."

"흩어져 있는 분들과 연락은 잘됩니까?"

"그게 문제입니다. 보시다시피 교통도 좋지 않고, 생각들도 조금씩 달라서 이견들이 있어요. 거기에다가 마르크스주의를 신봉하는 진보 개혁 세력과 보수 세력이 간혹 충돌하고 있는 것도 문제입니다."

"두 사상을 함께 포용하는 문제도 검토해 보시지요?"

"함께 포용하는 방법을요?"

"예. 대립은 대립으로 풀 수가 없습니다. 한 그릇에 담아 섞으면 새로운 사상이 나올 게 아닙니까? 그때 좋은 것만 골라 모양을 갖추면 되겠지요."

"눈에 보이는 물건이라면 쉽게 그럴 수도 있겠습니다만, 사상은 보이지 않는 정신 아닙니까. 실제 행동으로 옮기기는 쉽지 않을 겁니다."

"쉽지는 않겠지요. 사상은 보이지 않는 정신입니다. 그러나 정신은 반드시 실체를 드러내게 되어 있지요. 드러난 실체를 잡으면 정신은 따라오게 됩니다."

김동삼은 한용운을 뚫어지게 쳐다보았다.

"평등과 자유를 섞는 것입니다."

"지금 그 생각을 했어요. 낮에 한용운 스님의 강연을 듣고 그 대목에서 감탄을 받았어요. 아까부터 그 이야기를 하고 싶었는데, 말꼬리가 다른 데로 흘렀습니다. 평등과 자유라……."

"평등은 마르크스주의가 가장 앞세우는 주장입니다. 자유는 자본주의 세력이 신봉하는 것이지요. 두 사상이 섞일 수 없는 것은 평등과 자유가 동시에 이루어지지 못하는 것이기 때문입니다. 절대평등은 절대자유를 구속하고, 절대자유는 절대평등을 구속합니다. 그러나 자세히 보면 이 두 가지는 절대로 섞일 수 없는 성질을 가지고 있어요. 인간이 생존하는 데 있어서 두 가지 모두 가장 필요한 것이기 때문이지요."

"쉽게 이해가 안 되는군요."

"그래서 정치가 필요한 것입니다. 이 정치를 가정에 비추어 보지요. 가정의 평화는 공존하는 데 있습니다. 부모 형제가 제각각 자유

평등을 하면 평화가 오지 않습니다. 가계 질서도 무너지지요. 그러나 우리 사회에 그런 가정이 어디 있습니까? 가정에 법이 있습니까? 특별한 규약이 있습니까? 그런 것 없이도 잘 꾸려갑니다."

"……?"

"그건 바로 마음으로 통제하기 때문입니다. 자식이 굶고 있는데, 주머니가 넉넉한 부모가 혼자 맛있게 먹을 수 없습니다. 자식이 놀고 있다고 부모도 따라서 놀려고 하지는 않습니다. 서로 열심히 일하는 건 혼자 잘 먹고 잘살려는 게 아니라, 가족이 함께 잘살고 싶어서지요.

"도덕률입니까?"

"도덕률만으로는 안 됩니다. 도덕률이 없어서 우리 사회가 이렇게 된 건 아닙니다. 인간은 외부의 힘으로 다스리지 못합니다. 안으로부터의 통제가 선행해야 합니다. 그것을 실행하자면 마음의 본 자리를 찾아 주는 일을 해야 합니다."

"소견이 좁아서 그런지 답답하기만 하군요. 말씀은 옳다는 생각이 듭니다만 한두 사람도 아니고 백성들에게 과연 얼마나 그러한 사상을 주입시킬 수 있을까 걱정되기도 합니다."

"그래서 몇십 년 참선 강구하고도 마음을 못 찾는 중이 나오는 겁니다. 모든 백성에게 참선하여 마음을 찾게 할 수는 없지요. 그래서 나는 일찍이 불교를 유신하려 했습니다. 눈감은 중들이 많아 뜻을 제대로 이루지 못하고 있지요. 승복 입은 중들도 그러는데, 하물며 일반 민중에게 그러한 사상을 주입하는 게 쉬운 일은 아닐 겁니다. 그래서 나는 나름대로 생각을 정리하는 중입니다."

김동삼은 달빛이 가득 담긴 술잔을 들고 목을 축이면서 한용운을 바라보았다.

"대립의 개념을 없애는 행동을 실천하는 것입니다."

"종교적 신념 같은 것입니까?"

"바탕은 거기에 있지만 종교적 문제만은 아닙니다. 종교도 궁극에는 인간의 참모습을 찾는 일 아닙니까? 종교가 인간을 끌어들이는 것이 아니라, 인간에게 들어가 인간의 모습을 구성하는 데 일조하는 거지요. 지금은 종교가 인간을 끌어들이고 있어요. 인간의 참모습을 찾아 주는 게 아니라, 종교로 물들인 새로운 인물로 개조하는 일을 합니다. 인간은 그렇게 조형하듯이 만들어지는 게 아닙니다. 화분에 크는 꽃과 산천에 피는 꽃은 다릅니다. 인간이 화분 속에 담긴 꽃처럼 길러지는 걸 나는 경계합니다. 야생초처럼 자생력이 있는 그런 인간이 되기를 원합니다. 그런 힘이 뭉쳐지면 그 어떤 무력으로도 침탈할 수 없지요."

묵묵히 술을 마시던 김동삼은 만면에 미소 지으며 말했다.

"용운 스님은 스님이 아니라 사상가이십니다."

"아직 이룬 사상 하나 없는데 그런 말씀은 부끄럽습니다."

"크고 오롯한 사상이라는 희망이 보입니다. 우리 재만 동포들에게 실천 사상으로 가르쳐 주십시오."

"불교에서는 이를 일심 법계관이라고 합니다. 화엄 중도의 핵이지요."

한용운은 화엄 중도의 일심一心 법계관法界觀에 관해 설명했다. 일즉다 다즉일一卽多 多卽一, 하나가 전체요 전체가 곧 하나라고 보는 사상이다. 이 사상에서 보면 개체의 생성 연기緣起에는 주체가 없다. 즉 모든 사물의 생성은 일정한 인연으로 생기고 없어지는 것이 아니라, 제 스스로 들고나면서 새로운 세계로 든다. 이러한 세계에서는 대립과 모순이 있을 수가 없다. 너와 내가 없고, 옳고 그름도 없다. 이 모든 대립이 하나의 마음 안에서 용해가 되는 것이다. 이것은 거대한 조화다. 자신의 마음에 우주 전체를 담는 대사상이다. 갖가지 악기가 소리를 내어 하나의 화음을 이루는 오케스트라와 같다. 이러한 사상 안에는 절대 평등, 절대 자유를 누릴 수가 있다.

"들에 자라는 풀잎을 보세요. 그것들도 생명이 있고, 경쟁이 있습니다. 그러나 자세히 보면 질서를 지키고 있지요. 개체 생성을 인정하는 질서입니다. 오직 자신의 힘으로 영달하고 있어요. 옆에 있는 풀을 잡아먹으며 크지는 않습니다. 서로 쥐어뜯고 싸우지도 않습니다. 개체 연기의 주체를 인정하지 않기 때문입니다. 자기 안에서 질서를 만들어 움직입니다. 우리가 길을 갈 때 사람과 부딪치지 않고 잘 지나갑니다. 어떻게 가라고 하는 법이 없어도 잘 지나가지요. 이것은 바로 자신의 마음으로 길을 보기 때문입니다."

"그것은 조선의 사상이 아니라 인간의 사상이군요."

"우리가 조선인이기만을 고집하면, 그것 자체가 또 악이 됩니다. 다른 사람의 자유 평등을 침해하게 되지요. 모든 민족이 그렇게 주장한다면 이해득실 때문에 다투게 됩니다. 우린 물론 조선인이지만, 거기에서 더 나아가면 하나의 인간입니다. 우리는 인간으로 존재하기 위해 살고 있지요."

"오늘 밤, 이 달빛은 우리의 술잔에만 담기는 것이 아니라 지구 위에 있는 모든 사람의 술잔에 담기는 달빛으로 보입니다."

"하하하…… 오도송입니다."

한용운은 여기저기 흩어져 있는 조선인 촌을 돌아다니며 강연했다. 가는 곳마다 그의 달변에 우레와 같은 박수가 쏟아져나왔다. 간도 땅에는 많은 조선인이 본국으로부터 유입된다. 그 모두 독립운동을 하기 위해 모여든 건 아니다. 대부분 일제의 억압을 받아 이주하였지만, 우선 당장 먹고살기 위해 온 사람들도 많다. 나름대로 자치기관을 설치하여 어느 정도 질서를 유지하나 치안이 완벽한 건 아니다. 거기에다가 일본 정탐꾼들이 유민을 가장하고 들어와 이간질하며, 독립지사들의 움직임을 낱낱이 탐지하여 보고하기도 한다. 이리하여 낯선 사람들이 들어오면 무조건 경계부터 하는 경향이 있다.

한용운은 통화현 소야가의 산간 깊숙한 곳에 있는 한 조선인 촌을 방문하였다. 그곳에서 하룻밤 묵으며 그는 조선 독립과 인생에 관한 철학을 강연하였다. 조선인 촌 주민들은 대부분 독립군으로 활동하고 있었다. 농사를 지으면서 군사 훈련을 받고 있었는데, 특별히 군대를 편성하여 싸우기에는 아직 보급이 원활하지 않아 이러한 방법을 쓰고 있었다.

이튿날 한용운은 마을 사람들의 전송을 받으며 그곳을 떠났다. 청년 세 명이 그를 호위하며 배웅했다.

"이곳은 조선인 촌 가운데서도 벽지로 이름난 곳입니다. 산짐승이 우글거리기도 하지만, 마적단들이 자주 출몰하지요. 스님도 몸조심하세요."

"중을 잡아다가 뭣에 쓰게요."

"왜놈 앞잡이들이 중 옷을 입고 드나들거든요."

한용운은 청년을 돌아다보았다. 청년은 아무렇지도 않은 듯 시선을 돌려 우거진 숲을 바라보며 걷고 있었다. 한용운은 왠지 청년의 말이 마음에 걸린다. 자기가 중이라 했다고 그도 중이라고 하는 게 무례해 보이기도 했다. 블라디보스토크에서 죽을 뻔했던 사건도 떠올랐다.

"정보에 의하면 일본 통감부에서 밀정이 들어와 마적단과 손을 잡았다고 합니다."

한용운은 그가 밀정 문제를 자꾸 화제에 올리는 게 계속 마음에 걸렸다. 일본 밀정이 마적단과 손을 잡았다는 소리는 삼원보에서 이미 들었다. 특별한 동기도 없이 화제에 올린다는 게 무슨 목적이 있는 듯싶었다. 그러나 그는 선량한 이들을 무뢰한으로 의심하기가 싫었다. 어제까지 자기의 강연을 열심히 잘 듣지 않았는가. 공연히 의심한 것이 미안하기도 하였다.

한용운은 청년들과 함께 굴라재를 넘었다. 고갯마루가 높지는 않았지만, 하늘을 찌를 듯한 나무들이 우거져 있어 음산한 기운이 감돌았다.

굴라재 정상에 막 올라섰을 때였다.

"땅!"

산을 뒤흔드는 총소리와 함께 한용운은 귓가에 선뜻한 바람을 느꼈다.

"땅!"

두 번째 총소리를 듣는 순간 그는 머리가 빠개지는 듯이 아팠다. 뒷머리에 손을 갖다대자 시뻘건 피가 묻어 있다. 그와 동시에 목줄기를 타고 선혈이 줄줄 흘렀다. 그제야 한용운은 청년들을 돌아다보았다. 자기에게 총을 겨누는 청년들을 향해 호통을 지르려는데 말이 목구멍에서만 맴돌았다. 목이 망가진 모양이라는 생각을 하며 손을 내저으려다가 그만 땅바닥에 풀썩 쓰러졌다. 그가 쓰러지는 것을 보고 청년들은 쏜살같이 사라졌다. 그의 뒷머리에서는 피가 계속 콸콸 쏟아졌다. 정신을 차린 그는 우선 급한 대로 손으로 눌러 막아 보았으나 속수무책이다. 피는 손가락 사이를 비집고 계속 흘러나왔다. 머리 한쪽이 없어진 것처럼 쑤시고 아팠다. 쓰러진 채로 한용운은 하늘을 쳐다보았다. 우거진 숲 사이로 푸른 하늘이 보자기처럼 보인다. 정신이 점점 혼미해졌다.

그렇게 시간이 흘러갔다. 피가 거의 다 빠져나갔는지 아픔도 서서히 사라지면서 한용운은 꿈결같이 포근한 기분이 들었다. 그는 편하게 누워 소멸해 가는 자신의 생명을 지켜보았다. 이내 포근한 느낌마저도 사라져 버렸다. 그는 한 줌 재가 되어 암흑 속으로 흩어지는 것을 느끼면서 정신을 잃었다.

얼마나 시간이 흘렀을까. 암흑 속에 한 줄기 빛이 쏟아졌다. 그 빛을 타고 아리따운 여인이 미풍에 옷자락을 날리며 서서 한용운을 바라보고 있다. 손에는 꽃 한 송이를 쥐고 있다. 한용운이 쳐다보자, 여인은 가볍게 미소 지었다.

"아!"

한용운은 감탄하는 신음을 내뱉었다. 관세음보살이었다. 그 미소는 모든 아픔을 순식간에 사라지게 하는 감로수였다. 가슴 설레는 그를 향해 관세음보살이 말했다.

"일어나시오. 목숨이 경각에 달려 있는데 여기 이렇게 누워 있단 말이오. 어서 일어나시오."

관세음보살은 들고 있던 꽃을 한용운에게 던졌다. 꽃향기를 맡는 순간 그는 정신이 번쩍 들었다. 눈을 뜨니 관세음보살은 온데간데없고 아까처럼 하늘을 찌를 듯 서 있는 나무밖에 보이지 않는다. 솔바람 소리가 귓가에 윙윙거렸다. 아직도 상처에서는 피가 흘러내렸다. 그는 주위를 살펴보았다. 청년들이 보이지는 않았지만 어딘가에서 자기를 감시하고 있을지도 모른다는 느낌이 들었다. 어떤 연유인지는 모르지만, 죽이기로 마음먹었다면 제대로 죽었는지 확인할 것이다.

한용운은 조심스럽게 자리에서 일어나 비틀거리면서 오던 길을 되짚어 걸었다. 가던 길로 도망간다면 핏자국을 보고 뒤따라올 것이 틀림없다. 또 길도 모르는 낯선 곳에서 무작정 간다고 해서 사람을 만날 수 있다는 보장도 없었다. 핏자국이 마을 쪽으로 나 있으면 성급하게 쫓아오지는 않을 것이다.

한용운은 마을 쪽으로 걸어가다가 언덕 아래에 민가가 있는 걸 발견하고 그쪽을 향해 있는 힘을 다하여 달려 내려갔다.

그 마을은 만주족이 사는 마을이었다. 마침 계契를 하느라 마을 사람들이 이장집에 다 모여 있었다. 피투성이가 된 한용운은 마당에 들어서자마자 그대로 풀썩 쓰러졌다. 마을 주민들이 천조각을 가지고 와서 그의 상처를 싸매고 흐르는 피를 막았다.

"아니 도대체 어디에서 당한 거요?"

한용운은 말할 기력조차 없었다.

"마적단에게 당한 건가?"

그들은 알아듣지 못하는 청나라말로 시끄럽게 떠들었다. 그때 한용운은 마을 사람들 사이에 총을 쏜 청년들이 서 있는 것을 보았다. 그는 벌떡 일어났다. 기진맥진 쓰러져 있던 몸에서 그런 힘이 어떻게 솟아 나왔는지 모른다.

"쏠 테면 어디 다시 한번 쏴 봐!"

한용운이 벽력같이 소리를 지르자, 청년들은 혼비백산하여 도망가 버렸다. 죽은 줄로만 알았던 만주인들도 그 바람에 기겁하여 뒤로 주춤 물러섰다. 한용운은 상처를 대강 수습한 뒤, 한용운은 마을 사람들의 도움을 받아 거기에서 조금 떨어져 있는 조선인 촌으로 왔다.

상처를 본 조선인 의사가 놀란다.

"상처가 의외로 깊습니다. 수술해야겠어요. 머리뼈가 으스러지고 총알이 박혀 있어요."

"고맙습니다."

"대체 어떤 놈이 이런 짓을 하였습니까?"

"낯선 자들이었습니다."

한용운은 그들의 신분을 밝히지 않았다. 그들도 오로지 애국충정 때문에 그랬을 것이다. 오해는 시간이 흐르면 저절로 밝혀진다. 다만 사람의 생명을 빼앗는 일에 신중하지 않는 것이 안타까웠다.

"수술하자면 마취약이 있어야 하는데…… 어떻게 하면 좋담."

"마취를 안 해도 되오. 그냥 수술하시오."

"총알을 꺼내자면 머리뼈를 긁어내야 하는데……?"

"괜찮소. 어차피 내 몸이 아니었질 않소이까."

조선인 의사는 고개를 갸웃한 뒤 말했다.

"좀 아플 것이오. 그럼, 이것을 물고 잠시만 참으시오."

의사는 한용운의 입에 나무토막을 물렸다.

"아니, 괜찮소. 그냥 참을 수 있소."

한용운은 나무토막마저 거절했다. 그것을 문다고 해서 아픔이 줄어들 것도 아니었다. 어차피 참을 바에야 자신의 의지로 참고 싶었다.

수술이 시작되었다. 살을 베고 으스러진 뼛조각을 끄집어내느라 사각거리는 소리가 한용운의 귀에도 들렸다.

"이러고도 산 게 신통하네."

"도승인가 봅니다."

치료하는 사람들이 저희끼리 수군거리는 소리도 들렸다.

이윽고 수술이 끝났다.

"용케 잘 참으셨소."

"정말 고맙습니다."

"총알 하나는 너무 깊이 박혀 있어 뽑지 못했습니다. 장비와 치료약이 시원치 않아 어쩔 수가 없어요. 생활하는 데 큰 지장은 없을 것입니다."

"쇠가 박혔으니, 머리통이 더 단단하겠지요."

"그런데 어떻게 신음도 내지 않습니까?"

"아무려나 죽는 것보다 나은 일 아닙니까?"

"그렇긴 하지만……."

이튿날 이 소식을 들은 김동삼이 부리나케 달려왔다.

"대체 어느 놈이 이 짓을 했단 말입니까?"

"큰 상처는 아닌 듯합니다."

"큰 상처가 아니라니요? 머리뼈가 으스러졌는데…… 내 이놈들을 잡아다가……."

김동삼은 대원들에게 지시하여 장본인을 색출하게 하였다.

"그만두시오. 오해에서 빚어진 일인 듯싶습니다."

"그런 오해가 아까운 지사 한 분을 잃게 할 뻔했잖습니까."

곧이어 총을 쏜 청년들이 대원들의 손에 이끌려 왔다. 청년들은 누워 있는 한용운 앞에 엎드려 사죄했다.

"정말 죽을 죄를 지었습니다. 일본놈들의 밀정이라는 생각이 들어 그만……."

김동삼이 벽력같은 고함을 질렀다.

"이놈들아! 이분은 본국에서 오신 용운 스님이시다!"

"참으시오. 이렇게 멀쩡하게 살지 않습니까."

"그런 일이면 전후를 살펴보고 최선의 방법을 택해야지, 무기도 안 든 사람을 무작정 쏴대면 어쩌란 말이냐?"

"죽을죄를 지었습니다."

"너희들은 당분간 근신하도록 해라."

한용운은 화를 내는 김동삼을 만류하면서 청년들에게 말했다.

"괜찮소. 여러분들의 그 우국충정에 오히려 내가 감사하오."

"스님, 용서하십시오."

"벌써 다 용서하였소. 이번엔 내가 감사해야 할 차례요."

김동삼이 눈을 크게 뜨고 물었다.

"그게 무슨 말씀이십니까?"

"관세음보살님을 만났어요."

김동삼은 한용운의 말을 알아듣지 못해 그를 바라보기만 한다.

"일찍이 원효스님이 그렇게도 만나기를 원했지만 만나지 못했던 관세음보살님을 저분들 덕에 오늘 만났소. 그분이 나를 이곳으로 인도하셨소."

"예에……?"

김동삼은 말귀를 알아들었는지 못 알아들었는지 고개를 끄덕였고, 치료하던 의사는 눈만 크게 떴다.

한용운은 그 마을에서 한 달 동안 치료받았다. 몸을 회복한 뒤, 그는 다시 독립군 훈련소와 조선인 부락을 돌아다니며 강연했다.

한용운은 달빛을 등불 삼아 밤길을 걸었다. 멀리서 들려오는 이름 모를 짐승들의 울음소리가 처량하게 들렸다. 총상을 입은 뒷머리가 찬바람이 스칠 때마다 욱신거렸다. 정말 기구한 운명이다. 블라디보스토크에서도 죽다가 살아났는데, 이번엔 만주 벌판서 또 똑같은 운명을 맞았다. 그는 길가에 앉아 서쪽으로 흘러가는 달을 바라보며 잠시 쉬었다. 피곤했다. 그러다 그는 길옆에 외로이 서 있는 나무를 바라보았다. 어둠 속이라 무슨 나무인지 알 수 없으나, 흡사 자기 모습처럼 보여 그는 혼자 빙그레 웃었다. 이럴 때 그는 시상을 떠올린다.

一生多歷落(일생다력락)
此意千秋同(차의천추동)
丹心夜月冷(단심야월냉)
蒼髮曉雲空(창발효운공)
人立江山外(인립강산외)
春來天地中(춘래천지중)
雁橫北斗沒(안횡북두몰)
霜雪關河通(상설관하통)

일생에 기구한 일 많이 겪으니
이 심경은 천추에 아마 같으리.
일편단심 안 가시니 밤 달이 차고
흰머리 흩날릴 제 새벽 구름 스러짐을.
고국 강산 그 밖에 내가 섰는데
아, 봄은 이 천지에 오고 있는가.
기러기 비껴 날고 북두성 사라질 녘
눈서리 치는 변경 강물 흐름을 본다.

시를 정리하면서 한용운은 고국 쪽을 바라보았다. 이 밤에도 수많은 사람이 고통으로 신음하고 있을 것이다. 생각하니, 그는 이렇게 한가롭게 쉬고 있는 순간조차 죄스러웠다.

한용운은 그해 겨울을 만주에서 보내면서 계속 순회강연 활동하다가 이듬해 봄에 다시 귀국하였다.

바람처럼 구름처럼

까치 소리가 들린다. 산사山寺의 맑은 아침 공기에 묻어온 까치 소리가 오늘따라 마치 옥구슬 구르는 듯했다. 모처럼 만에 들어보는 청정한 소리다. 아니, 까치야 늘 그렇게 자유롭게 울었을 테지만 그 것을 느낄 수 있을 만한 마음의 여유를 갖지 못했는지도 모른다.

한용운은 방문을 열었다. 짙은 안개와 함께 싱그러운 아침 공기가 방 안으로 가득 밀려 들어왔다. 설악산 공기는 그대로가 옥수玉水다. 녹색으로 반짝이며 윤기를 띠고 있는 잎들이 이 맑은 공기 속에 한 껏 푸르름을 자랑하고 있다.

까치는 절 마당에 있는 소나무에 앉아 있었다. 한용운은 문득 일 본에서 만난 안정훈이 떠올랐다. 까치는 조선의 텃새라며 장황하게 일본 역사를 설명했었다. 그리고 보니 오늘 아침 이 까치 소리가 법 음法音처럼 들렸다. 그 소리는 조선의 생명이다. 까치의 서식 분포로 조선의 역사를 더듬어볼 수 있듯이, 까치 소리가 사라지지 않는 한 조선은 영원히 조선이다. 인간이 가져야 할 조선 정신을 저 날짐승이 가지고 있다고 생각하니 그에게 순간 법열法悅이 일었다. 그는 까치를 향해 합장했다. 어쩌면 만주 굴라재에서 본 관세음보살의 화신일지도 모른다.

막 방문을 닫으려고 할 때였다. 사미가 다가와 합장했다.

"손님이 찾아오셨습니다."

"나한테?"

"예, 스님."

한용운은 체머리를 흔들면서 사미를 물끄러미 내려다보았다. 만주에서 뒷머리에 총상을 입고 난 이후부터 이 요두증이 생겼다. 깊이 박혀 꺼내지 못한 탄환이 신경을 건드린 모양이었다. 그는 이 절간까지 자기를 찾아올 사람이 누구일까를 생각해 보았다. 스쳐 지나가며 만났던 사람이야 더러 있지만, 이 궁벽한 산속에까지 일부러 찾아올 만한 인연을 맺은 사람이 떠오르지 않는다.

"여자분입니다."

한용운은 여자라는 말에 멈칫했다. 그러고 있는데 사미 뒤쪽에 낯선 여인의 모습이 보였다. 해를 등지고 있어서 몇 발짝 떨어지지 않았는데도 윤곽이 희미했다. 피어오르는 산안개 때문에 여인의 모습이 몽환적으로 보였다. 꿈을 꾸는 건가. 여자는 양장 차림에 핸드백을 들고 있다. 방금 까치 소리를 들었고, 관세음보살의 화신을 생각하던 중이어서 더욱 그랬다.

여자가 한용운에게 다가와 합장한다. 한용운은 엉거주춤한 자세로 그냥 고개만 조금 숙이며 답례했다. 여자가 정면으로 얼굴을 들지 않아서 누구인지 전혀 알 수가 없었다.

"나를 찾아왔소?"

"예, 용운 스님."

한용운은 더욱 어리둥절했다. 이름을 아는 것으로 보아 자기를 찾아온 게 틀림없는데 도무지 기억이 없다.

"절 모르시겠어요?"

아……. 한용운은 하마터면 소리를 내뱉을 뻔하였다. 강연실이었다. 규슈 오사히무라에서 헤어진 후 처음 본다.

"이제 알아보시겠어요?"

"정말 몰라보았소. 미안하오."

"당연한 일이잖아요. 스님께서 여자를 기억하고 계시면 더 이상하지요."

"누추하지만 좀 들어오시겠소?"

"밖에다 그냥 세워 두실 줄 알았어요."

강연실이 방 안으로 들어오자, 한용운은 사미를 불러 차를 준비하게 하였다. 그녀는 심하게 체머리를 흔드는 한용운을 보고 놀란 눈빛을 한다.

"어디 몸이 편찮으십니까?"

"불콩을 먹고 이럽니다."

"불콩이 뭐예요?"

"총알이지요."

"예?"

"다행히 독약 묻은 왜놈 불콩이 아니라서 목숨은 건졌소."

한용운은 만주 굴라재에서 있었던 사건을 들려주었다.

"일본에 계시다가 곧장 만주로 가신 모양이군요?"

"구름처럼 돌아다니는 게지요."

"하마터면 못 뵐 뻔도 했네요. 다른 이상은 없나요?"

"흔들어 대는 것 말고는 괜찮아요. 아마 평생 정신 차리며 살라고 이러는 모양입니다."

"정말 큰일 날 뻔하셨군요."

"그래, 어쩐 일로 예까지 오셨소?"

"스님을 뵈러요."

"허허. 그렇소?"

"아니라고 생각하시는 모양이군요?"

"난 여인의 마음은 잘 모르오만, 부질없는 짓을 한 것 같소."

"왜요?"

"중들은 한곳에 머물지 않소이다. 구름처럼 떠돌아다니는 중을 찾는 건 허공을 나는 기러기를 찾는 것과 진배없어서 하는 말이오. 가까운 길도 아닌데, 어찌했건 헛걸음 안 한 게 다행이오."

"구름은 원래 잡을 수 없지요?"

한용운은 강연실을 바라보았다. 그녀는 스스로 묻고 스스로 대답했다.

"잡을 수는 없지만, 어디서든 볼 수는 있잖아요. 구름이니까."

법어인 듯 농인 듯한 던지는 그녀의 말에 한용운은 하마터면 맞장구를 칠뻔했다. 그는 재빨리 농담으로 얼버무렸다.

"구름은 한 줄기 여름 소낙비 같은 게요. 특히 여름 구름은 믿을 수가 없소."

그때 사미가 차를 내왔다.

"산중이라 대접할 만한 음식이 없소."

강연실은 찻잔을 들며 말한다.

"저 많은 구름 중에 어느 구름에 비가 들었을까요?"

한용운은 대답하지 않고 차를 한 모금 물었다. 오늘 차에 쓴맛이 돈다. 늘 그 차인데 차 맛이 다르다. 그가 대답하지 않자, 무안해하며 잠시 입을 다물었던 강연실이 그의 눈치를 보며 머뭇거린다. 그녀는 아까부터 무슨 말을 하려고 망설이고 있는 듯 보였다. 그가 먼저 물어보았다.

"날 보러 이 먼 곳까지 오지는 않았을 테고. 그래, 내가 여기 있는 줄은 어떻게 아셨소?"

"남편이 이곳으로 부임했어요."

한용운은 머리끝이 곤추섰다. 그녀의 남편은 일진회 회원이었으며, 회장이던 이용구의 친척이기도 하다. 일진회는 자위단을 조직하여 일제에 항거하는 의병들을 탄압하는 등 극렬하게 친일 주구 노릇을 하였다. 그런가 하면 한일합병을 스스로 청하는 바람잡이 노릇까지 하였다. 조선인들이 합병을 원하고 있음을 대외적으로 보여주려고 한 일본의 술책을 실행해 옮겨준 것이다. 일진회는 합병이 되고 그 다음 달에 해산되었다. 일제는 일진회를 더 이상 이용할 필요가 없게 되었다. 그녀의 남편이 이곳에 부임했다면, 필경 경찰 아니면 헌병대일 것이다. 일제 앞잡이 노릇을 잘한 대가를 누리고 있는 모양이다.

한용운은 장삼 자락 속에 있는 주먹을 으스러지게 꽉 쥐었다. 만주 벌판에서 조국 독립을 위해 훈련하던 동포들의 모습이 눈에 어른거렸다. 똑같은 하늘 아래 사는 사람들인데 이토록 다른 길을 간다는 게 슬펐다.

"어쩐지 이곳에 머물고 계실 것 같다는 생각이 들었어요."

"고관의 부인이 되었겠구려."

"고성 경찰서에 근무하고 있어요. 전 서울에 살아요. 잠시 다니러 온 길이에요."

한용운은 그녀가 이용범의 소실이라는 사실을 상기했다. 본처가 임지에 따라왔을 테니, 그녀는 남편을 잠시 만나기 위해 이곳을 방문한 셈이다. 그는 그녀가 측은해 보였다. 강대용의 얼굴이 그의 머릿속을 스쳤다. 충청도 주막에서 밥값이 없어 봉변당할 때 구해 주었고, 노자와 옷까지 마련해 주었다. 또 세상을 보는 눈을 뜨게 해준 장본인이기도 하다. 그의 누이가 지금 이렇게 줄이 끊어진 연처럼 허공에 부유하고 있다.

"고성으로 가는 길이겠구려?"

"예. 혹시, 절에서 하루 묵을 수 없을까요?"

한용운은 강연실의 표정을 살폈다. 묵을 곳이 없어 이곳에서 묵어가려는 건 아닐 것이다. 그는 차를 한 모금 마셨다. 남편을 만나러 가는 길에 여기에서 하루를 묵고 가겠다는 그녀의 심정을 살펴보았다.

"곤란하신가 보죠?"

"묵는 거야 어렵지는 않소이다만……?"

"남편이 경찰이어서인가요?"

한용운은 그녀를 탓하고 싶지 않았다. 설혹 그녀가 친일했다고 하더라도 오늘만은 용서해 주고 싶었다. 절에 찾아온 사람은 다 사연이 있다. 좋아서도 올 수 있고 힘들어서 찾아오기도 한다. 산새와 산짐승들 절 마당에 노는데 오는 사람을 막는 건 온당치 않다. 강대용과 달리 그녀는 처음부터 악연일지도 모른다. 만나지 않아야 할 인연이었다.

"산속이라 누추하오만, 빈방이 있을 것이오."

"고맙습니다."

"헌데, 남편을 만나러 오는 길이라 하잖았소?"

"오늘은 혼자 있고 싶어요."

영문을 물어볼 수는 없지만, 한용운은 그녀의 우울한 그녀의 표정을 읽었다. 그때 그녀가 묻는다.

"이고득락이라 하셨지요?"

"……?"

"이곳이 극락 아닙니까?"

"마음먹기에 달렸겠지요. 화탕지옥 속에도 극락은 있습니다."

"그럼, 극락 속에도 화탕지옥이 있겠군요?"

마치 그녀는 선문답하듯 말했다. 극락 속의 화탕지옥이라는 말이 한용운에게 가시처럼 와 박혔다.

"극락과 지옥은 본래 한 그릇이지요. 구별이 없는 한 물건이란 뜻입니다."

"스님은 절 미워하세요?"

"무슨 말씀을. 미워할 이유가 없지요."

"오라버니와 다른 길을 걷고 있기 때문이겠지요?"

강연실은 마치 심문하듯 집요하게 캐물었다.

"저는 스님이 미워요."

한용운은 빙그레 웃었다. 그녀의 말에 굳었던 심지가 녹아내렸다.

"모두 자기중심으로 살아가는 사람들 같아요. 겉으로 그럴싸한 명분을 내걸지만, 결국 자기 자신의 영달을 위해 사는 것 말고 또 무엇이 있겠습니까? 스님의 경우에는 재물이나 권력은 아니겠지만, 그래도 훌륭한 정신을 얻기 때문이라고 하시겠지요? 그 정신은 또 무엇이에요? 그것도 결국은 자기 자신을 위하는 일 아니고 무엇이겠어요?"

몽둥이로 한 대 얻어맞은 기분이었다. 한용운은 미처 그런 생각을 하지 못했다. 조국이다 인간사상이다 하지만, 결국 자기 자신을 위하는 일이기도 하다. 안중근 의사의 의거를 떠올렸다. 자기희생으로 얻은 결과이다. 살신성인했다. 대가조차 없는 일이다.

숨통을 죄듯 강연실이 말을 잇는다.

"나도 인간이에요. 먹고살아야 하잖아요? 누가 나를 먹여 살립니까? 깡통을 들고 밥을 구하러 다니기는 싫어요. 일본 사람 밥이면 어떻습니까? 빈 그릇을 안겨주는 조선보다야 낫잖아요?"

한용운은 이맛살을 찌푸렸다.

"달콤한 말은 누구나 할 수 있어요. 친일 부역자라고 손가락질하긴 쉽지만, 밥 한 그릇 달라면 주지 않아요."

한용운은 그녀의 말을 듣기만 했다. 그는 급히 사미를 불렀다. 득달같이 달려온 사미에게 그가 이른다.

"요사채로 손님을 안내해 드리거라."

"내쫓으시는군요."

"밤새 먼 길 오셨으니 피곤할 게요. 잠시 쉬도록 하오."

"정말 우스워요."

"무엇이 말입니까?"

"숨바꼭질하는 기분이 들어요. 스님은 날 내쫓고, 난 스님을 찾아다니네요."

한용운은 빙그레 웃었다.

그녀는 방을 나가기 전에 뒤돌아보며 말했다.

"몸조심하셔요."

"……?"

무슨 뜻인가. 한용운은 그녀가 한 말을 되새겼다.

"고등계 형사들이 스님의 동태를 살피고 있어요."

"나를……?"

"지도급 인사들에 대한 상두적인 감시인 것 같지만, 그래도 조심하세요."

그제야 한용운은 궁금증이 풀렸다. 그녀 남편이 형사다. 그는 표정을 누그러뜨리며 말했다.

"하하하…… 나도 어느 이제 지도자급이 되었소그려. 남편이 담당이오?"

"예에?"

"나를 더 미워할 수도 있겠구려."

아침 공양을 마친 한용운은 곧장 오세암으로 올라가 버렸다. 오세암 장경각에는 아직 못다 읽은 경전들이 수북이 쌓여 있다. "숨바꼭질하는 기분이 들어요. 스님은 날 내쫓고, 난 스님을 찾아다니네요." 강연실의 말이 귓가에 맴돌았다. 피하고자 하는 건 취하고자 하는 마음이 동시에 이러나는 거다. 요석공주로 말미암아 파계한 원효는 요석공주를 탐하지 않았다. 살아 오르는 마음(生心)을 잡은 것뿐이다. 그것이 곧 멸심滅心 아니던가. 살아 오르는 마음을 참고 억누르면 그 마음은 오히려 살아남으려고 더욱 발버둥이 친다.

아무나 원효가 될 수 없다. 그래서 모든 대중이 피나는 수행을 하지만, 쉬 마음을 찾지 못한다. 한용운은 읽고 있던 경전을 덮어 버렸다. 항일 지사인 오라버니의 의지를 무시하고 자기 갈 길을 가고 있는 그녀가 어쩌면 더 인간적일지도 모른다. 생각이 뒤엉켰다. 별안간 길이 보이지 않고 짙은 안개 속에 묻혀 버렸다. 그는 가부좌를 틀고 선정에 들었다.

한용운은 땅거미가 깔릴 무렵이 되어서야 가부좌를 풀었다. 그는 나는 듯이 백담사로 내려왔다. 오면서 객사에 묵고 있을 강연실을 생각했다. 그녀가 오히려 이 설악의 주인처럼 의연해 보였고, 자신은 그녀를 피해 다니는 나그네 같은 느낌이 들었다. 그녀를 피하지 않으리라. 단주를 돌리는 그의 손길이 빨라졌다.

백담사로 돌아온 한용운은 사미로부터 그녀가 종일 객사에 문밖을 나오지 않았다는 말을 들었다.

"나를 찾지 않더냐?"

"예. 종일 밖에 나오시지 않았습니다."

"공양도 않더냐?"

"몇 번 전갈했으나 생각이 없다고 하셨습니다."

"알았다."

한용운은 역공을 받는 느낌이었다. 공연히 그녀에게 마음 쓴 일이 무안스러웠다. 무슨 일인지는 모르지만, 그녀에게 심경의 변화가 있는 것 같았다. 남편과 불화가 생긴 걸까. 아니면 소실이라는 사실 때문에 스스로 자괴감에 빠졌는가. 그는 일어나 향을 피웠다. 잠 안 오는 밤에 여자 생각을 하는 게 속되어 보였다.

향내음이 방 안 가득히 배어들었다. 한용운이 막 자리를 펴고 잠을 청하려고 할 때였다. 문 앞에 인기척이 들렸다.

"스님, 주무세요?"

강연실이었다. 한용운은 대답하지 않은 채 방문을 바라보았다.

"스님."

한용운은 그녀를 만나고 싶지 않았다. 남의 이목 때문이 아니다. 지금 그녀를 받아들이면 뭔지 모를 불행한 일이 일어날 것 같은 예감이 들었다.

"스님, 저예요."

그는 끝내 대답하지 않았다. 그녀를 피하지 않겠다고 다짐한 결심을 스스로 무너뜨렸다.

발소리가 멀어져 갔다. 바람에 흔들리는 나뭇잎 소리가 그녀의 발소리를 가두었다.

이튿날, 한용운은 날이 밝자마자 행장을 꾸렸다. 지금까지 그는 마음이 흔들릴 때 자리를 떴다. 그러고 나면 마음이 평온해짐을 이미 여러 차례 체험했다. 승려의 운수행은 동선動禪이다. 물 따라 구름 따라 떠돌다 보면 온갖 잡생각을 까마득히 잊는다. 흔들리는 마음을 씻는 데는 이보다 더 좋은 수행이 없다.

한용운은 자신이 절을 떠난 것을 알고 실망할 강연실의 모습을 잠시 떠올렸다. 그녀를 피해 길을 떠난 것은 이것으로 두 번째다. 그는 잠시 발길을 멈추고 녹음이 짙은 먼 산을 바라보며 빙그레 웃었다. 바람처럼 구름처럼 떠다니는 나그네에게 푸른 산은 늘 훌륭한 길벗이 되어 준다.

중생 속으로

한용운은 경성역에서 밤 기차를 탔다. 통도사를 거쳐 합천 해인사에 들를 작정이었다. 오래전부터 해인사 팔만대장경 경판을 참례하고 싶었는데 차일피일 미뤘다. 해인사에 원종의 이회광이 주지로 있어 절문 안에 들어설 마음이 선뜻 내키지 않았던 것인데, 구더기 무서워 장 못 담그는 우를 범해서는 안 된다는 생각으로 용기를 냈다. 그는 「대장경」을 정리하여 '불교대전'을 만들고 싶었다.

「대장경」은 비치한 절이 많지도 않을뿐더러, 너무나 방대하여 승려들이 쉽게 접할 수가 없다. 불교 유신을 뒷받침하기 위하여 우선 경전을 대중화하는 작업이 꼭 필요했다.

기차를 타고 밤새 달려 한용운은 이튿날 아침에 물금역에 도착했다. 그는 자동차를 빌려 타고 통도사로 향했다. 해인사는 초행이지만, 통도사와 동래 범어사는 낯설지 않았다. 박한영 스님 등과 이곳 범어사에서 승려 대회를 열고 강연하기도 했었다.

주지 구하 스님이 그를 반갑게 맞았다.

"아니, 이거 용운 스님 아니시오?"

"오랜만에 뵙습니다, 스님."

"만주에 갔다더니, 그래 언제 오셨소?"

"올봄에 와서 설악산을 베고 잠만 잤습니다."

"그런데 그 상모 돌리는 기술은 언제 배웠소?"

구하스님은 한용운이 체머리를 돌리는 것을 보고 농담을 던졌다.

"내 머리에 쇳조각이 하나 박혀 있어요. 그래서 이 모가지가 무게
를 견디지 못해 이리 흔들고 있지요."

"쯧쯧…… 그 머리를 달고 다니려면 모가지가 꽤나 고생해야겠구
려."

"식구들은 다들 무고하시지요?"

"편치 못합니다."

"왜요?"

"늑대보다 고양이들이 더 설쳐서지요."

"고양이라……."

한용운은 구하스님의 말을 되씹어 보았다. 고양이는 집에서 키우
는 동물이고, 늑대는 들짐승이다. 말하자면 늑대는 일본인이고, 고
양이는 일본에 동조하는 조선인을 뜻한다. 늑대는 담을 쳐서 막을
수 있지만, 집 안에 기르는 고양이는 단속할 수가 없다. 더 무서운 짐
승이다.

한용운이 아무렇지도 않게 불쑥 말을 던졌다.

"무엇이 문젭니까? 고양이를 단속하는 건 쉽습니다. 담 밖으로 내

쫓으면 됩니다."

"으흠!"

구하스님은 크게 기침하였다. 구하스님이 일컫는 고양이는 31본 산 주지를 말한다. 일제는 사찰령을 반포하여 주지 임명과 사찰의 통폐합 등을 총독이 관할하도록 했다. 본산 주지는 총독에게, 말사 주지는 지방 장관에게 임명 인가를 받아야 했다. 인가가 취소되면 일주일 안에 절에서 나가야 한다. 그러니까 주지들은 일제에 동조하지 않고는 배겨날 수가 없었다. 구하 스님은 바로 이를 두고 고양이와 늑대에 비유한 것이다.

"이제 온전하게 절집을 지키는 이는 마곡사 만공 하나밖에 안 남았어요. 특히 전등사 김지순, 용주사 강대련, 해인사 이회광이 가장 설치고 있지요."

한용운은 지그시 눈을 감았다. 이회광은 처음부터 일본 조동종과 합치려 했던 인물이니까 놀랄 것도 없다. 그러나 용주사 강대련이 친일로 돌아섰다는 건 매우 충격이었다. 그는 바로 재작년에 일본 정토종 승려 사이비 코즈이가 통도사를 접수하려 했을 때 단신으로 달려 내려와 그를 때려눕혀 내쫓은 사람이다. 그런 그가 친일 승려로 돌아섰다니, 한용운은 깊은 한숨이 절로 흘러나왔다.

그때 젊은 승려 경봉이 들어왔다. 그는 통도사 부속 명신학교를 졸업하고, 전문강원에서 경전을 공부하는 촉망 받는 승려였다.

"스님 오셨습니까."

"오랜만이군."

한용운은 임제 종지를 알리는 강연을 할 때 반짝이던 그의 눈빛이 생생히 기억나서 반갑게 맞았다.

"스님이 오시니까 비가 옵니다. 가뭄이 들어 땅이 갈라 터져 걱정들을 하였는데 쌀비가 내리는군요."

그 말을 듣고 구하 스님이 말했다.

"그렇지 않아도 아까 강원에 들렀더니 칠판에 '人龍乘運入鷲山(인룡승운입취산)'이라고 씌어 있습디다. 용이 영취산에 들어왔으니, 비가 안 내릴 수가 있겠습니까? 한용운 스님이 진작 좀 오셨으면 농민들이 애를 덜 태웠을 텐데 말입니다."

그 말을 듣고 모두 한바탕 웃었다. 한용운의 이름을 가지고 한 말이었다. 통도사는 영취산靈鷲山에 있다. 용이 구름을 타고 영취산에 들어왔다는 말이었다.

"오신 김에 좀 오래 계셨으면 합니다. 강원 학승들에게 좋은 강의를 좀 해주시지요."

경봉이 옆에서 거들었다.

"스님의 명강의를 맛볼 수 있게 하량해 주십시오."

"해인사 팔만대장경을 참례하려고 내려왔는데, 한 바퀴 돌아보고 나서 인연이 뜨면 오리다. 참, 여기도 대장경이 있지요?"

구하스님이 얼른 대답했다.

"예, 통도사 광명전에 고려 대장경이 있습니다. 그렇지 않아도 대장경을 좀 읽기 좋게 다듬었으면 하고 있었는데, 내친김에 스님께서 보석을 만들어 주시지요."

한용운은 말없이 조용히 염주를 굴렸다. 마침 대장경을 정리해야겠다는 욕심을 가지고 있던 차였다.

한용운은 해인사 행을 잠시 미루고 이날부터 통도사에 칩거하며 「고려 대장경」 1,511부 6,802권을 낱낱이 열람하여 통독했다. 구하 스님이 특별히 배려하여 그를 안양암에 머물도록 주선해 주었다. 「대장경」은 너무나 방대하여 예부터 분류에 고심해 왔다. 경經, 율律, 논論으로 나누고, 또 이를 각 부部로 세분해 놓았다. 그러나 이것은 단순한 목록 분류에 지나지 않았고, 목록만도 몇 권의 책으로 묶어야 할 판이었다. 더구나 중복된 내용이 있는가 하면, 경전 상호 간의 연결도 제대로 맞추어지지 않은 경우가 있어 체계적인 정리가 필요했다. 많은 사람이 그 필요성을 실감했지만, 양이 너무나 방대하여 감히 손댈 엄두를 내지 못했다.

이는 실로 엄청난 작업이었다. 하루 20권씩 그냥 읽는다고 하여도 1년이 걸리는 작업이다. 그냥 읽는 게 아니다. 한용운은 모든 경전을 일정한 관점 아래 분석하면서 중복된 내용을 피하고 주옥같은 것만을 뽑아내었다. 이렇게 하여 우선 천여 권으로 압축한 뒤 한 권에서 1구절 또는 2구절씩 초록抄錄하였다. 초록한 내용을 하나의 체계 아래 뜻이 이어지도록 분류 편집까지 해나갔다.

한용운은 이 작업에 온 정열을 쏟는 데는 남다른 의미가 있다. 탈고한 『불교유신론』의 논지를 실행하기 위하여 이 경전 정리 작업이 선행되어야 하기 때문이다. 당시 대부분 승려가 대장경 내용을 제대로 읽어 보지 못하여 불교의 진로를 모색할 엄두를 내지 못했다. 눈 감고 길을 가고 있는 사람에게 바르게 갈 수 있는 길이 있다고 아무리 일러 줘 봐야 소용없는 일이다. 대장경 정리 작업은 바로 승려들에게 길을 열어 주는 일이었다.

대장경 정리 작업을 마무리해 가던 1913년 5월에 마침내 한용운은『조선불교유신론』을 출간하였다. 출간 비용도 통도사에서 많은 지원을 해주었다. 박한영 스님이 발문을 쓴 것이 더욱 뜻깊었다. 불교 유신의 필요성에 동감한다는 뜻이 들어 있기 때문이었다.

한용운은『조선불교유신론』에서 이렇게 주장하였다.

"무릇 매화나무를 바라보며 갈증을 없애는 것도 양생養生의 한 방편일진대, 이 유신론은 바로 매화나무의 그림자. 나는 불꽃이 전신을 태우듯 목마른 갈증을 느끼고 있어, 부득이 이 한 그루 매화나무의 그림자로 만 석의 맑은 샘물 구실을 하게 한다."

매화나무는 조조曹操가 갈증으로 고생하는 병사들에게 조금만 더 가면 매화나무 숲이 있다고 말한 것에 비유한 말이다. 병사들은 매화나무라는 말에 신맛과 함께 저절로 입 안에 침이 돌아 갈증을 일시나마 해결하였다고 한다. 승려들이 지금은 유신론에 동조하지 않더라도, 그 그늘을 보고 약간의 갈증을 해소하는 것으로 족하다는 뜻이었다. 한용운은 또 외쳤다.

"유신이란 무엇인가? 파괴의 아들이다. 파괴는 무엇인가? 유신의 어머니이다. 천하에 어머니 없는 아들이 없다는 말은 하되, 파괴 없는 유신이 없다는 사실은 깨닫지 못한다. 유신은 바로 파괴로부터 시작된다. 낡은 것, 틀어진 것을 과감히 파괴하고, 새로운 생명을 불어넣어야 한다."

이와 함께 한용운은 통도사 강원에 강사로 취임하여『화엄경』을 강의하였다. 그는 화엄 강의를 단순히 교학에 머물게 하지는 않았다. 대승 차원에서 행동하는 경전으로 가르친 것이다.

"경전은 책 속에 글자로 박혀 있거나, 중들의 머릿속에 들어앉아 있으면 그건 이미 경전이 아니다. 경전은 중 머릿속에서 떠나 길바닥에 뿌려졌을 때 비로소 온전한 경전이 되는 것이다. 경전을 입으로 백날 달달 외고 있어 봐야 달 보고 짖는 개 소리보다 나을 게 하나 없다. 경전 공부는 자고로 머릿속에 집어넣었다가 몸 밖으로 토해내야 하는 것이다."

한용운은 이렇듯 실천 불교의 진면목을 강의하였다.

이듬해에 한용운은 마침내 팔만대장경을 완전히 다 정리하였다. 이름을 '불교대전'이라 붙이고 1914년 4월에 인쇄가 용이한 범어사에서 간행하였다. 국반판 800페이지나 되는 방대한 양이다. 실로 엄청난 불사佛事였다. 6,802권 경전을 444부部로 축약했다. 또 한문 해독이 어려운 승려들을 위해 국한문 혼용으로 썼다.

이를 기점으로 한용운은 본격적인 대중 불교 운동을 전개하였다. 영호남의 각 사찰을 돌며 강연도 하고, 『채근담』도 간행하였다. 『채근담』은 중국의 고전으로, 명나라 때 홍자성이 지은 선비들의 생활백서이다. 경전도 아닌 중국 고전을 펴낸 것은, 글 읽는 선비들을 세속으로 나오게 한 홍자성의 사상에 이끌렸기 때문이다. 그는 세속에서 벗어나되 세속을 떠나지 말며, 명리와 재물도 일방으로 배척하지 말라고 하였다. 한용운은 바로 이를 승려들의 잠자는 의식을 일깨우는 지침서로 이용하려 한 것이다.

푸른 산빛으로 피어나는 화엄

운수행을 끝내고 한용운은 오랜만에 설악산으로 돌아왔다. 설악산은 그에게 있어 포근한 어머니의 품 안과 같은 곳이고, 무한한 힘을 얻는 에너지의 원천지이다. 운수행에서 탈진한 기氣를 그는 늘 설악산에서 재충전하였다. 그는 오세암에 머물며 참선 삼매에 들었다. 법 상좌인 춘성이 신흥사에 있어서 잠시 설악동에 다녀온 외에는 오세암에서 참선 정진만 했다.

그해도 설악은 백설白雪에 파묻혔다. 눈은 대지를 덮는 이불이다. 눈 덮인 설악은 솜털처럼 따뜻했다. 모든 생물이 봄을 기다리며 따뜻한 눈 이불을 덮고 긴 겨울을 보냈다.

한용운은 가부좌를 틀고 선정에 들었다. 벌써 며칠째인지 그 자신도 모른다. 그는 바위처럼 미동도 하지 않은 채 그렇게 선정에 빠져들었다. 이윽고 그는 자기 몸이 조그마한 점으로 줄어드는 걸 보았다. 오세암이 하얀 눈 위에 하나의 점처럼 앉아 있고, 그 점 속에 작은 씨앗이 움직였다. 백설 위에 하나의 점으로 앉아 있는 오세암과, 그 안에 점으로 앉아 있는 자기 모습을 그는 법당 안에서 동시에 입체적으로 본다.

밤이 깊어 간다. 사방은 쥐 죽은 듯 고요하다. 세상이 모두 잠들어 버린 듯했다. 그때 그 고요를 깨뜨리며 한 줄기 바람이 불었다. 솜털 같이 부드러운 눈 위로 굴러온 바람이다. 설악에서는 바람도 벗이다.

"……?"

선정에 든 한용운은 그 바람결에 무엇이 "쿵!" 하고 떨어지는 소리를 들었다. 그와 함께 눈앞에 백설에 반사된 하얀빛이 한 줄기 쏟아졌다. 막혀 있던 가슴이 뻥 뚫렸다. 뚫린 그 구멍으로 바람이 지나간다. 그 바람을 보았다. 그 바람을 보았다. 그렇게도 찾아 헤매던 바람을 본 것이다. 그는 황급히 붓을 찾아들고 미친 듯이 바람을 그렸다.

男兒到處是故鄉(남아도처시고향)
幾人長在客愁中(기인장재객수중)
一聲喝破三千界(일성갈파삼천계)
雪裏桃花片片飛(설리도화편편비)

남아란 어디메나 고향인 것을
그 몇 사람 객수 속에 길이 갇혔나.
한 마디 버럭 질러 삼천세계 뒤흔드니
눈 속에 점점 복사꽃 붉게 지네.

오도송悟道頌을 읊고 나서 한용운은 방안을 돌며 덩실덩실 춤을 추었다. 몸이 새털처럼 가볍게 느껴졌다. 마치 무중력 공간을 떠다니는 것 같았다.

한용운은 그 길로 갓밝이 속을 학처럼 날아서 신흥사로 달려갔다. 춘성이 그를 보고 놀라기부터 했다.

"아니, 스님? 어디에서 오시는 길입니까?"

"하늘에서 내려왔다."

"……?"

춘성은 한용운의 옷을 살폈다. 물기에 젖은 바짓가랑이가 꽁꽁 얼어 바스락거렸다.

"이 눈길을 넘어오셨단 말씀입니까?"

"이놈아! 온 길이 무에 대수냐. 내가 지금 여기 있다는 게 중요하지."

"젖은 옷이나 갈아입으시지요."

춘성이 내어 준 마른 옷으로 갈아입은 한용운은 느닷없이 그에게 말했다.

"나는 이제 산을 나간다."

춘성이 눈을 동그랗게 떴다. 승려가 산을 나간다고 말하는 것은 환속을 의미한다.

"산짐승은 산에 있어야 하고, 들짐승은 들에 있어야 하며, 집짐승은 집에 있어야 하느니라."

춘성은 그래도 한용운의 말을 알아듣지 못했다.

"그게 도대체 무슨 말씀입니까?"

"이놈아, 젊은 놈이 벌써 가는 귀먹으면 어떡 허느냐?"

"환속하시렵니까?"

"환속이라…… 그것도 좋지."

"허면?"

"사람 사는 세상으로 내려간다."

춘성은 그제야 알아차렸다. 그는 한용운이 스스로 불교유신론을 실천하러 나간다는 말로 알아들었다.

"어디로 가십니까?"

"경성으로 간다. 이 눈 속에 들어앉아 산돼지처럼 먹고 앉아 있으면 영육이 모두 병든다. 인간은 본래 시정에서 살아야 하느니라. 시정에 사는 인간을 산속으로 불러들이려고 해서는 불교를 전할 수가 없다. 불교는 산속에 사는 중들을 위한 게 아니다. 시정에 사는 중생을 위하는 불교가 되어야 한다."

"가서서 무얼 하실 작정이십니까?"

"잡지를 만들런다."

"잡지를요?"

"칼을 만들 생각이다."

"예에?"

"그 칼로 무명無明 자락을 잘라야겠다. 눈과 귀를 가리고 있는 무명을 잘라야 세상이 밝아진다."

춘성은 스승의 행동을 걱정스러운 듯 바라보았다. 이미 행동하는 승려로 교계에 이름이 알려져 있기는 하지만, 잡지 발행은 왠지 엉뚱한 것 같았다. 우선 재력도 있어야 하는 데다, 일제 치하기에 잘못하면 사상 검열에 걸려들 위험도 있다. 스승의 성격으로 보아 그냥 곱게 일하지는 않을 것 같았다. 그러나 그도 한용운의 불길 같은 성격을 잘 알고 있어 이미 만류할 수 없는 결심임을 간파했다.

신흥사에 머물면서 한용운은 잡지 발행 계획을 세웠다. 우선 잡지 제목을 '유심唯心'으로 정하였다. 화엄의 핵을 뽑아 세상을 밝히는 빛으로 삼을 생각이었다. 그렇다고 불교 잡지로 만들 생각은 없었다. 세상 그 자체가 부처 아닌 곳이 없는데, 그 위에다 또 불교로 색을 입힐 필요가 없었다. 그는 눈을 지그시 감았다. 무명 속으로 훤하게 뚫린 넓은 길이 보였다. 그런데 그 길이 텅 비었다. 오가는 사람이 아무도 없다. 길 주위에 많은 사람이 웅성거리고 있지만, 모두 침묵한다. 그 길을 지나면 이고득락의 피안이 있는데 그걸 보지 못하고 있다. 누구 하나 입을 열어 가르쳐주는 사람도 없었다.

그때 한용운은 만주 굴라재에서 만났던 관세음보살을 떠올렸다. 그와 동시에 자기가 이루고자 한 절대 자유와 절대 평등의 실체를 발견하였다. 그것은 바로 '님'이었다. 사람들의 가슴 속에 아름다운 자태로 앉아 있는 그 님이 지금 침묵하고 있다. 그래서 아무도 그 님을 보지 못하고 있다. 절체절명의 순간에 한 송이 꽃을 던지며 침묵을 깨던 그 관세음보살처럼, 그는 중생에게 님을 볼 수 있는 빛을 던져 주고 싶었다. 그리하여 중생들을 절대 자유와 절대 평등이 있는, 이고득락의 세계에 이르게 해주고 싶었다.

한용운은 여기저기 연락하여 자금을 구했다. 만화스님에게서 받은 법답法畓에서 나오는 소출도 조금 있었다. 그는 경성으로 올라와 계동에 조그마한 집을 하나 빌렸다. 골목 안 깊숙이 들어앉은, 마당에 큰 오동나무가 한 그루 서 있는 가정집으로 절간처럼 조용했다. 그는 대문 기둥에 '유심사唯心社'라는 간판을 내걸고 잡지 발행 준비를 시작하였다. 중앙학림에서 공부하고 있는 학승들이 드나들며 편집을 도와주었다. 불교유신론을 발표한 이후 그를 따르는 젊은 승려들이 많이 생겼다. 각황사(지금의 서울 조계사)에서 매주 강연회와 법회가 열렸는데, 한용운이 가장 인기 있는 승려였다. 그가 강연하는 날은 승려들뿐만 아니라, 일반 신도들까지 줄지어 모여들었다.

편집 준비를 하던 어느 날이었다. 최린이 안정훈을 데리고 사무실로 찾아왔다. 안정훈은 동경에서 헤어진 후 한용운과 처음 만난다. 한용운이 그를 반갑게 맞았다.

"아니, 이거 누구시오?"

"오랜만입니다, 용운 스님."

"얼마 만이오. 그래, 그동안 어디서 무얼 하고 계셨소?"

"여기저기 떠돌아다녔습니다."

"그 방랑벽은 아직 못 고쳤구려."

"최린 씨를 찾아갔다가 여기 계신다는 걸 알았습니다."

"고우와는 자주 만나지요."

고우故友는 최린의 아호다. 최린은 동경 유학 시절에 이진호의 집에서 손병희를 만난 인연으로 천도교에 입교했으며, 천도교 종립 학교인 보성고등보통학교 교장으로 근무하고 있었다. 잡지 발행을 준비하면서 한용운은 최린과 거의 매일 만났다. 창간호에 실을 글까지 부탁했다.

"안 선생이 어떻게 지냈는지가 제일 궁금하오."

궁금해하는 한용운의 말에 최린이 대신 대답했다.

"안 형은 상해에 있다가 이번에 잠시 귀국했답니다."

"상해요?"

상해라는 말에 한용운은 약간 긴장했다. 그 무렵 상해는 조선인의 망명처로 인식될 만큼 많은 우국지사가 그곳으로 건너가 있었다. 실제로 대부분 그곳에서 독립운동하거나 준비했다.

"장사를 좀 했지요."

"장사라니요?"

한용운은 사학을 전공하던 그가 갑자기 사업에 손댔다니 놀랄 수밖에 없었다. 더구나 그는 누구보다 항일 의지가 강했던 사람이다. 또 상해는 민족 지사들이 대거 몰려 있는 해외 항일 기지가 아니던가. 한용운은 그가 뭔가 숨기는 게 있음을 직감했다.

"조그마한 무역 회사에 다닙니다. 말이 무역 회사이지, 사실은 구멍가게지요."

"그랬군요……?"

최린이 답답하다는 듯 말했다.

"우리 어디 가서 곡차나 한잔하면서 이야기합시다."

"지난번에 누가 가져다 놓은 곡차가 있는데, 여기서 하는 게 어떻겠소? 마당의 저 오동이 달빛을 받아 그늘을 드리우면 운치가 그만입니다."

"좋지요. 역시 시인 다운 발상입니다."

안정훈이 맞장구를 쳤다. 규슈 지방을 함께 여행하면서 그는 이미 한용운의 번득이는 시재詩才를 인정하고 있었다. 한용운이 그런 제 안을 한 것은 특별한 의미가 있어서였다. 안정훈이 뭔가 숨기는 게 있다면, 여러 사람이 북적거리는 선술집보다 이곳이 담소를 나누기에 더 좋은 장소일 듯싶었다.

술이 몇 순배 돌 때까지도 안정훈은 전혀 자신의 신분을 드러내지 않았다. 그동안 있었던 신변잡사만 늘어놓았다. 한용운은 자기가 지나치게 넘겨짚는지 모른다는 생각에 긴장을 풀었다.

"잡지 제목이 '유심'인 걸 보니, 불교 잡지를 만드시겠군요?"

"유심은 불교에서 사용하는 말이기는 하지만, 사실은 일반에서 쓰는 말을 불교에서 차용했을 뿐이지요. 우리가 지금 이렇게 만나 담소를 나누는 것도 다 유심 때문이 아닙니까?"

"그렇군요. 따지고 보면 모든 게 마음에서 비롯되는 게지요."

"나는 이 잡지를 새로운 사상을 받아들이고 내놓는 창구로 만들 생각입니다."

"새로운 사상이라니요? 어떤……?"

"글쎄요. 아직 구체적인 이름을 붙이지는 못했어요. 불교식으로 하자면 화엄 중도 사상이겠는데, 일반인들에게는 너무 생소해서 적당하지 않아요. 유심 사상이라 할까도 했지만, 이 또한 너무 보편적인 말이어서 신선미가 없어요."

"화엄 중도 사상이라……."

"말하자면 인간에게 절대 자유와 절대 평등을 가져다주는 사상입니다. 자유와 평등은 인간 생활에 꼭 필요한 물건이지만, 동시에 가질 수 없는 양면성을 지니고 있지요. 그것을 가능하게 할 수 있는 것은 힘으로 빼앗아 자비심으로 나누어 주는 것입니다. 그 힘은 무력이 아니라 유심입니다. 가령 자유롭게 부를 축적하여 많이 가진 자의 재물을 불평등하게 못 가진 자들에게 나누어 주는 행위를 하는 것입니다. 위정자들이 그러한 일을 해야 하지만, 정치의 힘만으로는 절대로 그런 사회를 이룰 수가 없어요. 거기에는 또 다른 욕심이 작용하기 때문입니다. 그걸 해결하는 것은 결국 인간 개개인의 마음입니다. 단순한 마음이 아니라 본래 인간이 지닌 마음이어야 합니다. 인간의 마음은 세상의 모습을 보면서 퇴색되었어요. 그러한 마음을 청정수로 씻고 본래의 모습을 찾는 일이지요. 이 유심 운동은 바로 그런 것입니다."

안정훈이 술잔을 비우면서 말했다.

"결국 종교적인 사상으로 집약될 수도 있겠군요?"

"그렇게 보면 그렇기도 하지요. 신의 계시를 받고 세상에 태어난 종교도 있답디다만, 결국은 인간을 인간답게 살도록 하려는 게 종교의 궁극 목표지요. 구원자라는 말도 그런 뜻 아니겠소이까? 허나 인간이 종교를 종교의 틀 안에 가두려고 해서 문제이지요. 인간을 구원하는 게 아니라, 어설픈 교단 안에 가두려 듭니다. 나는 그것을 파괴하려고 해요. 인간의 가슴 안에 교회당도 짓고 불당도 세워야 합니다."

"종교 개혁이군요?"

안정훈의 물음에 최린이 대신 말했다.

"한용운 스님은 조선의 루터요. 일찍이 불교유신론을 주장하기도 했었잖소. 유신의 어머니는 파괴라고 하셨지요? 나는 그 글을 읽고 무릎을 쳤습니다."

한용운은 이야기가 너무 자기 쪽으로 쏠린다고 느끼면서 화제를 돌렸다.

"어디 안 선생한테 상해 이야기나 좀 들어봅시다. 중국은 대국이니 경성보다 화려하겠지요?"

"난징조약 이후 서양 조차租借 지구가 만들어져서 국제도시가 되었습니다. 중국 땅 안에서 섬처럼 남의 나라가 들어와 있는 셈입니다. 그만큼 개화의 물결이 빠르게 흘러들고 있지요."

한용운의 질문은 그게 아니었다. 상해에 망명 가 있는 조선인들의 동태와 안정훈의 역할을 알고 싶었다. 그때 한용운은 상해에 나가 있는 이지룡이 머리를 스쳐갔다. 그도 상해에서 장사하고 있었다. 안정훈이 그곳 무역 회사에서 일한다면 혹시 그를 알고 있을지도 몰랐다.

"혹 이지룡이라는 분을 알고 있습니까?"

순간 안정훈의 얼굴색이 변했다. 한용운은 그것을 놓치지 않았다. 그가 다른 생각을 하기 진에 마음을 나꿔챘다.

"그도 상해에서 무역하고 있지요."

"한용운 스님이 그분을 어떻게 아십니까?"

한용운은 빙그레 웃었다. 마음은 숨길 수 없는 물건이라는 걸 확인하는 기쁨이었다.

"잘 알지요. 그래 안녕하시지요?"

"예에……."

안정훈은 몹시 당황하는 눈치였다. 한용운이 빙그레 웃으면서 말했다.

"안 선생은 우리를 친구로 여기지 않는 모양이구려?"

"예? 무슨 그런 말씀을……."

안정훈이 몸둘 바를 몰라했다.

최린도 그제야 화제가 이상하게 흐르고 있음을 눈치챘다.

"우린 한마음이오. 고우도 누구보다 항일 정신이 투철한 사람이지 않소."

안정훈은 잠시 무슨 생각에 잠겨 있는 듯 말이 없었다. 그러다가 결심을 한 듯 조용히 말했다.

"미안합니다. 본의가 아니었소. 많은 동지의 신변을 생각해서 숨긴 것뿐이니, 이해해 주시오."

최린이 눈을 동그랗게 뜨고 물었다.

"도대체 무슨 말씀들이오?"

한용운은 최린을 돌아다보며 아까 안정훈에게 하던 것과 똑같은 말을 했다.

"고우도 우릴 친구로 여기지 않는 모양이구려?"

"아니, 만해. 그게 무슨 말이오?"

"우린 지금 모두 자기 마음을 감추고 있는 게요."

최린도 몹시 당황했다. 한용운은 최린이 모종의 음모를 꾸미고 있음을 어렴풋이 눈치챘다. 안정훈에게 그가 누구보다 항일 정신에 투철한 사람이라고 단언한 것도 그 때문이다.

한용운은 껄껄 웃었다.

"허허허…… 섭섭해서 그러는 게 아니오. 조선의 독립을 눈앞에 보는 듯해서 감격하고 있소이다."

안정훈과 최린은 한용운을 민망스러운 듯 바라보았다. 최린이 조심스럽게 말했다.

"아직 때가 되지 않아 말하지 않았소. 설익은 열매는 먹을 수 없는 것 아니오?"

"거름을 함께 주면 빨리 익지요."

"만해의 그 혜안, 정말 놀랐소."

"사냥개 코는 그보다 더 냄새를 잘 맡을게요."

"내게 그런 눈치가 보였소?"

"마음은 아무나 보는 게 아니니 너무 신경쓰지 말구려."

"허어, 나는 만해의 마음을 보지 못하고 있는데, 만해는 내 마음을 빼 가고 있다니…… 난 이미 허수아비가 된 게 아니오?"

안정훈도 한마디 했다.

"이것도 세상을 잘못 만난 탓인가 싶소이다. 우정을 못 믿는 세상이 되었어요. 정말 통곡이라도 하고 싶습니다."

"신경 쓸 일은 아니외다. 석가모니와 가섭은 일언반구 없이도 의사소통했잖소이까. 백 마디 말보다 일순의 침묵이 더 큰 언어가 될 수 있소."

"한용운 스님은 처음 뵈었을 때도 그랬지만, 예사롭지 않았어요."

"허어…… 이거 잘못하다가는 귀신 취급받겠소. 나도 두 발로 걷는 짐승이오."

"지난달에 상해에서 신한청년단이 결성되었어요. 여운형 장덕수

김철 선우혁 선생 등이 주동이 되어 독립운동을 준비하고 있지요. 박은식 신채호 홍명희 문일평 조소앙 선생 등이 지도하고 있어요. 이지룡 선생은 뒤에서 암암리에 자금을 대고 있습니다."

"역시 그랬군요."

"헌데, 한용운 스님은 이지룡 선생을 어떻게 아십니까?"

"어려웠던 시절에 그분의 도움을 받은 적이 있어요. 참 좋은 분이지요."

한용운은 잠시 강대용과 이지룡의 얼굴을 떠올렸다. 모두 10여 년 전 일들이다. 그들은 그때 이미 지금의 상황을 예견했던 선각자들이다. 이지룡은 우리의 자본을 보전하기 위해 해외로 나간다고 하였다. 그의 말이 적중했다. 그가 국내에 있었다면, 독립운동을 도울 수가 없었을 것이다. 한용운은 물었다.

"그럼, 이순덕이라는 분도 알고 계시겠군요?"

"알다마다요. 사실은 이번에 이순덕 씨를 만나러 왔습니다."

한용운은 안정훈의 실체를 어렴풋이 짐작할 수 있었다. 이순덕의 가게를 통해 국내 자금이 상해로 빠져나가고 있었다. 한용운은 더 이상 묻지 않았다. 최린을 의식해서가 아니라, 큰일은 큰일답게 묻혀 있어야 할 것 같았다. 직접 나서서 돕지 못할 바에야 차라리 모르고 있는 것이 그들을 돕는 일이다.

"혹시 만주 쪽 소식도 듣고 있습니까?"

"그곳에서도 모종의 일을 꾸미고 있다고 합니다. 중광단重光團이 조직이 되어 독립선언서를 준비한다는 소리를 들었습니다."

"혹, 이시영 김동삼 선생도 참여하나요?"

"물론이지요. 김교헌 이상룡 김규식 이세영 윤세복 이동녕 이시영 김동삼 선생 등 그쪽에 계시는 지도자들 대부분이 관여합니다."

"이세영 선생이라고 하셨소?"

"잘 아시는 사이입니까?"

이세영은 홍주 의병 때 참모장이었다. 정인희와 함께 별동 부대를 구성하여 공주성을 공격했던 바로 그 이세영을 말한다. 그가 만주로 가서 활약한다는 소식은 듣고 있었다.

한용운은 눈을 감았다. 당시의 일들이 주마등처럼 머릿속을 스쳤다. 생각이 깊을 때는 체머리가 더욱 심하게 흔들렸다.

"신흥무관학교에서 후진을 양성하고 계시지요."

한용운은 주먹을 꽉 움켜쥐었다. 모두 자기 자신을 버리고 조국 독립을 위해 싸우고 있었다. 안정훈이 체머리를 흔드는 한용운을 보고 눈을 크게 떴다.

"아니, 어디 편찮으십니까?"

최린이 대신 말했다.

"만주에서 저격당해 죽다 살아났어요."

"만주에서요? 언제요?"

"오래전이지요. 뒷머리에 아직 총알이 박혀 있답니다."

"왜놈의 짓입니까?"

"조선 사람 짓이랍니다."

한용운은 화제를 돌리려는 듯 최린에게 물었다.

"천도교 쪽은 어떻습니까?"

"각자 뜻은 품고 있겠지만, 아직 구체적인 모양을 내놓지는 못하

고 있어요. 다만 묵암께서 경술국치 이후 천도구국단이라는 비밀 결
사를 만들어 지하 운동을 하고 있지요. 천도교 직영인 보성인쇄소를
맡고 있는데, 그곳이 중심이 되어 있지요. 의암께서도 가담하고 계
십니다.”

묵암默庵 이종일은 충남 서산 사람으로 일찍이 박영효를 따라 일
본에도 다녀왔고, 보성학교 교장을 역임했으며, 독립협회에도 가담
하였던 선각자다. 그는 순 한글로 된 〈제국신문〉을 창간하여 사장
겸 기자로 국민 계몽운동에 앞장섰고, 〈황성신문〉〈만세보〉에서도
필력을 드높였다. 천도교에 입교하여 도호道號를 천연자天然子라고
불렀으며, 손병희와 가까이 지내면서 보성인쇄소를 맡아 운영한다.
그는 특히 민중 중심의 국가건설, 주권재민主權在民에 목표를 두고
있었다.

“아무리 강한 힘이라도 흩어지면 소용 없소이다.”

두 사람이 한용운을 바라보았다.

“지금은 행동보다 힘을 한곳으로 모으는 일이 더 시급합니다. 국
내든 국외든 모든 힘을 하나로 모아야 해요. 국민들이 쳐다볼 수 있
는 해와 달이 있어야 하지 않겠소이까?”

“어떤 복안인지……?”

“복안이라기보다 일반론적인 뜻을 피력해본 것이오. 독립되었다
고 칩시다. 그다음에는 어떻게 할 작정들이오?”

최린과 안정훈이 눈을 크게 뜨고 한용운을 바라보았다.

“배를 되찾는 일도 중요하지만, 사공을 기르는 일도 그에 못지않
게 중요합니다. 배를 찾아도 사공이 없으면 또다시 표류하게 되지

요.”

“임시정부 같은 게 필요하다는 말씀입니까?”

“그런 것도 필요하겠지요. 정부까지는 아니더라도 행동을 집약하는 기구 같은 것은 필요하리라 봅니다. 그건 해외에 있는 게 아니라 조선 땅 안에 있어야 하오.”

“천도구국단도 같은 뜻인 것 같소이다. 갑오개혁과 같은 대대적 민중 운동을 계획하고 있는 것은 아니지만, 왕정이 무너지고 없는 마당에 새로운 국가 기틀을 먼저 만들어야 한다는 주장을 조심스럽게 펴고 있지요.”

“바로 그런 것이 필요합니다.”

“해서 묵암은 이미 정부 형태를 나름대로 구상하고 있는 것 같아요.”

“그래요?”

“우선 임시 국호를 대한민간정부라 해놓고 최고 지도자를 대통령으로 한답니다.”

“그럼, 대통령은 누가 되오?”

“의암 손병희 선생을 대통령으로 하고, 오세창 선생을 부통령으로 추대할 복안을 두고 있는 것 같소.”

“음…… 대통령이라…… 뜻은 좋으나 너무 한쪽으로 치우친 것 같소이다.”

한용운은 묵암의 의기는 높이 살 만하나 천도교를 중심으로 구성되는 정부 같아서 모양이 좋지 않게 느꼈다. 자칫 잘못하면 타 종교인들이 반발할 우려가 있다. 정부는 정치와 종교를 분리해야만 공적인 힘을 갖는다.

"아마 아직 공론화할 때가 아니기 때문에 교계 내에서 비밀리에 구상하다 보니 그렇겠지요. 임시로 그렇게 구성을 한 다음 폭넓게 수용할 것입니다."

묵묵히 이야기를 듣고 있던 안정훈이 말했다.

"국내에서는 아무래도 경찰의 감시를 피하기가 쉽지 않을 겁니다. 지금 상해와 간도, 블라디보스토크에서도 그런 움직임이 보이고 있어요."

한용운은 단호하게 말했다.

"허나, 임시정부는 조선 안에 있어야 해요. 조선의 주인은 몇 사람의 지도자가 아니라, 이천만 조선 백성이기 때문입니다. 백성이 주인이 되지 않으면 독립도 모두 허사가 되고 말아요. 자고로 국가란 백성과 영토, 그리고 주권이 있어야지요. 비록 주권은 왜놈들에게 빼앗겼지만, 영토와 백성은 그대로 있습니다. 견디지 못한다고 해서 나라 밖으로 나가면 영토마저 스스로 내어주는 꼴 아닙니까? 내 칼도 남의 칼자루에 들어가면 빼기 힘든 법입니다."

안정훈이 말했다.

"옳은 말씀이긴 하지만 불가능하지 않습니까?"

"불가능하지는 않습니다. 문제는 정보이지요. 모든 정보 전달 체계가 차단되어 있으니 의사소통이 어려워요. 거미줄 같은 감시망에 말이 새어나가지 않고 뜻을 모으는 게 힘이 들겠지요."

"그렇다면 오히려 해외, 상해나 블라디보스토크 쪽이 더 유리하지 않을까요?"

"위치로 보아서는 그렇겠지만, 영토와 백성이 없는 임시 국가가 무슨 힘을 발휘하겠소?"

최린이 한용운의 말을 거들었다.

"만해 말씀이 맞아요. 민중 운동가다운 뜻입니다."

"내가 유심을 만드는 목적은, 궁극적으로는 새로운 나라를 만들려는 원대한 포부에서 시작됩니다. 안으로부터 힘을 키우려는 것이지요. 두고 보시오. 일본은 절대로 조선과 중국을 정복하지 못합니다."

"......?"

"일본에서 우리가 보지 않았소? 일본은 중국과 조선 문화로 만들어져 있어요. 그들은 그 문화의 원류에 대한 콤플렉스를 가지고 있지요. 안 선생께서도 말하지 않았소? 일본이 자기 역사까지도 희석하고 있는 건 바로 그런 피해의식 때문이오. 그러나 아무리 강한 힘이라도 문화의 뿌리는 뽑을 수가 없지요. 뿌리가 뽑히면 송두리째 죽어버리기 때문입니다. 총칼을 든 일부 군인들이 정치를 잡고 있어서 밖으로 힘을 발산하고 있지만, 결국 그것을 움직이는 일본 내부는 조선과 중국문화의 영향을 받은 사람들입니다."

"쉿!"

그때 안정훈이 손가락을 세워 입을 막았다.

"밖에 인기척이 들렸습니다."

좌중은 문밖의 동정에 귀를 기울였다. 바람결에 오동잎 흔들리는 소리가 들려왔다.

"내가 나갔다가 오지요."

한용운은 밖으로 나와 마당을 한 바퀴 돌아보았다. 굳게 잠근 대문은 그대로 있었다. 그는 다시 방으로 들어왔다.

"바람 소리인가 봅니다."

"조심해야 합니다. 놈들이 재외동포들의 움직임을 심상치 않게 보고 있는 모양입니다. 밀정들을 잔뜩 풀어놓았어요."

그때 한용운이 느닷없이 제의했다.

"고우, 독립 선언을 해 보는 게 어떻겠소?"

"독립 선언을요?"

"사실 조선이 독립국인데 새삼 독립 선언을 한다는 게 모순 같기는 하지만, 조선 내정을 장악하고 있는 일본에 행동으로 보여주는 일로 이보다 더 효과적인 게 없을 것 같소."

"너무 이르지 않을까요? 묵암이 구상하고 있는 임시정부를 설립한 다음에 하는 게 순서일 듯한데?"

"아까 말하지 않았소. 국가란 몇몇 뜻있는 사람이 책상 앞에서 만드는 게 아니라고. 국민이 참여해야 하오. 독립 선언은 국민 모두 참여하게 될 것이오."

최린은 선뜻 용기가 나지 않는지, 아니면 한용운이 너무 엄청난 제의를 하여 놀랐는지 대답하지 못했다.

안정훈이 조심스럽게 말했다.

"상해 쪽에서도 그런 움직임이 보입니다."

"상해보다 국내에서 먼저 선언해야 합니다. 밖에서 그런 사건이 일어나면 국내에는 싹도 틔우기 전에 밟혀 버리고 말 것입니다. 어떻게 생각하시오, 고우?"

"내가 무슨 힘이……."

"이건 힘만으로 이루어지는 것은 아니오. 고우께서 힘써 주시면 그렇게 어렵지만은 않을 것이오. 조직을 갖춘 천도교가 있고, 또 학교 교장이니 학생들 중심으로 단결할 수도 있을 것 아니오? 더구나 일심회에 가담한 전력이 있질 않소."

"교당 안에서 여러 의견이 있는 건 사질이지만, 아직 구체적인 모양을 갖추지 못하고 있어요. 그건 다름이 아니라 서로 의견이 다르기 때문이오. 공동 명분을 찾는 중이오. 오히려 만해가 홀가분하지 않소?"

"하하하…… 처자가 없는 몸이라고 해서 함부로 버려도 되는 목숨이다 이 말이구려."

"망측하게 무슨 그런 말씀을……."

"농담이었소."

"잡지를 운영하려면 다방면의 사람들을 접촉할 것이니, 오히려 안성맞춤이라는 뜻이었소."

"마음에 두지 마시오. 뜻 없이 한 소리였어요."

"원고는 다 들어왔습니까?"

화제는 다시 『유심』 창간 문제로 바뀌었다.

"육당도 어제 원고를 가지고 왔어요. 고우는 언제 주시겠소?"

"큰일났습니다. 머리가 굳었는지 글이 잘 되지를 않아요."

"머리로 쓰려니까 그렇지요. 글은 가슴으로 쓰는 겁니다."

육당은 최남선을 말한다. 그는 일본 유학까지 다녀왔고, 18세 때인 1907년에 출판사 신문관을 창설하여 민중 계몽에 관한 책을 내고 있었다. 또한, 그 이듬해에는 종합 잡지 『소년』을 창간하고, 창간호에 최초의 신체시로 불리는 「해에서 소년에게」를 발표하여 문단에 일대 화제를 불러일으켰다.

한용운은 최남선의 「해에서 소년에게」를 읽어 보았다. 운율을 깨고 자유롭게 율律을 드나드는 등 시조에서 느끼지 못한 파고드는 맛을 주고 있었다. 그러나 사람의 가슴 속에 깊이 파고드는 맛은 오히려 지금까지 풍미하던 시조보다 뒤떨어진다는 느낌을 받았다. 율을 중요시하는 시조가 자유롭게 사유해야 하는 인간의 시적 욕망을 충족시키지 못하는 데 대한 반발로 새로운 형식을 탄생시키려는 의도는 높이 살 만했다. 이미 일본에서는 서양 문학을 받아들여 전통 문학 양식을 무너뜨리고 있었다. 육당도 여기에 자극을 받은 것 같았다. 그러나 너무 형식에만 신경을 쓴 나머지 충분한 감정을 싣지 못한 듯했다. 일본에 유행하는 새로운 형식을 차용한 이상의 새로운 맛을 내지 못하고 있었다. 한용운은 평소에 시란 가슴으로 써야 한다고 주장했다. 형식이나 글재주로 만들어지는 게 아니었다. 그는 한시나 시조를 지을 때도 늘 그런 자세를 버리지 않았다. 얼마 전부터 그도 새로운 시를 만들려는 시도를 해왔다. 율을 버리고 가슴에서 우러나는 감정을 아름다운 문장에 담는 작업이었다. 오세암에서 오도송을 짓고 난 직후부터 그런 시상이 떠올랐다. 그는 자신이 이루고자 한 화엄 세계를 시로 표현하고 싶었다. 그런데 일본이 이 땅을 무력 지배하면서 사상의 날개를 펼 길이 막혀 버렸다. 중생은 하루아침에 사랑하는 조국을 잃고 방황하고 있었다. 마치 님을 잃고 방황하는 모습처럼 보였다. 그는 그것을 보면서 잃어버린 조국, 입을 굳게 다물고 있는 그 침묵의 실체를 보았다.

사상이란 한 인간, 한 국가에서만 머물러서는 안 된다. 인류 모두에게 하나의 진리로 통할 때 사상이라고 할 수가 있다. 한 인간, 한 국가에만 머무는 사상은 사상이 아니라 이기적인 하나의 주의主義에 지나지 않는다. 그 주의는 또 다른 힘에 언젠가는 무너지게 되어 있다. 영원히 무너지지 않는 사상은 개인을 지키고, 국가를 지키고, 나아가서 인류 모두를 지키게 된다. 석가모니나 예수 그리스도가 주장하던 사상도 바로 그런 것이 아니던가.

한용운은 입을 다물고 있는 조국을 보면서 자신이 추구하고자 하던 사상의 실체를 찾았다. '침묵하고 있는 님(조국)'보다 '님의 침묵(화엄)'이 그에게는 더 소중했다. 그 침묵은, 소리를 내지 못해서 생긴 침묵이 아니었다. 가섭이 연꽃을 든 석가모니를 보고 미소로써 답했던 것처럼, 우주에서 나오는 모든 소리를 그 침묵 속에 담는다. 이심전심의 염화미소拈華微笑요, 화엄중도다. 입 밖에 나오는 것이라고 해서 모두 말이 되는 건 아니다. 진리가 담기지 않는 말은 소리 역할밖에 하지 못한다. 그는 침묵 속에 담긴 무한한 언어를 보았다. 그래서 그는 산에서 내려왔고, 『유심』을 창간하는 일에 착수했다.

"무슨 생각을 하셨소?"

"달 속에 있는 오동나무의 그늘을 보고 있었습니다."

"허어…… 또 기를 죽이시려 하는구려."

"마당에 있는 저 오동나무의 그늘은 생겼다가 없어졌다가 하는 것이지요. 그 그늘은 달빛 때문에 생긴 것 아닙니까. 해서 달을 쳐다보니 오동의 그늘이 보입디다."

"놀랍습니다. 생각난 김에 부탁을 드려야겠군요. 바쁜 일이 좀 끝나면 우리 학생들에게 글공부 좀 시켜 주시오. 중앙학림에는 계속 나가고 계시지요?"

"예. 석전 스님께서 안간힘을 쓰시니 도와드려야지요."

"정말 대단하십니다."

석전은 박한영 스님을 말한다. 지금 중앙학림에서 젊은 승려들을 가르치고 있었다.

밤이 깊었다. 한용운은 안정훈을 돌아다보았다.

"참, 안 선생은 여기에서 묵으시지요. 일본에서 진 신세도 갚을 겸 함께 있고 싶군요."

"아닙니다. 오늘 저녁에 이순덕 씨를 만나고 내일 상해로 들어가야만 합니다. 한곳에 오래 머물면 의심받기 쉬워요. 놈들이 냄새를 맡기 전에 자리를 떠야 해요."

"아니, 이 밤이 이별이란 말이오?"

"스님답잖으십니다. 이별을 아쉬워하다니요."

안정훈은 농담하고는 빙그레 웃었다. 한용운은 아쉽지만, 고개를 끄덕였다. 지금은 모두가 조심스럽게 행동해야 한다. 꽃을 피우기도 전에 줄기가 꺾여서는 안 된다.

한용운은 무거운 표정으로 말했다.

"상해에 돌아가면 이지룡 선생께 안부 전해 주시오."

"알겠습니다."

"안 선생도 몸조심하시오."

"감사합니다."

안정훈과 최린이 돌아가고 나서 한용운은 창간호에 실을 권두사 원고를 썼다.

배를 처음 띄우는 흐름은 그 근원이 멀도다.
송이 큰 꽃나무는 그 뿌리가 깊도다.
가벼이 날리는 떨어진 잎새야 가을바람이 굳셈이라.
서리 아래에 푸르다고 구태여 묻지 마라.
그 대[竹]의 가운데는 무슨 걸림도 없느니라
미(美)의 음(音)보다도 묘한 소리
거친 물결에 돛대가 난다.
보느냐 새별 같은 너의 눈으로
천만의 장애를 타파하고 대양(大洋)에 도착하는 득의(得意)의
물결을
보이리라 우주의 신비
들리리라 만유(萬有)의 묘음(妙音)
가자 가자 사막도 아닌, 빙해(氷海)도 아닌, 우리의 고원(故園)
아니 가면 뉘라서 보랴
한 송이 두 송이 피는 매화

한용운은 원고를 읽어 보고 만족한 표정을 지었다. 이 글을 시작으로 사상운동 대장정의 첫발을 내딛는 것이다. 일제의 날카로운 칼날에 베일지도 모르고, 안으로 움츠리고 있는 사람들의 둔탁한 발길에 배척당할지도 모른다. 그러나 천만의 장애를 넘어 대양에 도착하는 득의의 물결을 반드시 보이리라. 그곳에는 우주의 신비가 보이고, 만유의 묘음이 들리는 낙원이다. 모든 인간을 그 낙원으로 달려

가게 해야 한다.

창간호에는 최린이 「시아수양관是我修養觀」을, 최남선이 「동정받을 필요 있는 자-되지 말라」라는 글을 썼다. 그 밖에 이능화 김남천, 그리고 인도의 타고르와 국여菊如의 작품을 번역해 싣기도 했다. 한용운은 창간호에 자신의 시도 한 편 실었다. 지금까지 써 오던 시조나 한시와 전혀 다른 형식이었다. 최남선이 발표한 신체시와도 달랐다. 신체시는 자유로이 율律을 넘나드는 신선미가 돋보이기는 해도, 완전히 율을 버린 것이 아니었다. 시조의 티를 완전히 벗어나지 못하고 있었다. 또 이미 일본에서 유행하고 있는 시의 율 위에 글만 실은 듯 보이기도 했다. 타고르의 시에서 이미 율을 파격적으로 깨뜨린 새로운 시를 읽은 그로서는 신체시에 만족할 수가 없었다. 한용운은 이 시에 제목을 '심心'이라고 붙였다. 『유심』 잡지 창간 취지에도 어울렸다. 말하자면 창간 자작 기념시였다.

심(心)은 심이니라.
심만 심이 아니라 비심(非心)도 심이니, 심외(心外)에는 하물
(何物)도 무(無)하니라.
생(生)도 심이요, 사(死)도 심이니라.
무궁화도 심이요, 장미화도 심이니라.
호한(好漢)도 심이요, 천장부(賤丈夫)도 심이니라.
신루(蜃樓)도 심이요, 공화(空華)도 심이니라.
물질계도 심이요, 무형계도 심이니라.
공간도 심이요, 시간도 심이니라…….

곧이어 낸 『유심』 2호에는 임규 박한영 백용성 권상로 등 당대 학자와 지도자들의 주옥같은 글을 게재하였다. 『유심』은 날이 갈수록 종합 잡지로서 주목받기 시작했고, 유심사 편집실은 이들이 수시로 드나들며 담소를 나누는 본거지 역할을 했다. 여기에다 한용운을 흠모하는 젊은 학승들까지 가세해 유심사는 마치 조선 지식인들의 메카처럼 인식되었다.

폭풍 전야

기미년, 1919년 새해가 밝았다. 한용운은 『유심』 3호를 발간한 뒤, 대중 강연을 위해 분주히 돌아다녔다. 지난해에 제1차 세계 대전이 막을 내리고, 금년 1월 18일에 파리에서 전후 문제를 평화적으로 처리하기 위한 강화회의가 열렸다. 이 자리에서 미국 대통령 윌슨이 패전국의 식민지 처리 문제는 피압박 민족의 의사에 민족자결주의 원칙으로 처리한다고 발표하였다. 이 사실이 도하 각 신문에 보도되었다. 이것은 같은 피압박 민족 조선인의 가슴에 불을 당기는 신선한 충격이었다. 그런데 불행하게도 일본은 제1차 세계대전의 승전국이었다. 윌슨의 민족자결주의 원칙에 입각한 식민지 처리는 '패전국 식민지'에 적용될 뿐, '승전국 식민지'에는 적용되지 않았다. 윌슨의 민족자결주의는 인류 평화라는 대의에 의해 탄생한 사상이 아니라, 단지 전쟁 당사국의 입장에서 전후 처리를 위한 방편이었다.

그러하더라도 윌슨의 민족 자결주의는 식민지 피압박 민족 조선인들의 가슴에 스스로 독립을 외칠 권한이 있음을 자각하게 하였다. 한용운도 신문을 통해 그 기사를 읽었다. 그는『유심』발행을 잠시 중단하고 대중 강연으로써 그러한 사실을 알리는 한편 민족자결을 실행할 수 있는 구체적인 행동을 구상했다. 잡지를 통한 의식 개혁에는 한계가 있었으므로 급변하는 세계정세의 물결을 타고 조선 독립을 위한 변화를 시도해야 한다고 생각한 것이다. 물론『유심』을 발행하는 일도 그에게 매우 중요했다. 그동안 주로 불교 내부 개혁 운동을 사회 운동으로 연결하려 했던 그에게 직접 사회 운동을 하게 한 동기를 제공해 주었고, 잡지를 통한 많은 인사들과의 교류도 그에게는 큰 변화였다.

한용운은 주로 최린과 자리를 같이하며 시국담과 독립운동에 관한 의견을 나누었다. 이미 천도교에서는 이종일을 중심으로 한 천도구국단이 비밀리에 결성되어 있었고, 손병희를 대통령으로 추대한다는 구체적 계획까지 만들었다. 한용운은 동학농민운동까지 치렀던 천도교를 중심으로 독립운동을 전개하는 것도 괜찮다는, 나름의 인식을 정리했다.

최린을 만난 자리에서 한용운은 지난 연말에 꺼냈던 독립 선언에 대한 뜻을 다시 꺼냈다.

"이보시오, 고우. 바야흐로 세계정세가 우리에게 유리하게 움직이고 있소. 우리도 이제 독립을 위한 운동을 본격적으로 전개하는 게 어떻소?"

"독립운동을요?"

"그렇소. 이대로 일제의 통치를 받고 지낼 수는 없지 않소?"

"그렇지 않아도 지난번에 그런 말씀을 듣고 생각하던 중이었어요. 한번 움직여 봅시다."

"천도교에서는 이미 동학을 치러보았고, 전국적으로 교세를 가지고 있으니 성공시킬 수 있으리라 생각되오."

"이미 슬쩍 운은 띄워 놓았습니다."

"아마 모르긴 몰라도 여기저기에서 그런 논의가 일고 있을 줄 압니다. 그들도 세계정세를 보고 있을 것이지요. 그러나 누가 주도한다는 게 중요한 일은 아니오만, 그래도 조선에서 조선 사람 모두 한목소리를 내어야 일본 정부도 놀랄 것이외다. 좀 더 구체적인 방법으로 일을 추진하도록 합시다."

"그럼, 각자 운동 방향을 한번 연구해 보도록 하지요."

"그럽시다."

그날은 일단 여기까지 이야기하고 헤어졌다. 그 후 독립 선언에 대한 구체적 논의가 오가던 어느 날이었다. 최린이 새벽 일찍 계동의 유심사를 찾아왔다.

"어쩐 일이시오, 이 꼭두새벽에?"

"긴히 의논드릴 말씀이 있어 왔소이다."

최린은 말하면서 연신 경계하는 눈빛으로 사무실을 둘러본다. 사무실에는 원고 정리를 위해 와 있는 중앙학림의 정병헌 김상헌 오택언 등 젊은 학승들이 있었다. 한용운이 그의 마음을 알아챘다.

"중앙학림 학승들이오. 신경 안 쓰셔도 됩니다만, 안으로 들어갈까요?"

"그랬으면 좋겠군요."

한용운은 김상헌을 돌아다보며 당부했다.

"아무도 근접하지 못하도록 하게."

"예, 알겠습니다."

안방으로 들어오자, 최린은 굳은 표정으로 말했다.

"간밤에 동경에서 와세다대학에 다니는 송계백이라는 학생이 나를 찾아왔어요. 이걸 좀 보시오."

최린은 속주머니에서 조심스럽게 봉투 하나를 꺼냈다. 그는 봉투 속에 든 꼬깃꼬깃 접힌 종이를 한용운에게 내밀었다.

"아니, 이건?"

한용운은 내용물을 보고 깜짝 놀랐다. '독립선언서'였다.

"한번 읽어 보시오."

한용운은 천천히 내용을 읽어 보았다. 문장이 생각보다 너무 길고, 의욕이 앞선 나머지 감상적인 데도 몇 군데 눈에 띄었다.

"그 학생이 가지고 온 것이오. 오는 2월 8일 동경에서 유학생들을 중심으로 독립선언을 한답니다."

"음……."

한용운은 입을 다문 채 신음을 뱉었다.

"상해의 신한 청년단에서 파리 평화 회담에 특사를 파견하고, 국내에도 사람이 다녀갔어요. 청년단의 선우혁이라는 자가 평안도에 있는 양전백 목사와 이승훈 장로를 찾아가 독립운동을 일으키도록 전했고, 경성에도 사람이 와서 우리 천도교 측에서 그를 만난 모양입니다. 우선 상해에서 거사할 자금으로 삼만 엔을 송금해 주기로 했다는군요."

한용운은 빙그레 웃었다. 혼자 독립운동에 대해 구상해 오던 터에 원군을 얻은 것 같아 기뻤다. 그는 이미 중앙학림 학생들을 통하여 경성의 기독교 청년회를 중심으로 모종의 움직임이 있다는 정보를 입수했다. 그가 우려하는 건 종파나 주의 주장을 초월한 범민족적인 거사가 되어야 한다는 점이었다. 비밀을 유지하기 위해 개별 단체가 주관하다 보면 자칫 힘을 분열시킬 수도 있기 때문이다. 그는 이것을 하나의 운동으로 묶는 방법을 구상하고 있었다. 그러던 차에 최린이 찾아온 것이다.

"일본 동경에는 장덕수와 이광수 등이 파견되었는데, 유학생들은 이미 작년에 독립운동을 위한 실행 위원을 구성해 놓고 있었지요. 그러다가 이광수가 상해에 도착하자 그와 함께 조선 청년 독립단을 결성하고 독립 선언을 하기로 한 것입니다. 이 선언문은 이광수가 지은 것이랍니다."

"이광수라면「무정無情」이라는 소설을 쓴 그 춘원 아니오?"

"그렇소이다."

"송계백이란 학생이 이걸 모자 안창에 숨겨 가지고 들어와 선배인 중앙고보 현상윤을 찾아간 모양입니다. 자금도 구하고 인쇄할 활자를 구해 가지고 가는 임무를 띠고 왔답니다. 현상윤이 송진우 교장과 자기 친구인 최남선과 의논을 한 모양인데, 별로 해결점을 못 찾자 현상윤과 함께 나에게 달려왔어요."

"정말 장한 청년들이오."

"이제 우리도 구체적으로 실행해야 할 때가 온 것 같소이다."

"천도교 내부에서는 어느 정도까지 진행되고 있소이까?"

"아직 구체적인 말씀은 드리지는 않았소이다만, 권동진 선생, 오세창 선생이 승낙할 듯하오."

"의암 손병희 선생의 허락도 받는 게 좋을 텐데요?"

"그럴 작정이오. 아마 의암도 허락할 것이오."

"내가 아는 바로는, 지금 경성 기독교 청년들도 일을 진행하는 것 같소이다. 기독교 청년회 총무인 박희도가 전문학교 학생들을 규합하고 있고, 세브란스 병원에 근무하는 이갑성이 장로교파를 중심으로 움직이고 있는 것 같소이다."

"그래요?"

최린은 놀란 얼굴을 했다.

"만해는 어떻게 그리 소상히 잘 아시오?"

"밖에 있는 저 학승들이 장차 큰일을 할 인물들이오."

"그럼, 천도교 내부의 움직임도 알고 있었단 말이오?"

"아니요. 몰랐소이다. 주로 나이 든 사람들끼리 어울렸으니 알 턱이 없지요. 보시다시피 나는 청년들과 자주 어울립니다."

최린은 겸연쩍은 듯 손을 비볐다.

"힌데, 시로 연합하는 것이 좋을 것 같소이다. 독립을 위하는 마음이야 모두 마찬가지이지만, 각자 행동하면 과욕이 앞서게 됩니다. 독립운동은 어느 집단이 주최하는 것보다 민족 모두 동참하여 총체적 운동이 되어야 합니다."

"나도 그 문제에 동감입니다."

"여기에는 교계뿐만 아니라 대한제국의 고관들과 명사들도 선별해서 함께 참여하는 게 좋을 것입니다."

두 사람의 논의는 동경 유학생의 출현으로 사뭇 활기를 띠게 되었다. 한용운은 동경에서 2월 8일에 독립 선언한다면 조선 내에서는 좀 더 서둘러 앞당기는 게 좋다는 생각이다. 그 정보가 들어오면 총독부에서 바짝 긴장할 것이기 때문에 국내 거사가 어려워질 수도 있었다. 한편으로 그는 조선독립을 위한 일이기에 조선 땅에서 먼저 그런 일이 일어나야 모양이 더 좋으리라는 생각을 했다. 독립 선언을 누가 먼저하고 안 하고가 중요한 것이 아니라, 안에서부터 그런 일이 일어나야 좀 더 자주적 의지로 보인다.

　최린이 돌아간 뒤 한용운은 혼자 방 안에 앉아 있었다. 그는 지난 일들이 주마등처럼 지나갔다. 홍주를 떠나 무작정 길을 떠났을 때와, 백담사 생활, 그리고 블라디보스토크와 일본을 여행한 일 등이 차례차례 떠올랐다. 어쩌면 이번 일이 이 모든 역정의 종착역일지도 모른다는 생각이 스쳐 가기도 했다. 그야말로 목숨을 걸고 하는 일이다. 그는 책상 위에 올려져 있는 목각상을 바라보았다. 동경에 갔을 때 미치코에게서 받은 것이다. 아사다 교수와 마쓰노 생각도 났다. 비록 일본인들이지만 인간미가 물씬 풍기는 사람들이었다.

　그때였다. 정병헌이 문 앞에서 다급하게 그를 불렀다.

　"스님, 빨리 나와 보십시오."

　"무슨 일이냐?"

　"어떤 분이 스님을 찾아왔는데, 누군가에게 쫓기고 있는 듯합니다."

　"……?"

　한용운은 급히 사무실을 나왔다.

"아니, 이게 누구요?"

"스님, 접니다."

이순덕이었다. 몰골이 말이 아니었다. 옷은 너덜너덜하고, 얼굴에는 여기저기 말라붙은 핏자국과 함께 멍이 시퍼렇게 들어 있었다.

"대체 어찌 된 일이오?"

"놈들이 덮쳤어요."

"덮치다니, 왜경 말이오?"

"지난번 상해에서 사람이 다녀갔는데, 그가 귀로에 그만 체포되었답니다."

"뭐라고요? 그가 체포되었어요?"

"네."

지난번에 다녀간 사람이라면 안정훈을 말하는 게 아닌가.

"안정훈 선생 말이오?"

"스님도 그분을 알고 계십니까?"

"여기에도 다녀갔었소. 그래서요?"

"거사 자금을 마련해 보냈는데, 그만……."

"지금 어디 있다가 오는 길이오?"

"취조받다가 탈출했어요."

"음…… 그럼 며칠 된 모양이군요?"

"어제 잡혀갔어요."

"혹시 다른 사람 이름은 거론하지 않았소?"

"왜 안 물었겠습니까. 그러나 저는 아는 게 없지요. 상해에 있는 아저씨가 보낸 사람에게 돈만 주었으니까요."

한용운은 안정훈이 체포되었다면 분명히 국내에서 만났던 사람들이 누구냐고 취조했을 것이다. 살을 도려내는 모진 고문 끝에 안정훈이 혹시 자신과 최린의 이름을 말했을지도 모른다 싶어 물어보았다. 그러나 며칠이 지났는데도 조용한 것을 보면 안정훈이 이름을 대지 않은 게 분명했다.

"그럼, 안 선생은 지금 어디에 있소?"

"모릅니다."

"우선 안으로 들어갑시다."

한용운은 이순덕에게 상처를 대강 닦게 한 뒤 자초지종을 물었다. 이순덕은 차근차근 이야기했다.

"본래 안정훈 선생은 바로 상해로 돌아간다고 하셨어요. 그런데 무슨 일인지 몰라도 일주일 전쯤 다시 가게로 왔어요. 일본에 들렀다가 오는 길이라고 했어요. 그리고 나서 상해로 돌아가는 길에 체포된 거지요."

한용운은 동경에서 독립선언이 행해진 것과 무슨 관련이 있을지도 모른다는 추측을 했다. 안정훈은 이곳에 왔을 때도 이순덕에게 들렀다가 바로 상해로 떠나야 한다고 말했다. 위험을 누구보다 잘 아는 그가 동경으로 갔다면 필시 변경된 상황이 있었을 것이다. 한용운은 왠지 마음에 걸리는 게 있었다.

"경찰에서 무엇을 물었소이까?"

"그 자금이 어디에 쓰이느냐, 국내에 또 관련된 사람이 누구누구냐고 다그쳤지요. 알아도 말을 안 했겠지만, 도무지 내가 아는 게 있어야지요. 그대로 입을 다물고 있다가는 매질해서 죽일 것 같아 이

판사판 죽을 각오로 도망쳤어요."

한용운은 학생들을 시켜 승복을 한 벌 가져오게 했다. 이순덕을 절간으로 피신시킬 작정이었다. 이곳에 숨어 있다가 혹시 발각되는 날에는 막 태동하려는 독립 선언의 대업을 망칠 수도 있었다. 한용운은 이순덕을 유심사에서 이틀 동안 몸조리시킨 후 사람을 딸려서 건봉사로 보냈다.

이튿날, 한용운은 최린을 만나 이순덕의 체포 사건을 이야기하고, 일을 서두르지 않으면 안 된다고 강조하였다. 그 길로 두 사람은 천도교 도사道師인 오세창을 찾아갔다. 한용운의 이야기를 다 듣고 난 오세창은 잠시 입을 다물고 있다가 굳은 표정으로 말했다.

"훌륭한 일이오. 해야지요."

"고맙습니다."

"아니요. 내가 오히려 고맙게 생각하오."

최린이 말을 거들었다.

"일경에서 조금 냄새를 맡은 듯합니다. 몇 사람 잡아가 고문하면 일을 그르칠 수도 있어요. 빨리 서둘러야겠어요."

한용운은 이 자리에서 구체적인 방법을 결정해야 한다고 생각하고 말했다.

"우선 유림과 야소교, 그리고 불교와 연합 전선을 펴는 일을 진행하는 게 좋겠습니다."

"역할을 분담하지요."

"제가 불교와 유림 쪽을 맡겠습니다."

"그럼, 고우가 기독교 쪽을 맡아야겠군."

"우선 김윤식 윤용구 한규설 박영효 윤치호 이상재 선생 등 원로들을 포섭하는 일을 해야겠습니다."

"각자 책임을 분담하여 서두릅시다."

한편 동경에서 독립 선언서를 가지고 왔던 송계백은 현상윤을 만난 뒤, 선배인 정노식을 찾아가 자금 지원을 요청했다. 정노식은 전답을 급히 팔아서 그에게 자금을 만들어 주었다. 그러는 사이에 고종 황제가 갑자기 승하했다. 〈매일신보〉〈경성일보〉 등 친일계 신문은 '뇌일혈로 갑자기 운명하였다'고 보도했다. 사람들은 이 말을 믿지 않았다. 어디에서 흘러나왔는지 고종이 독살되었다는 소문이 파다하게 떠돌았다. 심지어는 시신이 새카맣게 타 있었다는 구체적인 사실까지 거론된 소문이 떠돌면서 민심이 흉흉하게 들뜨기 시작했다.

최린이 한용운에게 달려왔다.

"도대체 이 무슨 날벼락이오? 황제를 독살하는 만행을 저지르다니. 통탄할 일이오."

"이미 을미년에 황후까지 시해한 놈들이 아니오. 그래, 독살이라는 말이 사실이오?"

"윤덕영이 괴수이고 한상학 외 두 명이 하수인으로, 황제께서 즐기시는 식혜에 매일 독약을 조금씩 넣어 천천히 천명이 끊어지도록 하였답니다."

"음……."

윤덕영은 영돈영부사 윤철구의 아들로 순정효황후의 삼촌이다.

그는 경술국치 때 순종을 위협하고, 합병 문서에 가짜 옥새를 날인하게 한 장본인이기도 했다. 그의 형 윤택영도 이완용 등과 더불어 나라를 팔아먹는 데 앞장섰다. 윤덕영은 그 공로로 일제에 의해 자작 작호를 받았다.

"의암께서 진노하셨소. 당장 격고문檄告文을 만들어 이천만 동포가 참여하는 국민 대회를 소집하라 하셨소."

"국민 대회를요?"

"예."

"어떤 성격입니까?"

"비명에 돌아가신 황제의 죽음에 항거하는 것이겠지요."

"그건 지금까지 추진하던 독립선언운동과 다르지 않습니까?"

"지금 격고문을 만든 것으로 알고 있습니다."

"너무 성급하게 시작하면 안 됩니다. 국민대회든 독립선언이든, 행동의 목표와 명분이 뚜렷해야 하오. 목표를 설정하지 않고 덤비면 오히려 놈들을 이롭게 할지도 몰라요. 단순히 황제의 죽음에 항거하는 국민대회는 오히려 폭도로 비치기 쉽지요."

"음……."

"고우께서 자제토록 힘써 보세요. 우선은 지난번에 의논한 대로 원로들을 포섭하는 일을 서두릅시다."

"알겠소."

이렇게 하여 천도교 안에서 고종의 독살사건으로 당장 국민대회를 소집하려던 흥분된 분위기가 일시 가라앉고, 민족 연합으로 독립운동을 추진하게 되었다.

한용운은 우선 월남 이상재를 찾아갔다. 그는 이상재에게 합장으로 예를 갖추었다. 이상재는 이미 고희를 바라보는 노인이었다. 한용운도 개인적인 자리에서는 그를 처음 만났다.

"소승 한용운입니다."

"익히 이름을 들었소. 나는 기독교인이기는 하지만, 한용운 씨의 진보적 기개에는 진작부터 감탄해 오던 바이오."

"요즘 건강은 어떻습니까?"

"늙은 사람이라 힘들 때가 되지 않았소. 그래 어쩐 일이오, 갑자기 날 찾은 걸 보면 보통 일은 아닌 것 같은데?"

"사실은 중대한 일을 의논드리려고 찾아뵈었습니다."

"중대한 일이라니, 그래 무엇이오?"

한용운은 막상 말하려니까 주저되었다. 만약 일이 뜻대로 되지 않을 경우를 생각했다. 뱉은 말을 다시 주워 담지 못한다. 이상재의 인품과 전력으로 보아 뜻을 같이하지 않는다고 하더라도 함부로 발설하리라는 의심은 하지 않았다. 잠시 뜸을 들인 뒤 한용운은 천천히 입을 열었다.

"지금 각계에서 조선 독립을 선언하려는 움직임이 일고 있습니다."

"조선 독립운동?"

"예, 그렇습니다."

"각계라니, 어느 각계를 말하는 것이오?"

"각 종교 단체에서도 움직이고 있고, 재외동포와 동경 유학생들 사이에서도 일을 도모하고 있습니다."

"음…… 그러시오? 기독교에서는 누가 주도하오?"

"아직 이름을 거론할 단계는 아닌 것 같습니다."

"날 못 믿는다는 게군."

"그게 아닙니다. 일을 시작한 단계가 아니라, 몇 군데에서 추진할 움직임을 보인다는 뜻으로 드린 말씀입니다."

"그럼, 내게 말하는 의도는 무엇이오?"

"저와 보성고보 교장으로 있는 최린 씨, 그리고 오세창, 권동진 선생이 나서서 각계가 연합한 독립선언을 도모하고 있지요. 우선 원로 어른들께서 동참해 주시면 큰 힘이 될 듯해서 찾아뵈었습니다."

"일본과 정면으로 싸우겠다는 것이오?"

"비폭력으로 저항할 작정입니다."

"비폭력이라……."

"조선 민족이 일제의 억압으로부터 독립하겠다는 의사를 만세계에 공표하는 선언입니다."

"어떤 방법으로 할 작정이오?"

"우선 국제사회와 일본 당국에 선언을 알리고, 백성들에게도 독립 의지를 심어 주는 일을 할 작정입니다."

"그럼 자연히 일본과 정면으로 부딪칠 게 아니오?"

"상황에 따라 그런 일도 벌어지겠지요."

"어려운 일이구먼……."

"예?"

"나도 우리 조선의 독립을 바라지 않는 바는 아니오. 그러나……."

한용운은 바짝 긴장했다.

"허나, 일본은 이미 이 땅을 실제로 지배하고 있소. 막강한 무력을 갖춘 군대까지 있지 않소. 그들을 상대로 독립을 쟁취하려는 것은 더 큰 화근을 불러올 수도 있을게요. 독립은 젊은 사람들의 감성과 혈기로 간단히 이뤄지는 게 아니요. 무고한 백성들이 다치기만 할 뿐이오."

"아니, 그렇다면 선생님께서는……?"

"독립을 원치 않느냐, 이 말이오?"

"그런 게 아니라…… 독립을 불가능한 것으로 보고 계시는 듯해서입니다."

"세상에 불가능한 일이란 없지요. 다만 그게 언제이냐는 것이 문제 아니겠소."

"선생님의 의향은 무엇인지, 조언을 주시겠습니까?"

"무모한 군중대회보다 차라리 총독부에 청원서를 보내는 게 어떻소?"

"청원서라니요?"

"조선 민족의 뜻을 총독부에 알리고, 조선의 독립을 청하는 것이외다."

"……?"

한용운은 이상재의 얼굴을 뚫어지게 바라보았다. 그의 뜻을 모르는 바는 아니었다. 백성들을 다치게 하고 싶지 않다는 인도적인 생각도 했다. 또 강력한 일본의 힘을 부정할 수 없다는 것도 알고 있다. 그러나 민족 지도자의 생각치고는 너무나 소극적이었다. 독립협회와 만민공동회에 가담했던 그 기상이 전혀 보이지 않았다. 나이

탓인가.

한용운은 「불교 유신론」을 발표하기 전에 총독부와 중추원에 승려들의 취처를 청한 일이 있었다. 그는 그 일을 하고 나서 얼마나 후회했는지 모른다. 행정권을 그들이 쥐고 있다는 단순한 생각으로 취한 행동이었다. 그것은 조선의 주권을 스스로 포기하는 행동이었다. 조선 사람들의 일을 일본 행정 당국에 청원하는 오류를 범한 것이다. 지금 이상재가 충고하는 말도 바로 그런 것이 아닌가. 조선의 독립을 일본에 청원할 수는 없었다.

"잘 알겠습니다."

한용운은 자리를 털고 일어났다. 그는 그러고 나서 두 번 다시 공석이든 사석이든 이상재를 만나지 않았다. 한규설 김윤식 윤용구 박영효 윤치호를 찾아간 사람들도 모두 거절당했다. 그 가운데 한규설만 가담하지웅 않지만, 이 일에 찬동하는 반응을 보였을 뿐이었다.

최린 한용운 송진우 최남선 현상윤 등이 모여 그 결과를 논의했다. 모두 실망하는 빛을 감추지 못했다. 좌상격인 최린이 위안하는 말을 했다.

"실망할 것 없소. 그들은 이미 늙은 사람들이오. 새로운 역사를 세우는 제전祭典에 늙은 양보다 어린 양이 더 좋은 제물일 것이오. 차라리 우리가 깨끗한 제물이 됩시다."

한용운도 한마디 했다.

"고우의 말이 옳소이다. 모두 죽기가 힘든 게요."

모인 사람들 가운데 송진우와 최남선의 표정이 제일 굳어 있었다. 그것을 보고 한용운이 말했다.

"육당과 고하는 마음에 차지 않으신 게구려?"

"아니, 그런 건 아닙니다만······."

최남선이 황급히 자세를 고쳐 앉았다. 한용운은 축 처진 분위기를 바로잡기 위해 말했다.

"기독교와 불교, 그리고 유림 인사들을 중심으로 일을 추진합시다. 기독교 쪽 인물로 마땅한 분이 누구겠소?"

풀이 죽어 있던 최남선이 말했다.

"정주 오산 학교 교장이신 남강 이승훈 선생이 어떻습니까? 신민회 평안도 총감을 지내기도 한 훌륭한 분이십니다."

최린도 적극 찬성했다.

"남강 선생이라면 적격자이십니다. 그렇지 않아도 그쪽 기독교인들이 상해 신한 청년단과 연락하며 거사를 준비한다는 소문도 있었지요."

"남강과의 연락은 육당이 책임지시오."

"예, 그러겠습니다."

"천도교 쪽은 어떻소이까?"

"오세창, 권동진 선생의 허락만 받아 두었소이다."

"의암은?"

"아직 확답은 얻지 못했지만, 찬성하실게요. 이미 격고문을 만들고 국민 대회를 구상하신 분 아니오."

한용운은 뭔가 미심쩍은 느낌을 받았다. 이미 천도교 제2인자 그룹인 오세창과 권동진이 적극 가담하고 있는데, 교주인 손병희가 확답을 내리지 않았다는 건 뭔가 일이 잘못되고 있다는 증거였다. 그러나 한용운은 더 이상 이 자리에서 손병희에 대한 문제는 거론하지 않았다. 최남선과 현상윤 같은 젊은 친구들 앞에서 최린의 체면을 지켜 주기 위해서였다.

"그럼 나는 불교 쪽 인사와 유림 쪽 인사를 만나보겠소이다. 유림은 경상남도에 거창에 계시는 곽종석 선생이 어떠시오?"

"면우 선생만 가담하면 유림 쪽 힘은 다 얻은 것이나 마찬가지일 것이오."

곽종석은 일찍이 을미의병 때 미국·영국·러시아·독일 등 각국 공사관에 일본의 침략을 규탄하는 글을 올리고, 을사조약이 체결되자 매국 5적敵을 처단하라는 상소를 올리기도 했다. 을미의병 당시 유림에서 위정척사衛正斥邪를 부르짖으며 국내 주둔 일본군과 싸웠으나 그는 만국 공법(국제법)에 호소하는 진보적 행동 자세를 보였다.

이는 일본의 조선 침략 음모가 단순히 국내 주둔군에 의해 자행되는 것이 아니라, 일본 정부의 정치적 책동이라는 상황 판단을 정확히 읽었다. 그래서 국제 압력을 유도한 것이다.

정주의 이승훈은 당초 최남선이 불러오기로 하였으나, 현상윤이 그와 평소 친분이 있던 정노식의 집에 머물던 김도태를 정주로 보냈다. 김도태는 정주 출신으로 오산학교를 졸업한 이승훈의 제자였다.

이승훈은 마침 선천에 가 있었다. 김도태는 오산학교 교사로 있는 박현환에게 연락을 취해 주도록 부탁하였다. 박현환의 연락을 받은 이승훈은 급히 경성으로 올라왔다. 그는 신민회 사건(일명 105인 사건)으로 5년의 징역을 살고 나온 뒤라서 일본 경찰의 감시를 받고 있었다. 그래서 오산학교 운영에 대한 문제를 협의하는 것처럼 위장하고 감시의 눈을 피해 상경한 것이다.

최남선은 경찰의 눈을 피하려고 이승훈을 직접 만나지 않고 송진우에게 그를 만나도록 부탁했다. 송진우가 이승훈을 만났다.

"지금 불교와 천도교 쪽에서 독립 선언을 위한 준비를 하고 있습니다."

"그래요? 누가 앞 나섭니까?"

송진우는 그간 추진 사항을 자세하게 설명했다.

"만해 한용운 스님과 최린 선생이 추진하고 있어요. 기독교 쪽은 남강께서 좀 맡아 주시지요."

"정말 잘된 일입니다. 그렇지 않아도 우리도 일을 추진하던 중이었어요."

"만해 한용운 스님이 지금 유림의 곽종석 선생을 만나러 거창으로 내려갔습니다."

"불교 유신론을 읽어 보았습니다. 당대에 보기 드문 선승이더군요. 그래, 거사 날짜는 잡았습니까?"

"아직 구체적인 날짜는 잡히지 않았어요. 동지들이 규합되면 다시 의논을 드리겠습니다."

이튿날 곧바로 정주로 돌아간 이승훈은 일을 추진하기 위해 동분서주 뛰었다. 그는 선천으로 가서 장로교 목사 양전백의 집에서 이명룡 장로, 유여대 목사, 김병조 목사 등과 만나 천도교, 기독교, 불교, 유림이 연합하는 독립 선언 운동을 설명하고 이들의 동의를 얻었다. 그러고 나서 곧장 평양으로 가서 기홀병원에 입원하였다. 일본 경찰의 눈을 따돌리려고 일부러 병이 난 것처럼 위장한 것이다. 그는 문병 온 길선주 목사와 신홍식 목사에게도 동의를 얻었다.

일이 대충 마무리되자 그는 거사 날짜가 잡히는 대로 상경할 수 있도록 연락하기로 하고, 먼저 신홍식 목사와 함께 경성으로 올라왔다. 당시 경성에서 교세를 떨치고 있던 감리교 쪽 인사들과 연합을 모색하기 위해서였다. 신홍식 목사는 감리교파였다.

거창으로 내려가기 며칠 전, 한용운은 손병희를 찾아갔다. 아무래도 마음 변하기 전에 그의 승낙을 먼저 받아 두어야 한다는 생각에서였다. 이 일을 직접 앞 나서 주도하는 오세창 권동진 최린 등이 모두 천도교인이다. 교세를 가진 손병희가 나서야 다른 인사들이 따라올 것 같았다. 더구나 이 일을 추진하자면 막대한 자금이 필요했다. 손병희는 그 돈을 댈 만한 재력이 있다.

당시 손병희는 이인환에게 천도교 교주 자리를 물려 주고 성주聖主로 있었다. 그의 재력은 당대 갑부 민영휘와 백인기, 심지어 황제인 고종보다도 더 탄탄했으며, 호화로운 생활을 하고 있었다. 조선에서 민간인으로는 최초로 자가용 승용차를 타고 다닐 정도였다. 여러 정황으로 보아 이 일에 최린이 앞장서기에는 곤란하다는 생각에 한용운이 나선 것이었다.

손병희는 이미 이 일을 소상히 알고 있었다. 고종이 붕어한 후 격고문까지 만들었고, 임시 정부의 대통령으로 내정되어 있던 인물이라 한용운은 쉽게 일이 진행될 줄 알았다. 그런데 손병희는 무슨 이유에서인지 대답을 피했다.

"의암께서는 별도의 계획이라도 있으십니까?"

"계획이라기보다…… 월남 생각은 어떻소, 찾아가 보았소?"

"일전에 다녀왔습니다."

"그이는 허락했소?"

한용운은 손병희의 질문에 뭔가 개운찮은 느낌을 받았다. 이상재가 참여하지 않으면 자기도 참여 안 하겠다는 것처럼 들렸다.

"총독부에 청원서를 내는 게 좋겠다고 하길래 다시 찾아가지 않았습니다."

손병희는 고개를 끄덕이고 나서 말했다.

"며칠 좀 생각해 봅시다."

"……?"

"이런 일은 깊이 생각해서 결정해야 되오."

한용운은 속에서 울컥 화가 치밀었다. 동학을 주도했고, 인내천人乃千을 주장하는 천도교의 교령이다. 그런 그가 신중론을 펴고 나오는 것은 적극적인 참여 의지가 없다는 뜻이었다. 미리 각오한 일이지만, 한용운은 그냥 물러날 수 없다고 판단했다.

"의암께서는 월남 이상재 선생의 뜻으로 움직이는 분이십니까?"

"그게 무슨 말이오?"

"이상재 선생이 나서지 않으면 의암께서도 나서지 않겠다는 말씀 아니오이까?"

"으흠, 며칠 생각해 보자는 게요."

"이미 대사가 모의 되었고, 의암께서도 사안을 다 알고 계십니다. 내가 의암을 찾아올 때는 일단의 각오를 하고 왔습니다."

"각오라니, 무슨 각오요?"

"이런 말은 함부로 뱉고 거두어들일 수 있는 성질이 아니라는 걸 의암께서는 잘 아시잖습니까? 의암께서도 한때 허명虛名으로 망명 생활까지 하신 분입니다. 목숨을 걸고 하는 일을 섣불리 거둘 수는 없지요."

"음……."

손병희는 신음 같은 소리를 내뱉었다. 큰 인물답게 그는 상황 판단이 빨랐다. 한용운의 말이 시사하는 게 무엇이라는 걸 금방 알아차렸다. 한용운의 말은 협박의 바로 전 단계였다. 그는 한용운이 배수진背水陣을 치고 있다는 사실을 눈치챘다. 이쯤에서 서로의 체면을 가리는 게 좋다는 판단이 선 모양이었다.

"하하하…… 만해의 의기가 놀랍소. 좋소. 허나, 한 가지 조건이 있소이다."

"조건이라니요?"

"나를 대표자로 해주시오. 나이로 보나 위치로 보나 젊은 사람들에게 끌려가는 모양은 좋지 않소."

"그건 당연한 일 아닙니까? 이 일은 어느 한 개인의 영광이거나 정치적 목적으로 시작한 게 아닙니다. 연장자이신 의암께서 당연히 대표자가 되셔야지요."

비록 소극적인 응답이기는 하였지만, 한용운은 의암이 가담한 것에 큰 용기를 얻었다. 천군만마를 얻은 것 같은 힘이 솟구쳤다.

한용운은 가벼운 마음으로 거창으로 향했다. 영남 유림의 대표인

면우 곽종석을 만나기 위해서였다. 그는 일경의 눈을 피하고자 승복 대신 농부로 위장하였다.

한용운은 곽종석을 만나 서울에서의 거사 계획을 설명하고 동의를 구했다. 곽종석은 즉석에서 승낙했다.

"동의하다마다. 이 늙은 목숨, 이제야 제값을 할 수 있는가 보오. 정말 고맙소."

"감사합니다, 선생님."

"무슨 말씀을! 내가 도리어 감사해야 할 일이오. 날짜가 잡히면 곧 상경하리다. 우선 내 집안 장자와 의논할 일도 있고 하니 구체적인 답은 내일 아침까지 만해께서 묵고 있는 곳으로 연락을 드리리다."

한용운은 자기도 모르게 곽종석의 손을 꽉 잡았다. 김윤식 박영효 윤치호 이상재 등에게서 받은 실망이 컸던 뒤끝이라 더욱 감격했다.

한용운은 정오까지 숙소에서 기다렸으나 곽종석으로부터의 연락이 없었다. 그는 거사 날짜가 잡히면 다시 연락하기로 하고 일단 부산으로 향했다. 감시망을 피해 다니는 몸이라 한곳에 오래 머물 수가 없었다. 동래 범어사와 양산 통도사로 가서 불교 쪽 사람들을 만날 생각이었다.

차를 타고 가면서 곰곰이 생각해 보았지만, 불교 인사를 동원하는 일은 쉽지 않을 것 같았다. 우선 사람을 만나는 일이 어려웠다. 사찰이 모두 깊은 산속에 있어 일일이 찾아가는 것도 힘들뿐더러, 찾아간다고 하더라도 절에 기거하고 있을지도 알 수 없었다. 소식 없이 떠났다가 소식 없이 나타나는 일이 허다하다. 더구나 불원천리 달려온 급박한 사연을 아무에게나 대신 전해달랄 수도 없었다. 만약 동참하지 않는 날에는 오히려 독毒이 될 수도 있기 때문이다. 이미 일본 경찰들도 촉각을 곤두세우고 있었다. 105인 사건도 그런 것이 아니었던가. 일제는 신민회 사건과 묶어 항일 지도자들의 싹을 자르는 데 이용했다.

한용운은 조용히 눈을 감았다. 지금도 누군가가 자기를 미행하고 있을지 모르는 일이다. 자기가 잡혀가는 게 겁나는 것은 아니다. 이것을 빌미로 무모한 사람들이 경을 칠 수도 있고, 더 큰 일을 해야 할 사람들이 모조리 잡혀가 독립이 요원해질 수도 있었다. 그는 불교 유신이 뜻대로 되지 않은 일이 새삼 후회되었다. 이러한 때에 불교가 한몫하지 못한다는 게 여간 마음 쓰이지 않았다. 중생을 구하는 일치고 이보다 더 급박한 게 어디 있는가. 물에 떠내려가는 사람을 그냥 구경만 하는 격이었다. 중생을 구한다고 온갖 색깔과 말로 장식한 불교가 정작 불행에 빠진 중생 앞에서 속수무책이라니, 그는 어이가 없어 웃음이 다 나올 지경이었다. 밥을 굶는 중생에게 복을 받으라고 백날 염불해 봐야 소용없다. 차라리 당장 따뜻한 밥 한 그릇을 주어야 한다. 병이 나서 신음하는 중생에게 극락 가라고 염불하는 것보다는, 약 한 첩 주는 게 차라리 낫다. 자유를 구속당해 고통받는 중생에게 희망이 있다고 염불하는 것보다, 잃어버린 자유를 찾아 주는 게 더 시급하다.

범어사에 도착한 한용운은 일주문 앞에서 김상호를 만났다.

"아니, 스님 아니십니까?"

"출타 중인가?"

"예, 부산에 좀 다녀오려고 나선 길입니다."

김상호는 30세의 젊은 승려였다. 16세에 이곳 범어사로 출가하여 성해 스님의 제자가 되었다. 범어사 명정학교와 불교강원에서 공부하였다. 교학뿐만 아니라 진보적 사상에도 밝아 통도사의 김경봉과 함께 한용운이 눈여겨보고 있는 젊은 승려였다. 범어사 청년동맹을 앞서서 이끌고 있기도 했다. 범어사는 친일 종단인 원종에 대응하여 임제종 종무원을 설치하는 등 항일 의지가 뚜렷해 늘 일제의 감시를 받고 있었다. 한때는 일본 승려들이 사찰을 점거하려고 시도한 적도 있었다. 그래서 젊은 승려들의 항일 정신이 어느 사찰에 못지않게 투철했다.

"그런데 스님께서 갑자기 어쩐 일이십니까?"

"북풍이 불어 예까지 밀려왔다. 그래 큰스님들은 계신가?"

"성월 큰스님이 계십니다."

"알았네."

한용운은 성월과는 이미 깊은 연을 맺고 있었다. 박한영, 진진응 스님과 함께 송광사에서 임제종을 세우던 때 함께 원력願力을 모았었다. 그 후 임제종 종무원을 범어사로 옮길 때도 그의 힘이 컸다. 1911년에 사찰령이 공포되어 종단이 강제 해체당하고 30본산本山이 만들어졌을 때 범어사 임제종은 간판을 내리지 않고 끝까지 버티었다. 그러나 일제의 악랄한 탄압에 못 이겨 결국 이듬해에 문을 닫고 말았다. 그 길로 한용운은 만주로 떠났었다.

한용운은 일주문 안으로 들어섰다. 그런데 출타하던 김상호가 도로 그를 따라 안으로 들어오는 것이었다.

"왜 도로 들어오는가?"

"스님 법문을 놓치기 싫어섭니다."

"허어, 아직 설익었구나. 법문이란 허공에 떠다니는 구름 아니던가."

"지금 몹시 가물어 농사를 짓지 못하고 있습니다. 구름이 있어야 비를 내리고, 비가 와야 농사지을 게 아닙니까."

"으흠……."

한용운은 김상호를 돌아다보았다. 눈길이 마주치자, 김상호는 공손하게 합장했다.

"그래 농사지을 농부는 있느냐?"

"사람은 원래 열매를 따 먹고, 흙을 파 일구며 살았지요. 괭이와 삽만 들려주면 모두 농부가 됩니다."

"그렇군."

한용운은 빙그레 웃었다. 그들은 시국관을 주고받은 것이다. 두 사람의 대화는 이심전심으로 통했다. 한용운은 그를 보며 참선방에 앉아 염불만 하는 이빨 빠진 늙은 중 열 사람보다 낫다고 생각했다. 장차 이 나라 불교를 끌고 갈 훌륭한 재목이라는 생각을 다시 한번 했다.

한용운은 성월과 경산스님을 만나 경성에서 준비하고 있는 상황을 이야기했다. 이야기를 듣고 난 성월스님이 말했다.

"독립하자는데 누가 반대하겠소. 허나, 어떤 방법으로 하느냐가 중요한 게지."

"성월께서는 무슨 복안이라도?"

"힘이 경성으로만 집중되는 것은 옳지 않소이다. 전국 각지에서 동시에 소리를 질러야 효과가 있을 것이오. 경성에서는 소리를 치고 있는데, 전국에 있는 사람들이 구경하듯이 쳐다보고만 있으면 무슨 소용이오."

"이번 독립선언은 당장 물리적인 힘으로 독립을 쟁취하자는 게 아니오이다. 잠자고 있는 대중 의식을 일깨우자는 의미가 더 강하지요."

"물론 동감이오. 그러나 왜놈은 의외로 강적이오. 이 나라의 행정 치안 외교권이 모두 그들에게 있지 않소? 게다가 통신 교통수단까지 장악하고 있으니, 시간이 지나면 그 불을 야금야금 진화되고 말 것이오."

한용운은 성월스님의 말을 이해했다. 교통 통신 수단을 장악당하고 있는 마당에 한 곳에서 무슨 일을 저질렀다고 해서, 그 힘이 전국에 미치기란 극히 어려운 일이다. 차라리 동시다발로 전국에 걸쳐 불을 붙이는 게 더 효과적일지는 모른다.

"허지만, 그것도 쉬운 일은 아닐 게요. 일을 추진하는 세력이 있어야 하고, 그것을 전달하고 의기를 투합해야 하는데, 삼엄한 감시망을 뚫고 실천하기란 그리 쉽지는 않을 것이오."

"누군가 불을 붙이면 틀림없이 불붙게 됩니다."

"언제 시작할 작정이오?"

"고종 황제 인산일 전후에 벌일 생각이오. 인산일에는 전국에서 사람들이 몰려들 것이니, 그 기회를 이용하자는 게요."

"어쨌든 우리는 용운스님의 의견에 찬성하오이다. 좀 더 효과적인 방법을 생각해 본 것뿐이오."

"소승도 알고 있습니다. 아직 청년동맹에는 알리지 마십시오. 아까 나가다가 김상호를 만났는데, 아무래도 눈빛이 심상치 않았어요. 무얼 계획하고 있습니까?"

"상해 쪽과 줄이 닿아서 일을 꾸밀 생각을 하는 모양인데, 구체적인 건 나도 아직 모르오."

"흠…… 스님은 날 믿지 못하는 모양입니다그려."

"무슨 그런 말씀을……."

"그 말은 내가 묻지 않았으면 안 했을 게 아니오?"

"용운스님도 날 못 믿은 게 아니오?"

"그건 또 무슨 말씀이시오?"

"말하지 않아도 아는 줄, 내가 다 알고 있는데 왜 입을 다물고 있었소?"

"하하하……."

한용운은 파안대소했다. 성월 스님도 함께 따라 웃었다.

"이심전심을 확인한 것이오."

"한심오심이지요."

"한심오심이 무엇입니까?"

"한씨와 오씨가 마음을 읽을 거외다."

"하하하, 난 또 한심하고 구토증 난다는 소리로 들었소."

둘은 또 한바탕 웃었다. 그때 김상호가 황급히 달려왔다.

"스님, 지금 왜놈 형사가 찾아왔습니다."

한용운은 그를 돌아다보며 물었다.

"날 찾던가?"

"한용운 스님인 줄은 모르고 있는 듯한데, 방금 경성에서 내려온 스님이 어디 있느냐고 묻는 걸 보면 무슨 낌새를 맡고 온 듯합니다."

성월 스님이 한용운을 돌아다보았다.

"잠깐 자리를 피하는 게 좋을 것 같소. 여기는 놈들이 수시로 드나드는 곳이니까, 별일이 있어서 온 건 아닐 것이오. 직접 마주치면 꼬투리가 잡힐지 모르니 일단 피하는 게 좋을 거요."

한용운은 김상호의 안내를 받아 그 자리를 피했다. 암자로 올라가는 뒷산 자락을 타고 걸었다. 그쪽으로 해서 동래역으로 나가는 길이 있었다.

김상호가 넌지시 물었다.

"스님, 경성에 무슨 일이 있습니까?"

"그래."

김상호는 매우 영리했다. 한용운에게 더 이상 물어보지 않았다. 물어도 대답하지 않을 줄 미리 알고 있었다.

"언제 또 스님 강의를 듣고 싶습니다."

"인연이 있겠지."

"『유심』에 실린 스님의 '심'이란 시를 읽었습니다. 이전의 시조와 어떻게 다릅니까?"

"사람들은 그걸 신시新詩라고 하더구나."

"신시가 무엇입니까?"

"구시舊詩의 동생이라는 뜻이지. 최남선이란 자가 신체시라는 걸 썼어. 그게 시조에서 변종돼 나온 놈인데, 이것은 그보다 조금 더 현대적인 셈이지. 문학에 관심이 있나?"

"소승도 시를 한번 써보고 싶습니다."

"쓰고 싶으면 쓰면 되는 게지."

"한 번도 배운 적이 없어서요."

"시는 배워서 쓰는 게 아니야. 배워서 쓴다면 모두 똑같은 물건밖에 못 쓸 게야. 글이란 자고로 자기 가슴으로 써야 한다. 그래야 자기 목소리를 낼 수가 있다. 또 아름다운 글을 쓰려면 먼저 가슴 속이 아름다워야지."

"아름다운 가슴은 어떤 것입니까?"

"중생심이야."

"……."

김상호는 갑자기 걸음을 멈추더니 한용운을 향해 합장했다.

"이제 들어가 보아라."

"아닙니다. 동래까지 소승이 뫼시겠습니다."

"아니다. 함께 나서면 더 의심받는다. 또 네가 없어진 줄 알면 그 경찰이 눈에 불을 켤 것이다."

한용운은 굳이 동래역까지 배웅하겠다는 그를 억지로 돌려세웠다.

"그럼, 스님. 먼 길 조심하여 돌아가십시오."

"성월 스님께 곧 연락드리마고 말씀 올려라."

"예, 알겠습니다."

한용운은 경성으로 향했다. 더 돌아다녀 봐야 별 소득이 있을 것 같지도 않았다. 불교 교단 안에도 거목이 많이 있지만, 쉽게 만날 길이 없었다. 그는 자기도 모르게 주먹을 으스러져라 꽉 쥐었다.

한용운은 경성으로 올라온 즉시 최린을 만났다. 그간 천도교와 기독교 쪽의 성과가 궁금했다.

"문제가 발생했소."

"문제라니요?"

"2·8선언을 한 동경 유학생들이 모두 잡혀갔다 하오."

"그게 무슨 문젭니까? 아니, 그런 일을 하고 무사하기라도 바랐단 말이오?"

"그게 아니라, 왜놈들에게 비상이 걸린 것이오."

"허어, 고우도 보기보다는 소심합니다그려. 그렇지 않으면, 그 사람들이 우리보고 그런 일 하라고 허락이라도 해준답니까?"

최린은 입을 굳게 다물고 침통한 표정을 지었다. 그러다가 천천히 입을 열었다.

"송진우와 최남선이 겁을 집어먹은 모양이오."

"무슨 말입니까?"

"이승훈 선생을 만나기로 했는데, 어쩐 일인지 미적미적하다가 그를 놓쳐 버렸어요."

"놓치다니요? 남강이 잠적이라도 하였다는 말입니까?"

"이월 열이렛날 이승훈 선생이 신홍식 목사와 경성에 왔는데, 최남선을 못 만나 애를 태웠다는군요. 그러다가 겨우 송진우와 연결이 되어 만났는데, 송진우가 적극적인 의견을 내놓지 못한 모양이오."

"……?"

"그 이후로는 이승훈 선생과 접촉이 불가능하게 되었소."

"허면, 그쪽 소식은 전혀 모른단 말씀이오?"

"학생들 편에 들은 바로는 그쪽에서 별도로 일을 꾸미고 있는 모양입디다."

최린의 말에 의하면 기독교 측에서 단독 거사를 계획하고 있다는 것이었다.

한편 송진우와 최남선에게 실망한 이승훈은 신홍식의 안내로 박희도를 만났다. 박희도는 창의문 밖에서 감리교 전도사로 활동하면서 조선 기독교 청년회 간사를 겸하고 있었다. 박희도는 그동안 전문학교 학생들 사이에서의 움직임을 이승훈에게 이야기했다.

"연희 전문의 김원벽이 각급 전문학교 학생들과 연합하여 거사하기로 은밀히 추진하고 있습니다."

"장하오. 허나 학생들의 힘만으로는 성과가 미미할 것이오. 범 교단의 힘을 모아야 하오. 그렇지 않아도 천도교 측과 이 일을 추진 중이었는데, 그쪽 사람들이 몸을 사리는 것 같소. 우리 기독교 쪽만이라도 여러 교파가 힘을 모아 연합 전선을 펴는 게 좋을 것 같소이다."

이렇게 하여 이승훈은 2월 20일 밤에 박희도의 집에서 이승훈과 신홍식을 비롯하여 남감리교파 목사 오화영과 정춘수, 북감리교파 감리사 오기선 등이 모여 단독으로 거사하기로 합의하였다. 이 자리에서 행동 강령도 채택하였다.

1. 천도교와 연합을 포기하고 기독교 단독으로 독립운동을 추진한다.

2. 독립운동 방법은 독립 청원서를 제출하는 것으로 한다.

3. 독립 청원서에 서명할 기독교 동지들을 서울과 지방에서 폭넓게 모집한다.

4. 기독교 동지들은 연고지에 따라 각 지역별로 행동을 분담한다.

한용운은 이 이야기를 전해 듣고 가슴을 치며 통탄했다.

"정말 모두 큰 잘못을 하였소. 힘을 모아도 모자라는데, 오히려 분산시키는 짓을 한 게 아니오. 더구나 청원서가 다 무엇이오? 독립하자면서 왜놈의 식민 통치를 인정하고 있는 게 아니오?"

한용운은 이것이 어쩌면 이상재의 영향인지도 모른다고 생각했다. 이상재도 직접 물리적인 행동을 하는 것보다 총독부에 청원서를 보내도록 하라고 하지 않았는가. 이상재는 조선기독교청년회 지도자다. 어쩌면 박희도가 그의 영향을 받았을지도 모른다는 느낌이 들었다.

최린은 이야기를 계속했다.

"감리교파의 의견을 모은 이승훈 선생이 그 이튿날 기독교 장로교파의 함태영을 만났어요. 그런데 공교롭게도 이승훈 선생이 박희도의 집에서 감리교파들의 회합을 갖던 바로 그 시간에, 함태영의 집에서도 기독교파 사람들이 똑같은 모임을 가졌다는 겁니다."

이날 함태영의 집에 모인 사람들은 세브란스 병원 사무원인 이갑성, 평양 기독교 서원 총무 안세환, 장로교파 조사 오상근, 장로교파 목사 현순 등이었다.

"이 소식을 듣고 이승훈 선생의 은신처를 수소문하여 찾았어요.

조금 전에 최남선을 급히 그리로 보냈으니, 곧 무슨 소식을 가지고
올 것이오."

"참, 독립선언서 문제는 어떻게 하기로 하였소?"

"권동진, 오세창 선생과 협의한 끝에 최남선에게 문안을 작성토
록 부탁했지요. 만해께서 지방에 내려가 있어서 미리 협의하지 못했
습니다."

한용운은 약간 실망하는 듯한 표정을 지었다. 누가 써도 무방하
나, 선언서만은 꼭 자기 손으로 쓰고 싶었다. 이번 일에 소극적으로
변질한 최남선이 선언문 작성을 맡았다는 게 마음에 걸리기도 했다.

"육당은 이미 당대 명문장가로 이름이 나 있질 않소."

"글은 손재주로 쓰는 게 아닙니다. 가슴으로 써야지요. 가슴이 비
면 좋은 글이 안 나옵니다."

"우선 선언서의 취지에 대한 원칙을 정했어요. 첫째, 동양 평화를
위하여 조선 독립이 정당함을 알릴 것. 둘째, 너무 감정에 흐르지 말
고 온건하게 하라고 일러두었는데, 기대한 대로 명문장으로 써 왔습
니다."

"벌써 완성이 되었다는 말이오?"

"이것입니다."

최린은 소맷자락에 숨겨 가지고 온 독립선언서를 한용운에게 내
밀었다.

오등(吾等)은 자(玆)에 아(我) 조선의 독립국임과 조선의 자주
민임을 선언하노라. 차(此)로서 세계만방에 고(誥)하야 인류 평등

203

의 대의를 극명하며, 차로써 자손만대에 고하여 민족자존의 정권
(正權)을 영유(永有)케 하노라.

　　반만년 역사의 권위를 장(仗)하야 차를 선언함이며…….

　이렇게 시작한 문장이 길게 이어졌다. 한용운은 천천히 선언서를
모두 다 읽었다. 다 읽고 난 그는 뭔가 부족하다는 느낌을 받았다.
문장은 웅장하고, 독립 의지도 설득력 있게 잘 표현되었다. 그러나
정작 독립을 요구하는 주체인 조선인들의 적극적인 사고 전환을 위
한 행동 강령이 빠져 있었다. 실권을 쥐고 있는 일본인을 의식한 듯
한 소극적인 내용이라는 느낌이 강하게 풍겼다.

　한용운은 그러한 불만은 일단 참았다. 시간을 두고 생각해 보아야
할 문제였기 때문이다.

　"초고를 권동진, 오세창 선생께 보이고 동의를 얻었습니다. 인쇄
는 오세창 선생의 책임 아래 보성사 묵암 이종일 선생께서 맡아 주
시기로 했습니다. 보성사에는 원고 대신 최남선이 경영하는 신문관
에서 미리 조판해서 넘겨주기로 했어요. 보성사 인쇄공들은 한자 해
독력이 부족해서 혹시 오자라도 생길까 봐 그런 겁니다."

　"그럼, 이게 최종 원고라는 말씀이군요?"

　"그렇지요."

　"이걸 제가 가지고 가서 좀 보아도 되겠습니까?"

　"음……."

　"아니, 없어도 괜찮겠어요."

　한용운은 선언서를 도로 최린에게 돌려주었다. 그는 이미 내용을

대충 외고 있었다.

"사실 원고는 그 한 벌뿐입니다. 비밀을 유지하기 위해 초고는 모두 소각했어요, 우리 집 가야금 속에 숨겨 가지고 있었지요. 그 밖에 일본 귀족원, 중의원, 조선 총독부 등에 보내는 독립 통고서와 미국 윌슨 대통령에게 보내는 독립 청원서도 기초했습니다. 추후 원고를 보여드리겠습니다."

"알겠습니다."

두 사람이 이야기를 나누고 있는 도중에 이승훈에게 간 최남선이 돌아왔다. 그를 보자 최린이 다급하게 물었다.

"그래 만났소?"

"예."

"대체 어떻게 된 일이랍디까?"

"경찰의 눈을 피하느라 못 찾아뵈었다고 사과드렸습니다."

"잘한 일이오. 그래 결과는 어떻게 되었소?"

"이번 일은 종교를 떠나 민족적인 거사가 되어야 한다는 점을 강조했지요. 남강께서도 그 점은 찬성하셨습니다. 그러나 기독교 측에서 단독 거사를 결정하였으니, 일단 그분들을 다시 모아 최종 협의를 한 후 연락을 주시겠다고 하셨습니다."

"수고했소. 하마터면 큰 실수를 할 뻔했어요."

"모두 제 탓입니다."

"아니오. 내가 관리를 소홀히 한 탓이오."

한용운은 최남선을 뚫어지게 바라보았다. 그의 행동에서 뭔가 석연찮은 느낌을 받았다. 이왕 발을 들여놓아서 어쩔 수 없이 끌려다니는 인상이 짙었다.

잠시 후, 최남선이 돌아가자, 한용운이 최린에게 말했다.

"아무래도 독립선언서를 다시 써야겠어요."

"예? 그게 무슨 말씀이시오?"

"최남선은 서명하지 않을 사람이오."

"마음에 일시 동요가 일었을지는 모르나, 그렇지는 않을 게요. 동경 유학생들이 모조리 잡혀갔다는 소리에 조금 충격을 받은 모양이오."

"조금 충격을 받은 정도가 아닙니다. 선언서를 작성한 사람이 어찌 목숨을 두려워합니까?"

"그는 아직 젊습니다. 목숨을 두려워할 수도 있겠지요."

"그를 나무라는 게 아니오. 그런 자가 독립선언서를 쓸 수는 없다, 이 말이외다."

"……?"

"독립선언서는 이번 거사의 얼굴이요 정신입니다. 목숨을 내던지며 온몸을 바치지 않는 사람이 어찌 그 의미를 이해할 수 있겠소?"

"그러나 육당은…….."

"명문장가다 이 말씀이오?"

"만해도 읽어 보지 않았소이까?"

"글은 재주로 쓰는 게 아니라고 하였습니다. 일국의 독립선언서치고 문장이 약해요. 일제의 눈치를 보면서 쓴 듯한 인상이 풍깁니다."

"그러나 시간이 없어요. 이미 신문관에서 조판했을 거요."

"기독교 측의 동의가 없으면 어쩌겠소, 어차피 다시 써야 할 것 아니오?"

"문장상 큰 하자가 없으면 그들도 동의하리라 봅니다."

"그렇다면 행동 공약이라도 첨가합시다."

"행동 공약?"

"그렇소이다. 문장이 너무 길어요. 선언서로 삼기에는 그런대로 괜찮으나, 행동 강령으로서는 미진합니다."

"여기에다 덧붙인다는 말씀이시오?"

"예, 말미에 첨가하는 게 좋을 듯합니다."

"그럼, 그러시지요. 서명 인사의 최종 명단이 확정될 때까지 원고를 넘겨주시오."

"그러겠소이다."

며칠 후 한용운은 최린의 집에서 이승훈과 만났다.

"기독교 측 동지들이 연합 전선을 펴는 데 찬성하였소이다."

"고맙습니다. 하마터면 이 중요한 일을 그르칠 뻔하였어요."

"그래, 불교와 유교 쪽은 어찌 되었습니까?"

한용운은 조용히 염주를 굴리다가 말했다.

"곽종석 선생을 만나 동의를 얻었어요. 늦어도 27일 전으로는 올라오실 겁니다. 불교 쪽은 좀 특이합니다. 잘 아시다시피 사찰이 모두 깊은 산속에 있어요. 일일이 찾아갈 수도 없으려니와, 찾아간다고 하더라도 중들이 한자리에 박혀 있는 게 아니니 만날 수가 없어요. 해서 우선 범어사에 가서 연판장을 돌려보도록 부탁하였습니다,

그러나 큰 효과를 얻기는 힘들 게요. 한두 분은 서명하실 겁니다."

"그렇겠군요. 그렇다면 너무 애쓰지 않은 게 좋을 듯합니다. 알리러 다니다가 자칫 비밀이 누설될 우려가 있어요."

"그게 염려가 됩니다."

이승훈이 최린에게 말했다.

"참, 고우. 어려운 부탁을 좀 해야겠소."

"무엇입니까?"

"우리 기독교는 재정이 빈약해요. 각 교회마다 궁핍하여 외부 지원으로 겨우 꾸려가는 형편이지요. 거사를 하자면 아무래도 자금이 필요할 텐데, 천도교 측에서 우선 오천 원만 좀 꾸어 줄 수 없겠소?"

"사실 며칠 전에 은행에 저금했던 자금을 경찰에 몽땅 압수당했어요."

"그런 일이 있었소?"

"혹 동지들이 걱정할까 말씀드리지 않았지요. 다행히 경찰에서 이번 거사에 쓸 자금인 줄 모르고 있어요. 아무튼 의암께 말씀드려 주선해 보도록 하지요."

"오천 원이 곤란하면 삼천 원이라도 준비되었으면 합니다. 선언서를 배포하고, 연락하는 사람들에게 우선 여비라도 좀 주어야겠어요."

"내일 저녁에 다시 이 자리에서 만나기로 합시다. 남강께서는 먼저 기독교 쪽 행동 목표를 의논해서 정해 주십시오."

"알겠소이다."

"그리고 만해께서는 어제 말씀하시던 행동 강령 문제를 매듭지어 주셨으면 고맙겠소이다."

"그러지요. 오늘 저녁에 민영휘 씨를 만나야겠어요."

"민영휘 대감을요?"

"지금은 대감이 아니지요. 그자에게 돈을 좀 **빼앗아** 와야겠소이다."

한용운은 안명근 의사를 생각했다. 서간도에 무관학교를 세우기 위하여 자금을 거두어들이다가 체포된 안악 사건이 떠오른 것이다. 일제는 이 사건을 신민회 활동을 뿌리 뽑는 데 이용하기 위하여 총독 암살 사건으로 조작하기도 했다. 105인 사건을 만들어낸 것이다.

"그때도 민씨 때문에 신민회가 요절이 났는데, 또 민씨를 건드리려고요?"

이승훈이 펄쩍 뛰었다. 그는 바로 105인 사건으로 옥고를 치른 장본인이다. 민씨라면 꿈에라도 볼까 치가 떨리는 판이었다. 그 사건 때문에 간도의 조선 독립 활동이 몇 년이나 후퇴했는지 모른다.

"동지들이 목숨을 걸고 독립을 위해 노력하는데, 자금이라도 내놔야지요. 그런 자에게 가만히 앉혀 놓고 독립된 조국을 선사할 수는 없어요."

"허나, 그 일로 비밀이 누설되면 큰일 아닙니까?"

"내 다 생각해 둔 바가 있어요. 염려하지 마십시오."

그래도 이승훈은 걱정이 되는 눈치였다.

민영휘는 여흥 민씨로, 형조·예조·공조판서와 한성판윤을 역임한 민씨 척족의 대표이자 당대 으뜸가는 탐관오리로 소문이 나 있는 인물이다. 그는 갑오농민운동 때는 청나라 원세개(袁世凱, 위안스카이)에게 지원을 요청하여 토벌을 기도했다. 을사늑약 이후에는 중추원 의장, 헌병대 사령관, 표훈원 총재를 역임하기도 했다. 경술국치후에 일본 정부로부터 자작 작위를 받았으며, 거액을 투자하여 천일은행을 설립하기도 했다. 다행히 자기 이름의 끝 자를 딴 휘문학교를 설립하여 역사 위에 일말의 양심을 남겨 놓기는 했다. 그는 의암손병희, 백인기와 더불어 3대 갑부로 뽑혔다.

이승훈이 생각을 조금 누그러뜨린 후 말했다.

"차라리 그자의 아들 민형식한테 부탁하는 게 어떻겠소? 양자로입적된 사람인데, 아버지와는 생각하는 게 전혀 다른 인물입니다. 신민회 회원으로 있을 때 만난 적도 있지요."

"그자의 아들이 신민회 회원이었다구요?"

최린이 깜짝 놀랐다.

"예, 학부 협판으로 있을 때는 을사오적을 암살하라고 일만사천냥의 자금을 희사하기도 했지요. 이 사건으로 황주 철도鐵島에 유배되기도 했습니다. 지금도 암암리에 민족 운동에 자금을 대주고 있는걸로 알고 있소."

"그렇다면 그를 위해서라도 애비를 혼내줘야겠군요."

"뒤탈이 생길까 염려되어 그럽니다."

"염려하지 마십시오. 내 다 생각해 둔 게 있다니까요."

그 길로 한용운은 민영휘를 찾아갔다. 민영휘는 육십칠 세의 노인이었다. 한용운은 자신을 정중히 소개했다. 한용운은 그를 한 번도만난 적이 없다.

"아, 그 유심 잡지를 내는 분이시오? 그 잡지, 관심 있게 보았소이다."

"고맙습니다."

민영휘는 학교를 설립한 사람답게 교육 문화에는 관심이 높았다.

"그런데 무슨 일로 날 찾아왔소?"

"사실은 어려운 걸음을 했습니다."

"······?"

"몇몇 사람이 모여 독립선언을 하려고 합니다."

한용운은 거사 내용을 감추지 않고 말했다. 오히려 이것이 그를 설득하는 데 더 효과가 있다고 생각했다. 상대방을 공동 운명으로 끌어내기 위함이었다. 비밀을 알려주면 뒤로 빠질 수가 없다. 비밀 유지를 위해 동조하지 않으면 응징당한다는 것을 그도 잘 알 것이기 때문이다.

"독립선언?"

민영휘는 소스라치게 놀랐다.

"그렇습니다."

"누구누구 가담하오?"

"의암을 비롯하여, 오세창 권동진 최린 등의 천도교인, 함태영 길선주 이승훈 등 기독교인, 유림의 곽종석 선생, 소승을 포함한 불교인 등이오이다."

"음······."

민영휘는 신음을 내뱉었다. 한용운은 그가 마음이 흔들리고 있다고 판단하고 생각할 틈을 주지 않고 밀어붙였다.

"어른께서도 좀 도와주셔야겠습니다."

"나도 가담하라는 게요?"

"우리는 자금이 필요합니다. 행동은 우리가 할 테니까, 어른께서는 자금을 좀 융통해 주시면 고맙겠습니다."

민영휘는 이맛살을 찌푸렸다.

"그게 결국 날 보고 가담하라는 게 아니오?"

"결과는 그렇지요."

민영휘는 잠시 생각하고 나서 말했다.

"알다시피 나는 황상을 모시던 관료였소. 직접 이런 일에 나서는 건 옳지 않다고 생각하오."

"그게 무슨 말씀이십니까? 그럴수록 더욱 앞으로 나서서 지도하셔야지요."

"아무튼 나는 싫소이다. 오늘 들은 말은 없던 걸로 할 테니까, 걱정 말고 돌아가시오."

한용운은 그를 노려보았다. 풍상을 거친 노인답게 생각은 깊었다. 자신이 비밀을 알고 있다는 데 대한 부담을 교묘하게 벗으려 하고 있었다. 한용운은 이미 이런 상황까지 생각하고 왔다. 한용운은 안주머니 속에서 권총을 꺼내 그에게 겨누었다.

"아, 아니? 이게 무슨 짓이오?"

"어쩔 수 없지 않소이까."

민영휘는 하얗게 질린 얼굴로 뒤로 주춤 물러나 앉았다. 승복을 입고 있어 간단하게 물리칠 수 있으리라 여기고 있다가, 느닷없이 권총을 꺼내 들자, 그는 기절초풍했다.

"어른께서는 이 나라 군주를 모신 육조 대신으로, 청나라와 일본을 두루 섭렵하는 훌륭한 처세술을 가지신 분이라는 걸 잘 알고 있지요. 그렇다면 이 나라가 독립했을 때 어른께선 어떤 모습으로 남을까도 생각해 보셔야 하지 않겠소이까?"

"음⋯⋯."

그는 가느다랗게 신음을 내뱉었다.

"내가 동지들의 이름을 어른께 다 말했으니, 비밀을 유지하기 위해서도 나의 행동은 불가피합니다."

"⋯⋯?"

"조선은 꼭 독립합니다. 이런 기회는 어른께 두 번 다시 오지 않을 것입니다."

"좋소. 그 총 내리시오."

민영휘는 자세를 고쳐 앉았다. 한용운도 그제야 권총을 거두면서 말했다.

"무례한 행동을 용서하십시오."

"아니요. 정말 놀랍고 부끄럽소. 이렇게 늙은 사람이 몸을 사린 게 면구할 따름이오."

"고맙습니다."

"허나, 난 직접 나서지는 못하오. 내 아들 형식이와 상의하여 일을 추진하시오. 내가 일러두리다. 그 아이라면 그대들도 믿을 수 있을 것이오."

"존함을 익히 들었습니다."

"앞으로는 날 직접 찾지 말고 그 아이를 만나시오. 부디 거사가 성공하기를 빌겠소."

"정말 감사합니다. 한 가지 용서를 빌어야 할 일이 있습니다."

"용서라니, 무얼 말씀이오?"

"이 총은 장난감이었습니다."

"하하하, 나도 알고 있었소이다."

"예?"

"처음에는 진짜 총인 줄 알고 놀랐지요. 진짜 총은 그렇게 가볍게 들 수가 없어요. 그리고 총을 들어본 사람이 아니라는 걸 대번에 알았소이다."

한용운은 얼른 그에게 합장하며 예를 갖추었다. 그의 편력이 말해주듯 예사 인물이 아니었다. 가짜 총인 줄 알면서 거사에 동조했다.

"용운 스님의 그 담력과 우국충정에 내가 감읍한 것이오."

"동지들에게 어르신의 용단을 전하겠습니다."

"모두 조심들 하오. 뜻이 아무리 좋더라도, 그 뜻을 이루려는 사람이 있어야 하는 법이오."

한용운은 이후 그의 아들 민형식을 통해 운동 자금을 수시로 얻어 쓰게 되었다.

이에 앞서 최린은 손병희에게 기독교 측에서 운동 자금을 요청해 왔다는 사실을 알려 5천 원을 받아 내어 이승훈에게 전달했다.

2월 22일, 최린의 집에 이승훈, 함태영, 그리고 한용운이 모였다. 거사 방법을 최종 협의하기 위해서였다. 이보다 앞서 어젯밤에는 기독교 측 사람들이 이갑성의 집에 모여서 그들 나름대로 원칙을 세웠다. 이 자리에서 감리교파에서는 이승훈, 장로교파에서는 함태영을 대표로 뽑아 천도교와 불교 측과 협의하도록 하였다.

이승훈이 말했다.

"어제 모임에서 몇 가지 원칙을 만들었습니다."

"무엇입니까?"

"국외 독립운동과 연결하는 일, 파리 강화회의에 대한 정보를 파악하기 위하여 현순 씨를 상해에 파견하기로 했어요."

"그거 좋은 일입니다. 조선의 독립을 세계 각국이 승인해야 하니까, 그 일도 소홀히 할 수가 없지요."

그 밖에 기독교 측에서는 지방 순회 위원 제도를 만들고, 지역 책임자를 선정했다. 그 결과 평안북도는 이승훈, 평안남도는 신홍식, 경상남북도는 이갑성, 경기도 및 충청남북도는 김세환으로 결정했다. 전라남북도는 이갑성이 세브란스 의전 학생 김병수에게 부탁하도록 했다.

이승훈이 최린에게 물었다.

"그런데 한 가지 물어볼 것이 있소이다."

"무엇입니까?"

"소문에 의하면 천도교 측이 만주로부터 무기를 수입하여 폭력 봉기를 하려 한다는데, 사실이오?"

"무슨 말씀이오? 대체 누가 그런 말을 합디까?"

"어제 모임에서 그런 말이 나왔어요."

최린은 잠시 생각했다. 천도교 구국단에서 고종 승하에 울분을 터뜨리며 거사를 하려던 계획이 그렇게 와전된 듯했다. 그 계획은 이미 이번 연합 거사에 모두 흡수되었고, 비폭력 원칙을 세워놓았다.

"그건 오해인 듯합니다. 이번 거사는 절대 비폭력으로 할 것입니다. 선언서 초안도 이미 그렇게 해두었어요."

"또 하나, 우리 기독교 측의 중론은 독립선언보다 청원서를 제출하자는 건데, 그쪽 의견은 어떻습니까?"

가만히 듣고 있던 한용운이 언성을 높였다.

"그건 절대로 안 되오이다! 독립을 청원할 바에는 구태여 이렇게 연합할 필요가 없지 않소이까?"

"왜요?"

"청원서든 선언서든 비폭력이라는 원칙에는 서로 변함없을 것이나, 청원서는 우선 주체성이 없어 안 되오이다. 일본이 조선을 강점했기 때문에 우리가 독립하자는 것 아니오? 그러함에도 침략자에게 구걸하듯 청원한다는 건 말이 안 되오. 그들의 조선 강점을 인정한다는 뜻이 되오. 굳이 독립을 청원한다면 이 땅의 주인인 조선 사람한테 하여야 옳지 않소이까?"

"무슨 뜻인지 알겠소. 나도 동감이오."

이승훈과 함태영은 즉시 동감의 뜻을 표했다.

두 사람은 근본 원칙을 결정한 뒤 곧 돌아가 함태영의 집에서 기독교 대표 모임을 열었다. 대부분 동지를 모으기 위해 지방으로 출타하고 없어서, 이 자리에는 두 사람 외에 박희도 안세환 오기선 등만 참석했다. 이들은 모두 연합회의에서 결정한 독립선언에 찬성했으나, 오기선만 유독 독립 청원서를 고집했다. 결국 그는 자신의 의견이 관철되지 않자, 선언서 서명에서 탈락했다.

이 말을 전해 들은 한용운은 씁쓸한 표정을 지었다. 이상재가 청원서를 고집하던 일이 떠올랐다. 서울 기독교 쪽에서는 이상재의 영향력이 크다는 걸 한용운도 잘 알고 있었다.

2월 24일, 최린의 집에서 이들은 다시 모였다. 최린이 서두를 꺼냈다.

"독립선언서를 선포하기로 원칙을 정했소이다."

"거사 날짜를 정하시지요."

"고종 황제 인산일인 3월 3일이 어떻겠소? 인산을 보려고 전국 각지에서 사람들이 구름같이 모일 것이니, 이날이 가장 적합할 듯하오."

"아니요. 인산은 장중하게 치러져야 하오. 또 사람들이 많이 모이는 건 좋으나, 자칫 잘못하면 폭동으로 이어져 무고한 사람이 많이 다칠 수도 있을 것이오."

"그러면 하루만 물리는 게 어떻소?"

한용운이 반대했다.

"내 생각에는 인산 전에 하는 게 좋겠소. 혹시 일경이 인산일에 사람들이 모일까 촉각을 곤두세우고 있을지도 모르오."

"그렇다면 3월 2일이 어떻소? 이날은 일요일이니 만세 대열에 참여하는 사람이 늘지 않겠소?"

"우리는 곤란하오. 일요일은 안식일이라 거사에 참석하지 못하게 되오."

이승훈과 함태영이 강력히 반대하였다.

"그럼, 3월 1일밖에 없지 않소. 1일로 정합시다."

"그게 좋겠습니다. 시각은 오후 두 시로 하지요."

"독립선언서는 우리 천도교에서 인쇄를 하겠습니다. 이미 보성인쇄소 이종일 선생께 부탁해 놓았어요."

"그러지요. 지방에 선언서를 발송할 때, 서울의 거사 날짜를 미리 알려 주어 다 같이 행동하도록 해야 하오."

"그래야지요. 선언서 분송은 각계에서 나누어 분담하도록 합시다."

"일본 정부와 귀족원, 그리고 중의원 양원에 보내는 통고문은 천도교에서 담당하세요. 미국 대통령과 파리 평화회의에 참석하는 각국 대표에게 보내는 청원서는 기독교 측에서 담당하도록 하겠습니다."

"그렇게 하십시다."

"선언서 서명은 가급적 많은 사람이 하는 게 좋겠어요. 기독교 쪽에서는 지금 지방에 사람을 보내 그리하도록 하고 있습니다."

"아닙니다. 그러면 번거로워요. 서명자는 일단 일경에 체포당할 사람만 하는 것이오. 중형을 받게 될 것인데, 그렇게 많은 사람이 다칠 필요는 없을 듯하오. 그러니까 각 종교계에서 수십 명만 서명토록 합시다."

이렇게 하여 3·1독립선언에 대한 기본 원칙이 정해졌다. 이들은 2월 27일에 최린의 집에서 최종 모임을 열기로 한 뒤 종파 대표자의 서명받는 작업을 시작했다. 한용운은 범어사 쪽에서 연락이 오기를 기다렸으나 감감무소식이었다. 황급히 내려가 의논하느라 충분하게 의견 교환을 할 수 없었던 게 문제였다. 거창의 유림 곽종석 쪽에서도 연락이 없었다. 한용운은 중앙학림 학생들을 시켜 여기저기 연락해 보았으나, 시일이 촉박하기도 하려니와 무엇보다도 사람을 만날 수가 없다. 하는 수 없이 우선 급한 대로 한용운은 백용성 선사에게 연락했다. 용성선사는 전라남도 남원 출신으로 속명이 상규, 법명이 진종, 법호가 용성이다. 14세 때 꿈에 부처님을 만난 것이 인연이 되어 16세 때 해인사에서 출가하였다. 그는 23세 때 낙동강을 지나면서 한 게송을 읊었다.

金烏千秋月(금오천추월)
洛東萬里波(낙동만리파)
漁舟何處去(어주하처거)
依舊宿蘆花(의구숙로화)

금오산에는 천추의 달이 걸려 있고
낙동강에는 만리에 파도가 이는구나.
저 고깃배는 어디로 가는고.
예나 다름없이 갈대밭을 의지해 쉬는구나.

용성선사는 경술년 한일합병이 이루어지자, 도탄에 빠진 중생을 구하기 위해 찾고 있던 상구보리를 버리고 하화중생의 길을 선택했다. 종로구 봉익동에 대각사를 창건하고, 선도량禪道場으로 대각교大覺敎 운동에 전념했다. 낙동강을 지나면서 읊은 그 게송을 그는 대각종 종지宗旨로 삼았다.

용성선사는 한용운의 연락을 받고 그 자리에서 서명을 허락하였다. 그는 도장을 가지고 유심사로 달려왔으나, 한용운이 거사 준비로 동분서주하는 바람에 직접 만나지 못하고 아예 도장을 맡겨 놓고 갔다. 직접 쫓아다니는 것은 여러모로 번거로울 테니 도장을 맡기면서 유용하게 사용하라고 했다.

대표들은 거사 준비를 최종 점검하기 위하여 다시 만났다. 이때 최린은 최남선으로부터 일본 정부 요로에 보내는 독립 통고서와 윌슨에게 보내는 독립 청원서 원고를 받아왔다. 원고를 검토한 한용운은 몇 군데 문장을 손질하여 최종 원고를 확정했다. 그리고 나서 지난번 독립선언서에 첨가할 행동 강령 원고를 내놓았다.

"이게 우리의 행동 강령이오."

"공약 3장이라……?"

최린과 이승훈 등은 한용운이 내민 공약 3장을 읽었다.

1. 금일 오인(吾人)의 차거(此擧)는 정의, 인도, 생존, 존영(尊榮)을 위하는 민족적 요구이니, 오직 자유의 정신을 발휘할 것이오, 결코 배타적 감정으로 일주(逸走)하지 말라.

1. 최후의 일인까지 최후의 일각까지 민족의 정당한 의사를 쾌히 발표하라.

1. 일체의 행동은 가장 질서를 존중하야, 오인의 주장과 태도로 하여금 어디까지든지 광명정대(光明正大)하게 하라.

원고를 읽고 나서 이승훈이 먼저 감탄했다.

"오, 정말 명문장입니다. 힘이 넘쳐흘러요. 우리가 주장하는 비폭력 원칙의 뜻이 담겼으면서도, 독립 의지가 강하게 나타납니다."

최린도 고개를 끄덕였다.

"그래, 강령은 이렇게 짧고 명쾌해야지. 최후의 일인까지, 최후의 일각까지 민족의 정당한 의사를 쾌히 발표하라. 아, 정말 좋습니다."

"이 공약 3장을 선언서 말미에 첨가하도록 합시다."

"그럼, 선언서에 서명할 인사들을 결정해야지요. 참가할 인사들은 많겠지만, 우선 원칙을 정해야겠습니다."

"서명자는 어쩌면 극형을 받게 될지도 모르오. 그러니 장래가 촉망되는 젊은 사람들은 빼도록 합시다."

"서른 살이 넘는 사람으로 일단 원칙을 정하지요."

"그게 좋겠습니다. 고우께서 먼저 천도교 쪽 결정자를 말씀해 보시오."

"예, 우리 천도교 측부터 말씀드리겠습니다. 손병희 권동진 오세창 선생과 의논하여 최종 결정했소이다."

최린은 천도교 측 서명자 명단을 내놓았다. 손병희와 권동진, 보성인쇄소 대표 이종일, 최린, 그리고 천도교 기도회에 참석한 간부와 고종 인산을 보러 올라온 지방 대표자들 가운데 임예환 나인협 홍기조 양한묵 권병덕 김완규 나용환 이종훈 홍병기 등 이상 15명이었다.

기독교 측은 이승훈을 비롯하여 신홍식 양전백 이명룡 길선주 유여대 김병조 정춘수 박희도 이갑성 오화영 최성모 이필주 김창준 신석구 박동환 등 모두 16명이었다.

"함태영 선생은 본인이 극구 서명하겠다고 하였지만, 우리가 빼지도록 하였어요. 서명자들이 체포당할 것에 대비해서 뒤에 남아 구속자 가족들을 돌봐 주도록 하기 위해서입니다. 이갑성은 나이가 서른이 안 되었지만, 본인이 극구 서명하겠다고 고집해서 예외로 참여시키는 게 좋을 듯합니다."

최린도 그간의 경위를 설명했다.

"최남선과 송진우는 정치보다는 학자로 남길 원해서 이번 서명에 빠져야겠다고 말했어요. 후진을 양성하는 것도 이 일 못지않게 중요할 것입니다."

이 말을 듣고 한용운이 버럭 소리를 질렀다.

"학문은 무슨 썩어빠질 학문이오! 몸이 병들어 죽어 가는데 재물 걱정하고 있는 꼴 아니오. 병든 사람은 우선 병을 구완하는 게 가장 시급한 일이오이다. 몸이 건강하면 재물도 있고 명예도 있는 법이오. 지금 우리에게 가장 시급한 일이 무엇이오? 나라를 되찾는 것이 아니오이까. 나라가 없는데 무슨 놈의 학자가 대수요? 모두 죽기 싫어서 그러는 게요."

"이해합시다. 선언서와 청원서를 기초한 사람이니, 서명한 것이나 다름없을 것이오."

"나는 그것도 불만이외다. 서명도 하지 않은 사람이 선언서를 작성한다는 것부터가 잘못되었소. 목숨을 걸고 참석해도 그 진의를 알까 모르는데, 번외자로 앉아 글재주만으로 만들어진 이 선언서가 무슨 의미를 갖겠소. 차라리 졸문이라도 뜻이 제대로 담겨야 할 것이오."

"또, 또, 그 고집이오. 이젠 시일이 촉박하오. 공약 3장을 첨가하는 것으로 만족합시다. 어서 불교와 유림 쪽 명단이나 말씀해 보시오.”

한용운은 잠시 눈을 감았다가 뜨면서 말했다.

“변명같이 들리실지는 모르나 우리 불교는 좀 특수하외다. 절간이 모두 산중에 있어 일일이 방문하는 게 불가능하고, 또 승려들은 한곳에 붙박여 있지를 않아요. 운수 행각이라 하여 떠돌며 수도 정진하기도 하고, 참선방에 들어가 두문불출하기도 하여 통 만나기 어렵지요. 해서 대석학인 해인사 백용성 선사 한 분만 모셨습니다. 지금 경성에서 대중 교화를 위한 대각 운동을 하고 있지요. 유림 쪽은 곽종석 선생께서 찬동하였습니다만, 금일까지 소식이 없는 걸 보면 무슨 사정이 생긴 듯합니다.”

“그럼, 천도교 쪽에서 열다섯 명, 기독교 쪽에서 열여섯 명, 불교 쪽에서 두 명, 도합 서른세 명이 최종 서명자로 결정된 셈입니다.”

“오늘은 서명자 명단과 선언서 문안을 최종결정하고 회합을 끝내지요. 스무이렛날 저희 집에 모여 날인하도록 합시다. 원고는 오세창 선생께 넘겨 곧 인쇄토록 하겠습니다.”

“모두 몸조심하기 바랍니다. 일경에서 이미 눈치를 챈 듯하오이다. 거사를 치르기도 전에 문제가 발생하면 안 되니, 특별히 행동에 유념해 주기 바라오.”

그때 마침 최린의 집을 방문하던 중인 현상윤이 파랗게 질린 얼굴로 방 안으로 뛰어들었다. 최린이 그를 다그쳤다.

“왜 그러나?”

“방금 들어오다가 수상한 자를 보았습니다.”

“수상한 자라니?”

"방문 앞에 웅크리고 있다가 내가 들어오자 황급히 담을 넘어 도망갔습니다."

"······?"

"······?"

좌중은 갑자기 찬물을 끼얹은 듯 조용했다. 팽팽한 긴장이 흘렀다. 잠시 뒤 최린이 무겁게 입을 연다.

"알 만한 사람이던가?"

"자세히 보지는 못했습니다만, 대문을 들어오기 전에도 수상한 사람이 담 밑을 왔다 갔다 하는 걸 보았어요."

"······?"

"얼핏 보았는데, 그자는 아무래도 이용범인 것 같았어요."

"이용범?"

"예, 일진회 회원이었는데, 언젠가 우리 학교에 사찰을 나온 적이 있어서 얼굴을 기억합니다. 아마 그자 같았어요."

한용운은 정신이 번쩍 들었다. 강연실의 남편이 이용범이다. 동명이인일 수도 있지만, 그가 일본 경찰에 투신했다는 말을 들었다. 강연실이 고성경찰서에 근무하는 그를 만나러 가던 길에 백담사에 들르기도 했다. 한용운은 현상윤에게 물었다.

"혹시 그자가 일진회 회장이던 이용구하고 친척 간인 사람 아니오?"

"맞습니다. 우리 학교 선생님 가운데 그를 아는 사람이 있었어요. 그 이야기를 한 적이 있습니다."

최린이 눈을 크게 뜨면서 말했다.

"만해도 아는 사람이오?"

"직접 만난 적은 없소이다만, 알 만한 사람 같으오."

"그럼 빨리 한번 알아보는 게 좋을 것 같소. 문 앞까지 왔다면, 필경 우리가 한 이야기를 다 들었을 것이오. 서명자 명단까지 모두 거론했으니, 새어나가는 날에는 보통 큰 문제가 아니오. 빨리 손을 쓰는 게 좋을 듯하오."

한용운은 입을 다문 채 고개를 끄덕였다. 그는 강연실을 떠올렸다. 인연이란 참 묘하다는 느낌이 들었다. 강대용과 이지룡을 만나고, 그 인연으로 이순덕을 만났다. 또 그 인연으로 강연실을 만나게 됐으며, 또 이용범을 알게 되었다. 인연의 끈이 이처럼 끈질김에 그는 놀랐다. 석가모니가 일찍이 인연의 끈을 훌훌 벗어 내던진 지혜에 새삼 고개가 숙여진다. 부모 처자를 미련없이 버린 그 용단이 온 인류를 구하는 등불이 되었다. 자신은 인연의 끈을 자르고 산문山門에 들어왔으면서도, 또 다른 인연의 끈을 만들고 있으니 참으로 묘한 기분이다.

유심사로 돌아온 한용운은 어디서 어떻게 손을 써야 할지 암담했다. 강연실은 백담사에서 만난 이후로는 한 번도 보지 못했다. 그 집에 그대로 살고 있는지 알 수도 없으며, 이순덕마저도 지금 건봉사에 피신가 있다. 한 번도 만난 적이 없는 그녀의 남편 이용범을 직접 만나기도 어려운 일이다. 같은 조선 사람이니 못 만날 것도 없지만, 뒷조사를 하는 경찰인 그에게 오히려 정보를 제공하는 일이 될지도 모르기 때문이다. 이대로 가만히 앉아 있을 수도 없는 노릇이다. 한용운은 그날 밤을 뜬눈으로 꼬박 밝혔다.

풍전등화의 위기를 넘기고

한용운은 강연실이 일하고 있던 요릿집을 찾아갔다. 허드렛일을 하는 여인이 그를 보자 탁발 온 줄 알고 손을 내젓는다.

"우리는 시주하지 않아요."

"사람을 만나러 왔소."

"누굴 찾아왔다구요?"

"강연실이라는 사람을 좀 만나러 왔소."

"아씨 만나러 왔어요?"

"지금 계시오?"

"안 계셔요. 어디서 오셨나요?"

"출타하셨소?"

"예."

"언제 돌아오시오?"

"잘은 모르지만, 해 전에 돌아오시겠지요. 그런데 무엇 때문에 그러세요?"

"안에서 좀 기다려도 되겠소?"

그때 집 안으로부터 굵직한 남자의 목소리가 들려 왔다.

"그 스님 이리로 모셔라!"

한용운은 소리가 들린 쪽을 바라봤으나 어느 방에서 나온 소리인지 알 수가 없었다. 그는 여인을 따라 한 방으로 안내되었다. 방 안에 낯선 남자가 술상 앞에 혼자 앉아 있었다. 그가 일어서면서 정중히 인사를 했다.

"어서 오십시오. 한용운 스님."

"……?"

통성명하지도 않았는데 자기의 이름까지 알고 있는 것에 한용운은 속으로 놀랐으나 이내 표정을 안정시키고 그를 유심이 뜯어보았다. 서른 안팎으로 보이는 그는 눈빛이 유난히 날카로웠다. 아무리 생각을 더듬어 보아도 한용운은 전혀 기억에 없는 사람이었다.

"날 아시오니까?"

"처음 뵙습니다만, 우선 자리에 앉으시지요."

한용운은 그의 맞은편에 앉았다.

"자, 우선 한 잔 받으십시오."

그는 한용운에게 잔을 내밀었다.

"아니요. 사양하겠소."

"참, 스님들은 술을 안 드시지요?"

"그래서가 아니라, 낮술을 즐기지 않소."

"아, 스님들도 술을 드시나요?"

"음식을 가리지는 않소. 헌데, 댁은 누구시오?"

"날 모르십니까?"

한용운은 순간 당황했다. 그제야 그가 혹시 이용범일지도 모른다는 짐작을 한 것이다. 그는 더 따져 묻지 않고 자신의 이름을 말했다.

"난 이용범이라고 하는 사람입니다."

짐작은 했으나 한용운은 바싹 긴장했다. 그는 일본 경찰이다. 더구나 그의 아내 강연실을 만나러 왔다. 잘못하면 강연실에게까지 피해가 갈지도 모른다는 우려가 앞섰다. 다행히 그의 말투가 의외로 부드러웠다.

"이만하면 날 아시겠지요?"

"어흠."

한용운은 헛기침을 한번 하면서 생각을 정리했다. 그가 이용범이라면 오히려 잘된 일일 수도 있다. 직접 대면하고 담판하는 차라리 낫다.

"잘 알고 있소이다."

"최린 씨 댁에서 오는 길입니까?"

"그렇소이다."

"연실이는, 어떻게…… 잘 아는 사입니까?"

"조금 알지요."

숨길 필요가 없어서 한용운은 직답했다. 사실 그녀와의 관계는 숨길 일도 없다. 그녀에 대해서, 아니 자기 자신에 대해서도 이용범은 이미 모든 걸 다 파악하고 있을 것이다.

한용운은 단도직입적으로 그에게 물었다.

"언제부터 우릴 정탐했소?"

"하하하……."

"그래, 어떻게 할 작정이오?"

"내가 경무국 총감부 고등경찰과 형사라는 걸 아실 테지요?"

"그래서 묻는 것이오."

"어떻게 된다는 걸 잘 알고 있을 것 아니오이까?"

"당신은 조선 사람이오. 그래서 나도 이런 질문을 하는 게요."

그 말에 이용범은 한용운을 뚫어지게 바라보았다. 한용운은 작은
변화도 놓치지 않고 그를 마주 쏘아보았다. 그는 눈자위 근처를 약
간 씰룩거렸다. 뭔가 심정에 변화가 일고 있는 조짐이 보였다. 한용
운은 그것을 놓치지 않았다.

"조선은 반드시 독립할 것이오. 민족 앞에 죄인이 되지 마시오.
당신에게 두 번 다시 이런 기회가 오지 않소."

이용범은 술잔을 들고 단숨에 비워버렸다. 그는 입가에 묻은 술을
손등으로 닦으면서 말했다.

"내가 어느 쪽에 서 있다고 생각하십니까?"

"……?"

한용운은 그의 진의를 파악하지 못했다. 아니, 그 질문이 엉뚱했
다. 어느 쪽에 서 있다는 뜻이 무엇인가. 일본 편이냐, 조선 편이냐
는 말로 이해하기에는 이 분위기가 맞지 않는다. 그때 방문이 열리
며 시중드는 여자가 나타나 이용범에게 전갈했다.

"저어, 손님이 오셨는데요?"

"그래? 이리로 모셔라."

이용범은 누굴 기다리고 있었던 모양이다. 한용운은 방문객이 오기 전에 일을 결말내어야겠다고 생각했다.

"방금 한 말이 무슨 뜻이오?"

"지금 귀한 손님이 오실 겁니다. 함께 자리해도 괜찮을 사람입니다."

"……?"

한용운은 더욱 의아했다. 상황이 어떻게 돌아가고 있는지 전혀 감이 잡히지 않았다. 그때 젊은 승려가 방에 들어섰다. 한용운은 그가 승복을 입었다는 사실에 약간 놀랐다. 변복한 정보원인지도 몰랐다.

"어서 오게."

"어? 손님이 계시는 줄 몰랐습니다."

"괜찮아. 알 만한 분이야. 인사드리지. 한용운 스님일세."

"예? 아니, 용운스님이십니까?"

"……?"

한용운은 눈을 크게 뜨고 그를 쳐다보았다.

그러고 있는데 그가 합장하고 나서 넙죽 큰절하는 게 아닌가. 한용운은 얼른 자세를 고쳐 앉으며 합장으로 답례했다.

"건봉사에 있는 정남용이라고 합니다."

"건봉사?"

건봉사라는 말에 한용운은 귀가 번쩍 뜨였다. 건봉사에 가본 지 꽤 오래되었다. 대중들이 많아서 얼굴을 미처 기억하지 못한 승려도 있을 수 있고, 또 그 이후에 들어온 식구라면 알지 못할 수도 있다.

"건봉사에 계시오?"

"예, 스님. 이렇게 뵙게 되어 큰 영광입니다. 마음속으로 늘 사숙하고 있었습니다."

"은사가 어느 스님이시오?"

"일우스님이십니다."

"음……."

한용운은 고개를 끄덕였다. 별안간 식구들의 얼굴이 눈앞에 스쳐갔다. 스승 만화스님의 근황도 궁금했다.

"만화스님도 잘 계시지요?"

"저도 집을 떠난 지 2년이 다 돼 갑니다."

한용운은 잠시 눈을 감았다가 떴다. 여기에서 건봉사 식구를 만난 기연奇緣을 어떻게 정리해야 좋을지 몰랐다. 아직은 모든 게 안개 속에 갇혀 있는 느낌이다. 그러나 한 가지 서광은 보였다. 같은 식구가 이 자리에 앉아 있다는 게 약간의 희망이 되기도 했다.

그때 이용범이 정남용에게 물었다.

"추진하는 일은 어떤가?"

정남용은 대답하지 않고 한용운을 돌아다보며 머뭇거렸다.

"괜찮아. 용운스님도 지금 자네와 같은 입장이야."

"죄송합니다, 스님. 워낙 중요한 일이라 잠시 의심을 하였습니다. 용서하십시오."

"……?"

한용운은 답답했다. 이건 또 무슨 뚱딴지같은 소리란 말인가. 이들이 뭔가를 모의하고 있는 것은 확실한데, 자기를 앉혀 놓고 이야기하려는 것으로 보아 숨기지 않겠다는 뜻이 분명했다.

정남용이 이용범에게 설명했다.

"전협 선생이 귀국했습니다. 지금 동지들을 포섭 중입니다. 전라도 갑부 권헌복 선생, 일진회 경무위원장이던 동찬율, 매일신보 기자였던 이능우, 보부상 우두머리 양정, 동화약방의 민강 등이 협조키로 했습니다."

"잘 되었군. 그러나 조심해. 지금 김태석이가 눈에 불을 켜고 뒤지고 있어."

"냄새 맡은 겁니까?"

"아냐, 아직은 모르고 있는 눈치야. 국내외에서 독립선언을 계획한다는 정보 때문에 다른 데 신경 쓸 수 없을 게야."

"참, 그리고 총재로 동농東農 김가진 대감을 추대하기로 잠정 합의를 보았습니다."

"동농을?"

"예."

김가진은 문과에 급제한 뒤 여러 벼슬을 거쳐 갑오경장 후 박정양 내각에서 농상공부 대신을 지냈다. 그 후 중추원 의장, 충청도 관찰사, 규장각 제학 등 역임했다. 경술국치 때는 합병을 반대하였다. 그러나 그도 결국 조선총독부가 주는 남작 작위를 받았다. 이 때문에 그는 한일합병에 반대하였으면서도 친일파로 분류되었다.

"그는 일본 작위를 가진 사람 아닌가?"

"형식적으로 받긴 했지만, 지금은 회한에 잠겨 있다고 합니다. 또한 전직 대신이고, 그의 아들이 의친왕 이강 공의 서녀와 혼인했다고 합니다. 그를 총재로 추대하면 의친왕과의 관계도 모색할 수 있으리라고 봅니다."

"음, 신중히 접촉게나. 의친왕 쪽에는 사람이 늘 붙어 있어."

"예, 알고 있습니다."

이용범은 그제야 한용운을 돌아다보며 말했다.

"참, 용운스님은 무슨 이야긴지 모르시지요?"

한용운은 입을 굳게 다문 채 이용범을 바라보았다.

"과거 일진회에 몸담았던 분 몇몇이 지금 구국단을 만들 계획을 세우는 중입니다. 이 정남용 씨가 그 실무 책임을 맡고 있지요."

한용운은 자기 귀를 의심했다. 이야기가 전혀 엉뚱하게 진행되는 데 놀랐다. 그제야 아까 이용범이 "내가 어느 쪽에 서 있다고 생각하십니까?" 하고 말하던 게 생각났다.

"사실 저는 최린 씨와 한용운 스님을 감시하는 일을 합니다. 우리 부서에 김태석이라는 형사가 있어요. 총독부 경무 통역으로 들어온 잔데, 대단한 충성파지요. 일본인들도 그 사람 앞에서는 꼼짝하지 못할 정도랍니다. 그가 이 일을 맡게 될 것 같아서 내가 미리 자청했어요. 형식적인 정탐을 하고 있는 게지요."

"고맙소이다."

한용운은 자기도 모르게 이용범의 손을 덥석 잡았다.

"그러나 안심하지는 마십시오. 김태석이가 그냥 넘어가지는 않을 겝니다. 따로 사람을 시켜 조사하고 있을지도 몰라요. 나를 포함해서 말입니다."

"이 선생을 의심한 게 송구스럽소."

"당연하지 않습니까. 아직 난 일본 경찰입니다."

"헌데, 일진회 회원이었던 사람들이 구국단을 만든다는 건 무슨 말씀이시오?"

"한때 시류에 휩쓸려 나라를 팔아먹는 데 일조하기는 했지만, 지금이라도 반성하고 목숨 바쳐 나라를 구하겠다는 뜻으로 모인 사람들입니다."

이용범은 일진회 회원이었던 사람들을 중심으로 계획하고 있는 '조선 대동단大同團'에 대해 설명했다. 주모자는 전협全協이었다. 호는 두암斗巖. 나이는 46세이다. 그는 농상공부 주사로 관직에 나왔다가 출세를 위해 일진회에 가입했다. 그는 탁월한 능력을 발휘하여 이용구와 송병준의 눈에 발탁되었다. 일진회가 일본 천황에게 합병 청원서를 보낼 때 이용구, 송병준 다음으로 그가 세 번째 서명했을 정도로 철저하게 매국노 활동을 했다. 그 대가로 그는 제주군수를 거쳐 30세에 부평군수가 되었다. 이 무렵 전협은 마음에 변화가 일기 시작했다. 조국을 배신한 자신의 행위에 일말의 양심이 꿈틀거리기 시작한 것이다.

이때 그를 찾아온 사람이 최익환이었다. 최익환은 홍성군 주북면 사람이다. 출세하기 위해 상경해서 동학에 가담하기도 했다. 당시에는 일진회가 적극적인 친일단체로 활동하기 전이었다. 동학운동에 실패하고 새로운 활동 노선을 모색하기 위해 일진회에 가입했다. 따라서 일진회에 가입한 그는 처음부터 친일 경향을 띤 것은 아니었다. 경성 광무 일어학교를 졸업한 그는 종사도량형사무국從事度量衡事務局에 근무했다. 그도 전협처럼 이용구와 송병준으로부터 장래를 인정받았다. 이때부터 그는 친일 노선을 달리기 시작했다. 그는 충남 서천군 재무서 주사로 전근되어 가면서 부임 인사차 전협을 찾아왔다. 이 자리에서 전협과 최익환은 조국에 속죄하는 길을 모색하기로 합의하였다. 우선 활동 무대를 만주로 정하고, 각자 자금이 마련되는 대로 떠나기로 하였다.

전협은 자신의 직위를 이용하여 자금 마련을 궁리하였다. 당시 부평에는 윤치호의 땅이 수만 평 있었다. 전협은 공문서를 위조하여 윤치호의 땅을 팔아치웠다. 그리고 군수직을 사임하고 서간도로 망명했다.

한편 서천 군청 재무서에 근무하던 최익환도 때마침 거두어들인 지세地稅 일부를 횡령했다. 그런데 그는 현금을 확보한 즉시 도망치지 못하고 머뭇거리다가 그만 헌병대에 발각되어 징역 7년을 선고받고 서대문 형무소에서 복역하는 몸이 되고 말았다.

전협은 만주 해룡현에 자리를 잡은 뒤, 행동 방향을 모색하기 위해 여러 곳을 돌아다녔으나 뜻이 제대로 이루어지지 않았다. 혼자의 몸으로는 아무것도 할 수 없음을 알았다. 그는 아는 사람들이 있는 국내에서 활동하기로 하고 다시 귀국하였다. 그러나 귀국하자마자 그는 사문서 위조와 사기죄로 체포되어 징역 3년을 선고받았다.

전협과 최익현은 공교롭게도 서대문 형무소에서 다시 만나게 되었다. 두 사람은 이곳에서 인쇄공으로 노역하면서 독립운동을 모의했다. 이들은 각기 따로 형기를 마치고 만주 해룡현에서 다시 만났다. 두 사람은 상해와 경성을 드나들며 행동을 모색했지만, 여전히 뚜렷한 활동 목표를 찾지 못했다. 이들은 만주 신한촌新韓村 건립에 투신하다가 여의치 않자 미국으로 가기로 하고 여비 마련을 위해 다시 귀국했다. 그러나 여비를 마련에 실패하고, 전협은 다시 상해로 갔다.

최익환은 혼자 남아 독자적인 행동을 모색하던 중 올해 2월에 전협이 다시 귀국했다. 이들은 다시 함께 모여 독립운동에 대한 진로를 비밀리에 모의하고 있었다. 이때 이용범이 일진회에서 활동할 당시 가까이 지내던 전협과 최익환을 만나 의기가 투합했다. 그는 한일합병 후 일본이 일진회를 해산시키고, 합병 공로자인 이용구를 푸대접하는 것을 보고 배신감을 느끼던 차에 이들을 만나 의기투합한 것이다.

정남용은 이용범이 고성경찰서에서 근무할 당시 서로 알게 되었다. 정남용은 최익환과 가까운 사이기도 했다.

"내가 이런 생각을 하게 된 근본 동기는 연실이 때문이지요."

한용운은 이용범을 처다보았다.

"연실이는 애국자입니다. 그 오라버니도 훌륭한 분이시지요. 지금 미국에서 이승만 선생과 독립운동하고 있어요."

"강대용 선생은 저도 잘 알지요."

"그래요?"

한용운은 강대용이란 말이 나오자 얼른 이용범에게 물었다.

"강 선생 소식은 듣고 있습니까?"

"아뇨. 미국 영사관에서 들어오는 정보를 통해 알고 있을 뿐입니다. 연실이한테도 전혀 연락이 안 돼요. 김구가 상해로 나가 모종의 일을 꾸민다니까, 강대용 선생도 그쪽으로 연락이 닿을 겁니다. 아마, 그때쯤이면 무슨 소식이 있겠지요."

"경찰 내부에 뜻이 맞는 사람이 또 있소이까?"

이용범은 고개를 저었다.

"철저한 친일 분자들입니다. 그래서 거기 붙어 있는 게 아니겠습니까? 또 업무 성격상 동조자를 만들기가 힘들지요. 동료이면서 서로 감시하고 감시당하니까요."

"이 선생께서도 몸조심하시구려."

"언젠가 한 번은 당하겠지요. 그것을 겁내면 아무 일도 못 할 겁니다."

"우리 쪽 일은 얼마나 알고 있소?"

"기초 정보입니다. 만나는 분의 명단과 모종의 일을 벌이고 있다는 사실 정도입니다. 적극적인 첩보 활동을 했으면 더 상세히 알 수 있었겠지요. 아무튼 조심하십시오. 아까 말씀드린 김태석은 쉽게 물러서지 않습니다. 그는 일본을 위하는 일이라면 물불을 안 가리고 뛰어듭니다. 그의 정보원이 도처에 거미줄처럼 깔려 있어요. 어쩌면 미온적인 첩보를 펴는 나도 그의 밥상 위에 올라가 있는지도 모릅니다."

한용운은 조용히 눈을 감고 염주를 돌렸다. 이용범은 아직 독립 선언에 대한 구체적인 정보는 모르고 있다. 그러나 한용운은 아무 말도 하지 않았다. 그들은 이미 자신들의 행동 계획을 한용운에게 모두 털어놓았다. 그래도 한용운은 그들을 경계했다. 마음을 돌려먹고 독립운동을 하겠다고 하지만 일제에 협력한 전력이 있는 사람들이다. 그리고 이용범은 현직 경찰이다.

한용운은 이들을 의심해야 하는 마음이 안타까웠다. 그래도 참아야 한다. 많은 동지의 운명이 달려 있어 함부로 발설할 수가 없었다. 다행히 이용범은 그 일을 캐묻지 않았다. 정보기관에 근무하는 사람답게 그는 판단력이 빨랐다. 적극적인 첩보 활동을 하지 않은 마당에 굳이 상대방을 불편하게 할 필요가 없기 때문일 것이다.

"이제 용운 스님은 이곳에 찾아오신 목적을 성취하신 셈이지요?"

"고맙소."

"이번에는 제 쪽에서 용운 스님께 한 가지 부탁드리겠습니다."

"무엇이오?"

"우리에게는 앞에 나서서 대중을 움직이게 할 지도자가 필요합니다."

"……?"

"해서 종교계 지도자들을 모시고 싶은데, 스님께서 좀 협조해 주실 수 있겠습니까?"

"교환 조건은 물론 아니시겠지요?"

"하하하…… 그 일은 이미 끝냈지 않았소이까."

"농담이었소."

아무리 생각을 고쳐 봐도 한용운은 이 일에 너무 깊이 끼지 않는 게 좋을 듯했다. 독립선언 문제도 아직 앞길이 불투명하다. 목적이 같다고 하더라도 갈래가 많으면 전체를 그르칠 수도 있다.

"지금 독립선언 문제가 시급하여 이 문제는 시간을 두고 좀 생각해 보아야겠소이다."

한용운은 자리에서 일어났다.

"그럼 나는 이만 가보아야겠소. 또 만나게 되겠지요. 몸조심들 하기 바랍니다. 열매를 맺기도 전에 가지가 부러지면 안 되지요. 매사에 신중하게 움직이길 바랍니다."

정남용이 일어서는 한용운에게 말했다.

"건봉사 학승들이 스님을 기다리고 있습니다. 유신론을 읽고 더욱 스님을 뵙고 싶어합니다. 언제 들르실 예정입니까?"

한용운은 조용히 고개를 끄덕이기만 했다. 독립선언을 한 뒤의 운명을 그 자신도 알 수가 없다. 고개를 끄덕인 건 살아있으면 보게 되리라는 무언의 답이다.

건봉사에는 대교과 강원 외에 청소년들을 위한 봉명학교를 운영하고 있다. 박설산 조영암 조명암 최재형 등 장래가 촉망되는 젊은 인재가 많았다. 그들은 문학회를 조직하여 열심히 문학 공부도 한다. 한용운은 건봉사에 내려가면 이들에게 불교학 외에 문학을 강의하고는 했다.

"유심사에 들러도 괜찮겠습니까?"

"그러시오."

한용운은 그들과 헤어져 요릿집을 나왔다.

기미년 독립선언

2월 27일 밤, 한용운은 최린의 집에서 이승훈 이필주 함태영 등과 다시 만났다. 이 자리에는 서명자는 아니지만 최남선도 참석했다. 한용운은 이용범을 만났던 사실을 그들에게 이야기했다. 이야기를 전해 들은 대표들은 안도의 한숨과 함께 저마다 한마디씩 했다.

"천만다행이었소. 정말 잘된 일이오."

"전협이 마음을 바로잡았다니 놀랍소. 그래도 양심은 살아 있던 게요."

"양심이 다시 살면 무엇합니까. 그런다고 나라를 팔아먹은 죄가 씻어지기라도 한답니까? 우리가 지금 무엇 때문에 이러고 있는 겁니까. 다 그들 때문이 아니오이까?"

"하나님도 회개하는 자는 용서한다고 하셨소, 일시 잘못은 저질렀으나 회개하는 사람 앞에는 돌을 던지면 안 되오."

"나는 야소교인이 아니어서 그런지 이해할 수가 없어요."

최린이 중재했다.

"자자, 이제 그만들 하시오. 그 문제는 다음에 생각하기로 하고, 당면한 일이나 해결토록 합시다. 오늘 밤에 선언서를 인쇄하기로 했어요. 우선 서명자 순서를 정해야겠어요. 어떻게 했으면 좋겠습니까?"

이승훈이 먼저 제안했다.

"각기 다른 종파에서 모였는데, 신분에 따라 순서를 정하면 불화가 생길 소지가 있어요. 그러니 연장자순으로 하든가, 아니면 차라리 가나다순으로 하는 게 어떻소?"

최린이 그 문제에 반대했다.

"의견은 좋으나 천도교에서는 문제가 되오."

"왜요?"

"천도교는 사제 관계로 맺어져 있어 위계질서를 중요하게 생각하지요. 그렇게 정하면 사제지간의 순서가 뒤바뀌어 난처한 문제가 발생하오이다."

최남선이 끼어들었다.

"이렇게 하는 게 어떻겠습니까? 손병희 선생께서도 자신을 이번 거사에 수장으로 삼아달라고 하셨으니까, 영도자로 첫 번째로 올리시지요."

"그럽시다. 의암이 자금도 대었으니, 그것도 괜찮지요. 그럼 두 번째는 우리 기독교 인사로 해주시오. 장로교파의 길선주 목사가 좋겠어요."

"그럼 세 번째는 감리교파의 이필주 목사가 좋겠소."

오고 가는 이야기를 가만히 듣고 있던 한용운이 말했다.

"순서가 무슨 소용이오만, 이왕 모양을 그렇게 갖추었다면 그다음은 백용성 스님을 쓰시오. 그 이후는 가나다순으로 합시다. 여기 서명한 서른세 명은 모두 한마음이오. 조국을 생각하는 뜻에 어찌 크고 작은 구별이 있겠소이까. 더구나 이 일은 영광이 따르는 일도 아니오. 하루 세 끼 밥 먹듯, 당연히 할 일을 하는 것이오."

이렇게 하여 손병희 길선주 이필주 백용성을 먼저 서명한 다음, 가나다순으로 권동진 권병덕 김병조 김완규 김창준 나용환 나인협 박동완 박준승 박희도 신석구 신홍식 양전백 양한묵 오세창 오화영 유여대 이갑성 이명룡 이승훈 이종일 이종훈 임예환 정춘수 최린 최성모 한용운 홍기조 홍병기 등이 서명 날인했다.

"선언서 배포는 오세창 선생이 총책임을 맡고 계시는데, 각 종파에서 협조하셔서 힘을 좀 덜어 주기 바랍니다."

"우리 기독교 쪽에서는 이미 각도별 담당자를 정했어요. 그리고 기독교청년회의 박희도가 선언서 발표와 때맞추어 궐기할 수 있도록 학생들과 접촉하고 있어요."

최린이 그 문제에 반대했다.

"학생들을 동원하면 자칫 무력 충돌이 생길지도 모르니 자제하는 게 좋을 것 같소이다."

"이미 비폭력으로 원칙을 세웠으니 별다른 충돌은 없을 것입니다. 군중이 많으면 많을수록 뜻도 그만큼 강해지오이다."

한용운도 찬성했다.

"그렇소이다. 비폭력이라는 건 소극적인 태도를 이야기하는 게 아니오. 적극적인 의지를 내보이는 게 좋습니다."

"알았소. 그 문제는 기독교 측에서 알아서 결정해주시오. 오늘 밤에 선언서가 인쇄될 것이오. 이것은 비표요."

최린은 청색 카드를 나누어주었다.

"이걸 가지고 가는 사람에게 인쇄한 선언서를 내주기로 했어요. 내일 아침에 보성사 이종일 선생을 찾아가면 선언서를 내줄 것이오. 골고루 배포하여 주시오. 그리고 우리는 내일 의암 댁에서 최종 모임을 하기로 합시다."

"그럽시다."

한용운이 다시 한번 다짐을 시켰다.

"내일 모임에는 가능하면 모두 참석해주시오. 같은 뜻을 가진 사람끼리 서로 얼굴을 모른대서야 어디 말이 되오이까. 어쩌면 내일 단 한 번밖에 못 볼지도 모르는 얼굴들 아니오. 전원 꼭 참석토록 합시다."

이날 보성사에서는 독립선언서 인쇄가 시작되었다. 공장 감독 김홍규와 직공 신영구가 극비리에 인쇄했다.

그런데 문제가 발생했다. 천도교 사찰을 담당하는 형사 신철희가 낌새를 맡고 인쇄소에 들이닥친 것이다. 인쇄 중인 선언서를 낚아채 들여다보던 신철희는 회심의 미소를 짓고 나서 소리쳤다.

"이게 뭐야! 독립선언서?"

김홍규는 겁에 질린 표정으로 어찌할 바를 모르고 있었다. 이때 인쇄공 신영구가 신철희의 감시를 피해 재빨리 공장을 빠져나가 이종일에게 이 사실을 알렸다.

이종일이 급히 공장으로 달려왔다. 그때까지 신철희는 공장 안을 서성거리며 다른 증거물을 확보한다는 구실로 이곳저곳을 뒤지고 있었다. 이종일은 이때 재빨리 판단했다. 이건 중대 사건이다. 물증을 확보한 중요 사건을 낚아챘는데도 이렇게 늘장 부리며 공장 안을 뒤지고 있다는 건 다른 꿍꿍이가 있는 게 틀림없다. 이종일은 신영구에게 급히 지시했다.

"고우께 연락하여 돈 오천 원을 급히 좀 마련해 오시라고 해라. 이 사실도 알리는 게 좋겠다. 늦으면 안 된다고 하여라. 만약 직접 오지 못하면 돈이라도 받아 오너라."

"예, 알겠습니다."

신영구를 급히 내보내고 나서, 이종일은 신철희에게 다가가 웃으면서 인사했다. 이미 몇 차례 만난 적이 있어 서로 얼굴을 알고 있었다.

"어쩐 일이시오, 신 형사."

"능청 떨지 마시오. 아무리 여우 같은 머리를 가졌어도 나 신철희의 머리는 못 당하오."

"하하하…… 그러니까 당신은 날 쫓고 있고, 나는 쫓기고 있질 않소."

이종일은 적당히 그를 추겨 주었다. 변명할 여지 없이 이미 완벽하게 발각된 마당이다. 겉으로는 느긋하게 말하지만, 이종일은 속이 탔다. 최린이 돈을 가지고 도착할 때까지 그를 붙잡아 두어야 한다. 그가 이곳을 그냥 나가게 되면 거사는 실패로 끝나고 만다.

"나와 경찰서로 좀 가야겠소."

"이것 보시오, 신 형사. 우린 같은 조선 사람 아니오. 신 형사도 다 먹고살기 위해 이러는 것 아니겠소? 내 다 이해하오. 내 말 들어보시오. 단도직입적으로 말하겠소. 형사 노릇 평생 해 봐야 일본인 시녀밖에 더 되오. 평생 형사 노릇해도 못 만져 볼 돈을 주겠소. 이 기회에 옷을 벗는 게 어떻겠소?"

"무슨 말을 하고 있나?"

신철희는 눈을 부릅뜨며 이종일을 노려보았다. 이종일은 그의 마음이 흔들리고 있다는 걸 이미 다 읽었다. 그가 문제를 확대하려 했으면 벌써 경찰서에 지원 요청을 했을 것이다.

"어차피 먹고살기 위해 하는 짓이라면, 좋은 소리 들으며 잘사는게 더 좋지 않소?"

신철희의 입가에 야비한 웃음에 흘러나왔다.

"역시 당신은 머리가 좋소."

"자, 우선 자리에 앉아 이야기 좀 합시다. 급할 게 무어 있소. 이미 증거도 확보하질 않았소."

이종일은 최린이 도착할 때까지 시간을 끌어야 했다. 급한 대로 술상까지 마련했다.

"일은 언제 벌이시오?"

"그 이야기는 우선 덮어 둡시다. 술을 앞에 두고 그런 이야기하는 건 어울리지 않소이다."

이종일은 그에게 억지로 술을 권했다. 자신도 한 잔 가득 부어 들었다.

"우선 목을 축입시다. 나도 속이 타서 그런지 갈증이 다 나는구려."

이종일이 먼저 술을 벌컥벌컥 들이마셨다. 그러나 신철희는 술을 마시지 않았다. 그의 표정은 얼음처럼 차가웠다. 술을 넘기며 이종일은 순간 생각했다. 여차하면 그를 처치해 버릴 작정이다. 그런 생각을 하고 나니 오히려 마음이 홀가분해졌다. 동지들을 구하고, 민족의 염원인 독립선언을 하기 위해서는 어쩔 수 없는 일이었다.

그때 최린에게 간 신용구가 돌아왔다. 최린은 다른 일 때문에 오지 못하고 대신 돈을 보냈다. 이종일은 속으로 휴 한숨을 지었다. 5천 원이면 거금이다. 웬만한 월급쟁이로서는 평생 만져 보기 힘든 액수였다. 이종일은 그 돈을 신철희에게 내밀었다.

"오천 원이오. 아시다시피 우리에게 무슨 돈이 있겠소. 있는 돈 모두 긁어모은 것이오. 없었던 일로 눈감아 주시오."

신철희는 술상 위에 올려놓은 돈뭉치를 가만히 내려다본다. 잠시 긴장이 흘렀다. 이미 이종일은 단단히 결심이 서 있었다. 그가 돈을 집지 않으면 무력으로 처단할 생각이었다.

"하하하…… 알았소."

마침내 신철희가 돈뭉치를 집어 들었다. 이종일은 안도의 한숨을 내쉬었다. 사람을 해치는 일이 쉬운 게 아니다. 큰 짐을 벗은 듯 그는 가슴이 후련했다. 돈을 탈취해 가는 그가 밉지 않을 정도였다. 이종일은 그의 손을 덥석 잡으며 말했다.

"고맙소."

신철희는 입가에 묘한 웃음을 흘리며 돌아갔다. 이렇게 하여 선언서가 무사히 인쇄될 수 있었다. 한용운은 선언서를 가지러 가서야 이 사실을 알게 되었다 하마터면 거사가 빛도 보지 못하고 무산될 뻔하였다.

선언서는 이튿날 아침부터 청색 비표를 가지고 온 배포 책임자들에게 내주기 시작했다.

한편 서명자들은 의암 손병희 집에 모였다. 이날 모임에는 33인 중 23명만 나왔다. 양전백 양한묵 백용성은 미처 경성에 올라오지 못하여 불참했으나, 나머지는 뚜렷한 이유를 알지 못했다. 이 자리에는 서명에서 빠진 함태영도 참석했다. 손병희가 서명자 중 수장首長으로서 인사말을 했다.

"어려운 용단을 내린 것에 충심으로 감사드리오. 일찍이 동학 봉기를 해 본 경험이 있는 나로서는 이 일이 얼마나 중차대하고 위험한지 잘 알고 있어요. 그래서 오늘 이 일이 더욱 의연하게 보이오이다. 끝까지 힘을 합쳐 이 거사가 꼭 독립으로 이어지도록 노력합시다. 우선 참석한 대표들께서는 각자 자기소개를 하시지요."

손병희의 인사말이 끝나고, 참석자 23명이 돌아가며 자기소개를 했다. 자기소개가 끝나고 거사 장소에 관해 의견 교환이 있었다.

"거사 장소는 어디가 좋겠소?"

"탑골공원이 적격일 듯하오. 천도교 회관에서도 가깝고, 유심사와 기독교청년회관과도 가까우니 사람들이 모여들기가 좋을 듯합니다."

"그것 좋은 생각 같소. 더구나 도심에 있지를 않소."

"탑골공원으로 정합시다."

"그러면 장소는 탑골공원으로 하고, 시간은 정오로 하는 게 어떻소?"

"그럽시다."

모두 이에 찬성하였다. 그러자 박희도가 일어나 이의를 제기했다.

"장소를 바꾸는 게 좋을 듯합니다. 학생들이 탑골공원에 모이기로 했는데, 학생들과 시민들이 같은 장소에 운집하면 아무래도 예상외의 사태가 일어날 수 있어요. 일본놈들이 흉계를 꾸며 폭동으로 유도해 놓고 탄압할 수도 있습니다."

"음, 그럴 수도 있겠군."

"이미 정보를 입수한 일경이 이번 기회에 불씨를 아예 없애 버리려고 벼르고 있다는 소문도 들립니다."

"그렇다면 어디가 좋을까요? 의견들을 한번 말해 주시오."

참석자들은 각기 마땅한 장소를 말했으나 모두 도심에서 벗어난 곳이어서 적당하지 않았다.

손병희가 잠시 생각한 끝에 새로운 장소를 제시했다.

"명일관 지점인 태화관이 어떻소이까?"

"태화관? 거긴 요릿집 아니오?"

"그렇소. 바깥에서 했으면 좋겠으나, 마땅한 장소가 없는 것 같소이다. 도심에서 벗어나느니 차라리 태화관에서 하는 게 좋을 것이오. 2층에 넓은 방이 있어 독립선언을 할 장소로 괜찮을 듯하오. 탑골공원과도 가까운 곳이지 않소."

그러자 누군가가 갑자기 소리를 쳤다.

"그 집은 매국노 이완용이가 살던 집이오이다!"

"그게 무슨 말씀이오?"

"매국노 이완용이가 거처하던 곳이란 말이오."

"그게 사실이오?"

"내가 왜 거짓말을 하겠소."

좌중은 처음 듣는 소리에 모두 눈이 동그래졌다. 그가 설명했다.

"본시 그 집은 중종반정 공신인 능성 구씨 구수영의 집이었소. 그의 증손자 구사맹은 바로 인조의 외할아버지시오. 인조의 생모 인현왕후가 구사맹의 딸이오. 인조께서 어릴 때 외가에서 자랐는데, 그런 연유로 구사맹의 집은 순화궁이라는 이름이 붙여졌소이다. 이 순화궁 안에 태화정이 있었는데, 그 음이 와전되어 지금 태화관으로 불리고 있지요."

"그게 어찌 또 이완용의 집이 되었소?"

"여러 곡절을 거쳐 영의정을 지낸 안동 김씨 김흥근의 소유가 되었다가, 일천구백팔 년에 이완용에게 넘어갔어요. 하루는 이 집 마당에 있는 고목에 벼락이 떨어져 둘로 쫙 갈라져 버렸지요. 혼비백산한 이완용은 그 뒤 이 집을 버렸어요. 이 집을 명월관에서 사들여 요릿집이 된 겁니다."

"거참 묘한 일이군."

"천벌은 받은 거지."

"에잇, 이왕 천벌을 내리려면 이완용의 정수리를 때릴 것이지, 애꿎은 고목은 왜 날려?"

"모르는 소리! 이완용의 정수리를 날리면 무슨 소용인가. 살아서 고통받게 해야지. 그래야 다른 친일 분자들에게 고통을 나누어줄 게 아닌가."

"이완용이가 순화궁이던 태화정을 차지한 것은 필시 곡절이 있었을 게요."

"무슨 곡절이오?"

"그 집이 안동 김씨 김흥근의 집이라 하지 않았소?"

"그렇지요."

"안동 김씨에게 심하게 당한 사람이 누구요?"

"음…… 흥선 대원군을 말씀하시오?"

"대원군 이하응이 사복시 제조로 있을 때 능참봉이던 이호준을 사복시로 불러들여 심복으로 삼았어요. 이호준의 사위가 바로 조만영의 손자 조성하입니다. 조만영은 조 대비의 아버지가 아니오이까? 철종이 후사가 없이 병중에 있어, 안동 김씨 세도에 온갖 설움을 다 받던 조 대비가 바야흐로 정권을 잡게 될 운명에 놓여 있는 때였소. 이것을 간파한 흥선군 이하응이 조대비의 조카인 조성하에게 대왕대비전에 줄을 대었던 것이오. 이 일이 성공하여 고종이 즉위하고 흥선 이하응은 대원군이 되어 전권을 장악했소. 이하응은 개혁 정치를 하며 수모를 당했던 안동 김씨를 되쳤소이다. 이호준은 그 대가로 전라감사로 영전하였지요. 이완용은 바로 이 이호준의 양자 아니오이까. 이 바람에 이완용도 덩달아 순탄하게 출세하여 총리대신이 되었고, 결국 나라를 팔아먹는 지경에까지 이르렀소."

"허허…… 그런 연유가 있었소?"

"태화관도 이런 곡절을 거쳐 안동 김씨 김흥근에게서 이완용에게로 넘어갔을 거요."

이야기를 듣고 있던 한용운이 무릎을 치면서 말했다.

"그렇다면 더욱 잘 되었소이다. 내일 태화관에서 우리가 그 이완 용이에게 두 번째 벼락을 때리는 것이오."

"그것 정말 잘 되었소이다."

"그럼, 장소는 태화관으로 결정되었소. 요릿집이라 정오는 붐빌 것이니, 오후 두 시로 하는 게 좋겠소."

손병희는 사람을 시켜 태화관 별실을 예약하도록 하였다.

"그럼 독립 선언서와 독립 통고서를 총독부에 보내야 할 텐데, 누 가 좋겠소?"

"제가 다녀오겠습니다."

이갑성이 손병희를 향해 말했다.

"그대는 나이가 가장 어리지 않소?"

"선언서에 서명까지 하였는데, 나이가 무슨 상관이랍니까. 이런 일은 패기 있는 젊은 사람이 해야 합니다."

"고맙소이다."

한용운이 눈을 지그시 감고 있다가 입을 열었다.

"경찰이 오더라도 피하지 말고 순순히 체포당해야 하오. 우리의 당당한 모습을 보여야 합니다. 그리고 우리의 의사를 정정당당하게 알려야 해요."

"그럼, 내일 오후 두 시에 태화관 별관에서 만납시다. 모두 무사히 참석하기를 바라오. 오시기 전에 개인 정리를 모두 마치시도록 하시 오."

그 말에 좌중은 별안간 숙연해졌다. 조금은 두려운 듯한 모습도 보였다.

"어흠!"

한용운은 큰 소리로 헛기침을 한 번 하며 일어났다.

한용운은 돌아오는 길에 중앙학림 학승 하나를 데리고 보성사에 들러 이종일로부터 선언서 3천 매를 인수해서 집으로 가져왔다. 그는 미리 대기시켜 놓았던 중앙학림 학생 백성욱 김법린 정병형 김상헌 오택언 전규헌 신상환 김법윤 등을 방으로 불렀다.

"여러 달을 두고 궁금히 여기던 제군에게 지금 기쁜 소식을 전하겠다."

한용운이 느닷없는 서두를 꺼내자, 학승들은 모두 눈이 동그래졌다.

"허나, 추호도 제군을 의심한 것은 아니었느니라. 일이 마지막 순간까지 잘 성사가 될지 어떨지 몰라 비밀을 지켰던 거다. 이제 제군에게 기쁜 소식을 전하마. 내이 오후 두 시에 독립선언을 한다."

학승들은 모두 눈을 크게 떴다. 그러나 대충은 알고 있었던 듯 그렇게 놀라는 표정은 아니었다. 분위기가 숙연해졌다. 한용운은 그동안 있었던 사실들을 모두 이야기했다.

"금차 구주 전쟁이 침략주의의 패배로 끝나고, 윌슨 미국 대통령이 제창한 민족 자결주의가 전후 평화 처리에 대한 원칙이 된 것은 제군도 잘 아는 바일 것이다. 이 세계적 비상 정세에 처하여, 유구한 역사와 찬연한 문화를 가진 우리 민족이 일제의 포악한 기반에 항거하고, 그 자주독립을 중외에 전언함은 당연한 일이다. 나는 수개월 동안 이를 위하여 대략 다음과 같이 활동하였다. 보성고보 교장인 최린 씨를 만나 우선 동학혁명의 전통이나 그 구성 인물의 사상적 경향으로 보아 천도교의 영수와 운동을 전개하기로 방침을 정하였다. 지난해 말경에 최린 씨를 통하여 손의암 선생께 교섭을 의뢰하였고, 나 자신도 직접 교섭하여 승낙받아 방책을 결정하였다. 다음에는 서북 지방의 기독교회 중진들과 협의하여 쾌락을 얻었다. 그다음은 유교와의 교섭인데, 유교측 대표로 전간재 선생으로 할까, 곽면우 선생으로 할까 고심하다가 곽 선생이 유리하다 생각하고 그렇게 정하였다. 선생은 대관大官의 경력을 가졌으니 대표자로서 적격이었다. 이리하여 거창 향제를 방문하였는데, 고령임에도 불구하고 쾌히 승낙하셨다. 허나, 집안 대사임으로 장자長子와 의논한 후 최후 결정을 이튿날 아침에 회보해 주기로 하였는데, 정오까지 기다리다가 소식이 없어 나는 일단 그곳을 떠났다. 그 후 곽 선생으로부터 회보가 왔는데, 이미 선언서가 인쇄된 뒤라 함께 서명하지 못한 것이 안타깝다. 우리 불교 쪽은 호남 방면의 박한영 진진응 도진호 제사와, 경남의 오성월 스님의 회답을 기다렸으나 교통 등의 사정으로 성사되지 못하고, 백용성 선사의 승낙만 받았다. 이리하여 손의암 선생을 총대표로 하기로 하고, 기독교인 열다섯, 천도교인 열여섯, 불교인 두 명으로 서명자를 결정하였다. 임진왜란 시 국사에 분주했던 서산과 사명 대사의 법손法孫으로서 우리가 여기에 소수만 참여한 것은 심히 유감으로 생각한다. 그리고 선언서 작성에 관한 문제인데, 기초위원으로 최남선 및 최린, 그리고 나 세 사람이 맡았다. 최남선 씨는 선언서에 서명치 아니하고 초안만 집필하였다. 나는 그것을 수정키로 하고, 최린 씨는 기안 책임으로 정하였다. 인쇄는 천도교에서 경영하는 보성사에서 삼만 매를 비밀리에 하였다. 선언서는 각 교단에 고루 배부하였다. 군들은 여기에 있는 이 선언서를 경성과 각 지방에 배포하도록 하라. 우리 서명자 33인은 내일 태화관에서 회동하여 독립 선언식을 거행할 것이다. 저간 나의 동태에 관하여 퍽 궁금했을 줄 안다. 대략 나는 이상과 같이 활동하였다."

"대충 짐작하고 있었습니다, 스님."

"그럴 테지."

"차마 여쭙지 못해 그냥 입 다물고 있었지요."

"고맙다. 이것이 독립 선언문이다."

한용운은 선언문을 학승들에게 보여 주었다.

"육당이 초고를 지었는데, 너무 밋밋하여 내가 공약 삼 장을 덧붙여 썼다."

"기꺼이 스님의 말씀을 따르겠습니다."

"고맙다. 승려란 모름지기 중생의 눈을 뜨게 하는 자이다. 바로 이것이 중생을 구원하는 길이다. 중생을 구하는 일에 어찌 다른 생각을 할 수 있겠느냐."

한용운은 학생들에게 독립선언서를 나누어 주었다. 1,500장은 경성 시내 동북부 일원에 배포하고, 나머지는 경상도와 전라도, 그리고 양산 통도사, 동래 범어사, 합천 해인사에 배포하도록 하였다.

"오늘 우리가 헤어지면 언제 또다시 만날지 기약할 수 없다. 그러나 조국의 독립을 위해 일어선 우리에게는 그 어떤 회한이 있겠는가. 오직 불조佛祖의 혜안을 좇아 조선이 독립할 때까지 제군도 뜻을 펴 주기 바란다. 특히 서산, 사명대사의 법손임을 굳게 기억하고 불교 청년의 역량을 유감없이 잘 발휘하라."

"명심하겠습니다, 스님."

"이제 자정이 넘었다. 이만 모두 돌아가도록 하여라."

"스님."

"왜 그러느냐?"

"부디 몸조심하십시오."

"허허, 조심할 몸이 어디 있느냐? 저들이 잡아가 봐야 이 썩어 없어지는 육신밖에 못 데려 갈 것이다. 내 정신은 잡아갈 수 없느니라. 염려하지 마라. 감옥이든 어디든 잡히지 않는 나의 정신은 자유로울 것이다."

이튿날, 한용운은 오후 한 시쯤 태화관으로 나갔다. 이승훈과 최린이 미리 나와 있다가 한용운을 맞았다.

"선언서는 모두 배포하셨습니까?"

"예. 기독교 쪽도 아무 탈 없었겠지요?"

"예. 김지환 씨가 윌슨 미국 대통령에게 보내는 청원서를 가지고 오늘 아침에 신의주로 떠났어요. 거기에서 압록강을 건너 안동(지금의 단둥)으로 들어가, 상해에 있는 현순 씨한테 우송할 겁니다. 또 안세환 씨는 일본으로 갔어요. 일본 정부에 조선이 왜 독립을 해야 하는가를 설명할 것입니다."

최린도 천도교 측의 배포 상황을 설명했다.

"일본 정부에 보내는 독립 통고서는 임규 씨가 가지고 이미 스무

이렛날 떠났습니다. 아마 지금쯤 동경에 도착했을 겁니다.”

선언서에 서명한 민족 대표들이 속속 태화관 별실로 모여들었다. 2시 정각. 참석한 대표들을 점검하니 모두 29명이 참석했다. 한용운은 면면을 살펴보고 호통 섞인 목소리로 물었다.

“누가 빠진 겁니까?”

“길선주 유여대 정춘수 김병조 씨가 안 보이는군요.”

그때 누군가가 말했다.

“김병조 씨는 상해로 탈출했다고 합디다.”

“뭐요?”

한용운은 기가 막혔다. 서명한 뒤 마음이 흔들려 몸을 피한 것이다. 창피했다. 그런 사람이 선언서에 서명되어 있다는 게 치욕이었다. 그러나 이미 선언서는 전국에 배포되고 난 뒤였다.

“정말 짐승보다 못한 작자군! 퉤퉤!”

한용운은 고개를 돌려 침을 뱉었다. 생각 같아서는 욕이라도 퍼붓고 싶었지만, 신성한 자리를 더럽히기 싫어 참았다. 이승훈이 난처한 얼굴로 재빨리 변명했다.

“세 분 목사님은 아침에 경성으로 오기 위해 떠났다는 전갈을 받았소이다. 도중에 무슨 사고가 있거나, 아니면 교통편이 여의치 못해 늦을 것이오. 조금 더 기다려 봅시다.”

길선주는 평양에서, 유여대는 의주에서, 정춘수는 원산에서 떠났다. 먼 거리여서 도중에 차질이 생길 우려가 있었다. 최린이 발언했다.

“예정대로 시작하도록 합시다. 언제 도착할지도 모르는데 무작정

기다리다가 더 큰 차질이 생기면 곤란하오."

바로 그때였다. 문밖이 소란했다.

"글쎄, 손님들이 계셔서 안 된다니까요?"

"꼭 만나야 할 분들이란 말이오. 저리 비키시오!"

종업원이 누군가와 승강이를 벌이는 소리가 들렸다. 방 안에 있던 대표들의 표정이 굳어졌다. 가만히 귀를 기울이고 있던 한용운이 소리쳤다.

"그분 들여보내시오!"

한용운은 사태를 곧바로 짐작했다. 탑골공원에 모인 학생들이 대표들이 나오지 않으니까 이곳으로 달려온 것이었다. 그들이 아니고는 여기에 뛰어들 사람이 없었다. 비밀이 사전에 새어나갔다면, 학생들이 아닌 일본 경찰들이 들이닥쳤을 것이다.

문이 열리고, 전문학교 학생 세 명이 들어왔다.

"이건 약속이 틀리지 않소!"

학생은 들어오자마자 흥분한 목소리로 항의했다.

"지금 시민들과 중등 학생까지 모두 다 탑골공원에 모여 있는데, 이럴 수가 있소? 요릿집에서 회식이나 하고 계시다니요!"

"학생, 목소리를 낮추게."

한용운은 흥분한 학생을 다독이고 난 뒤 전후 사정을 이야기했다.

"여기에 계신 어르신들은 곧 종로경찰서로 연행되실 분들이네. 만약 탑골공원에서 연행되는 사태가 벌어지면 학생들이 가만히 있겠나?"

"……?"

"자칫 잘못하면 흥분한 군중들이 험악하게 나올 것이고, 그렇게 되다 보면 예상치 못한 불상사가 일어날 걸세. 일본 경찰도 그것을 노리고 있을 수 있잖은가. 사람들을 안 다치게 하려고 그러는 것이니, 그만 돌아가서 취지를 알리게."

"그럼, 공원에 나와 있는 사람들은 어떻게 합니까?"

한용운은 잠시 생각에 잠겼다가 말했다.

"독립선언서를 배포하고 그 취지를 알리게. 절대로 폭력을 행사해서는 안 되네."

"잘 알았습니다. 인사를 못 드렸군요. 저는 보성전문에 다니는 강기덕이라고 합니다."

"큰일을 맡았군. 거듭 말하지만, 절대로 일경에 대항해서는 안 되네?"

"명심하겠습니다. 여기에서 선언서를 발표하면, 저희는 시간에 맞추어 탑골공원에서 만세를 부르겠습니다."

학생들이 돌아가고 나서 곧 선언 의식이 시작되었다. 이종일이 선언서 100장을 식탁 위에 올려놓았다.

"나중에 일경에 연행될 때 연도에 뿌릴 것이니, 각자 적당량 소지하기 바라오."

"그러면 연장자이신 의암께서 선언식을 주도하시지요."

"그게 좋겠소."

그러나 당사자인 손병희는 손을 내저었다.

"아니요. 이 일을 앞장서 추진한 최린 씨나 한용운 씨가 맡아보시오. 누구보다 오늘 이 거사의 의의를 잘 알고 계시는 분들 아니오."

최린도 극구 사양하며 한용운에게 부탁했다. 당초 탑골공원에서 선언식을 거행하기로 하였을 때도 최린은 한용운에게 독립선언서 낭독을 부탁했었다.

"이 일은 한용운 스님이 하셔야 하오이다. 유심 잡지를 발행하면서 이미 독립사상을 고취시켰고, 이번 거사도 앞서 주도하신 분입니다."

이리하여 한용운이 독립선언식을 이끌게 되었다.

"그럼 송구스럽게 소승이 맡겠습니다. 독립선언서는 문장도 길고, 이미 다들 읽어 보셨을 테니 굳이 이 자리에서 낭독할 필요는 없을 것입니다. 여러분 의견들은 어떻습니까?"

"그럽시다. 박수로 선언한 것으로 칩시다."

그 말과 동시에 일제히 손뼉을 쳤다.

한용운은 간단하게 식사式辭를 했다.

"이제 바야흐로 세계는 민족자결주의가 움트고 있습니다. 각 민족이 제 앞길을 책임지고 이끌어 갈 자주정신이 싹을 틔운 것입니다. 반만년 역사를 가진 조선 백성들은 오랫동안 묵묵히 위정자들을 위해 일만 해왔어요. 자기 정신이 없었던 것입니다. 이것이 오늘날 정신이 결여된 조선을 만든 겁니다. 나라가 외세에 강점당했어도 백성들이 눈을 부라릴 줄 모르고 있는 것도 이 때문이지요. 오늘 이 독립선언은 일제에 우리의 의지를 내보이는 행동이기도 하지만, 조선 백성들에게는 자신이 곧 이 땅의 주인이라는 자주정신을 불어넣어 주는 정신 혁명이 될 것입니다. 우리는 민족 대표로서 선언서에 서명했습니다. 이는 자못 영광스러운 일이며, 한편 책임도 이에 못지 않게 중차대합니다. 바로 우리의 행동 하나하나가 곧 독립선언에 대한 의지이기 때문이오이다. 대표 가운데 상해로 탈출한 자가 생겼소이다. 백성들에게 이 사실이 알려지면, 이 선언서는 휴짓조각이 됩니다. 여기에 서명한 33인 대표는 바로 이천만 조선 백성을 대표한 것이오! 대표자 한 명이 조선 민족 몇십만 명을 대변한 것이오. 우리 한 사람이 돌아서면 백성 수십만이 외면하는 것과 같다는 말이외다. 다행스럽게도 선언식을 하기 전에 이런 불상사가 났소이다. 인쇄하여 배포했기 때문에 어쩔 수는 없지만, 그는 오늘 이 자리에 참석하지 않았기에 이 시간부터 대표 자격이 상실되었소. 안 그렇소, 여러분?"

모두 고개를 끄덕였다.

"금후 우리는 공동 협심하야, 조선이 독립될 때까지 이 정신을 관철해야 합니다. 또 하나, 놈들이 우리를 잡으러 오기 전에 우리가 먼저 이 사실을 통고하고 잡혀갑시다."

"통고하다니요?"

"종로경찰서에 연락하여 잡아가라고 하는 겁니다. 끌려가는 것보다 당당히 우리 발로 걸어 들어가는 것이지요."

"좋소! 우리가 자주적으로 독립을 선언하는 것이니, 저들에게 끌려가는 건 모양이 좋지 않소이다."

몇몇 사람이 한용운의 제의에 동조했다.

"그리고 우리가 잡혀가서 취할 행동에 대해 몇 가지 원칙을 세웁시다. 첫째, 비굴하게 굴지 말 것. 당당하게 맞서야 합니다. 둘째, 사식私食을 넣지 말 것. 우리 자초한 일인데 고통을 덜려고 하지 맙시다. 셋째, 보석을 신청하지 말 것. 제 발로 걸어 들어간 우리가 보석으로 출소한다면 만인이 웃소이다. 몇 년을 살지, 아니면 살아서 나오게 될는지도 모르나 형을 모두 살고 나옵시다. 절대로 저들의 은전을 받아서는 안 되오이다."

한용운은 태화관 주인 안순환을 불렀다.

"우리는 방금 여기에서 독립선언을 하였소. 그러니까 지금 종로경찰서에 연락하여 우리를 잡아가게 하시오."

주인은 얼굴이 하얗게 질린 채 어찌할 바를 모르고 있었다.

"마음 쓸 것 없소. 그래야 이 음식점도 뒤탈이 없을게요."

주인이 허겁지겁 밖으로 뛰쳐나갔다.

"이제 조선 독립을 위하여 건배합시다. 모두 잔을 드시오."

각자 자기 앞에 있는 술잔을 높이 치켜들었다.

"조선 독립을 위하여, 건배!"

"건배!"

모두 술잔을 단숨에 비웠다.

"그럼 만세삼창으로 선언식을 모두 마치겠습니다. 내가 선창을 하겠소."

한용운이 목청껏 소리를 지르며 먼저 만세를 불렀다.

"조선 독립 만세!"

뒤따라 28명의 대표자들이 만세를 불렀다.

"조선 독립 만세!"

만세삼창이 끝날 무렵 태화관 주인의 신고를 받은 경찰이 들이닥쳤다. 건물을 포위한 뒤, 일부가 방문을 열어젖히고 구두를 신은 채로 뛰어 들어와 총부리를 겨누며 소리쳤다.

"모두 꼼짝 마라!"

한용운은 지휘 경찰에게 의연한 자세로 말했다.

"이보시오! 우리가 당신들을 불렀소이다. 초대받은 손님이 주인한테 이 무슨 무례한 짓이오?"

"뭐라고?"

"염려 마시오. 도망갈 어른들이 아니시니까. 그리고 우리는 지금 손에 젓가락밖에 안 쥐고 있소이다. 그 무거운 총도 내려놓으시오."

경찰들은 그제야 행동이 지나쳤음을 알았는지 머쓱한 표정으로 총을 어깨에 뗐다. 지휘 경찰은 여전히 얼굴이 붉으락푸르락했다. 총을 어깨에 메는 경찰을 보고 악을 썼다.

"뭣들 하는 거야? 빨리 체포하라!"

"우리 발로 걸어갈 것이오. 염려 마시오. 자, 다들 갑시다."

대표들은 모두 일어나 밖으로 나갔다. 제 발로 걸어가는데도 경찰들이 우 달려들어 대표들의 팔을 낚아챘다. 그때 낯선 사람 하나가 한용운에게 달려왔다.

"한용운 스님이십니까?"

"그렇소. 뉘시오?"

"거창 사시는 곽 종 자, 석 자, 어른의 제자 되는 사람입니다."

"아, 그러시오? 면우선생도 오셨소이까?"

"가친께서 지금 와병 중이시라 제가 대신 도장을 가지고 왔습니다."

그때 일경이 곽종석 선생의 아들도 체포하려고 하였다.

한용운이 재빨리 제지했다.

"이분은 아니오."

"그럼, 저리 비켜!"

"내려가서 면우 선생께 전하시오. 비록 서명은 하지 못했으나, 참
여한 것이나 마찬가지요. 뒤에 더 큰 일을 해달라고 부탁드린다고
말씀드리시오."

한용운은 일경의 제지로 더 이상 대화를 나누지 못했다. 유림 대
표가 서명하지 못한 것이 못내 가슴이 아팠다. 그랬으면 전국 유림
들의 적극적인 호응을 받을 수 있었으리라 생각하니 아쉬움이 앞을
가렸다. 유림들은 일찍이 의병을 일으키는 등 구국 운동에 앞장서
왔다.

밖에는 무장한 경찰들이 태화관을 물 샐 틈 없이 에워싸고 있었
다. 경찰은 대표들을 도보로 연행하려고 하였다. 한용운이 소리 질
렀다.

"트럭을 가지고 오너라! 걸어서는 한 발짝도 움직이지 않겠다."

경찰 지휘자가 연락하여 곧 트럭이 도착했다. 대표들은 차례로 그
트럭에 올라탔다. 트럭에 탄 한용운은 하늘을 쳐다보았다. 3월 하늘
이 에메랄드처럼 파랬다. 흰 구름이 그 파란 하늘 위에 한가로이 떠
있다. 너무나 아름다웠다. 가슴에는 환희의 감동이 출렁거렸다. 고
통받는 2천만 동포를 따뜻하게 가슴에 안고 싶었다. 그들을 태우고
물을 건너는 나룻배가 되고 싶었다. 한용운은 이 아름다운 하늘과
가슴에 일렁이는 환희에 찬 감정을 그냥 두기가 아까웠다. 이 급박
한 순간에 그는 한가로이 시상에 잠겼다.

님이여 오셔요. 오시지 아니하려면 차라리 가셔요. 가려다 오고, 오려다 가는 것은 나에게 목숨을 빼앗고, 죽음도 주지 않는 것입니다.

님이여 나를 책망하려거든, 차라리 큰 소리로 말씀하여 주셔요. 침묵으로 책망하지 말고, 침묵으로 책망하는 것은 아픈 마음을 얼음 바늘로 찌르는 것입니다.

님이여 나를 아니 보려거든, 차라리 눈을 돌려서 감으셔요. 흐르는 곁눈으로 흘겨보지 마셔요. 곁눈으로 흘겨보는 것은 사랑의 보褓에 가시의 선물을 싸서 주는 것입니다.

그때 트럭이 난폭하게 떠나는 바람에 한용운은 뒤로 넘어지면서 엉덩방아를 찧었다. 누군가 외쳤다.

"들립니다. 만세 소리가 들려요!"

"그렇군요, 만세 소립니다!"

탑골공원 쪽에서 들려오는 함성이었다. 수많은 군중이 외치는 소리다. 한용운은 주먹을 불끈 쥐었다. 성공이다. 백성이 눈을 뜨고 있다. 백성이 눈을 뜨고 있는 한 잃어버린 나라는 되찾을 수가 있다. 트럭에 올라탄 민족 대표들 중 '이제 됐다!' 하는 표정으로 고개를 끄덕이는 사람, 주먹을 불끈 쥐는 사람, 눈물을 글썽이는 사람 등의 모습이 한용운의 눈에 들어왔다. 이제 일경의 취조와 옥살이가 문제가 아니었다. 온 나라에 우리의 의사가 전달될 것이라는 확신이 들었다.

트럭은 좁은 골목을 빠져나가 종로 경찰서가 아닌 마포경찰서를 향해 달렸다. 청계천 갓길을 달려갈 때였다. 열 두서너 살쯤 되어 보이는 소학생 두 명이 대표들이 타고 가는 트럭을 향해 만세를 부르는 모습이 보였다.

"조선 독립 만세! 조선 독립 만세!"

쏜살같이 달려온 경찰이 소년을 개천 쪽으로 확 밀치며 소리쳤다.

"조센징 빠카야로!"

그 바람에 소년은 그만 개천에 굴러떨어지고 말았다. 그러자 그것을 보고 옆에 무덤덤이 서 있던 또 한 소년이 기다렸다는 듯이 만세를 불렀다. 경찰이 달려와 이번에는 그 소년의 팔을 잡고 연행했다. 우악스럽게 끄는 바람에 소년은 땅바닥에 넘어졌다. 경찰은 아랑곳하지 않고 질질 끌고 있었다. 소년은 끌려가면서도 계속 만세를 불렀다.

"저, 저런 고약한 놈 보았나!"

대표들이 이맛살을 찌푸리며 안타까워했다. 그 광경을 지켜보던 한용운은 자기도 모르게 눈물이 주르르 흘러내렸다. 그 학생이 누구인지 궁금했다. 아무것도 모르고 집에서 기다리고 있을 부모의 얼굴도 생각해 보았다. 무엇이 저 소년들을 이토록 절규하게 하는가. 저 소년들이 진정 독립이 무엇이라는 걸 깨달았을까. 온갖 생각들이 머릿속을 스쳐 갔다. 한창 꿈을 키워 가야 할 저 어린 소년들에게 투쟁이라는 격한 정서를 심어 줘야만 하는 현실이 안타까웠다. 한용운은 소년들이 보이지 않는 그쪽을 망연자실 바라보고 있었다.

철창 안에 빛나는 별

마포경찰서로 끌려간 대표들은 각각 따로 불려 나가 경무 총감부에서 나온 순경 도요하라 다쓰키치와 조선인 경부 한정석에게 취조받았다. 한용운은 허리를 꼿꼿이 편 채 취조 경찰을 쏘아보았다. 그런 태도가 기분 나빴던지, 도요하라 다쓰키치가 뒷짐을 지고 서서 째려보며 소리를 질렀다.

"묻는 대로 똑바로 대답해! 엉뚱한 소리 지껄이면 부드러운 고춧가루 물맛을 보여줄 테니까."

"물어보시오."

한용운을 앞에 두고 한정석이 취조를 시작했다.

"본적, 주소, 출생지, 성명, 신분, 연령은?"

"본적은 강원도 양양군 도천면 신흥사이고, 현주소는 경성부 계동 43번지, 출생지는 충청남도 홍주군 읍내, 이름은 한용운, 신분은 승려, 연령은 마흔한 살이오."

"관리官吏, 공리公理, 의원議員이 아닌가?"

"아니다."

한정석이 눈꼬리를 치뜨며 한용운을 쏘아보았다.

"왜 반말인가?"

"반말로 물었으니, 반말로 대답할밖에."

"뭐야?"

"보아하니 당신도 조선 사람 같은데…… 우습지 않은가? 한쪽은 독립을 선언하여 잡혀 왔고, 다른 한쪽은 그걸 막으려고 취조하니."

한정석의 얼굴이 갑자기 발개졌다. 그러나 이내 평정을 되찾은 듯 그는 책상을 쾅 치며 악을 썼다.

"한 번만 더 그따위 소리했다간 눈물이 찔끔 나오게 맛을 보여주겠다."

다시 취조가 계속되었다.

"작위爵位, 훈공勳功, 연금年金, 종군從軍 기장을 가졌는가?"

"갖고 있지 않다."

"지금까지 형사 처분이나, 기소 유예, 훈계 방면을 받은 적이 있는가?"

"없다."

"경성에는 언제 무슨 일로 왔는가?"

"작년 단기 4251년 음력 삼월 중순경 향리에서 상경했다. 목적은 수양을 위해 잡지를 발행하기 위함이었다."

"그 서적을 발행하였나?"

"지금까지 제3호를 발행했다."

"그대가 손병희 외 33인과 같이 조선독립선언서를 비밀리에 배포한 목적과 동기는 무엇인가?"

"금년 1월 27일인지 28일인지 확실치는 않으나, 나는 최린 씨와 나의 집에서 회합하여 여러 가지 시국에 대한 문제를 논의했다. 이 자리에서 구주 전쟁이 끝나 강화 담판을 체결하기까지에 이르렀으며, 기타 식민지에서는 자결 원칙에 의하여 자유 독립을 하려고 하니, 이때 우리도 독립운동하자고 하였다. 그러나 소수 인원으로는 목적을 달성하기 어려우니 다수의 동지를 얻는 데 같이 힘쓰자고 말한 후 작별하였다. 그 후 다시 최린 씨와 의논한 결과, 신도가 많은 천도교를 중심으로 운동하자고 하였다. 금년 2월 중순에는 천도교인 오세창 씨를 만나 서로 최린 씨와 의논한 것을 말하고 그의 찬성을 얻었으며, 또 그에게 다른 곳에서도 인물을 구하여 동지를 널리 모집할 것을 말했다."

"그 후 또 어떻게 하였는가?"

"그 후 내가 최린 씨와 오세창 씨를 만나 양인에게 말하기를, 천도교인만 참여할 게 아니라 야소교와 불교 신도도 동지로 모아, 이들을 국민의 대표로 하여 공공연한 독립운동을 하자고 했다. 또 서로 비밀을 지키는 열렬한 인물을 동지로 가입시키려 하였다. 어제 낮에 내가 최린 씨의 집에 갔을 때 마침 이승훈 씨도 왔었다. 그때 최린 씨가, 내일 독립선언을 할 터인데 큰일을 할 동지들이 서로 얼굴도 모르고 있어서는 안 된다면서, 오늘 밤에 손병희 씨 집에 동지 일동이 집합하기로 하였으니 그리로 오라고 말하여 어젯밤 여덟 시경에 손병희 씨 집에 모였다."

"그 자리에 누구누구 모였는가?"

"내가 아는 사람은 손병희 오세창 이승훈 박희도 홍병기 권동진 이종일 이갑성 최린 씨 등 오십여 인이었고, 그 밖에 칠팔 인이 더 와서 서로 인사를 하였다."

"그곳에서 어떤 의논을 하였는가?"

"오늘 선언서를 낭독하기로 하였으며, 그 장소를 최초에는 탑골공원이 적당하다고 하였으나, 박희도 씨가 이를 반대하였다. 그것은 탑골공원에는 각 지방에서 모인 사람이 많을 뿐만 아니라 학생들이 많이 모인다는 소식이 있다는 것이었다. 그가 말하기를, 우리들이 경찰에 인치되면 이들 대중과 학생들이 어떠한 난폭한 행동을 할지 모르니 차라리 다른 곳을 선택하는 것이 좋다고 하여, 명월관 지점으로 변경하자고 의논하고 각각 돌아갔다."

"어젯밤에 선언서 인쇄물을 각자 분배하기로 하였는가?"

"아니다. 어젯밤 각자 분배하기로 하지는 않았다. 나는 그 제작일에 최린 씨 집에서 선언서의 초안을 한번 읽어 보고 어제 낮에 이종일 씨에게 가서 삼천 매의 인쇄물을 받았다. 그것을 어젯밤 열두 시경에 중앙학림의 학생 정병헌 김상헌 오택언 전규현 신상환 김법윤…… 또 한 사람 있었는데, 갑자기 이름이 기억나지 않는군. 아무튼 이들을 불러 전부 교부하고 배포하라고 일렀다."

"그날 명월관 지점에는 언제쯤 모였나?"

"집합 시각은 오후 두 시였으나, 나는 한 시경에 갔다. 서른세 명 대표 중 서너 명을 제외한 다른 사람은 모두 다 모였다."

"그때 연설을 하였는가?"

"나는 간단히 조선 독립선언을 하게 된 것은 기쁜 일이라고 하고, 그 목적을 달성하려면 장래 분려계속奮勵繼續하여 운동할 것을 희망한다는 취지로써 인사의 말을 하였다."

"선언서 낭독은 누가 하였는가?"

"본래 계획은 내가 낭독하기로 되어 있었으나, 그 자리에서는 낭독하지 않았다. 그때 학생 세 명이 와서, 선언서 낭독은 많은 사람이 듣기를 원하고 있는 탑골공원에서 하는 것이 좋다며 요구했다. 전날 의논한 대로, 우리는 그런 사정으로 장소를 옮긴 것이니, 이 점을 잘 생각하여 달라고 하였다. 그랬더니, 그 학생은 그러면 어르신들이 여기에서 독립선언을 하면 우리들은 밖에서 만세를 부르겠다고 하며 돌아갔다."

"선언서 문면은 누가 지었는가?"

여기서 한용운은 잠시 망설였다. 떳떳이 경위를 밝혀 오늘의 거사가 광명정대함을 알리자고 하였으나, 이 부분은 매우 중요하다는 느낌이 들었다. 최남선도 자신의 장래가 두려워 서명을 피했다. 생각 같아서는 그의 이름을 말해 버리고 싶었으나, 그렇게 되면 비겁한 그도 영광스런 자리에 함께 서게 된다. 차라리 그의 의도 대로 숨겨 주는 게 그를 위해서도, 오늘의 거사를 위해서도 떳떳할 것 같았다.

"그 부분은 최린 씨가 담당하였다."

"어느 곳에서 인쇄하였나?"

"나는 확실히 알지 못하나, 보성사에서 인쇄한 걸로 생각하고 있다."

"선언은 어떠한 목적으로 하였는가?"

"독립을 관철하기 위해서다. 지난 27일, 일본 정부와 양의회에 대해 조선 독립에 관한 통지서를 임규라는 사람이 가지고 동경으로 출발했다. 오늘 조선총독부에도 선언서와 건의서를 제출하였다."

"비용은 누가 대었나?"

"내가 부담하지 않았기 때문에 모른다."

이날 심문은 일단 여기에서 끝냈다. 그들이 다른 중요한 사건이 있었는지, 아니면 한꺼번에 많은 사람을 다루느라 지쳤는지 일단 심문을 중지하고 감방으로 몰아넣었다.

다시 대표들이 한자리에 모였다. 몇몇 사람은 심한 고문을 당했는지, 얼굴이 퍼렇게 멍이 드는 등 몰골이 형편없이 일그러졌다. 옷에는 핏방울이 군데군데 묻은 사람도 있었다. 그들을 바라보며 한용운은 측은한 마음을 가졌다. 그런 생각은 잠시뿐이었다. 이내 그것은 분노로 바뀌었다. 사람들의 표정이 모두 굳어 있고, 잔뜩 겁에 질린 모습이었다. 모진 고문에 기가 꺾였다. 손병희는 지병이 있어 그런지 육중한 체구를 주체하지 못하고 모로 쓰러져 누웠다. 얼굴에는 피로한 기색이 역력했다. 한용운은 카랑카랑한 목소리로 말했다.

"숨길 게 무에 있어서 고문들을 당하셨소? 정정당당히 과정을 밝히지 않으니까 당하는 게 아니오?"

"이 보시오, 만해. 무슨 말씀을 그렇게 하시오?"

"내 말 틀렸소?"

"그럼 애꿎은 동지들이 굴비 엮듯 줄줄이 끌려 들어와 요절이 나야 옳다는 말이오?"

"그게 왜 애꿎은 일이오? 처벌이 두려우면 이 일에 나서지 말아야 옳지 않소? 조선 독립을 위해 일어섰는데 부끄럽지도 두려울 것도 없는 일 아니오! 이까짓 고초가 두렵다면 장차 무슨 일을 한단 말이오!"

그 말을 해놓고 한용운도 약간 마음이 걸렸다. 선언서 작성자인 최남선의 이름을 숨긴 것 때문이었다. 사실은 숨겨 주려고 한 게 아니다. 그의 태도에 걸맞게 대접했을 뿐이다. 이 자리에 잡혀 나오는 것은 민족에게 영광이 되는 일이다. 굳이 영광을 마다하는 그에게 억지로 영광을 안겨줄 필요가 없다는 생각에 말하지 않은 것이다.

한용운은 다른 사람들이 자기 말을 아직 이해하지 못하고 있는 듯하여 답답했다. 떳떳하게 말하는 것은 곧 오늘의 거사가 정정당당하다는 걸 알리는 일이다. 그들은 동지들을 밀고하는 짓이라고 오해하고 있다. 한용운은 그들을 향해 날카롭게 물었다.

"여러분들도 두려우시오?"

"이 보오, 만해. 무슨 뜻으로 그런 말을 하오?"

"오늘의 독립선언에 흠이 생길까 봐 걱정스러워서 묻는 말이외다."

누군가가 들릴락 말락 한 소리로 빈정거렸다.

"중놈이 혼자 잘난 체하는군."

한용운은 그 말을 한쪽 귀로 흘려 버렸다. 말싸움하자고 이러는 게 아니었다. 혹 간수가 듣기라도 하는 날에는 추태로 비친다.

"오해는 마시오. 인간인 이상 어찌 두려움이 없을 것이오. 허나, 이 일에 나설 때는 이만한 각오는 다 되어 있었을 줄 아오. 그러니 이미 두려움은 훌훌 벗어던져야 한다는 말이었소. 흠이라고 말한 것은, 만에 하나라도 우리가 약한 모습을 보이면 저들이 약점을 잡고 짓밟으려 들 것이오. 민족 대표라고 하는 것들도 별 게 아니라는 생각을 하게 해서는 안 되오. 우리의 태도가 이천만 동포의 자존심이라는 걸 잊지 맙시다."

최린이 무겁게 입을 열었다.

"만해의 말이 옳소이다. 우리의 태도 여하에 따라 오늘 발표한 선언이 강하게도 약하게도 변하게 되오."

그때 간수가 다가와 소리를 질렀다.

"조용히 해! 웬 말이 그렇게 많아."

그 바람에 대화가 끊겼다. 이미 취조받느라 지친 몇몇은 모로 쓰러져 잠들었다. 한용운은 가부좌를 틀고 조용히 선정에 들었다.

이튿날 한용운은 취조실에 다시 불려 갔다. 어제 취조하던 그 일본인 순경 도요하라 다쓰키치와 조선인 경부 한정석이 자리에 버티고 있었다.

"어제 하던 작업을 계속하지."

한용운이 담담한 어조로 말했다.

"한 가지 물어봐도 되겠소?"

"뭔가?"

"지금 바깥 사정은 어떻소?"

한정석이 한용운을 노려보았다. 그러다가 그는 되물었다.

"어떻게 되었다고 생각하나?"

한용운은 그의 질문에 대답하기 전에 또 괘씸한 생각이 앞섰다.

같은 조선인이라는 게 부끄러웠다. 그리고 계속 반말을 하는 것도 기분 나빴다.

"내가 당신에게 조선말을 듣고 있다는 게 부끄럽소."

"뭐야?"

"우리가 지금 조선말로 이런 말을 주고받는 게 가슴 아프다는 말이외다."

"일본말 할 줄 아는가?"

"귀로는 알아듣지만, 가슴에서 뜻을 새기지는 못하오. 가슴에서 거부하기 때문이오."

"지금 무슨 말을 하는 건가!"

그가 소리를 빽 질렀다.

"조선말을 알아듣지 못하는 걸 보니, 조선인이 아닌 모양이구려."

그는 분을 삭이지 못해 주먹으로 책상을 꽝 내리쳤다.

"계속 그따위 소리 지껄이면 입을 뭉그러뜨려 놓겠다."

한용운은 빙그레 웃었다. 그에게도 일말의 양심이 있음을 보았다. 그가 온전하게 일본물이 들었으면 화를 낼 필요도 없는 일이다. 조선인으로서 듣기 거북하다는 것은, 아직 조선인으로 남아 있다는 증거였다.

취조가 시작되었다.

"일본 정부와 제국 의회에 제출하였다는 상신서라고 하는 것은 어떤 것인가?"

"그 문장은 장문이므로 다 이야기하기는 어렵소. 요약하면, 동양 평화는 조선이 독립되고 안 되는 데 달려 있기에 조선이 독립해야 좋겠다고 하는 취지를 밝힌 것이오. 만일 독립이 안 되면 도리어 일본이 해를 받을 것인바, 오천 년을 유지하여 온 조선 민족은 일본과 영원히 동화할 수 없으니 조선이 속히 독립하는 것이 평화의 제일 조건으로 생각한다고 하였소. 그 외에도 많은 조건을 열거하였으며, 그것은 일본이나 세계 각국에 조선 독립이 평화상 필요하다는 것을 밝힌 것이오."

"상신서는 누가 지었는가?"

"나는 모르지만, 최린 씨가 알고 있을 것이오."

한용운은 어제보다 한 걸음 후퇴하여 최린에게 미뤘다. 서명도 하지 않을 사람에게 그런 중요한 글을 쓰게 한 장본인이기 때문에 그의 입을 통해 말하도록 한 것이다.

"조선총독에게 제출한 것은?"

"앞서 말한 것과 동일한 내용이오."

"그대가 가지고 있던 이 두 통의 서면은 무엇인가?"

경부는 한용운에게서 압수한 건의서와 통고서를 들어 보였다.

"그것은 28일 오후 두 시경, 최린 씨 집에 갔을 때 그가 초안이라고 준 것이오. 그가, 만일 우리가 경찰에 끌려가게 될 때 제출할 필요가 있으니 정서해 달라고 하여, 그렇게 가지고 있던 것이오."

"이상 진술한 사실에 추호도 거짓이 없겠지?"

"이것 보오. 거짓말을 할 것 같으면 왜 여기 앉아 있겠소? 차라리 당신들 비위 맞추며 훈작을 받지."

"이 진술서를 읽고, 여기 이름을 쓰고 지장 찍어."

한용운은 그가 기록한 내용을 대충 읽어보고 나서 서명 날인을 했다.

그날 밤, 한용운은 잠을 이루지 못했다. 그는 높이 나 있는 손바닥만 한 창으로 보이는 밤하늘을 바라보았다. 만세를 부르다가 개울 바닥으로 굴러떨어지고, 일경에 끌려가던 두 학생의 모습이 떠올랐다. 또다시 가슴 뭉클하는 감동이 솟구쳤다. 그는 조선의 혼이 살아 꿈틀거리는 걸 본 것이다. 그 학생의 만세 소리가 잠자는 2천만 동포를 깨우는 한 줄기 휘파람 소리처럼 들렸다.

한용운은 그 두 학생을 위한 헌시獻詩를 읊었다.

寄學生(기학생)

瓦全生爲恥(와전생위치)
玉碎死亦佳(옥쇄사역가)
滿天斬荊棘(만천참형극)
長嘯月明多(장소월명다)

치사스럽게는 살아도 치욕인데
옥으로 부서지면 죽어도 보람임을!
칼 들어 하늘 가린 가시나무를 베고
길이 휘파람 부니 달빛이 밝구나

한용운은 몇 번이고 다시 읊었다. 치사스러운 삶보다, 부서지더라도 차라리 옥玉으로 남아야 한다. 치사스러운 삶이 아까워 뒤꽁무니 빼는 어른들보다, 그 어린 학생들의 행동이 얼마나 값지고 신선

한가. 그는 두고두고 그 감격스러운 장면을 잊을 수가 없었다. 그것은 누가 시켜서 되는 일이 아니다. 스스로 가슴에서 우러나온 행동이 아니고서는 그럴 수가 없었다. 대체 무엇이 그 어린 소년에게 그런 행동을 하게 했을까. 가르쳐 주지 않더라도 욕심 없는 눈에는 그것이 보인다. 그것이 곧 화엄증도華嚴曾道가 아니고 무엇인가. 한용운은 그 밤을 지새우며 감격과 환희에 젖어 있었다.

선언서에 서명하지 않은 사람들도 모두 속속 잡혀 들어왔다. 대표를 심문하는 도중에 그 이름들이 하나하나 들추어졌기 때문이다. 송진우 현상윤 최남선 함태영 강기덕 김원벽 박인호 노헌용 김홍규 김도태 안세복 안경섭 김세환 정선노 김지환, 그리고 일본 갔다가 체포된 임규 등 관련자 16명 모두 끌려 와서 취조받았다. 이리하여 상해로 탈출한 김병조를 제외한 대표자 32명과 함께 모두 48명이 체포되었다. 그래서 일본에서는 이 독립선언사건을 '48인 사건'이라 부른다.

3월 11일, 대표들은 경찰 취조를 끝마치고 경부 총감부 검사에게 송치되었다. 한용운은 가와무라 시즈나가 검사의 입회 아래 마쓰무라 효이치 서기에게 다시 조사받았다. 경찰에서와 똑같이 인정신문이 끝나고 본격적인 취조가 시작되었다.

"피고는 다수의 동조자와 조선 독립운동을 하려고 한 게 틀림없는가?"

"틀림없다."

"운동의 전말을 자세히 말해 보라."

"나는 최린 씨와는 친밀한 사이로서……."

그때 검사가 제지하면서 말했다.

"이름에 존칭을 붙이지 마라. 죄인이라는 걸 모르나!"

한용운은 죄인이라는 말에 울컥 분노가 치밀었다. 자기 민족과 나라를 위해 독립을 선언하였는데, 그것이 죄라고 한다. 물론 그들이 일본 법을 적용하고 있기 때문이라는 건 안다. 조선인이 일본 법의 적용을 받으며 이렇게 심문받는 것 자체가 치욕이 아닌가. 한용운은 분기를 꾹 누르며 참았다. 그들의 눈에는 어차피 죄인으로밖에 안 비친다. 그들도 어쩌겠는가. 자신들의 국가 형법으로 다스릴 수밖에. 사소한 문구 하나로 다투다가 오히려 대의를 발표할 기회마저 잃게 될지 몰라 참을 수밖에 없다.

"좋소. 내가 존칭을 붙이지 않는다고 해서 어른이 안 되는 것도 아닐 테니, 그렇게 하리다."

"계속하라."

"최린과는 친밀한 사이로 평소에 서로 왕래하였는데, 금년 1월 27일경이라고 생각된다. 나는 최린의 집을 방문하여 잡담을 나누던 차에 화두話頭를 고쳐 시국에 관해 이야기했다. 목하 열국 간에 평화회의를 개최 중인데 세계의 영원한 평화를 유지하기 위하여 각 식민지의 민족 자결을 허락할 것이라는 바, 식민지 주민은 독립할 좋은 기회가 되었다. 그러므로 각국 식민지 영토의 주민은 모두 독립할 것이고, 우리 조선도 민족 자결에 따라 독립하는 것이 좋을 것이니, 우리도 운동하여 독립을 선언하는 것이 어떠냐고 하였다. 그래서 그때 나는 그에게 독립운동하자면 적은 수의 사람으로서는 도저히 목적을 이룰 수 없으니, 큰 단체를 조직하지 않으면 안 된다고 하였다. 따라서 천도교는 큰 단체이니 그대 등 천도에서 독립운동할 의사가 없는가 하고 말했다. 그런즉, 그는 한 사람이라도 그런 의사를 가지지 않은 사람이 없으니 내가 천도교인들과 의논하여 독립운동할 것을 기도하여 보겠다고 하였다. 그 후 여러 인사들이 뜻을 모아 선언서를 발표하기에 이른 것이다."

한용운은 그간 있었던 경위를 빠짐없이 소상하게 진술하였다.

"명월관 지점에서는 어떠한 것을 발표하려 하였는가?"

"명월관 지점에서는 동지들뿐이니 특별히 발표할 필요가 없었다. 또 이곳에서는 사람이 많이 모인 것도 아니어서 독립 선언서를 낭독할 필요가 없어 그 여부를 의논한바, 낭독을 생략하기로 하였다. 대신 선언서를 종로경찰서에 보내기로 하고, 최린이 인력거꾼을 불러 선언서 수 매를 종로경찰서에 보냈다. 그렇게 독립선언서를 발표한 것이다. 최초 최린이 동지끼리만 탑골공원에서 선언서를 발표하자고 할 때는 선언서를 그 자신이 낭독하려고 했다. 그러나 그가 병중에 있어 나에게 낭독하도록 권하여 그렇게 하기로 승낙하였다. 그 후 공원에서 발표하려던 계획을 변경한 것이다."

"피고 등은 금번 독립운동에 학생들과 관계하였는가?"

"그런 일은 없고, 내가 학생을 시켜서 독립선언서를 배포하게 한 일이 있다. 그렇게 된 것은, 다른 자에게 임금을 주고 시키려고 하였으나 뒤에 탈이 미칠까 두려워할 것 같아서 내가 잘 아는 학생들에게 시킨 것이다."

"일본 유학생이라든지, 기타 외국에 있는 조선 사람과 기맥을 통하여 한 일은 없는가?"

"나는 그런 일이 없고, 다른 동지들도 없는 줄 안다."

취조 서기가 잠시 서류를 뒤적이더니, 송진우 현상윤 신석구 등의 취조 조서를 꺼내 한용운에게 읽어 보게 했다.

"이걸 한번 읽어 보라."

한용운은 그가 내미는 취조서를 받아들고 들여다보다가, 먼저 송진우의 취조서를 읽었다.

문: 피고는 최린, 최남선과 같이 금번에 조선 독립을 계획하였는가?

답: 계획한 일은 없고, 야소교와 천도교가 독립운동하는 것은 알았다.

문: 최린과 최남선을 만난 일이 있지 않은가?

답: 있다. 본년 1월 말경이라고 생각된다. 일본에서 발행한 신문에 파리 강화회의에서 미국 대통령이 민족 자결이란 문제를 제창하였다는 기사를 보고, 현상윤과 같이 지나는 말로 우리 조선도 독립운동을 하였으면 어떠할까 하였더니, 현은 아무 대답이 없었다. 그 후 2, 3일 후 최린이 중앙 학교로 와서 현하現下 시국을 말할 때 최남선도 와서 독립운동에 대한 말을 하였다.

한용운은 더 읽지 않고 덮어 버렸다. 다음에는 현상윤의 취조서를 들여다보았다.

문: 그런데 이승훈은 최남선과 독립운동을 의논하려고 온 것이 아
   닌가?

답: 그들이 조선 독립운동에 관하여 의논하였는지 듣지 못하였으
   므로 알 수 없다.

문: 피고는 한일합병에 반대하는가?

답: 찬성한다.

문: 손병희 등의 독립운동에 관하여는?

답: 나는 찬부를 이 자리에서 말하고 싶지 않다.

한용운은 취조서를 내동댕이쳤다. 속에서 피가 거꾸로 치솟았다.
합병에 찬성한다는 말을 버젓이 하고 있었다.

취조 서기가 놀라 소리 질렀다.

"무슨 일인가?"

한용운은 아무 말도 하지 않고 다음 조서를 보았다. 신석구의 조
서였다.

문: 피고는 파리 강화회의에서 민족 자결이란 것을 제창하고 있다
   는 것을 어떻게 알았는가?

답: 그것은 오사카 〈매일신문〉과 〈매일신보〉에 게재되었다는 것
   을 한용운에게서 들었다.

한용운은 취조서를 덮어서 서기에게 돌려주었다. 취조 서기가 한
용운을 노려보며 물었다.

"이건 기록되는 것이 아니니까, 대답하지 않아도 좋다. 현상윤이 동경에서 온 학생으로부터 독립선언서를 받아 들고, 송진우 및 최남선에게 연락하여 이번 사건을 일으켰다는 것은, 사실과 틀리지 않은가?"

"현상윤은 스스로 합병에 찬성한다고 말했고, 송진우는 계획한 일이 없다고 스스로 자백한 사람 아닌가. 내 입으로 그들의 이름을 거론하는 것조차 수치스럽다. 의문 나는 게 있으면 그들에게 직접 다시 물어보라."

"신석구의 조서를 보면 피고가 주동자인데?"

"내가 최린에게 독립선언을 하자고 하였다. 그러니까 주동자이겠지."

취조 서기가 검사를 올려다보았다. 검사가 고개를 끄덕이며 계속하라는 지시를 하였다.

"그럼 다시 취조를 계속하겠다. 지금부터는 조서에 기록되는 사항이니 잘 생각하여 정확히 답변하라."

잠시 중단했던 취조가 계속되었다.

"구한국의 원로들과는 어떠했는가?"

"처음 내가 최린에게 들으니, 독립운동을 하는 유력한 사람 박영효에게 말하여 참가할 것을 권하였으나 거절당하고, 윤용구는 아예 응하지도 않았다고 했다. 그래서 그 교섭을 누가 하였느냐고 물었으나, 이미 실패한 일인데 말할 필요도 없다고 해서 더 물어보지 않았다."

"외국인과 관계가 있었는가?"

"아무 관계도 없었다. 혹 다른 동지는 있었는지, 거기까지는 알지 못한다."

"이것은 피고가 가지고 있던 것인데, 맞는가?"

서기가 압수한 증거물 6, 7, 8호를 들어 보였다.

"맞다. 그중 6호는 미국 대통령 윌슨에게 보내는 독립 탄원서이고, 7호는 각국 대표자들에게 보내어 독립 승인을 얻으려는 서면이며, 8호는 일본 정부와 의회 및 조선총독부에 보낼 독립 통고 문안이다. 또 그 외에 독립선언서 문안 한 통이 더 있는데, 그것은 지금 어디에 있는지 알지 못한다."

한용운은 서기가 질문한 것 외에도 덧붙여 설명했다.

"무슨 뜻으로 피고는 이 초고들을 가지고 있었는가?"

"그것은 28일날 최린을 만났을 때, 그가 내일 우리가 독립선언서를 발표하면 경찰이 압수할 것이므로, 그때 경찰에게 줘야 하니 한 통을 정서해 달라고 하였다. 바빠서 그대로 내가 가지고 있었다."

"임규와 현순은 몇 통씩 가지고 갔는가?"

"현순은 미국 대통령과 각국 대표자에게 보내는 서면을 가져갔다는 것만 알고 있지, 얼마씩 가져갔는지는 모른다. 임규도 일본 정부와 의회에 제출할 것을 가지고 갔다는 사실만 알고 있다. 다만 미국 대통령과 각국 대표에게 보낼 서면은 모필毛筆로 썼는데, 보지는 못했다. 그리고 일본 정부와 총독부에 보낸 것도 먹으로 직접 쓴 것이다. 나는 모두 여섯 통의 서면에 서명 날인하였다. 일본 정부와 의회, 총독부, 각 정당 대표 등에게 보내는 것으로, 최린이 인수하였다."

"피고가 배부하려고 한 독립선언서는 이것인가?"

검사가 증거로 압수한 독립선언서를 들어 보이며 물었다.

"그렇다."

"국민대회라고 한 명칭으로 이런 격문을 배부하고, 또 첩부貼付를 하고 있으니…… 이런 것을 피고는 알지 못하는가?"

검사는 다시 압수품 가운데 낯선 서류를 들어 보였다.

"알지 못한다."

검사는 다시 신문 한 장을 들어 보였다.

"이 신문을 아는가?"

한용운은 신문을 자세히 보지 않았다. 자기에게 직접 영향을 준 것이 아니라서 관심을 보이지 않았다. 아마 누군가가 비밀리에 발행하고 있는 저항 신문이리라 생각했다.

"3월 1일에 선언서를 발표하려고 하였는데, 무슨 뜻으로 이날로 정하였는가?"

"그것은 선언서가 제작되는 대로 발표하려고 했기 때문에 그렇게 된 것이다."

"이번 독립운동은 조선의 각 종교 단체가 함께 대표자를 뽑았는데, 이것은 어떻게 이루어진 것인가?"

"처음에는 조선인 모두 서명하려고 하였다. 천도교, 야소교, 불교가 합한 것은 구관료들이……."

이때 검사가 진술을 제지하고 확인했다.

"구 관료들이라니, 귀족들을 말하는가?"

"그렇다. 작훈을 받았으니 당신 나라에는 귀족이나 나에게는 구관료일 뿐이다."

검사의 표정이 약간 굳어졌다. 그러나 특별히 제지하지는 않았다.

"계속 말하라."

"구 관료들은 이에 응하지 않았다. 그래서 종교 단체에서만 하게 된 것이다."

"이번 운동으로 조선이 독립할 줄 알았는가?"

"그렇다. 독립될 줄로 안다. 그 이유는 목하 세계평화 회의가 개최되고 있는데, 장래의 영원한 평화가 유지되려면 각 민족이 자결自決하여 독립하지 않으면 안 되기 때문이다. 그래서 민족 자결이란 것이 강화회의 조건으로 윌슨 대통령에 의하여 제창된 것이다. 오늘날의 국세 정세를 살펴보면, 제국주의나 침략주의를 각국에서 배격하여, 약소민족의 독립이 진행되고 있다. 조선의 독립에 대하여서도 물론 각국에서 승인할 것이고, 일본에서도 허용할 의무가 있다. 그 이유는 이곳에서 압수하고 있는 서면에 기재된 바와 같다."

"계속 조선 독립운동을 할 것인가?"

"물론이다. 언제까지든 계속할 것이다. 반드시 독립을 성취할 것이다. 일본에는 중 겟쇼가 있고, 조선에는 이 한용운이가 있기 때문이다."

검사의 눈이 동그래졌다. 그의 목소리가 갑자기 가라앉았다.

"겟쇼를 아는가?"

"알고 있다."

"어떻게 아는가?"

"일본에 공부하러 가서 알았다."

검사는 잠시 침묵을 지키다가 다시 물었다.

"일본을 미워하는가?"

"일본을 미워하는 게 아니라, 일본의 침략 행위를 미워하고 있다. 인간의 가장 신성한 생존권을 박탈하고 있기 때문이다. 일본에도 겟쇼와 같은 중이 있는 것을 보면, 그곳 역시 사람이 살고 있는 세상 아닌가. 왜 자기 땅의 삶은 보면서 남의 나라 사람들의 삶은 보지 못하는가. 그건 모두 과욕에서 나온 침략 근성 때문이다. 나는 남의 나라 민족의 평화를 짓밟는 그 침략 근성을 파괴하려 할 뿐이다. 일본인도 사람의 하나일진대 미워할 이유가 없다. 나에게도 일본인 친구가 있다."

한용운은 동경에서 만난 마쓰노 히로유키와 아사다 교수, 그리고 미치코의 얼굴을 떠올렸다. 미치코가 준 목각 인형이 앙증맞게 눈앞에 다가왔다. 이들의 평화로운 가슴에 상처를 내고 있는 군국주의자들이 미웠다. 그는 주먹을 불끈 쥐었다.

검사는 잠시 무얼 생각하는 듯하다가 다시 말했다.

"그대의 이론은 정당하나, 본국 정부의 방침이 변하지 않으므로 어쩔 수 없이 처벌받을 것이다."

한용운은 검사를 바라보았다. 자신을 심문하는 검사이기는 하지만 인간적인 풍모가 조금 엿보이는 듯했다. 법학을 공부하여 검사의 지위에까지 올랐다면 나름대로 학덕은 갖추었을 것이다.

한용운은 순순히 경위를 진술하여서 그런지 취조받는 도중에 그렇게 모질게 고문당하지는 않았다. 몇 사람을 제외한 다른 대표들도 비슷한 처지를 당했다. 그러나 대부분 피로와 장래에 대한 불안으로 초췌한 모습이었다. 유치장에 함께 앉아 있어도 별로 말이 없었다. 아직 얼굴이 채 익지 않은 사람이 많은 탓도 있었지만, 마음속에 흐르는 불안 때문이었다.

최린이 침묵을 깨고 말했다.

"일본이 조선인을 너무 차별 대우하고 있단 말야. 세계 어느 곳 식민지를 보아도 조선총독처럼 무력으로 통치하지는 않아."

그 말을 듣는 순간 한용운은 최린을 노려보았다. 한용운의 눈빛이 이글이글 불탔다.

"이 보시오, 고우! 그럼, 총독이 통치를 잘한다면 독립운동을 하지 않겠다는 게요, 무엇이오?"

"만해, 갑자기 그게 무슨 말이오?"

"내가 묻고 있잖소. 총독이 정치를 잘하면 그대로 눌러살아도 좋다는 뜻이오?"

"내가 언제 그런 말을 하였소이까?"

"방금 그러지 않았소."

"그건 총독이 조선인을 차별하며 무단 통치를 한다는 걸 비방한 말이었지 않소?"

"비방이든 칭찬이든 마찬가지요. 그들의 통치 자체가 부당한 일인데, 무엇을 평할 게 있소? 평한다는 것은 곧 그들의 행위를 인정하는 것이외다."

한쪽에 웅크리고 있던 손병희가 큰 소리로 기침했다. 그는 가뜩이나 건강이 좋지 않은 차에 며칠 동안 혹독하게 취조당하여 얼굴이 퉁퉁 부어 있었다.

"으흠, 그만들 하시오. 모양새가 좋지 않소."

그때 누군가가 겁에 질린 목소리로 말했다.

"우리를 극형에 처한다는 데 사실일까요?"

그러자 또 한 사람이 말했다.

"평생 감옥살이를 해야 한다고도 하였소."

"이러다가 정말로 햇빛을 못 보는 건 아닐까요?"

어떤 사람은 훌쩍훌쩍 울기까지 했다. 한용운은 어이가 없는 표정으로 그들을 노려보았다. 그러다가 그는 다짜고짜 감방 한쪽에 있던 오물통을 번쩍 집어 들더니 똥을 한 줌 움켜쥐고 그들에게 확 뿌려버렸다.

"이 비겁한 인간들아! 울기는 왜 울어? 나라를 되찾으려다 죽는 게 무엇이 슬퍼! 너희들이 조선독립선언서에 서명한 이천만 동포의 대표들이야? 그렇게 추하게 살려면 당장 대표 서명을 취소해라!"

아무도 대꾸하지 못했다. 손병희도, 최린도 입을 굳게 다문 채 조용히 앉아 있었다. 감방 안에는 구린내로 숨도 쉴 수 없을 지경이었다. 정신을 차린 사람들은 모두 코를 움켜쥐고 있었다. 이 사건으로 한용운은 손이 뒤로 묶인 채 잠시 독방에 수감되었다.

마침내 경성지방법원에서 독립선언에 관련된 48인의 1차 재판이 시작되었다. 나가시마 유조 예심 판사가 한용운을 불러 세웠다. 인정신문이 끝난 뒤 판사는 공소장 기록을 들여다보면서 사건 개요에 대한 질문을 시작했다.

"피고는 신흥사 주지인가?"

"아니다. 나는 승려로서,『유심』이란 잡지를 발행하기 위해 경성에 와 있다."

"피고는 중앙학림과 관계가 있는가?"

"없다."

"피고는 일본에 가본 일이 있는가?"

"지금으로부터 12년 전, 불교를 수련하기 위해 동경에 가서 조동종 고마자와 학림에 들어가 공부한 적이 있다. 그러나 학자學資를 계속 댈 수가 없어 6개월 만에 귀국했다."

"최린과는 언제부터 알게 되었나?"

"동경 유학할 때 알았다. 귀국 후에도 계속 교제했다."

"손병희와도 평소 잘 알고 있었는가?"

"이번 사건 때문에 비로소 알게 되었다."

"최남선도 아는 사이인가?"

"6년 전부터 알고 지낸다."

"피고는 때때로 학생들 앞에서 연설을 한 일이 있는가?"

"그렇다. 청년회관, 보성학교, 현재는 없어졌지만, 오성학교 학생들에게 연설한 일이 있다."

"피고는 금번 손병희 외 31인과 독립선언을 한 일이 있는가?"

"있다."

"어찌하여 이 계획에 참여하였는가?"

"작년 겨울에 경성에서 발행되는 매일신보와 대판(오사카) 매일

신문에서 윌슨 대통령이 강화 회담에서 민족 자결을 제창하였고, 구주 전란 후 각 식민지가 독립을 하고 있다는 기사를 보았다. 이 기회에 조선도 독립을 하여야겠다고 생각하고 계획한 것이다."

"지금 민족 자결이란 것은 구주 전란 결과로 주권을 상실한 나라의 민족이나, 직접 전란에 참가한 구주 내의 일부 민족에 관한 문제이므로, 조선은 이 범위 밖의 일로 알고 있는데?"

"민족 자결이라는 것이 그렇게 구역을 정해 놓고 하는 것인지는 알지 못하나, 나는 전 세계적으로 병합된 모든 나라가 해결해야 될 공통 문제라고 생각한다. 해서, 조선도 독립운동을 하면 독립이 될 줄 알고 있다."

"그러면 민족 자결이라고 하는 것이 조선과 같이 직접 구주 전란과 관계없는 지역은 그 범위 밖이라는 사실을 알고 있었으면서도 이 기회에 독립운동을 하면 독립이 될 줄 알고 계획하였다는 말인가?"

"나는 전 세계에 대한 문제라 믿고 있다. 사상이란 어느 특정 지역과 특정인에게만 미치는 물리적인 힘이 아니다. 그것은 공기와 같이 눈에 보이지 않는 정신의 힘이기 때문이다."

"피고는 어떠한 기회로 이 운동에 참가하였는가?"

"나는 항상 최린과 왕래해 왔다. 그러던 중, 금년 1월 27, 8일경 최린의 집에서 잡담을 하던 가운데, 세계정세를 이야기하면서 우리도 독립운동을 하자고 제의하였다. 그러자 최린은 천도교에서도 그런 생각을 하고 있다고 하여 우리는 자주 만나면서 운동을 협의한 것이다."

"그 후 어느 때 최린과 협의하였는가?"

"최린과는 평소에도 자주 만났으며, 구체적 협의가 있은 후에는 수시로 만났다. 날짜는 일일이 기억하지 못한다."

한용운은 경찰과 검사에게 진술한 것과 똑같이 그동안의 진행 경과를 말하였다.

현순이 윌슨 대통령과 파리 강화 회의에 보낼 청원서를 가지고 상해로 떠난 날짜를 잘못 기억하자, 나가시마 유조 판사가 즉각 확인했다.

"현순이가 미국 대통령과 강화회의에 보낼 서면을 가지고 간 것은 2월 24일이 아니고 26일경이 아닌가?"

"24일은 잘못 말한 것이다. 26일인 걸로 생각된다. 독립선언서는 최린이 나에게 와서, 3월 1일 오후 탑골공원에서 낭독 발표하기로 하였는데 나보고 그 일을 맡아달라고 해서 그러기로 승낙하였다."

한용운은 독립선언서 낭독 장소를 탑골공원에서 태화관으로 바뀐 경위와 배포 과정도 자세하게 이야기했다.

"피고가 집합시킨 중앙학림 생도에게 무슨 연고로 그런 일을 시킬 생각을 하였는가?"

"학생들은 자기의 나라가 독립되는 것을 환영하고, 비밀을 누설치 않을 것으로 생각하고 그것을 부탁하였다."

"그 사람들은 중앙학림 대표로서 독립운동을 하고 있다는 것을 미리 알고 있지는 않았는가?"

"그런 것이 아니라, 내가 학생들에게 부탁하였다."

"알고 있는 학생들을 비호하는 것이 아닌가?"

"결코 그렇지 않다."

"피고가 선언서를 주었을 때, 지금 말한 사람 외에 김상헌과 김대용 김승신 김성욱 등이 있었지 않았는가?"

"김상헌은 왔었지만, 김대용은 오지 않았다. 김성욱은 이름도 모르는 사람이라 같이 왔는지 어떤지는 알지 못한다."

"피고는 학생들에게, 자기는 독립 선언서에 서명한 사람들과 같이 3월 1일 오후 두 시, 탑골공원에서 독립 선언서를 발표할 것이니, 그 시간 이후 선언서를 배포하여 달라고 말한 것은 아닌가?"

"선언서는 탑골공원에서 발표하려고 하였으나, 폭동이 있을까 염려되어 장소를 변경하였다. 변경된 장소는 학생들에게 말하지 않고, 선언서를 오후 두 시에 발표할 것이므로 그날 밤에 배포하라고만 말했다."

"그때 피고는 선언서를 탑골 공원에서 발표할 것이니, 너희들은 선언서를 배포하고 만세를 부르고 시위운동을 하라고 하지 않았는가?"

"그런 일은 없다."

"독립선언서는 경성에 있는 관립 및 사립학교 생도를 시켜서 배포하라고, 최린이가 말하지 않았는가?"

"그런 일은 없고, 야소교와 천도교에서 배포하기로 하였으니, 당신도 배포하라고 말하였다."

"손병희 집에 회합할 때 이갑성이가 우리들의 운동에 학생들도 협조할 것이라고 말하지 않았는가?"

"그렇다. 그때 이갑성은 학생들이 우리 독립운동에 응원할 방침을 세우고 있다고 하였다."

"그래서 다른 사람들은 무엇이라고 하던가?"

"그때 발표 장소를 명월관 지점으로 변경하고 학생들에게는 알리지 않기로 하였다."

"3월 1일에 행동을 어찌하였나?"

한용운은 그날 있었던 일을 자세하게 설명해 주었다. 경찰에 체포되어 갈 때 보았던 만세를 부르던 두 학생에 대한 이야기도 했다.

"나는 그 어린 학생들의 가슴에 담겨 있는 독립의 의지를 지금도 잊을 수가 없다. 그 학생들의 염원은 바로 이천만 조선 동포의 염원이다."

"피고는 묻는 말에만 대답하라!"

"그날 행동을 물었지 않았나?"

"선언서 발표 행위를 물은 거다."

"내가 한 말은 모두 그 질문에 대한 대답이다."

판사는 화를 삭이지 못해 얼굴이 붉게 상기되었다. 목소리도 격양되었다.

"2월 27일, 백용성 집에서 동지가 회합하여 정부에 제출할 서면에 조인할 때 피고도 참석하였는가?"

"가지 않았다."

"피고는 최린 이외 다른 사람에게도 독립에 대한 말을 하였나?"

"2월 25일경, 천도교 도사 오세창을 찾아 최린에게 말한 것과 같은 말을 하고 의사를 물으니, 천도교에서도 그런 생각을 가지고 있다고 하였다. 또 2월 26일경 봉익동 1번지 백용성 집에 가서, 종교단체에서 계획한다는 것은 아니나 지금 천도교와 야소교에서 독립

선언 운동을 계획하고 있으니 당신도 불교 측의 한 사람으로 참가하라고 권고하여 승낙을 얻었다. 다른 사람에게는 말한 일이 없다.”

한용운은 거창의 곽종석의 경우에도 참가 승낙을 하였으나, 못 만났다고 거짓 진술을 했다. 이는 선언서에 서명한 사람만 의연하게 대처한다는, 자신의 다짐 때문이었다. 그래서 범어사나 통도사에 다녀왔던 일도 자세하게 진술하지 않았다.

“피고는 백용성에 대하여 어떤 방법으로 조선 독립의 의사를 발표한다고 하였는가?”

“그 방법을 이야기한 일은 없다.”

“방법을 듣고 찬동하지 않았는가?”

“천도교와 야소교가 독립운동을 하고 있으니 불교 측에서도 가입하자고 하여 찬성을 얻고 곧 돌아왔다. 그 뒤 선언서와 기타 정부와 총독부에 제출할 서면에는 인장을 찍어야 한다고 하였더니, 백용성이 나에게 인장을 맡겨 두고 갔었다. 그런 후 백용성은 볼일이 있어 자주 연락하였는데, 3월 1일 아침에 오늘 오후 두 시에 명월관 지점에서 선언서를 발표할 것이니 우리 집으로 오든지, 늦을 것 같으면 명월관 지점으로 바로 가라고 하였다.”

“백용성에게 독립선언서를 다수 인쇄하여 배포하라고 말하였는가?”

“말한 일 없다.”

“백용성에게 일본 정부의 승인이 없어도 독립선언을 함으로써 조선은 독립이 될 수 있다는 말을 하였나?”

“그런 말을 하였다.”

"피고는 독립선언으로 조선이 일본의 주권에서 이탈되어 독립이 된다고 생각하는가?"

"그렇다."

"가령 피고 등이 독립을 선언한다 하여도 일본 정부가 사실상 조선을 지배하고 있을 것이니, 그 독립선언은 무의미한 것이 아닌가?"

"독립을 선언하면 일본이라든지 각국이 승낙할 줄로 생각하고 있다."

"그런데 일본의 실질적 지배를 벗지 못하면 결국 독립선언은 무효가 되고 말 것이 아닌가?"

"한 국가의 독립은 누구에게 승인을 얻어서 하는 것이 아니다. 독립을 선언하고 각국이 이를 인정하면 그것이 곧 독립이 되는 것이다. 우리가 그 선언을 하면 일본과 각국이 그것을 승인하여 점차 실력을 얻게 될 줄로 생각한다."

"피고가 야소교 측과 회견한 일이 있는가?"

"2월 26일경 최린의 집에서 이승훈과 만나서, 이런 일은 행복한 것이라고 인사의 말을 하기도 했다."

판사는 이맛살을 찌푸렸다. 그는 압수한 선언서와 통고서 등을 일일이 들고 한용운에게 확인시켰다.

"피고는 이 선언서에 기재된 취지에 찬성하는가?"

"그렇게 때문에 여기 이렇게 서 있는 게 아니겠는가?"

"묻는 말에 대답만 하라!"

"그것이 대답이다."

"그렇다, 안 그렇다로 대답하라."

한용운은 판사를 날카롭게 쏘아보았다.

"취지에 찬성하는가?"

"그렇다."

"이 독립선언서를 인쇄, 배포한 목적은?"

"조선 전반에 독립한다는 사실을 알리자는 것이다."

"이런 선언서를 배포하면 어떠한 결과가 올 것이라고 생각하였는가?"

"조선은 독립이 될 것이고 인민은 장차 독립국 국민이 될 것이라고 생각하였다."

"피고들이 전 조선에 독립선언서를 배포함으로써 조선이 독립될 줄로 알았다지만, 일본 정부는 털끝만큼도 귀를 기울이지 아니할 것이다. 그래도 조선 인민이 독립이 될 줄로 알고 있다고 생각하는가?"

"나는 일본 정부가 반드시 조선 독립을 승인할 줄 믿었다. 그러므로 승인 안 될 경우란 생각해 보지도 않았다."

"피고 등 33인의 독립선언을 일본 정부가 승인하지 않으리라는 것은 명확하지 않은가?"

한용운은 판사의 질문을 정정하였다.

"독립선언은 32인이 하였다."

"무슨 말인가? 33인이 서명하지 않았나?"

"한 명이 포기하였기 때문이다."

"그건 이 자리에서 다룰 문제가 아니니 피고는 질문에만 답변하라."

"알겠다. 캐나다, 애란, 인도가 독립을 하였다. 그러므로 조선도 틀림없이 독립이 될 것이다. 이제 세계에는 제국이 없을 것으로 알고 있으므로, 일본은 반드시 조선 독립을 승인할 줄로 생각하고 있다."

"피고 등은 독립선언서를 배포하는 것은, 인민을 선동하여 많은 사람이 시위운동을 하고 폭동을 일으키려는 데 목적이 있는 아닌가?"

"그런 목적이 아니다."

"이 선언서에서는 최후의 일인, 최후의 일각까지라는 것이 있는데, 그것은 폭동을 선동한 것이 아닌가?"

"그런 것이 아니다. 그것은 조선 사람은 한 사람이 남을 때까지 독립운동을 하라는 것이다."

"그런데 인민이 피고 등의 선언서에 자극되어 관리에 대항할 것을 생각하였는가?"

"나는 독립을 선언하면 일본이 반드시 승인할 줄로 믿었기 때문에 그러한 생각은 하지 않았다."

"선언서에서는 일체의 행동은 질서를 중히 하라 하였는데, 그것은 폭동을 경계한 것인가?"

"그렇다."

"그런데 선언서를 본 사람들이 질서를 문란시키고 폭동한 일이 발생했지 않은가?"

"그런 말을 들어보지 못했다."

"피고는 금번 계획으로 처벌될 줄 알았는가?"

"나는 내 나라를 세우는 데 힘을 다한 것이니 벌을 받을 리 없을 줄 안다.”

“피고는 금후에도 조선 독립운동을 할 것인가?”

“한 가지 질문을 해도 되겠는가?”

“묻는 말에 대답만 하라.”

“대답할 것을 다 했으니, 묻겠다. 판사는 만약 일본이 다른 나라에 강점당하고 있다면 어떻게 하겠는가?”

판사의 얼굴이 붉으락푸르락했다.

“법이란 자고로 사람이 만든 것이다. 그래서 법이 절대 진리가 아니라는 말이다. 조선 사람에게는 조선 법을 적용해야만 법으로서 의미가 있다. 조선 땅에서 일본 법을 적용하는 것 자체가 위법이지 않은가?”

“경고한다. 피고는 질문에 답변만 하라.”

“그렇다. 나는 독립운동을 하려는 마음을 고치지 않을 것이다. 만일 몸이 없다면 정신만이라도 영세토록 그런 의지를 가지고 있을 것이다.”

판사는 서둘러 심문을 끝내고 재판을 종료했다.

대표들은 1심 재판에서 모두 유죄 판결을 받고 복심 법원에 항고하였다.

한용운은 감방에서 지방법원 검사장이 요구한 ‘조선 독립에 대한 감상’을 집필하고 있었다. 비록 자신들에게 유죄를 주장한 검사이긴 하였지만, 학덕을 갖춘 인물이었다. 한용운은 그가 느닷없이 조선 독립에 대한 감상을 물은 것을 아직도 의아하게 여기고 있다.

"조선 독립에 관한 피고의 감상을 이야기할 수 있겠는가?"

"말할 수 있다. 허나, 한 민족의 독립에 대한 감정을 어찌 몇 마디 말로 설명하겠는가. 이 자리에서 장황하게 시간을 할애할 수도 없을 터이니, 차후 서면으로 제출하겠다. 지필묵을 넣어 줄 수 있겠는가?"

"그렇게 하도록 하겠다."

한용운은 그날부터 조선 독립에 대한 자신의 감상을 정리하기 시작했다. 감방에는 참고할 만한 책도 없었다. 오직 종이와 필기도구뿐이었으므로 평소 가슴에 품고 있던 뜻을 정리할 수밖에 없었다. 그러나 섣불리 써서는 안 된다. 어쩌면 이것이 일본 사람들의 침략 정신에 못을 박고, 조선 사람들의 가슴에 독립의 의지를 심어 주는 중요한 글이 될지도 모르기 때문이었다.

그는 우선 전체를 5개 장으로 나누었다.

1. 개론
2. 조선 독립선언의 동기
3. 조선 독립선언의 이유
4. 조선 총독 정책에 대하여
5. 조선 독립의 자신

이렇게 장을 5개로 나눈 후 각론을 기술하기로 하고 한용운은 집필에 들어갔다. 그는 제1장 '개론'에서 조선 독립에 대한 필연성을 설명하였다.

자유는 만물의 생명이요, 평화는 인생의 행복이다. 그러므로 자유가 없는 사람은 시체와 같고 평화가 없는 사람은 가장 고통스러운 사람이다. 압박을 당하고 난 사람의 주변 공기는 무덤으로 변하고, 쟁탈을 일삼는 자의 경계는 지옥이 되는 것이니, 우주 만물의 가장 이상적인 진짜 행복은 자유와 평화다.

그러므로 자유를 얻기 위하여는 생명을 터럭처럼 여기고, 평화를 지키기 위해서는 희생을 달게 받는 것이니, 이는 인생의 권리인 동시에 또한 의무이기도 하다. 그러나 참된 자유는 남의 자유를 침해하지 않음을 한계로 삼는 것이니 침략적 자유는 평화가 없는 야만적 자유가 되며, 평화의 정신은 평등에 있으니 평등은 자유의 상대다.

따라서 위압적 평화는 굴욕일 뿐이니, 참된 평화는 반드시 자유를 동반할 것이다. 자유여! 평화여! 전 인류의 요구로다.

제2장 '조선 독립선언의 동기'에서는, 조선 민족의 실력, 세계 대세의 변천, 민족 자결 조건 등, 3개의 각론으로 나누어 설명했다.

(1) 조선 민족의 실력

일본은 조선의 민의를 무시하고 암약闇弱한 주권자를 속여 몇몇 아부하는 무리와 더불어 합병이란 흉포한 짓을 강행하였다. 그 후로부터 조선 민족은 부끄러움을 안고 수치를 참는 동시에 분노를 터뜨리며 뜻을 길러 정신을 쇄신하고 기운을 함양하는 한편, 어제의 잘못을 고쳐 새로운 길을 찾아왔다……

모름지기 국가는 모든 물질문명을 다 구비한 후에라야 꼭 독립되는 것은 아니다. 독립할 만한 자존自存의 기운과 정신적 준비만 있으면 충분한 것으로서 문명의 형식을 물질에서만 찾음은 칼을 들어 대나무를 쪼개는 것과 같으니, 그 무엇이 어려운 일이라 하겠는가…….

(2) 세계 대세의 변천

20세기 초두부터 전 인류의 사상은 점점 새로운 빛을 띠기 시작하고 있다. 전쟁의 참화를 싫어하고 평화로운 행복을 바라고 각국이 군비를 제한하거나 폐지하려는 움직임을 보이고 있다. 만국이 서로 연합하여 최고 재판소를 두고 절대적인 재판권을 주어 국제 문제를 해결하며, 전쟁을 미연에 방지하자는 설도 나오고 있다. 그 밖에 세계 연방설과 세계 공화국설 등 실로 가지가지의 평화안을 제창하고 있으니, 이는 모두 세계평화를 촉진하는 기운들이다…….

(3) 민족 자결 조건

미국 대통령 윌슨 씨는 독일과 강화하는 기초 조건, 즉 14개 조건을 제시하는 가운데 국제 연맹과 민족 자결을 제창하였다. 이에 대해 미국, 프랑스, 일본과 기타 여러 나라가 내용적으로 이미 국제 연맹에 찬동하였으므로 그 본바탕, 즉 평화의 근본 문제인 민족 자결에 대해서도 물론 찬성할 것이다…….

이와 같이 각국이 찬동의 뜻을 표한 이상 국제 연맹과 민족 자결은 윌슨 한 사람의 사사로운 말이 아니라, 세계의 공언公言이며, 희망의 조건이 아니라 기성旣成의 조건이 되었다…….

제3장 '조선 독립선언의 이유'에서 그는 자신의 심정을 절절히 밝혔다. "아아, 나라를 잃은 지 10년이 지난 지금에서야 독립을 선언한 민족이, 독립선언의 이유를 설명하게 되니 실로 침통함과 부끄러움을 금치 못한다"고 스스로를 나무라면서, 이제야 독립을 선언하게 된 그 이유를 4가지로 설명했다.

(1) 민족의 자존성

들짐승은 날짐승과 어울리지 못하고, 날짐승은 곤충과 함께 무리를 이루지 못한다. 같은 들짐승이라도 기린과 여우나 살쾡이는 그 거처가 다르고 같은 날짐승 중에서도 기러기와 제비, 그리고 참새는 그 뜻을 달리하며, 곤충 가운데서도 용과 뱀은 지렁이와 그 즐기는 바를 달리한다. 또한 같은 종류 중에서도 벌과 개미는 자기 무리가 아니면 서로 배척하여 한곳에 동거하지 않는다.

이는 감정이 있는 동물의 자존성에서 나온 행동으로, 반드시 이해득실을 따져서 남의 침입을 배척하는 것이 아니다. 다른 무리가 자기 무리에 대하여 이익을 준다 해도 역시 배척하는 것이다. 이것은 배타성이 주체가 되어 그런 것이 아니라, 같은 무리는 저희끼리 사랑하여 자존을 누리는 까닭에 자존의 배후에는 자연히 배타가 있는 것이다. 여기서 배타라 함은 자존의 범위 안에 드는 남의 간섭을 방어하는 것을 의미하며, 자조의 범위를 넘어서까지 배척함을 뜻하는 것이 아니다. 따라서 자존의 범위를 넘어 남을 배척하는 것은 배척이 아니라 침략이다.

인류도 이와 마찬가지여서 민족 간에는 자존성이 있다. 유색인종과 무색 인종 간에 자존성이 있고, 같은 종족 중에서도 각 민족의 자존성이 있어 서로 동화하지 못하는 것이다. 예컨대, 중국은 한 나라를 형성하였으나 민족적 경쟁은 실로 격렬하지 않았는가. 최근의 사실만 보더라도 청나라의 멸망은 겉으로 보기에는 정치적 혁명 때문인 것 같으나, 실은 한민족과 만주족의 쟁탈에 연유한 것이다. 또한 티베트족이나, 몽고족도 각각 자존을 꿈꾸며 기회만 있으면 궐기하려 하고 있다. 그 밖에도 아일랜드나 인도에 대한 영국의 동화 정책, 폴란드에 대한 러시아의 동화 정책, 그리고 수많은 영토에 대한 각국의 동화 정책은 어느 하나도 수포로 돌아가지 않은 것이 없다…….

(2) 조국사상

월조(越鳥: 남쪽 나라 새)는 남녘의 나뭇가지를 생각하고, 호마胡馬는 북풍을 그리워한다. 이는 그 본바탕을 잊지 못하기 때문이다. 동물도 이러하거늘 하물며 만물의 영장인 사람이 어찌 그 근본을 잊을 수 있겠는가.

근본을 잊지 못함은 인위적인 것이 아니라 천성이며, 또한 만물의 미덕이기도 하다. 그러므로 인류는 그 근본을 못 잊을 뿐만 아니라, 잊고자 해도 잊을 수가 없는 것이다. 반만년의 역사를 가진 나라가 오직 군함과 총포의 수가 적다는 이유 하나 때문에 남의 유린을 받아 역사가 단절됨에 이르렀으니, 누가 이를 참으며 누가 이를 잊겠는가. 나라를 잃은 뒤 때때로 근심 띄운 구름, 쏟아지는 빗발 속에서도 조상의 통곡을 보고, 한밤중 고요한 새벽에 천지신명의 질책을 듣거니와, 이를 능히 참는다면 어찌 다른 무엇을 참지 못할 것인가. 조선 독립을 감히 침해하지 못할 것이다.

(3) 자유주의

인생의 목적을 철학적으로 해석하려면 여러 가지 설이 구구하여 일정한 정의를 내리기 어렵다. 그러나 인간 생활의 목적은 참된 자유에 있는 것으로서 자유가 없는 생활에 무슨 취미가 있겠으며, 무슨 즐거움이 있겠는가. 자유를 얻기 위해서는 어떤 대가도 아까워할 것이 없으니, 곧 생명을 바쳐도 좋을 것이다.

일본은 조선을 합병한 후 압박에 압박을 더하여, 말 한마디 발걸음 하나에까지 압박을 가하여 자유의 생기生氣는 터럭만큼도 없게 되었다. 피가 없는 무생물이 아닌 이상에야 어찌 이것을 참고 견디겠는가. 한 사람이 자유를 빼앗겨도 하늘과 땅의 화기和氣가 상처를 입는 법인데, 어찌 2천만의 자유를 말살함이 이다지도 심하다는 말인가. 조선의 독립을 감히 침해하지 못할 것이다.

(4) 세계에 대한 의무

민족 자결은 세계평화의 근본적인 해결책이다. 민족자결주의가 성립되지 못하면 아무리 국제 연맹을 조직하여 평화를 보장한다 하더라도 결국에는 수포로 돌아가고 말 것이다. 왜냐하면, 민족 자결이 이룩되지 않으면 언제라도 싸움이 잇달아 일어나 전쟁이 계속될 것이기 때문이다…….

한용운은 제4장 '조선 총독 정치에 대하여'에서는 역대 조선 총독의 악정을 신랄하게 나무랐다.

조선을 합병한 후 조선에 대한 일본의 시정 방침은 무력 압박이라는 넉 자로 충분히 대표된다. 전후의 총독, 즉 데라우치 마사타케와 하세가와로 말하면 정치적 학식이 없는 한낱 군인에 지나지 않는다. 그래서 조선 총독 정치는 한마디로 말해서 헌병 정치였다. 환언하면 군사 정치요 총포 정치로서, 군인의 특징을 발휘하여 군사 정치를 행함에는 유감이 없었다…….

그러나 조선인은 이 같은 학정 아래 노예가 되고 소와 말이 되면서도 10년 동안 조그마한 반발도 일으키지 않고, 순종할 뿐이었다. 이는 주위의 압력으로 반항이 불가능했기 때문이기도 하겠으나, 그보다는 총독 정치를 중요시하여 반항을 일으키려는 생각이 없었기 때문이다. 왜냐하면, 총독 정치에 앞서 합병 자체가 문제가 있기 때문이다. 다시 말하면, 언제라도 부당한 합병을 깨뜨리고, 독립자존을 꾀하려는 것이 2천만 민족의 머리에 박힌 불멸의 정신이었다. 그러므로 총독 정치가 아무리 극악해도 여기에 보복을 가할 이유가 없고, 아무리 완전한 정치를 한다 해도 감사의 뜻을 나타낼 까닭이 없어 결국 총독 정치는 지엽적인 문제로 취급했던 까닭이다.

한용운은 여기까지 쓰고 잠시 눈을 감았다. 가슴 한가운데로 한 줄기 뜨거운 바람이 지나갔다. 얼마나 가슴 답답하게 묻어 둔 소리였던가. 그는 독립에 대한 감상을 물은 일본인 검사장에게 감사하는 마음마저 들었다. 조선의 민족 지도자들이 한일합병 이후 조선의 정세를 똑바로 보지 못하고 있는 데 대한 울분이기도 했다.

조선 민족이 싸워야 할 대상은 식민 체제 자체이지, 총독 정치가 아니다. 사람들은 일본의 압정에 대항하면서 그 싸움의 대상을 총독부로 보고 있었다. 엄격히 말해 이는 일본의 식민 정치를 은연중에 인정하고 있는 결과를 초래하고 있다. 독립선언에 서명해 달라고 찾아갔을 때, 이상재李商在가 총독부에 청원서를 내라고 하던 시각도 바로 여기에 있었다.

총독부는 식민 체제를 유지하기 위한 조직에 불과하다. 그 조직을 움직이고 있는, 근본 체제와 싸워야 한다. 따라서 총독부를 상대로 한 타협이나 양해로 조선을 독립시킨다는 생각을 버려야 하는 것이다. 조선인의 자존에 의한 완전한 독립을 위해 투쟁해야 한다. 그것은 바로 2천만 민족의 가슴에 타오르는 불꽃이다. 그 불꽃은 거센 비바람에도 꺼지지 않고 영원히 타오를 것이다.

한용운은 마지막 제5장, '조선 독립의 자신自信'을 썼다. 그는 조선 독립은 세계 대세를 보아서도 명백하게 이루어질 것임을 천명했다.

이번의 조선 독립은 국가를 창설함이 아니라, 한때 치욕을 겪었던 고유의 독립국이 다시 복구되는 독립이다. 그러므로 독립의 요소, 즉 토지, 국민, 정치와 조선 자체에 대해서는 만사가 구비되어 있어서 다시 말할 필요가 없겠다……

아아, 일본은 기억하라! 청일전쟁 후의 시모노세키 조약과 노일전쟁 후의 포츠머드 조약 가운데서 조선 독립을 보장한 것은 무슨 의협인가? 그 두 조약의 먹물이 마르기도 전에 절개를 바꾸고 지조를 꺾어 궤변과 폭력으로 조선의 독립을 유린함은 또 그 무슨 배신인가. 지난 일은 그렇다 하더라도 앞일을 위하여 간언하노라. 지금은 평화의 일념이 가히 세계를 상서롭게 하려는 때이니, 일본은 모름지기 노력할 것이로다.

한용운은 문맥을 정리한 뒤 따로 휴지에다 깨알 같은 글씨로 한 벌 더 베껴 썼다. 일본 측에 제출하게 되면 혹시 파기될지도 모른다는 염려 때문이었다. 그는 이 휴지를 돌돌 말아서 노끈처럼 만들고, 그것을 옷섶에 몰래 감추어 두었다.

민족 대표 48인에 대한 재판은 경성지방법원의 예심을 거쳐 내란죄가 적용되었으나, 관할이 다르다는 이유로 고등법원으로 넘겨져 다시 예심을 받았다. 이러한 곡절을 거치면서 1년여를 끈 끝에 이듬해 3월 22일 경성 고등법원에서 소요죄를 적용하여 예심을 종결하고, 사건은 복심법원으로 넘겨졌다.

7월 12일, 마침내 경성 복심법원에서 결심 공판이 열렸다. 복심 공판은 정동貞洞 철도부鐵道部 아래층에 마련된 특별 법정에서 열렸다. 거리에는 총칼로 무장한 경찰들이 삼엄한 경계를 펴고 있었고, 공판정에는 150여 명의 방청객이 숨을 죽이고 이를 지켜보고 있었다. 이 날 공판에는 몸이 불편한 손병희를 제외한 47명 전원이 참석했다. 공판은 오전 9시 10분에 개정되었다.

판사는 한용운에게 조선 독립에 대한 감상을 물었다. 한용운은 방청객 가운데 앉아 있는 제자 춘성을 한번 돌아다본 뒤 대답했다.

"고금동서를 막론하고 국가의 흥망이 일조일석에 이루어진 예는 없소. 어떠한 나라든지 제 스스로 망하는 것이지, 남의 나라에 의해 망하지는 않소이다. 우리나라는 수백 년 동안 이어져 온 부패한 정치와, 민중이 현대 문명에 뒤떨어진 것이 합쳐져 망국의 원인이 되었소. 원래 이 세상에는 개인과 국가를 막론하고 자존심이 있소. 개인은 개인의 자존심이 있고, 국가는 국가의 자존심이 있는 법, 자존심이 있는 민족은 남의 나라의 간섭을 절대로 받지 아니하오. 금번의 독립운동이 총독 정치의 압박으로 생긴 것인 줄 알지 마시오. 자존심이 있는 민족은 남의 압박을 받지 아니하고자 할 뿐만 아니라, 행복의 증진도 받지 않고자 하오. 이는 역사가 증명하는 바이오. 우리는 압박이든 행복을 안겨주든 총독 자체를 인정하지 않소이다. 사천 년이나 장구한 역사를 가진 민족이 언제까지나 남의 노예가 되지는 않을 것이외다. 그 말을 다 하자면 심히 장황하므로, 여기에서 다 말할 수 없소이다. 그것을 자세히 알려면 내가 지방법원 검사의 부탁으로 '조선 독립에 대한 감상'이라는 것을 감옥에서 지은 것이 있으니, 그것을 가져다 보면 알 듯하오이다."

판사는 공소장에 기록된 진술 내용에 대해 더 질문한 뒤 잠시 휴정을 하였다.

공판이 속개되었다. 이때부터 한용운은 판사의 질문에 일체 대답하지 않았다. 할 말을 다했다는 듯, 의연한 자세로 입을 굳게 다문 채 날카롭게 쏘아보기만 했다.

"피고는 묵비권을 행사하는가?"

"……."

"대답을 하지 않는 이유를 말하라."

한용운은 비로소 입을 열었다.

"조선인으로서 조선의 독립운동을 하는 것은 백번 마땅한 일인데, 감히 일본인이 어떻게 재판을 하느냐? 이 재판을 인정할 수 없어 대답을 않는 것이다."

일본인 판사의 얼굴이 흙빛으로 변했다.

결심 공판을 모두 마치고 판사가 한용운에게 최후 진술을 하도록 했다. 한용운은 마치 막혀 있던 물줄기를 터뜨리듯, 노도 같은 음성으로 엄중하게 경고했다.

"우리는 우리의 조국과 민족을 위하여 마땅히 할 일을 한 것뿐이다. 정치란 것은 덕에 있고 험함에 있지 않다. 옛날 위魏나라의 무후武侯가 오기吳起라는 명장과 함께 배를 타고 강을 내려오면서 서로 부국과 강병을 자랑하던 중, 무후가 좌우 산천을 돌아보면서 '아름답다, 산하의 견고함이여! 위나라의 보배로다.'하고 감탄하였다. 그러나 오기는 이 말을 듣고 '그대의 할 일은 덕에 있지 산하에 있는 것이 아니다. 만약에 덕을 닦지 않으면 이 배 안에 있는 사람 모두가 적이 되리라.'하고 말했다. 이처럼 너희들도 강병만 자랑하고 수덕修德을 정치의 요체要諦로 하지 않으면 국제 사회에서 고립되어 마침내는 패망할 것을 알려두노라!"

민족 대표들은 보안법과 출판법 위반 혐의로 모두 유죄를 선고받았다. 한용운을 비롯하여 독립선언을 주도한 핵심 인사들은 3년 형을 선고받았다.

달아 달아 밝은 달아

가을비가 부슬부슬 내렸다. 한용운은 감방 천장 가까이에 붙어 있는 작은 창으로 흩뿌리는 빗줄기를 보았다. 그 창문으로 간혹 낙엽이 날아 들어오기도 했다. 비록 하찮은 낙엽 하나이지만, 감방 안에서는 단풍든 산山 하나가 들어온 것 이상으로 반갑다. 한용운에게는 붉게 물든 설악산이 찾아온 것처럼 가슴 설렜다. 빗줄기를 바라보던 한용운은 눈을 지그시 감았다. 그의 마음은 어느새 빗줄기를 타고 경성 시내로 달려간다.

秋雨何蕭瑟(추우하소슬)
微寒空自驚(미한공자경)
有思如飛鶴(유사여비학)
隨雲入帝京(수운입제경)

왜 이리도 쓸쓸한 가을비런가

갑자기 으스스해 새삼 놀라는 것.
생각은 하늘 나는 학인 양하여
구름 따라 서울에 들어가느니.

그때 간수가 와서 한용운에게 누가 면회 왔다고 알렸다. 한용운은 김상호이겠거니 하고 일어섰다. 가족도 친구도 없는 한용운에게는 면회 올 사람이 없었다. 설사 있다고 하더라도 웬만해서는 오지 못한다. 독립운동을 하다 잡혀온 사람을 면회한다는 것은 그만큼 요시찰 인물이 되기 때문이다. 몇 안 되는 제자들마저 독립선언 이후 만세운동을 하다가 거의 모두 체포되었거나 해외로 망명하였다.

김상호는 범어사의 청년 승려이다. 그는 한용운의 지시로 독립선언서를 가지고 범어사로 내려간 중앙학림 학생 김법린 김상헌 백성욱 신상완 등과 함께 범어사 명정학교 학생을 중심으로 3월 4일 결사대를 조직하였다. 이들은 3월 7일 동래 장날을 틈타 장꾼들과 함께 만세 시위를 주동하며 경찰서를 습격하기도 하였다. 그는 만세 시위 후 곧바로 경성에 올라와 전국 불교도의 독립운동 본부를 조직하고, 전국 각 사찰에 연락하여 만세 시위에 가담토록 하였다. 4월에는 신상완과 백성욱을 상해 임시 정부에 파견하여 국내 불교계의 독립운동 상황을 보고케 하고, 연대 활동을 모색하도록 했다. 또 그는 대동단에 가입하여 불교계의 책임자로 활동하면서, 이듬해 오성월 김경산 등 범어사의 원로 스님들과 의논하여 사찰 재산에서 거액을 마련하여 상해 임시 정부에 독립 운동 자금으로 보내기도 했다. 그러다가 그도 일경에 체포되어 모진 고문을 당했다. 김상호가 가끔 한용운을 면회 와서 바깥소식을 전해 주고, 또 행동 방향을 의논하고는 했다.

"왔느냐."

"건강은 어떻습니까, 스님?"

"나 걱정은 마라. 바깥은 좀 어떤가?"

김상호는 간수가 눈치채지 못하게 입을 바싹 갖다 대고 나직하게 말했다.

"불교청년회를 조직하였어요. 왜성대倭城臺를 폭파할 계획입니다."

"신중을 기해야 한다."

"염려 마십시오, 스님. 참, 대동단의 정남용과 이용범을 만났어요."

"다들 잘 있더냐."

김상호는 대답하지 않았다. 한용운이 심상치 않은 낌새를 느끼고 재차 물었다.

"무슨 일이 있었느냐?"

"지난해 연말에 일어난 의친왕 이강 공의 상해 탈출 사건 있잖습니까?"

"알고 있지. 연루된 사람들은 어떻게 되었느냐?"

"대동단에서 주동하였는데, 장남용 등 관련자가 모두 체포되었어요."

한용운은 어금니를 지그시 깨물었다.

대동단. 독립선언서 발표를 몰래 논의하던 때 한용운은 이용범과 정남용을 만나 대동단에 대한 이야기를 대충 들었다. 정남용도 거기에서 만났다. 일진회 회원으로 일제의 앞잡이 노릇을 하던 인사들이 중심이 되어 국권 회복을 위해 싸우는 단체라고 했다. 전협과 홍주 사람 최익환 등이 주동했었다.

김상호는 영친왕 이강 공의 상해 탈출 사건을 자세하게 이야기하였다. 이 이야기는 길어서 한 번에 하지 못하고, 김상호가 면회 올 때마다 이후 이야기를 이어서 해주었다.

의친왕의 탈출에 앞서 대동단에서는 동농 김가진을 먼저 상해로 탈출시켰다. 김가진은 주일 공사, 지방 관찰사, 농상공부 대신을 거친 뒤, 한일합병 때는 남작 작위까지 받은 거물이었다. 그는 그 후 친일파라는 오명과 삶의 허무를 달래기 위해 술을 마시며 방탕 생활을 했다. 가세는 점점 더 기울어, 생활이 비참하기 이를 데 없게 되었다.

이때 전협이 그를 대동단 총재로 추대하였다. 한때 친일의 길을 걸었던 인사들이 중심이 되어 구성한 대동단에 그를 영입하여 보다 조직적인 항일 운동을 전개하려는 의도였다. 그러나 이미 일제에 의해 남작 칭호까지 받은 그가 공개적인 활동을 하기에는 위험이 많이 따랐다. 그래서 그를 상해임시정부로 탈출시킨 것이다.

상해임시정부에서도 대한제국의 대신이었던 그가 참여한다는 것은 매우 의미 있는 일이었다. 대외적으로 임시정부가 조선의 정통 정부임을 표방하는 데 그가 중요한 역할을 할 수 있었기 때문이다.

연락을 받은 상해임시정부 내무총장 도산 안창호는 국내 연통제 聯通制 요원 이종욱을 국내에 파견하였다. 이종욱은 오대산 월정사 승려였다. 이미 대동단에서 활약하고 있던 건봉사 정남용과 월정사 주지 송세호, 그리고 범어사 김상호 등 세 승려가 이종욱을 전협에게 소개하고 구체적 계획을 만든 다음 탈출에 성공시켰다.

이 사실을 뒤늦게 안 조선총독부는 김가진의 귀국을 종용하기 위해 황급히 그의 아들 김의한의 처종형妻從兄 정필화를 상해로 밀파했다. 그러나 이를 안 김구가 즉시 요원을 급파하여 정필화를 체포, 사실을 자백받은 뒤 처형해 버렸다.

상해에 온 김가진은 당초 마음먹은 대로 그렇게 활발하게 활동하지 못했다. 그는 이미 75세의 고령이었다. 그래서 그는 자기보다 젊고 더 영향력 있는 인물을 임정에 가담시켜야겠다고 생각했다. 그리하여 그는 의친왕 이강 공을 상해로 불러올 계획을 세우게 된 것이다. 그렇지 않아도 그는 상해로 탈출할 때 의친왕을 함께 데리고 가려고 했었다. 그는 떠나면서 아들 김의한에게 '소인은 이제 상해로 떠납니다. 장차 전하도 함께 모시기를 도모하나이다(小人今往上海 計殿下從枉賀)'라고 쓴 쪽지를 의친왕에게 전하도록 했었다.

김가진은 대한제국의 신하와 왕자라는 관계 외에도 의친왕과 사돈 관계를 맺고 있었다. 그의 아들과 의친왕의 서녀庶女가 약혼을 했다. 김가진은 이 기회에 왕정王政을 다시 회복해 보자는 꿈에 부풀었다.

임정 연통제 요원 이종욱은 다시 국내에 파견되었다. 그는 국내 요원 강태동을 앞세워 김춘기를 만났다. 김춘기는 의친왕 비妃 수인당壽仁堂 김홍인의 아우였다. 미국 유학까지 한 엘리트로서 나라 잃은 슬픔에 젖어 있는 의친왕의 속마음을 읽으며 가장 가까이 지내고 있는 사람이었다. 그는 거사 자금을 걱정했다. 의천왕은 왕실 재산에서 나오는 수입으로 생활에는 그다지 어려움이 없었다. 주된 수입원은 통영에 있는 어장漁場을 이왕직李王職 사무관이던 일본인 가시 겐타로에게 빌려주고 받는 이자였다. 그러나 이 돈은 생활비에 보태쓸 수나 있었지, 탈출 자금으로는 당장 유용할 수가 없었다.

"공을 뫼실려면 우선 자금이 필요할 텐데……."

"얼마나 필요할까요?"

"한 이십만 원은 있어야 할 것 같소이다. 이십만 원이 어려우면 우선 십만 원이라도 있었으면……."

이종욱에게 그 같은 거금이 있을 턱이 없었다. 또 비밀리에 움직이고 있는 자신으로서는 그만한 돈을 구할 길도 없었다. 어려움에 봉착한 이종욱은 그 길로 정남용 등의 주선으로 대동단 단장인 전협을 만났다. 이미 김가진의 탈출 거사로 그와는 면식이 있었다. 이야기를 다 듣고 난 전협은 고개를 끄덕였다.

"의친왕이 임시 정부에 합류하게 되면 독립운동은 매우 활기를 띠게 될 거요. 우선 의천왕부터 한번 만나 봅시다."

전협은 심복 이재호를 불렀다. 그는 궁내부의 시종侍從 출신으로 궁중 사정에 밝았다.

"의친왕과 가까이 지내는 인물 중에 잘 아는 사람이 없느냐?"

잠시 생각하던 이재호는 정운복을 소개했다. 정운복은 지금 경무국 촉탁이라는 말단직에 있지만, 한때 대신 물망에도 오른 유능한 인물이었다. 대한협회 회장을 맡고 있던 때, 이 협회 고문이던 김가진과도 친숙했다. 그는 경술국치 이후 〈매일신보〉의 주필까지 지냈다.

"그럼 그를 통해 의친왕을 만나보아라. 의친왕을 만나야 할 이유가 있어야 할 테니, 통영에 있는 어장 임차권을 다른 사람에게 주선하려 한다고 하여라."

전협은 이미 의친왕이 가시 겐타로에게 임대한 통영 어장의 임대 기간이 곧 만료된다는 사실을 알고 있었다. 정운복으로부터 이 같은 제의를 받은 의친왕은 아직 임대 기간이 많이 남아 있다며 거절했다.

전협은 다른 방법을 강구하기로 했다. 이리하여 전협은 명동에 있는 요정 '백합루'에서 정운복을 만났다. 이에 앞서 며칠 전에 종로에 있는 요정 '신세계'에서 그를 만나 미리 상견례를 했다. 전협은 처음부터 자신의 신분을 통영 갑부인 한韓 참판參判으로, 윤용주를 동업을 하게 될 경남 갑부 이민하로 속였다. 전협은 정운복을 돈으로 매수할 계획을 세운 것이다.

"통영 어장은 수입이 좋은 물건입니다. 꼭 내가 빌리고 싶소. 전하와 면담을 주선해 주면 충분한 사례를 하겠소."

전협은 정운복의 표정을 살폈다. 마음이 흔들리고 있다는 것을 직감했다. 전협은 흔들리는 그의 마음을 재빨리 나꿔챘다.

"일만오천 원을 드리겠소."

효과가 있었다. 정운복의 눈이 동그래졌다. 한때 대한협회 회장이었고, 대신 물망에까지 올랐던 그였지만, 지금은 한낱 경무국 촉탁의 신분에 불과했다. 그런 그에게 1만 5,000원이란 돈은 거금이다.

"전하께는 임차료로 삼만 원을 드리겠다고 전하시오."

정운복의 눈이 더욱 커졌다. 임차료로 3만 원이면 파격적인 조건이었다. 이리하여 정운복의 주선으로 전협은 마침내 의친왕과 면담이 이루어지게 되었다. 1919년 11월 9일, 공평동에 임시로 빌린 집에서 만나기로 한 것이다.

전협에게 그만한 돈이 있을 턱이 없었다. 그들이 가지고 있는 돈을 다 긁어모아도 4백 원밖에 되지 않았다. 그러나 걱정할 필요가 없었다. 그들의 목적은 통영 어장을 빌리는 데 있는 것이 아니었다. 의친왕을 만나 그를 무사히 상해로 탈출시키는 게 목적이었다. 무슨 수를 쓰든지 의친왕을 비밀리에 만나기만 하면 된다. 문제는 정운복에게 줄 돈이었다. 의친왕은 그렇게 해서 빼돌린다고 하지만, 약속한 돈을 받지 못한 정운복이 가만히 있을 턱이 없었다. 전협은 한 가지 생각을 떠올렸다. 가짜 돈을 만드는 일이었다. 이재호는 그런 전과가 있는 인물이었다. 궁내부 시종에서 나온 뒤 그는 위조지폐를 만들었다가 3년 동안 징역살이를 한 적이 있었다.

"마분지로 돈 크기만 하게 잘라 묶고, 앞뒤에만 진짜 지폐를 한 장씩 붙여라. 가짜 돈을 자루에다 담아 준비해 두도록 해라."

"알겠습니다."

전협은 만약 정운복이 저항할 경우를 대비해서 그를 죽이기로 마음먹었다. 그는 단원 정남용 나창헌 한기동 등을 불렀다.

"정운복을 묻을 구덩이를 미리 파놓아라. 묻을 흙도 준비해 놓도록 하라."

"예, 곧 시행하겠습니다."

이리하여 암매장할 구덩이를 파놓고, 흙도 여덟 달구지나 실어와 준비해 놓았다.

약속한 11월 9일 밤이 되었다. 그런데 함께 대동하여 나오기로 한 의친왕은 안 나오고 정운복 혼자 약속 장소에 나타났다. 불길한 예감이 든 전협이 물었다.

"의친왕께서는 왜 함께 안 나오셨소?"

"염려 마시오. 틀림없이 오시기로 했어요. 아마 조금 늦는 모양입니다."

전협은 남의 눈을 피하느라 그러는 모양이라고 생각했다. 의친왕의 사저私邸인 의화궁義和宮에는 조선인 헌병이 늘 경비를 서고 있었고, 이왕직 담당 직원이 수시로 감시했다.

약속 시간이 많이 지났는데도 의친왕은 나타나지 않았다. 전협은 일이 잘못되었음을 직감하고 의화궁으로 사람을 보내 정탐해 오도록 했다. 돌아온 단원의 보고는 의친왕이 의화궁에서 외출했다는 것이다. 그 이후 그의 행방을 아는 사람이 아무도 없었다.

전협은 정운복을 다시 다그쳤다.

"어떻게 된 일이오?"

"나도 모르는 일이오. 돌발 사태가 일어난 게 틀림없소."

전협은 난감했다. 상황을 알 수 없어 설불리 움직일 수도 없었다. 혹시 감시 헌병에게 일이 탄로난 것인지도 몰랐다. 물론 의친왕은 통영 어장 임대차 문제로 만나자는 것으로만 알고 있었다. 그러나 예리한 일본 헌병이 눈치를 챌 수도 있었다. 그런 문제라면 직접 의화궁을 방문해도 되는데, 굳이 민가를 빌려 은밀하게 만나는 행동을 수상히 여길 수 있었다. 전협은 얼른 판단이 서지 않았다. 사태가 그렇게 되었다면 빨리 이곳에서 철수해야 한다. 그러나 만약 오는 길이 늦다면 오히려 간발의 차로 의친왕을 놓치는 꼴이 된다. 쉽게 판단할 수 없는 진퇴양난이었다. 그러고 있는데, 밖이 시끄러웠다.

"왜 이러오? 나는 의친왕 전하의 심부름 온 사람이오."

"어디 사는 누구냐?"

전협이 재빨리 방문을 열었다.

"무슨 일이냐?"

"수상한 자가 나타나 체포했습니다."

"이리 데리고 오너라."

정남용이 불목하니 차림새 한 젊은 사람 하나를 끌고 왔다.

"저는 아무 죄도 없습니다요. 의친왕 전하의 심부름을 왔다니까요. 정 운 자, 복 자, 어른이 누구신가요?"

"그 사람을 정중히 대하라."

정남용이 그제야 덜미를 잡은 손을 놓아주고 뒤로 한 걸음 물러섰다.

"미안하오. 혹 전하를 해친 사람인 줄 알고 무례하게 대했소. 이해하시오. 그래, 전하는 지금 어디에 계시오?"

"이문동에 있는 작은댁에 계시오. 거기로 와서 돈을 전하라고 하셨습니다."

"이문동?"

"예."

전협은 정운복을 돌아다보았다.

"전하의 소실 김정완이 거기에 살고 있소. 아마 그곳에 계신 듯하오. 그럼 그쪽으로 가시지요."

전협은 당황했다. 목적은 의친왕을 비밀리에 만나서 상해로 모시고 가는 데 있지, 통영 어장을 빌리는 데 있는 게 아니었다. 한 사람이라도 더 많이 있으면 일을 그르치게 된다.

전협은 정운복을 구슬렀다.

"이미 주인한테 음식도 부탁해 두었고, 돈을 가지고 올 사람에게도 이 집으로 오라고 일러두었소. 전하를 오라 가라 해서 죄송하기는 하나, 우리가 그쪽으로 움직이는 게 아무래도 번거로우니 전하를 이리로 좀 모시고 오시오."

정운복은 급히 이문동으로 달려갔다. 그러나 의친왕이 쉽게 거동하려 들지 않았다.

이날 밤 정운복은 전협 일행이 기다리고 있는 공평동과 의친왕이 머무는 이문동을 세 차례나 왔다 갔다 했다. 결국 의친왕이 마음을 바꿔 김삼복이란 자가 끄는 인력거를 타고 공평동으로 왔다. 그러는 사이에 벌써 밤 11시가 넘었다.

수인사가 끝나고 술이 몇 순배 돌았다. 의친왕이 먼저 어장 이야기를 꺼냈다.

"어장을 빌리겠다고 했소?"

전협은 주위를 한번 둘러본 뒤 조심스럽게 말을 꺼냈다.

"전하, 놀라지 마십시오. 사실은 어장을 빌리자는 게 아니었습니다."

"뭐라고?"

의친왕과 정운복은 동시에 놀라는 표정을 지었다. 건장한 사람들이 바깥에 포진하고 있어 약간 겁을 집어먹은 듯도 했다.

"사실은 전하를 상해임시정부로 모셔 갈 계획입니다. 동농 대감께서 미리 가셔서 전하를 기다리고 계십니다. 그곳에서 황제 전하의 독살과 일본의 조선 합병이 부당함을 세계만방에 알리고, 국권을 회복하고자 합니다."

의친왕은 의외의 사태에 놀란 나머지 몸을 뒤로 젖히고 망연자실한 채 앉아 있었다. 놀란 정운복이 전협에게 대들었다.

"이게 무슨 무례한 짓이오? 조선은 독립하지 못하오! 보시오, 일본은 우리가 이기지 못할 엄청난 무력을 가지고 있소. 누구 생사람 잡을 일 있소?"

"닥쳐라, 이놈! 너는 조선 사람이 아니냐? 말직이기는 하나 관직에 있던 자가 어찌 그런 말을 하느냐!"

"나를 협박하는 게요?"

전협은 그가 고분고분하지 않자, 하인으로 변장하고 밖에서 대기하고 있던 정남용 등에게 그를 끌고 나가도록 명령했다. 그들은 정운복을 옆방으로 끌고 가 방바닥에 메다꽂았다. 그러고는 인상이 험악한 김중옥이 권총을 빼 들고 말했다.

"양자택일하라. 이 자리에서 죽겠느냐, 아니면 우리의 뜻에 따르겠느냐?"

정운복은 사색이 되었다. 그는 풀이 죽은 채 더듬거리며 겨우 말했다.

"알았소. 당신들 뜻을 따르리라."

"좋소. 그러면 돌아가서 전하께 권유토록 하시오."

정운복은 그들 앞에 넙죽 절까지 했다.

돌아온 정운복은 의친왕에게 읍소하고 말했다.

"전하, 결심하소서!"

그뿐이었다. 겁에 질린 정운복은 더 이상 말을 하지 못하고 덜덜 떨기만 했다. 두려움에 질려 있기는 의친왕도 마찬가지였다. 그때까지 김중옥이 권총을 빼어 든 채 방 안에 서 있었던 것이다. 전협은 그들을 밖으로 내보냈다.

"송구스럽습니다, 전하. 무례함을 용서하십시오. 거사가 막중하여 부득이한 조처였습니다."

그러면서 그는 가짜 돈뭉치를 내보였다. 혹시 의친왕이 상해로 탈출하는 것에 불안해 할까 안심시키기 위해서였다.

"여기 있는 돈 4만 5,000원은 통영 어장을 빌리려는 돈이 아니라, 전하를 상해까지 모시고 갈 거사 자금입니다. 그리고 안전하게 만반의 준비를 다 해놓았습니다. 전하께서 결심만 하시면 됩니다."

잠시 시간이 흐른 뒤 의친왕이 입을 열었다.

"강태동이라는 자를 아시오?"

"예, 그 사람은 상해에 계시는 동농 대감께서 보낸 우리 밀사입니다. 저희의 거사와 연계되어 있지요."

의친왕은 다시 눈을 지그시 감고 깊은 생각에 잠겼다. 무슨 생각을 하고 있는지 전협으로서는 알 길이 없었다. 그러나 전협은 의친왕이 마음을 정할 것으로 믿고 있었다. 의친왕은 왕실이 이렇게 허무하게 무너진 것을 가장 가슴 아파하던 사람이었기 때문이다. 이를 국권 회복과 왕좌에 오를 수 있는 절호의 기회로 생각할 수도 있었다. 잠시 후 눈을 뜬 의친왕이 입을 열었다.

"여기서 바로 떠나야 하는 거요?"

"그렇습니다, 전하. 비밀이 새나가지 않게 하기 위함입니다. 우선 만주를 경유하여 상해로 들어가시게 됩니다. 전하께서 무사히 상해에 도착한 뒤 저희 대원들이 가족들에게 알려드리겠습니다."

"좋소. 갑시다."

전협이 입가에 미소를 지었다.

"전하, 저희가 안전하게 모시겠습니다. 조금도 염려하지 마십시오."

전협은 미리 준비한 지필묵을 의친왕 앞에 내밀었다.

"이 땅에 남아 있는 백성들에게 마지막 글을 남기도록 하십시오."

의친왕은 또다시 눈을 감고 깊은 생각에 잠겼다. 조국을 떠나는 마당에 어찌 회한이 없겠는가. 가족에게도 알리지 않고 떠나야 하는 길이다.

의친왕은 붓을 들고 글을 써 내려갔다.

유고(諭告)

통곡하며 우리 2천만 민중에게 고(告)하노라. 오호라, 이번 만주행은 무슨 이유인가. 하늘과 땅끝까지 이르는 깊은 원수를 갚으려 함이요, 뼈가 부서지고 창자가 찢어지는 큰 수치를 씻으려 할 따름이라. 지난날 선제(先帝) 폐하의 밀지(密旨)를 받들어 바로 일어나려 하였으나, 형연 극벽(荊延棘壁)의 철자(鐵刺)를 생각하여 이를 숨기고 아직 수행하지 못하였더니, 희세(稀世)의 대흉한(大凶漢)은 선제를 그 독수(毒水)로 시해하였도다. 희(噫)라, 생명을 보전하여 무슨 일이 있으리오. 오직 스스로가 죽지 못함이 한이었도다. 이때를 당하매 합세 융운(闔世隆運)의 욕심(私)이 없으며, 우리 2천만 민족의 생사가 중대한 시기를 맞이하여 앞의 함정도 뒤의 채찍도 돌보지 아니하고 궐연(蹶然)히 나는 궐기하였노라. 오로지 민중은 한뜻으로 나와 함께 궐기하고 분발 전진하여 3천리 웅기(膺基)를 극복함으로써 2천만의 치욕을 설(雪)하고 공통적 세운(世運)의 도래를 함께 맞이함에 후퇴하지 말라.

오호 만세(嗚呼 萬歲)
건국 4252년 11월 9일
의친왕 이강

의친왕이 붓을 놓는 것을 보고 전협은 미리 준비한 헌 옷가지를 꺼냈다.

"신분을 숨기기 위해 평민으로 변복하셔야 합니다."

의친왕은 아무 말 없이 옷을 갈아입었다. 허름한 양복에 중절모를 쓴 의친왕의 모습은 영락없는 촌부의 모습이었다. 그것을 바라보는 전협은 잠시 세월의 무상함을 느꼈다. 일국의 왕자로 태어났지만, 한 자락 천 조각으로 저렇듯 신분이 변할 수 있다는 데서 인생의 무상도 느꼈다.

마침내 일행은 그곳을 출발했다. 미리 마련해 두었던 인력거를 김삼복에게 끌게 하고 의친왕과 전협이 탔다. 그리고 김삼복 옆에 정남용을 따라붙게 하여 그들이 엉뚱한 짓을 하지 않게 하였다. 또 한 대의 인력거에는 정운복을 재갈 물린 채 태웠다. 그 옆에 김중옥이 권총을 들이대고 앉아 있었다. 나창헌 한기동 송세호가 번갈아 가며 그 인력거를 끌었다.

인력거는 자하문을 빠져나가 세검정을 지났다. 날이 뿌옇게 밝아올 무렵에 이들은 고양군 은평면 구기리에 있는 대동단 단원 최성호의 집에 도착했다. 그곳에는 만주 안동행 기차표를 준비해 가지고 있는 이을규 대원이 기다리고 있었다. 이을규는 안동 현지에서 쌀장사를 하는 사람이었다.

그런데 여기에서 문제가 발생했다. 최성호의 집에 잠시 머무는 동안 의친왕의 심경에 변화가 일기 시작했다. 막상 떠나겠다고 결심은 했지만, 여기까지 오고 보니 불현듯 가족 생각이 나 견딜 수가 없었던 모양이다. 버리고 떠나는 조국 산천이 눈에 아물거리기도 했다. 다시는 돌아오지 못할 땅인지도 모른다. 그는 울컥 눈물이라도 쏟아질 것처럼 감정이 북받쳤다.

의친왕이 전협에게 말했다.

"내가 상해로 가는 결심은 변함이 없소만, 수인당과 간호원 최효신을 이곳으로 좀 데려오시오."

전협은 기가 막혔다. 의친왕 한 사람을 탈출시키는 것도 얼마나 위험 부담이 따르는 일인지 모른다. 여기에다 여자 두 사람까지 함께 데려간다는 것은 일을 그르치겠다고 작정하는 격이었다.

"전하, 중대사에 여정女情을 생각하시면 안 됩니다. 지금부터가 매우 위험한 행로인데, 인원이 많으면 그만큼 위험합니다. 더구나 여행증명서와 기차표도 세 명 것만 준비했습니다."

"그들을 꼭 데려오시오. 내가 그들을 데려가는 것은 달리 이유가 있기 때문이오. 선왕께서 내게 하사하신 120만 원 상당의 프랑스 채

권 증서와 기타 중요한 국가 문서를 그들에게 맡겨 두었소. 지금 타국으로 망명하는 마당에 그만한 돈은 수중에 지니고 있어야 함은 물론이려니와, 또 내가 없으면 그 채권들이 종이쪽지에 불과해지오."

전협은 난감했다. 가족을 데려간다고 고집했으면 거부하겠으나, 채권과 국가 문서를 소지하려는 의친왕의 생각을 꺾을 수는 없었다. 또 상해임시정부로 가면 그 돈이 유용하게 쓰일 듯 하기도 했다. 전협은 위험 부담이 갔지만, 이재호에게 경성으로 가 수인당 김씨를 모셔 오도록 지시했다.

경성으로 다시 잠입한 이재호는 수인당의 동생인 김춘기의 하인으로 위장하고 수인당 거소에 들어갔다. 이리하여 수인당은 간호원 최효신을 대동하고 이재호와 함께 구기리 최성호의 집으로 향했다.

이러는 가운데 생각지도 못한 사건이 또 발생했다. 뒤늦게 이 사실을 안 강태동과 김춘기가 이를 제지하고 나선 것이다. 이들은 사라진 의친왕을 찾느라 동분서주하다가 대동단원 송세호로부터 의친왕이 성 밖으로 나갔다는 사실을 확인하고 득달같이 구기리로 달려온 것이다. 현장을 확인한 김춘기는 이미 의친왕의 결심이 굳은 것을 보고 그만 하직 인사를 하고 돌아갔다. 그러나 강태동은 강력하게 반발하고 나왔다.

"이 일을 추진한 장본인이 난데, 내게는 한마디 상의도 없이 이럴 수 있소이까!"

정남용 김중옥 나창헌 이을규가 그를 설득하려고 안간힘을 썼다.

"이 일은 공과를 따지기 위해 한 일이 아니질 않소. 전하를 무사히 모시는 게 목적이고, 또 아시다시피 비밀리에 속히 일을 치르다 보

327

니 미처 서로 연락 못 한 게요. 다른 오해는 마시오."

"지금은 시기가 좋지 않소. 왜 화약을 들고 불로 뛰어들려고 하시오?"

"그게 무슨 말이오?"

"강우규 사건으로 전국이 초긴장 사태에 있는데, 어떻게 이곳을 빠져나간단 말이오? 전하께서 없어진 사실을 알면 당장 비상이 걸려 거미줄 같은 감시망이 깔릴 거요."

강우규 사건이란 신임 총독 사이토 마코토 암살 미수 사건을 말한다. 3·1운동으로 하세가와 총독이 해임되고, 후임에 사이토 마코토가 임명되었다. 기미년 9월 2일, 신임 총독이 남대문 역에 내려 막 마차에 올라타려고 할 때 강우규 의사가 폭탄을 투척했다. 그러나 사이토 마코토는 무사하고, 조일신문 특파원 등이 사망했다. 당시 강우규 의사는 66세의 노인이었다. 일본 경찰도 그를 범인으로 체포하고도 한동안 긴가민가했다. 상대가 노인인 데다 증거라고는 스스로 한 그의 진술밖에 없었고, 또 극구 단독 범행이라 버틴 것이다. 사실이 사건은 강우규의 단독 범행이었다. 강우규는 평안남도 덕천 사람으로, 한일합병이 되자 울분을 터뜨리며 블라디보스토크 한인촌으로 갔다. 그곳에서 노인단老人團에 가담하여 독립운동하던 그는, 사이토 마코토 총독 부임 소식을 듣고 암살하기로 작정하고 입경했던 것이다. 그는 지난달 21일 처형당했다. 이 사건으로 지금 곳곳에 일본 헌병들의 삼엄한 경계가 펼쳐지고 있었다.

"강우규 의사를 붙잡은 자가 바로 김태석이라는 조선인 형사인데, 이 사람이 전하의 거동을 감시하고 있소. 그는 일경에게조차 독종으로 점찍힌 사람이오."

전협도 이러한 사태를 모르고 시작한 일은 아니었다. 등잔 밑이 어둡다는 속담처럼, 오히려 이런 와중에 움직이는 게 더 유리할지도 모른다고 생각했다. 상대의 허를 찌르는 작전이었다. 그리고 지금은 어차피 일을 되돌릴 수도 없었다.

"이미 여기까지 온 마당에 취소할 수는 없소이다. 수인당까지 불러 곧 도착할 터인데, 아마 경성에서는 우리의 움직임을 벌써 눈치 챘는지도 모르오. 여기에서 더 이상 지체할 수도 없소이다."

"그건 염려 마십시오. 기방에서 하룻밤 지낸 것으로 얼버무릴 수가 있소."

"안 되오. 이런 기회가 어쩌면 두 번 다시 오지 않을지도 모르오. 천재일우의 기회를 놓쳐서는 안 되오. 이건 조선 역사가 뒤집히는 중대한 일이오."

강태동도 결국 승복했다. 전협의 주장이 워낙 강경하여 여지가 보이지 않자, 그도 경성으로 돌아가 버렸다.

그들이 돌아가고 난 직후 이재호가 수인당과 최효신을 데리고 도착했다. 수인당을 보는 순간 의친왕의 마음이 또 흔들렸다. 이제까지 상황을 모두 듣고 본 의친왕은 갑자기 불안해졌다. 그래서 스스로 위안이라도 삼을 생각으로 이들을 함께 상해로 데려가 달라고 요청했던 것이다. 전협은 다시 한번 이 일에 대한 어려움을 상기시키며 간곡히 말했다.

"전하, 지금은 전하만 상해로 가시고, 가까운 시일 안에 반드시 두 분을 꼭 상해로 모시겠습니다."

이렇게 하여 겨우 의친왕을 설득하여 마음을 돌리게 하였다. 여기에서 이러는 사이에, 그 날 아침 11시에 떠나는 안동행 열차를 그만 놓치고 말았다. 어쩔 수 없이 일행은 하루를 더 기다렸다가 떠나는 수밖에 없었다.

이것이 이들의 운명을 돌려놓을 줄 아무도 알지 못했다. 경성으로 돌아갔던 강태동이 다시 돌아왔다. 전협은 바짝 긴장했다. 이미 비밀을 모두 알고 있는 그였다. 혹시 기밀을 누설했을지도 모르는 일이었다. 전협은 대원들에게 그를 결박하도록 지시했다.

"아니, 이게 무슨 짓이오!"

"미안하오. 동지끼리 차마 못 할 일이나, 거사를 성사시키기 위해 부득이한 조처이니 양해를 하오."

"나를 의심한다는 말이오?"

강태동은 기가 막히다는 표정으로 소리를 치며 발버둥이쳤다. 그러나 혼자 힘으로 당해낼 수 없었다. 그는 인력거꾼 김삼복, 그리고 정운복과 함께 결박지어진 채 골방에 감금되었다.

이튿날 아침, 수색역으로 떠나기에 앞서 강태동과 정운복의 처리 문제를 놓고 잠시 토론을 벌였다.

"입을 막기 위해서는 두 사람을 죽여야 하오."

"그렇소이다. 후환을 없애야 합니다."

전협은 고개를 저었다.

"그들은 우리의 동지요. 나는 평생 악을 선으로 갚아야 하는 사람이오. 그들을 살려 둡시다."

일행은 전협의 최종 결론에 근심스러운 얼굴을 했다. 그가 자신의 친일 행적에 대해 스스로 속죄경을 만들고 있음을 잘 알고 있었다. 그래서 일행은 전협이 다소 무리한 결정을 내렸다는 걸 알면서도 적극 반대하지 못했다. 단원들은 강태동과 정운복, 그리고 김삼복의 입을 솜으로 틀어막고 결박한 다음 수색역으로 달려갔다.

이들의 계획은 정남용 한기동 송세호 이을규 등 네 명만 의친왕을 호위하여 떠나고, 전협은 수색역까지만 갔다가 경성으로 돌아오기로 되어 있었다. 한기동이 개성까지, 송세호는 평양까지, 정남용은 안동까지 갔다가 되돌아와 보고하게 되어 있었다. 안동에서 상해까지는 이을규가 수행하기로 했다. 안동에는 상해임시정부의 국내 연락 중간 거점으로 '임시 교통부 안동 지부'가 설치되어 있었다. 그 장소는 아일랜드인 롱 쇼가 경영하는 '이륭양행'이었다. 여기까지만 가면 모든 게 성공이었다. 또 일을 안전하려고 송세호는 미리 남대문 역에서 기차를 타기로 했다. 수색까지 오는 동안 열차 안의 동정을 알아둘 필요가 있어서였다.

일행은 안동행 열차를 탔다. 송세호가 3등칸에서 이들을 기다리고 있었다. 이목을 따돌리기 위해 대동단 단원들은 고급인 2등칸에 타고, 의친왕은 일부러 촌부로 변장시켜 3등칸에 타도록 했다.

이 무렵 경성에는 비상이 걸렸다. 의친왕이 사라진 것을 경무국에서 눈치챈 것이다. 강우규 의사를 체포한 조선인 형사 김태석이 눈에 불을 켜고 뛰어다녔다. 그는 이미 수많은 애국지사를 체포한 공적으로 경무국 총감부에서도 촉망받고 있었다. 그는 의친왕 주변 인물을 자세하게 알고 있었다. 김태석은 먼저 의친왕의 처남인 김촌기를 찾아갔다.

"이강 전하는 어디에 있소?"

"글쎄요……."

김춘기는 구기리에서 의친왕을 만났던 사실을 숨기고 말하지 않았다.

"요즘 누구와 자주 만나시오?"

"강태동과……."

김춘기는 말하다가 말고 화들짝 놀랐다. 무심코 강태동의 이름을 말하고 만 것이다. 한번 뱉은 말이니 도로 주워 담을 수도 없었다. 김태석은 솔개가 먹이를 발견한 듯 그 자리를 튀어나갔다. 그는 곧 강태동의 소재를 확인하고 강태동이 머무는 여관으로 달려갔다.

이에 앞서 강태동은 의친왕 일행이 무사히 신의주로 향하고 있다는 연락이 온 다음에야 전협에 의해 결박에서 풀려났다. 김태석이 여관에 들어섰을 때, 강태동은 마침 세수하는 중이었다.

김태석은 고등계 형사답게 강태동의 몸을 현미경으로 들여다보듯 찬찬히 뜯어보았다. 김태석의 눈이 빛났다. 강태동의 바짓가랑이가 젖어 있고, 신발에서도 서리가 묻어 있었다. 김태석은 그가 들판을 헤매다 온 것이 틀림없다는 판단을 내렸다. 여기에서 그는 나름대로 추리해 보았다. 의친왕이 탈출을 한다면 상해일 것이고, 상해로 가자면 일단 만주 안동으로 가야 할 것이다. 교외에서 안동으로 가는 기차를 탈 만한 역으로는 수색밖에 없었다.

"아침 산보를 갔다 온 모양이지?"

세수하다 말고 고개를 든 강태동은 그가 김태석임을 알고 깜짝 놀랐다. 그는 김태석의 얼굴을 알고 있었다.

"동대문 밖에 다녀왔소, 남대문 밖에 다녀왔소? 아니, 누가 북문에서 보았다더군?"

강태동의 표정은 이미 사색이 되어 있었다. 김태석은 역시 무서운 사람이었다. 강태동을 현장에서 체포해 문초할 수도 있었지만, 문제는 상해에 도착하기 전에 의친왕을 붙잡는 일이었다. 피라미 하나 잡느라고 시간을 지체할 필요가 없었다. 김태석은 즉시 수색 쪽에 경찰을 보내 뒤지게 하는 한편, 신의주 경찰서에 급전急電을 보내 경성발 안동행 열차를 물샐틈없이 검문하라고 했다.

의친왕은 신의주에서의 삼엄한 검문도 무사히 피하고 정남용, 이을규와 함께 안동에 도착했다. 안동역의 경비는 더 삼엄했다. 중간 검문에서 의친왕을 찾지 못한 일경은 발등에 불이 떨어졌다. 분명히 안동행 열차를 탔는데 의친왕을 찾지 못했다. 종착역인 안동역에서는 어떻게 하든지 의친왕을 찾아내지 않으면 그들 자신에게 불똥이 튈 판이었다.

일행은 급한 김에 우선 역 구내에 있는 찻집으로 몸을 피했다. 그러나 일경의 삼엄한 그물을 피할 수는 없었다. 그들은 신의주 경찰서 요네야마 경부에게 발견되고 말았다

"전하, 여기 웬일이십니까?"

"전하라니요?"

"이강 전하가 아니십니까?"

"아니요, 사람을 잘못 보았소."

소용없었다. 요네야마 경부는 경성 종로경찰서에 근무한 적이 있는데, 그는 창덕궁에 출입하면서 의친왕의 얼굴을 본 적이 있어 얼굴을 기억했다. 이를 보고 이을규는 재빨리 역사를 빠져나가 몸을 피했다.

소식을 기다리고 있던 경성의 전협은 아무런 연락이 없자 거사가 실패한 것을 직감했다. 곧이어 정운복 강태동 김삼복이 차례로 일경에 체포되어 사건 전모가 발각되었다. 이리하여 주모자인 전협 한기동 송세호 등이 체포되고, 대동단의 실체도 만천하에 드러나고 말았다. 나창헌은 간신히 상해로 탈출하는 데 성공하였고, 김중옥은 일단 경성을 탈출하기는 했으나 그 후 소식이 끊겼다. 정남용은 가뜩이나 지병으로 몸이 약한 데다 모진 고문을 당한 끝에 옥중에서 사망했다.

한용운은 입을 꾹 다물고 있다가 물었다.
"이용범이란 사람 소식은 아느냐?"
"이번에 함께 체포되었다고 합니다."
"홍주 사람 최익환은?"
"이 사건에 앞서 파리 강화회의와 윌슨 대통령에게 호소문을 보내고, 학생들의 궐기를 촉구하는 격문을 돌리다가 일경에 수배되었어요. 상해로 피신하려고 자금을 마련하는 과정에서 어떤 사람에게 자금을 편취했는데, 그만 사기죄로 잡히고 말았어요. 일경은 사기죄보다 출판법과 보안법으로 다스리면서 배후를 추궁했는데, 그는 끝내 입을 열지 않았다고 합니다. 그래서 대동단의 일차 위기는 무사히 넘겼는데 그만…… 지금 복역 중에 있답니다."

한용운은 잠시 눈을 감고 관세음보살을 염송했다. 그리고 나서 간수가 한눈을 팔고 있는 틈을 타서 한용운은 옷섶에 숨겨 가지고 있던 '조선 독립에 대한 감상'을 김상호의 손에 쥐어 주었다. 눈치가 빠른 김상호는 그것을 얼른 바짓가랑이 속에 집어넣었다. 간수가 눈치를 채지 못했다.

"독립에 대한 나의 의견이다. 검사장에게 한 벌을 주고, 혹시 없어질지 몰라 베껴 둔 것이니까 잘 보관하도록 하라."

"알겠습니다, 스님."

그때 간수가 면회 시간이 끝났다고 소리를 질렀다.

"그만 가 보아라."

"건강하십시오, 스님."

한용운은 아쉬운 듯 서 있는 그에게 빙그레 웃어 보였다.

가을밤이 깊어 간다. 서치라이트 불빛이 날카롭게 감방 창문을 스치며 지나갔다. 투옥된 지도 어언 2년이 지나갔다. 한용운은 세월이 지루하지는 않았다. 조선 땅 모두가 감옥 아닌 곳이 없는데, 감방 안이라고 해서 특별히 불편함을 느낄 필요도 없었다. 그는 간수들 사이에서도 골칫덩어리로 낙인이 찍혀 있었다. 체형體刑으로 제재할 인물도 아니었다. 마치 질긴 생고무처럼 그의 마음은 원상회복하는 강한 탄력을 지니고 있었다. 더구나 '조선 독립에 대한 감상'을 제출한 뒤부터 간수들의 태도도 전과 달라졌다. 죄수 취급하기는 했지만, 말투가 부드러워졌다. 한용운은 그 검사에게 인간적인 일말의 양심은 있는 모양이라는 추측을 해보기도 했다.

'조선 독립에 대한 감상'은 상해임시정부에서 발행하는 〈독립신문〉에도 게재되었다. 휴지에 써서 노끈으로 말아 김상호에게 건네준 자료가 건너간 것은 아니었다. 그렇다면 일본인 검사에게 제출한 자료가 어찌어찌 하여 건너간 게 틀림없었다.

차서(次書)는 옥중(獄中)에 계신 아(我) 대표자가 일인 검사 총장의 요구에 응하여 저술한 자(者) 중(中) 일(一)인데, 비밀리에 옥외(獄外)로 송출한 단편(斷片)을 집합한 자(者)라.

이러한 편집자 주註가 덧붙여진 것으로 보아 복사본이 반출된 게 아니라 검사에게 제출한 원본이 누군가 입을 통하여 전해진 것 같았다. 비록 침략국의 법관들이기는 하지만, 그만한 위치에 오르자면 학문이 깊어야 한다. 학문을 하는 사람이라면 인간적인 자기 수양도 어느 정도 갖추어져 있으리라. 그들에게는 일본이 자기 조국이다. 자기 나라의 정책에 따라 행동할 수밖에 없다. 그러나 그들 중에도 인간이 공통으로 지녀야 할 일말의 양심을 가지고 있는 인물이 있을 것이다.

한용운은 창문을 올려다보았다. 창살이 촘촘히 박혀 있는 틈 사이로 달빛이 교교히 흐르고 있었다. 설악산 오세암이 불현듯 생각났다. 온 산천이 깊이 잠든 밤에 홀로 깨어 있노라면, 문득 한세상을 다 품은 듯한 환희에 젖고는 했다. 티끌 같은 욕심도 다 버리고 나면 대해大海와 같은 마음으로 가득 차고는 했다. 창문을 가리는 지금 저

창살도 마음 하나에 따라 감옥도 되고 훨훨 자유롭게 넘나드는 무한
의 공간이 되기도 한다. 그는 조용히 시상에 잠겼다.

달아 달아 밝은 달아
네 나라 비춘 달아
쇠창을 넘어 와서
나의 마음 비춘 달아
계수나무 베어 내고
무궁화를 심고자.

달아 달아 밝은 달아
님의 거울 비춘 달아
쇠창을 넘어 와서
나의 품에 안긴 달아
이지러짐 있을 때에
사랑으로 도우고자.

달아 달아 밝은 달아
가이 없이 비친 달아
쇠창을 넘어와서
나의 넋을 쏘는 달아
구름 재(嶺)를 넘어가서
너의 빛을 따르고자.

마중받는 자 되라

눈이 펑펑 쏟아진다. 한용운은 쏟아지는 눈발을 바라보았다. 감방에서 세 번째 맞는 겨울이다. 이 겨울이 지나면 만기 출옥한다. 독립을 선언하고 나서 이렇게 세월이 흘렀지만, 독립의 서광은 아직 보이지 않았다. 누구의 탓인가. 식민지 치하에서 허덕이는 약소국가에 관심을 갖지 않은 세계 각국의 매정함 탓인가. 아니면 잔혹한 일본의 철면피한 탄압 때문인가. 그도 저도 아니면, 2천만 동포의 독립 의지가 약해서인가. 한용운은 자기도 모르게 머리를 움켜쥐었다. 아득히 먼 곳에서 관세음보살이 소리 없이 웃고 있었다. 2천만 동포의 가슴 속에는 그를 맞을 준비가 아직 안 되었다. 몇몇 사람의 뜻으로는 식어 있는 2천만 동포의 가슴을 데우기에 너무나 벅찬 일이었다. 그러나 할 수는 있다. 몇몇 사람이라도 영혼과 육신을 송두리째 태우면, 그 불길로 조선 민족의 가슴을 충분히 데우고도 남는다. 그런데 몸을 태워야 할 인물들이 불을 겁내고 있다. 사람의 가슴을 태우는 일이 이다지도 어렵다는 말인가. 모두 죽기를 겁낸다. 눈앞에 보이는 독립의 자유를 집어들지 못하고 일신의 영달에만 급급하고 있다.

아아…… 한용운은 가슴 속에서 용솟음치는 뜨거운 불길을 주체하지 못해 가늘게 신음을 뱉어냈다.

님은 갔습니다. 아아 사랑하는 나의 님은 갔습니다.

푸른 산빛을 깨치고 단풍나무 숲을 향하여 난 작은 길을 걸어서 차마 떨치고 갔습니다.

황금의 꽃같이 굳고 빛나던 옛 맹세는 차디찬 티끌이 되어서, 한숨의 미풍에 날아갔습니다.

날카로운 첫 '키스'의 추억은 나의, 운명의 지침을 돌려놓고, 뒷걸음질쳐서, 사라졌습니다.

나는 향기로운 님의 말소리에 귀먹고, 꽃다운 님의 얼굴에 눈멀었습니다.

사랑도 사람의 일이라, 만날 때에 미리 떠날 것을 염려하고 경계하지 아니한 것은 아니지만, 이별은 뜻밖의 일이 되고 놀란 가슴은 새로운 슬픔에 터집니다.

그러나 이별이 쓸데없는 눈물의 원천을 만들고 마는 것은 스스로 사랑을 깨치는 것인 줄 아는 까닭에, 걷잡을 수 없는 슬픔의 힘을 옮겨서 새 희망의 정수박이에 들어부었습니다.

우리는 만날 때에 떠날 것을 염려하는 것과 같이, 떠날 때에 다시 만날 것을 믿습니다.

아아 님은 갔지마는 나는 님을 보내지 아니하였습니다.

제 곡조를 못 이기는 사랑의 노래는 님의 침묵을 휩싸고 돕니다.

한용운은 오래전부터 다듬어 오던 시를 다시 정리해 읊었다. 그는 이 시의 제목을 '님의 침묵'이라고 써놓았다. 님이 침묵하고 있다. 미소로 답하는 님의 그 침묵을 아무도 보지 못하고 있었다. 그 님은 떠나지 않았다. 님은 우리가 보내지 않는 한 스스로 떠나지 않는다. 다만 침묵하고 있을 뿐이다.

그해가 다 저물어 가던 12월 22일, 한용운은 다른 대표자들과 함께 출옥하였다. 만기 출소를 두 달여 남겨 두고 일제가 가출옥시킨 것이다. 옥문을 나서며 한용운은 제일 먼저 하늘을 바라보았다. 내리는 눈발에 가려 하늘이 보이지 않았다. 그러나 그의 눈에는 가없이 펼쳐진 하늘 저 끝에 미소 짓는 님이 서 있는 것이 보였다. 그는 마음속으로 외쳤다.

"님의 침묵을 깨치리라! 아니다, 님은 분명히 침묵을 깨고 화엄의 미소로 우리에게 다시 다가올 것이다. 님은 잠시 우리 곁을 떠나갔다. 반드시 돌아온다. 나는 그날을 기다리리라!"

눈발이 아까보다 더 세차게 뿌린다.

"만해, 고생이 많았어."

"……?"

"한용운은 고개를 돌렸다. 많은 사람이 마중 나왔다. 출옥하는 대표들을 얼싸안고 울음을 터뜨리는 가족들도 있었다. 그중 몇몇 사람들이 혼자 떨어져 있는 한용운에게로 다가와 축하와 위로의 말을 했다.

"고생이 많았소, 만해."

"면회 한번 변변히 못 와 미안하오."

"예끼, 이 더러운 인간들아! 퉤퉤!"

한용운은 그들을 향해 버럭 고함을 지르며 침을 퉤퉤 뱉었다. 인사를 하던 그들이 뒤로 주춤 물러섰다. 제정신을 가진 사람 같지 않은 한용운의 행동에 그들은 모두 눈을 둥그렇게 뜨고 서로 얼굴을 돌아다보았다. 한용운은 그들을 향해 또 한 번 일갈했다.

"너희들은 출소하는 사람 마중할 줄밖에 모르느냐? 마중하는 인간이 되지 말고, 마중받는 인간이 되어 봐라!"

2천만 동포의 가슴을 뜨겁게 데워서 희망의 눈을 뜨게 해 주어야 할 사람들이, 모두 속물처럼 행동하고 있는 것에 한용운은 분노했다. 범부보다 못한 인물들이 특권층으로 호의호식하고 있는 것에 분개한 것이다. 속박에 허덕이는 백성들이, 지도자인 양하는 저들을 보면서 무엇을 생각하겠는가. 어쩌면 총칼을 든 일본 헌병들보다 저들이 더 미울지도 모른다. 백성들에게 그런 마음이 남아 있는 한, 독립은 그만큼 더 더뎌지게 된다. 한용운은 그게 화가 났다.

한용운은 홀로 형무소 담을 뒤로 하고 걸었다. 미리 연락이 안 되어 그에게는 개인적으로 마중 나온 사람들은 없었다. 어차피 나올 가족도 없다. 가까운 사람들은 모두 잡혀갔거나 해외로 망명하고 없다.

그들이 수군거렸다.

"저 사람 왜 저러는가?"

"정신이 어떻게 된 게 아닌가?"

"무엇에 화가 났는지는 모르지만, 중이란 사람이 침을 뱉다니, 쯧쯧……."

그 가운데 이종일만 한용운의 뒷모습을 묵묵히 바라보았다. 주름
진 그의 눈가에 잔잔한 미소가 흐른다.

한용운이 형무소 담벼락을 막 벗어나고 있을 무렵 누군가 뒤쫓아
오며 그를 불렀다.

"스님, 스님."

"……?"

한용운은 뒤돌아보다가 흠칫 놀랐다. 강연실이 인력거 옆에 서 있
다.

"아녀자가 여기까지 찾아와 죄송합니다."

"오랜만이오."

"고생 많으셨지요."

"아니요. 차라리 밖에 있는 사람보다 덜 고생했소."

"인력거를 타세요. 오늘은 제가 모시고 싶어요."

"……?"

"제가 자리를 마련해 두었습니다."

한용운은 그녀를 물끄러미 바라보다가 인력거에 올라탔다.

"청운동으로 갑시다."

강연실은 인력거꾼에게 말하고 한용운을 돌아다보았다.

"수척해지셨군요."

"머리와 수염을 제대로 깎지 못해서 그럴 거요."

"면회를 가고 싶었지만, 찾아가도 안 나오실 것 같았어요."

"잘한 일이오."

"예에?"

"날 찾아오면 감시를 받게 되기 때문이오."

"스님은 제가 이해하지 못하는 게 너무 많아요."

"허허, 그래요? 내가 좀 둔한 모양이군요."

"그런 말씀을 하실 때 보면 얼음처럼 차갑고, 독립선언을 하시는 걸 보면 강철같은 의지가 있으신 것 같고, 또 어떨 때 보면 꽃잎처럼 연약한 것도 같고, 도무지 그 마음을 알 수가 없어요."

"인간이기 때문에 그렇소. 이렇게 요사하게 탈바꿈하는 게 인간의 참모습이오."

"그런 뜻으로 드린 말씀이 아니어요."

"알고 있소."

"그럼 어느 것이 스님의 마음입니까?"

"보이는 대로 모두 다이오."

강연실은 알아들을 수 없다는 듯 고개를 갸웃거렸다.

"노자는 상선 약수上善若水라 하였소. 물이 지고의 진리라는 뜻 아니오. 물은 위에서 아래로 흐르오. 절대로 이 이치를 거스를 수는 없지요. 그리고 물은 머물러 있지 않소. 끊임없이 흐르고, 또 내리지요. 또한 물은 부드러우면서도 강하오. 그 어느 무기로도 물은 부술 수가 없어요. 그런가 하면 물은 모양이 없어요. 담는 그릇에 따라 모양이 만들어지지요. 둥그런 그릇에 담으면 둥그레지고, 모난 그릇에 담으면 모난 그릇이 되오. 그래서 노자가 물을 사람의 마음에 비춘 게요. 꽃을 만나면 꽃이 되고, 독사를 만나면 독이 되는 것이지요. 그래서 좋은 마음을 가지려면 마음 그릇 모양을 잘 가지면 되오."

강연실은 입을 꼭 다물고 있었다.

한용운은 그녀의 근황이 궁금했다. 김상호 편에 의친왕 탈출 사건을 이미 들은 바 있어서 더욱 그랬다.

"이용범 선생을 만난 적이 있어요."

"말씀 들었어요."

"소식은 전해 들었습니다만, 아직 복역 중이오?"

"……."

강연실은 입을 다문 채 밖을 내다보았다. 얼굴에 어두운 그림자가 비쳤다. 한용운은 의아하게 생각했다. 무슨 불길한 일이라도 있는 것인가. 그는 다른 사람과 달리 일본 경찰에 복무 중이던 사람이다. 그들 쪽에서 보면 엄청난 배신이다.

"어려운 일이 생겼나요?"

"돌아가셨어요."

한용운은 조용히 나무 관세음보살을 염송했다. 분명히 모진 고문에 못 이겨 옥사한 것이라 짐작했다. 대동단 단원 대부분이 일진회 출신들이었고, 더구나 고등계 형사였으니 더욱 모질게 고문을 당했을 것이다. 강연실은 더 이상 이야기하지 않았다. 한용운도 더 묻지 않았다. 그녀의 상처를 또다시 건드리기가 싫었다.

인력거가 어느 한옥 앞에 멈춰 섰다. 낯선 집이었다.

"이곳으로 이사했어요."

"그랬군요."

방 안에 주인상이 마련되어 있었다. 미리 준비를 해놓은 모양이었다. 술이 몇 순배 돌자, 강연실은 아까 중단하였던 이야기를 마저

했다.

"그분은 자살하셨어요."

한용운은 아까보다 더 놀랐다. 자살이라니, 잡혀가 떳떳이 죽는 게 더 영광스럽지 않은가. 자살은 자기 도피다. 합병 이후 애국지사들이 앞다투어 자결하는 것을 보고 그는 얼마나 안타까워했던가. 죽을 힘이 남아 있으면 독립을 위해 버려야지, 왜 스스로 아까운 목숨을 끊느냐고 답답해한 것이다.

"남편은 동지들을 배신했다고 생각한 거지요."

강연실은 자세하게 이야기했다. 이용범은 대동단에 깊이 발을 들여놓지 않았다. 그들과 함께 행동하면서도 늘 관망자로 남았다. 대동단 단원들에게는 자신이 고등계 형사라는 신분 때문에 그러는 것으로 위장하였다. 대동단 단원들에게도 이런 인물이 하나쯤 있는 것이 큰 도움이 되었기 때문에 그의 그런 태도를 별로 개의치 않았다.

"자기가 적극 힘을 썼더라면 의친왕이 무사히 상해로 탈출했을지도 모른다며 고민했어요."

"……?"

"일경의 시선을 다른 곳으로 돌릴 수 있는 위치에 있던 사람이었으니까요."

"음……."

"사실은 대동단 사건보다 독립선언서 사건 때문에 그분이 위기에 몰렸드랬어요."

"그래요?"

"정보를 알아내지 못했다고 심하게 문책을 받았어요. 그러다가 일부러 보고하지 않았다는 사실이 발각되었어요."

"⋯⋯?"

"형사들이 집을 덮쳤을 때는, 그는 이미 스스로 목숨을 끊은 뒤였지요. 잡혀가면 대동단 사건까지 모두 실토하게 될지도 모른다는 걱정도 했겠지요."

한용운은 눈을 감고 가만히 있었다. 어쩌면 그는 애국자였는지도 모른다. 시세의 흐름에 얹혀 가던 그는, 갑자기 불어닥친 역사의 모진 바람을 견뎌내지 못했다. 대다수가 그렇게 살아가고 있다. 그도 자신의 일신을 보전할 수밖에 없는 그런 평범한 인간이었다. 그런 그에게 엄청난 역사의 책임이 떠맡겨졌으니 감당해 낼 재간이 있었겠는가. 한용운은 그에게 감사하는 마음을 가졌다. 형사라는 신분을 망각하고 독립선언에 대한 음모를 묻어 주지 않았는가. 만약 그가 눈감아주지 않았다면, 독립선언은 실패했다. 그것 하나만으로도 그는 한민족으로서 도리를 다한 것이다. 그가 대동단 사건에 깊이 개입하지 않은 것도 몸보신이 아니라, 어쩌면 나름대로 생각이 있어서인지도 모른다. 한용운은 그의 행동에 의로움을 읽고 극락왕생을 기원했다.

일진회는 한일합병이 되고 난 뒤 일제로부터 푸대접을 받았다. 잔뜩 이용만 당한 것이었다. 그리고 곧 해산되었다. 그들은 설 땅을 잃었다. 조국에도 일제에도 붙을 데가 없었던 것이다. 배신당한 줄 알면서도 일제에 끝까지 협력하지 않으면 살아갈 수 없는 사람이 되어버렸다. 남보다 세상을 좀 더 앞질러 볼 줄 안다고 자부하던 그들이 그런 치욕적인 삶을 살아가기는 싫었을 것이다. 그리고 한때 배신했던 조국을 위해 여생을 충성한다는 속죄의 마음도 있었을 것이다. 그러나 세상은 그들이 생각하는 대로 가고 있는 것은 아니다. 그들의 손에 무너진 조선 왕정은 이미 역사의 뒤안길로 사라져가고 없었다. 독립할 조국은 국민이 주인 행사하는 그런 국가라야 한다. 무지한 국민을 부려먹는 그런 정치가 아니라, 눈을 뜬 국민이 주인이 되는 그런 세상이 되어야 한다. 그래야 강한 나라가 된다. 대표자는 그런 국민의 심부름꾼에 불과하다.

대동단. 그들은 어쩌면 왕권회복 운동을 하려고 했는지도 모른다. 김가진을 상해로 탈출시키고, 의친왕을 상해로 탈출시키는 것이 독립운동을 위해 과연 시급한 일이었던가? 어쩌면 그들은 왕정에 대한 향수를 버리지 못하고 있는 복벽주의자復辟主義者들이었을지도 몰랐다. 조국과 민족을 배신하고, 매국노와 함께 조국을 일제에 갖다 바친 공동정범共同正犯인 그들이 이제 와서 조국을 다시 찾는다며 활동하고 있다. 어떻게 보면 또 다른 위험한 행동일 수가 있었다. 그들이 스스로 판단을 내리고 행동하는 대로 국가가 창조된다는 것은 위험하기 짝이 없다. 그들은 이런 행동에 앞서 민족 앞에 사과하는 진정한 모습부터 보였어야 했다. '조선 독립에 대한 감상'에서도 밝혔듯이, 조선이 무너진 것은 일제가 강해서가 아니었다. 조선 내부의 정치 부패와 감상주의적인 진보 지식인들이 일본에 의존한 무모한 혁신 운동, 그리고 일부 매국노들의 사리사욕에 눈먼 행동 때문이었다. 그런데 이제서야 또 이들이 당시의 세상을 회복시키려 한다는 것은 역사의 모순이 아닌가. 이용범은 그것을 알고 있었는지도 모른다. 그래서 그 일에 적극 개입하지 않았을지도 모른다. 독립선언에 대한 음모를 탐지하고도 눈감아 준 사람이 아닌가.

한용운은 무겁게 입을 열었다.

"그는 배신자가 아니라, 애국자였소."

"……?"

강연실은 한용운을 바라보았다. 한용운은 자기 생각을 찬찬히 이야기해 주었다. 그녀는 그 말에 약간 충격을 받은 듯했다. 잠시 후 마음을 가다듬고 나서 그녀가 말했다.

"그분은 그런 이야기들을 잘 하지 않아요. 내 쪽에서 묻지 않은 말은 거의 해 주지 않은 편이지요. 한용운 스님을 만났던 일도 한참 뒤에 알았어요."

"대범한 사람이더군요."

"그래요, 어쩌면 그분은 스님 말씀처럼 훌륭한 애국자였는지도 몰라요. 저는 대동단에 대해서는 잘 몰라요. 다만, 그분이 독립선언서 사건의 비밀을 지켜 주느라 그쪽 일에 깊게 관여하지 않은 줄로만 알고 있었어요."

"앞으로 어떻게 하실 생각이시오?"

"이순덕 씨를 만났어요."

"이순덕 씨를?"

한용운은 잊고 있던 기억을 되찾은 듯 놀랐다. 안정훈 사건에 연루되어 쫓기고 있던 그를 건봉사로 내려보낸 이후 전혀 소식을 듣지 못했다.

"그래, 어떻게 지냅디까?"

"승복을 입고 찾아왔더군요."

"승복을 입었어요?"

"예. 스님이 형무소에 들어가고 난 얼마 뒤였어요. 전국이 만세 사건으로 소용돌이치고 있을 때였는데, 상해로 간다고 하셨어요."

한용운은 고개를 끄덕였다.

"이지룡 선생을 만난 뒤 나를 데려가겠다고 했습니다."

한용운은 묵묵히 술을 한 모금 마셨다. 절에서는 곡차라고 한다. 계율에는 술을 마시지 말라고 하지만, 한두 잔 요기로 마시는 건 음식이다. 오랜만에 마시는 터라 한 잔에 취기가 돈다. 여기까지다. 그는 술잔을 가볍게 내려놓았다.

"전 여기에 남아 스님을 도와드리고 싶어요."

술잔을 내려놓던 한용운은 멈칫하며 그녀를 바라보았다.

"스님은 왜 저를 싫어하시는 거죠?"

"왜 그렇게 생각하오?"

"스님은 계속 절 멀리하시지 않아요?"

"나는 중이오. 무정無情 속에서 유정有情을 찾는 승려가 아니오. 새삼스레 인정을 잇기가 싫을 뿐이지, 특별히 누구를 멀리하고자 하는 마음은 아니오. 유정 속에 무정한 것보다, 무정 속에 유정으로 남는 게 더 아름다운 법이오."

"저는 일개 아녀자여서 그런지 그런 깊은 말은 잘 몰라요. 스님의 본마음을 알고 싶어요."

갑자기 갈증이 났다. 한용운은 내려놓았던 술잔을 들어 단숨에 마셨다. 그러고 나서 말했다.

"상해로 떠나시오."

"……?"

"거기서 미국으로 가기는 쉬울 것이오. 연락이 닿으면 강대용 선생 곁으로 가도록 해요. 가서 새로운 공부를 하도록 하시오. 나는 지금 험한 길을 가고 있소. 혼자 걸어가기에도 벅찬 길이오. 인연이 있으면…… 아니오, 조선이 독립하는 날 우리는 다시 만날 수 있을 거요."

강연실은 그때부터 더 이상 아무 말도 하지 않았다. 한용운도 묵묵히 술만 마셨다. 주량이랄 것도 없지만 평소 막걸리 한두 잔 정도 마신다. 형무소에서 부실한 음식만 먹던 그에게 술은 더 독하게 배어들었다.

한용운이 눈을 떴을 때는 부옇게 밝아오는 새벽녘이었다.

"……?"

한용운은 정신이 번쩍 들어 벌떡 일어났다. 깨끗한 이부자리 위에 누워서 자고 있었던 것이다. 그는 주위를 둘러보았다. 윗목에 병풍이 둘러쳐져 있을 뿐 아무도 없다. 어떻게 된 일인지 도무지 기억에도 없었다. 그는 잠시 그대로 망연하게 앉아 있다가 일어났다. 방문 여는 소리를 듣고 강연실이 다른 방에서 달려 나왔다.

"벌써 기침하셨……?"

강연실은 말하다가 말고 흠칫 놀란다. 입은 옷 그대로이기는 하지만, 떠나는 행장임을 알아차린 것이다.

"가시려는군요."

"하룻밤 잘 묵었소."

한용운은 그대로 대문을 향해 걸었다. 대문을 열고 나오다가 한번 뒤돌아보았다. 강연실이 방문 앞에 그대로 서 있었다. 한용운은 뭐라고 말하려다가 그냥 밖으로 나왔다. 고맙다는 말을 한 번 더 하려고 했다. 사람이 사람을 좋아한다는 것은 아름다운 일이다. 그라고 해서 왜 유정有情이 없겠는가. 다만, 그는 자신만이 소유하는 아름다움으로 남는 것을 마다할 뿐이었다. 강연실이 그것을 알 까닭이 없었다.

한용운은 계동으로 돌아왔다. 김상호를 비롯한 학생들이 그를 기다리고 있었다.

"아니, 스님? 어디 갔다 오시는 길입니까?"

"왔느냐?"

"가출옥을 하신다는 소식을 듣고 뒤늦게 달려갔는데, 안 계셔서 몹시 걱정했습니다. 혹 재수감된 게 아닌가 하고 백방으로 수소문하던 중입니다."

"그래, 별일들은 없었느냐?"

"정남용이 감옥에서 결핵으로 사망했다고 합니다."

"다들 가는구나."

한용운은 잠시 침통한 표정으로 묵상한 뒤 신상완을 돌아보며 물었다.

"동경에 간 일은 어떻게 되었느냐?"

신상완은 범어사 소속 승려로서 중앙학림에서 공부할 때 한용운의 지시로 독립선언서를 배포하였고, 만세 운동을 주도하였다. 그 후 상해임시정부가 결성되자 백성욱 김법린 김대용 등과 함께 상해로 건너가 임정 요인들과 불교계의 독립운동 방향을 논의하고 돌아왔다. 작년 3월에는 일본 하라 사토시 내각이 상해임시정부 대표를 초청하여 조선 독립 문제를 논의했을 때 몽양 여운형의 수행원으로 따라갔다가 왔다.

일본은 데라우치 마사다케 내각이 무너지고, 정우회政友會 소속의 하라 사토시 내각이 들어섰다. 일본 역사상 처음으로 민간 정당 대표로 정부가 구성된 것이다. 이들은 세계가 민족 자결주의 원칙에 의해 약소민족을 독립시키고 있는 즈음에 상해임시정부가 발족된 것에 대해 몹시 신경을 쓰던 중이다. 더구나 상해임시정부에서 끈질기게 세계 각국에 조선의 독립을 호소하고 있는 터였다. 이것이 외교 문제로 확대되기 전에 어떻게 하든지 임시정부를 없애야겠다는 속셈으로 그들은 임시정부 대표를 초청한 것이었다.

"일본은 조선을 일본의 통치 아래에서 자치하는 문제를 구상하고 있는 듯하였습니다."

"자치?"

"네."

"무슨 소리냐! 자치라니, 엄연히 주권을 가진 독립국인데 제놈들 그늘 아래 자치를 한다는 말이냐?"

"그래서 거부하였습니다."

"잘했다."

"몽양 선생을 회유하려고 갖은 노력을 다했던 모양입니다."

"음……"

"그 영향인지는 몰라도, 하라 사토시 내각은 조선에서의 무력 통치를 중지하는 것 같습니다. 조선인의 반발이 무력 통치에서 나왔다는 결론을 내린 것이겠지요."

"거기에 속아서는 안 된다. 무력 통치든 문화 통치든 지배 목적은 마찬가지이다. 아무리 맛있는 음식을 제공한다고 하더라도, 내 손으로 만들어 먹는 우거지국만 못하느니라."

"명심하고 있습니다."

신상완은 여운형과 동경으로 갔던 이야기를 했다.

일본은 기독교 청년회의 후지타 규쇼를 상해로 보냈다. 그는 서양 선교사를 통해 여운형을 만나 초청을 교섭했다. 상해임시정부는 이를 거절하는 입장을 취했다. 그러나 여운형은 초청에 응하는 게 좋다고 주장했다.

"무슨 흉계가 있소. 속지 마시오."

"아닙니다. 그들의 속을 한번 들여다보고 오는 것도 나쁘지 않소이다. 지피지기면 백전백승이라고 하지 않았습니까?"

이리하여 프랑스 영사의 신변 보장을 받아 여운형이 일본으로 떠났다. 장덕수 최근우 신상완이 그를 수행하였다. 일본은 임시정부 대표들을 제국호텔에 투숙시키고 대대적으로 환영하였다. 여운형은 이를 틈타 조선 독립에 대한 당위성을 선전하는 호기로 삼았다. 그는 묵고 있는 제국호텔에서 기자회견을 열었다.

"일본은 무단 정치로 조선인을 억압하고, 동양척식주식회사를 설립하여 조선 농민들을 수탈하고 있습니다. 세계 어디를 보아도 이처럼 잔인한 통치는 보지 못했을 것입니다. 조선인은 이에 굴하지 않습니다. 최후의 한 사람이 남을지라도 기필코 독립을 완수할 것입니다."

당황한 일본 당국은 그의 입을 막으려 했으나 속수무책으로 지켜보기만 했다. 프랑스 영사에게 신변 보장을 약속한 마당이다. 그를 체포한다면 국제적인 비난을 면치 못한다. 그들은 울며 겨자 먹기로 여운형의 연설을 내버려 둘 수밖에 없었다. 기자 회견은 장장 1시간 28분이나 걸렸다. 그는 하고 싶은 말을 다 한 셈이다.

여운형은 2주일 동안 동경에 머물면서 독립운동을 선전했다. 또 조선총독부 정무총감 미즈노 도쿠타로, 내무대신 도코쓰쿠 다케지로, 육군대신 다나카 기치, 그밖에 노다 체신대신, 조선군 사령관 우쓰노미야 등과 만나 조선 독립에 대한 의견을 교환하였다. 여운형은 자신들을 초청하는 의견을 처음 내놓은 척식국장拓殖局長 고가 렌조와 마주 앉았다.

"어떻소, 일본에 오신 소감이?"

"우리를 부른 목적이 무엇이오?"

"조선이 독립된다고 믿으시오?"

"무슨 말씀을 하시는 게요? 조선을 독립하자는 게 아니라, 조선은 본래 독립국이었음을 알리는 거요. 독립을 되찾자는 것이 아니라, 독립 국가로서의 내정을 무력으로 방해하고 있는 일본을 추방하자는 운동이오."

"허나, 조선은 일본이 합병하지 않았더라도 다른 강대국에 합병되었을 것이오."

"무슨 말씀이오?"

"조선은 이미 서구 열강들의 이해 각축장이 아니었소이까. 오랫동안 청나라 속국이었으며, 청나라의 속박에서 벗어나니까 러시아가 달려들지 않았소. 우리가 러시아를 물리치지 않았으면, 아마 러시아의 식민지가 되었을 것이오. 아니오, 미국의 식민지가 되었을지도 모르지. 서양의 통치를 받느니, 문화의 맥을 같이 하는 우리 대일본제국과 손을 잡는 것이 백번 낫지 않소?"

"허허, 그게 무슨 망발이시오. 자고로 역사에는 강자가 약자를 침입하는 예는 있소이다만, 그것은 어디까지나 침략이오. 일시 국력이 약해 침략당하기는 하지만, 그 침략은 어떠한 명분으로도 정당화될 수가 없소이다. 바꾸어 말하면, 정당하지 못한 짓은 언젠가 무너지게 되어 있다는 말이외다."

"조선은 아직 독립하기가 이르오."

"쓸데없는 소리 마시오. 조선은 유구한 역사를 지닌 나라요. 일본이 조선 문화를 배워 가지 않았소?"

"어떻소, 조선을 위한 자치 운동을 해볼 생각은 없소?"

"자치 운동?"

"그렇소. 만약 그러신다면 우리 일본 정부에서 충분히 지원을 해드리겠소."

여운형은 그제야 일본에서 자신들을 초청한 이유를 알게 되었다. 독립운동과 무력 식민 정책이라는 양극의 충돌을 해결하는 방법으로 자치론을 들고나온 것이다. 얼핏 듣기에는 무력 통치에서 벗어나는 자율 운동으로 비치나, 이것은 결국 일본의 식민지 정책에 이용당하는 것일 뿐이었다.

"우선 자치 운동 경비로 삼십만 원을 드리리다."

"이 보시오! 사람을 잘못 보았소. 나는 대한민국 임시정부를 대표해서 온 사람이오."

"독립운동은 힘든 일이오. 평생 고생하실 작정이오? 지금 중국도 목하 우리의 수중으로 들어오는 중이오. 우리 대일본제국은 대동아공영을 이룰 것이오. 지금 중국 칭다오는 이미 우리 수중에 들어와 있소. 몽양께서 결심만 하신다면, 칭다오 총영사로 임명할 수도 있소."

"예끼, 여보시오! 그런 제의라면 더 이상 회담할 필요도 없소."

여운형이 먼저 자리를 박차고 나왔다. 일본은 어떻게 하든지 여운형을 매수하려고 하였다. 그리하여 신주쿠에 있는 황실 정원인 어원御苑을 구경시켜 주기도 했다. 어원은 천황의 국빈이 아니면 구경하지 못하는 곳이다. 이 때문에 일본과 임시정부, 양쪽에서 한바탕 난리가 났다. 일본에서는 조선인을 신성한 어원에 들여놓았다며 귀족들이 들고일어나 담당자들을 문책하였고, 임시정부 쪽에서는 여운형이 일본에 매수되었다며 죽이라고 성토했다.

어찌 되었든 이후 일본 각계에서는 조선 통치에 대한 문제점이 본격적으로 대두되기 시작했다. 교토 제국대학 교수 오가와 고타로는 이같이 말했다.

"조선 각지에 어떻게 독립사상이 보급되었다고 생각하나? 조선인은 대부분 무식하다. 이러한 무식한 민중에게 독립사상이 있다고 할수는 없다. 반드시 지도자가 있어 일어난 행동이다. 이 지도자는 일본이나 외국에서 공부하고 온 사람들일 것이다. 이들 가운데는 독립운동을 직업으로 삼는 자도 있다. 이번 소동은 천도교·기독교·불교·유교가 중심으로 나섰다. 이 속에 지도자들이 있었음을 알아야 한다. 따라서 이번의 전국적인 소요는 이 사십팔인 사건에 연루된 인물들에 의해 일어난 것이지, 민중의 의사는 절대 아니라는 점을 명심해야 할 것이다."

이리하여 결론은, 조선을 독립시켜서는 안 된다. 근본적인 원인이 총독부가 통치를 잘못한 데 있다. 무력으로 억누르다가 내선內鮮 일체를 가져오지 못했기 때문에 일어난 것이다. 따라서 앞으로는 무단 정치를 중단하고 문화 정책을 펴서 조선인과 일본인을 동화시켜야 한다는 것이었다.

한용운은 신상완의 이야기를 듣고 나서 빙그레 웃었다.

"오가와 고타로라는 놈이 보기는 잘 보았다. 허나, 그놈도 무식하기는 마찬가지구나. 유식한 사람이 거만해지면 눈이 더 어두워지고, 무식한 사람이 눈을 뜨면 지혜로워진다는 것을 모르고 있다. 우리 조선인은 이제 눈을 뜨고 있는 중이다. 이천만 민족이 눈을 뜨면 얼마나 무서운 힘이 솟는가를 그는 아직 모르고 있다. 한 가지 옳은 소리는 하였다. 독립운동을 직업으로 삼는 자가 있다는 그 말이다."

"그게 무슨 말씀이십니까?"

"빼앗긴 나라를 구하자는 대의보다, 자신의 과거 신분을 회복하거나 상승시키려는 야망에서 독립운동을 하는 자들이 있다는 말이다."

"사리사욕에 눈이 먼 자들이라는 뜻이군요?"

"그자들은 자기 뜻을 이루기 위해서는 장차 일본에 협조까지 구할 인물이느니라. 사욕을 버리고 오로지 민족을 구하겠다는 한 가지 목적으로 달려가야만 제힘을 모을 수가 있다. 겉 행동이 아무리 옳아 보여도, 속으로 각자 딴생각하고 있다면 제각각 다른 목소리가 나올 수밖에 없지 않은가? 왕정 아래 벼슬을 하는 것이나, 독립된 조국에서 감투 자리를 얻는 것이나, 일제 아래에서 영광을 보는 것이나, 그들에게는 마찬가지일 것이기 때문이다. 독립운동은 영광스러운 일일 수가 없다. 그 행동에 대가를 바라서도 안 된다. 민족을 위해 자신을 불사른다는 희생만 강요되는 일이다. 그래서 아무나 할 수 있는 게 아니지. 오가와 고타로 같은 무식한 사람 눈에도 그런 인물들이 보였다면, 조선의 앞날이 실로 걱정되는구나."

"스님, 저희들이 불교유신회를 창설하였습니다. 우선 불교계 안에 친일파들을 숙청하고 정화하지 않으면 안 될 것 같습니다. 스님께서 주장하신 불교 유신을 현실화하는 별동대로 활동할 작정으로 명칭을 유신회로 하였습니다."

"잘한 일이다. 근본이 튼튼하지 않으면 아무 일도 하지 못한다. 개인에게도 우선 몸이 건강해야 무엇이든 도모할 수가 있다. 불교 내부가 썩고 있는데 어떻게 이를 매개로 독립운동을 할 것인가."

"스님께서 나오셔서 격려해 주십시오."

"물론 해야지."

한용운은 각황사에 모인 불교유신회 청년 승려들 앞에 나가서 연설했다.

"조선의 독립운동은 지금부터 시작이다. 기미년의 독립선언은 우리 이천만 동포가 세계만방에 우리의 의지를 고한 것이다. 지금부터는 독립을 선언한 민족답게 행동하는 길만 남아 있다. 자존을 가진 국민으로 당당히 행동하여야 한다. 아직도 독립의 의지를 인식하지 못한 사람들이 이 땅에 살고 있다. 무지한 민중 속에 있는 것이 아니라, 큰소리를 외치는 지도자 속에 그런 자들이 있다. 실로 통탄할 일이 아닐 수 없다. 우리는 이를 직시하고 경계하여야 한다. 총독부가 일시 유화정책을 쓴다고 해서 여기에 만족해서는 절대 안 된다. 소문에 의하면 몇몇 지도자라는 사람들이 연정회를 만든다고 한다. 일본 쪽에서 말하는 소위 자치론을 실현하려는 음모에 놀아나는 것이다. 우리는 이 단체의 태동을 경계해야 한다.”

한용운의 연설은 노도와 같았다. 그는 우선 불교계 안에 싹트고 있는 친일 승려를 제거하는 일이 무엇보다 시급한 과제로 여겼다. 일본은 사찰령에 의해 전국의 사찰을 하나의 조직 체제로 묶고, 일본 불교를 침투시켜 잠식하려는 흉계를 품고 있다. 불교가 오랫동안 조선인들의 생활 종교로 뿌리내리고 있어, 조선 불교를 장악하는 건 곧 조선의 정신을 장악하는 것과 같은 맥락에서 강력히 추진하고 있었다. 한일합병 후 이회광을 앞세워 원종과 합병을 음모한 것도 바로 그런 것이었다. 지금 또 이회광을 중심으로 몇몇 친일파 승려들이 일본 일련종과 합병하려 한다. 따라서 불교유신회가 가장 시급히 처리해야 할 문제는 바로 친일 승려들을 제거하는 일이었다. 불교유신회에서는 본산 주지와 총독부를 상대로 정치와 종교의 분리와 사찰 자치를 끊임없이 요구하였다. 그러나 양측 모두 이를 거부했다.

유신회는 정교분리를 위하여 2,700여 명의 서명을 받아 총독부에

건의서를 제출하였다. 여기에는 본산 제도 이후에 발생한 전반적인 폐단도 상세히 적었다. 총독부의 태도는 냉담했다. 그리고 본산 주지들도 이를 적극 반대했다. 마침내 불교 유신회 청년 승려들은 행동으로 이를 관철시키려고 결심하였다.

김상호는 우선 강신창 등 청년 승려 백여 명을 데리고 달려가 용주사 주지 강대련을 잡아왔다. 강대련은 대표적인 친일 승려로, 그는 혜화전문학교 이사를 겸하고 있다. 그는 한일합병 때까지만 해도 철저한 항일 승려였다. 일본 정토종 승려가 통도사를 접수하려고 했을 때는 부산까지 달려가 무력으로 그들을 때려눕히기도 한 장본이었다. 그런 그가 일본의 회유 정책에 넘어가 친일로 변절한 것이다. 그는 일본 승려를 우리나라 양반 자제들과 결혼시키고, 우리나라 승려들은 일본 귀족과 통혼하자고 주장하는 망발을 보이기도 했다. 이러한 데 영향을 받은 몇몇 본산 주지들은 승려들에게 식민 정권에 협력하도록 부추기기도 하였다.강대련은 끌려 나오지 않으려고 완강히 버티었지만 중과부적이었다.

"이게 무슨 무례한 짓이냐?"

"매국한 중이 무슨 염치가 있다고 주둥이를 놀리느냐. 이 자리에서 주리를 틀 수도 있지만, 체면을 보아 명고축출시키는 것이니 고맙게 여겨라."

명고축출鳴鼓逐出은 등에 북을 메게 하고, 시가지에 끌고 다니며 그 북을 둥둥 치면서 무안을 주는 일이다. 승려가 중대한 죄를 범한 경우에 창피를 주어 내쫓는 형벌 가운데 하나였다. 김상호는 강대련에게 북을 메게 했다. 그리고 '佛敎界大惡魔姜大蓮鳴鼓逐出(불교계

대악마 강대련 명고축출)'이라고 쓴 후장을 단 장대를 들려 거리로 끌고 나왔다.

"죽지 않으려면 순순히 따라 하는 게 좋아."

겁에 질린 강대련은 어쩔 수 없이 북을 메었다. 이들은 북을 멘 강대련을 종로 네거리에 끌고 다니면서 둥둥 북을 울렸다.

"매국 중 강대련이요!"

"둥둥……."

강대련은 얼굴을 들지 못했다. 승복을 입고 북을 멘 그의 모습은 자존과 위엄이 땅에 떨어진, 죽음보다 더 처절한 것이었다. 사람들이 우 몰려와 이 신통한 구경거리를 보며 조소했다. 그 가운데 어떤 사람은 삿대질하며 고함쳤다.

"나라를 팔아먹은 땡중을 응징해라!"

"그냥 두지 말고 이 자리에서 주리를 틀어라."

종로를 막 벗어날 무렵 일본 경찰들이 출동했다. 소요죄로 주모자들이 모두 경찰서에 끌려갔다. 일경은 단순한 소요죄로 다루지 않았다. 피해를 본 대상자가 강대련이라는 사실에 경찰은 항일 음모 사건으로 다루었다.

경찰서에서 김상호는 떳떳하게 말했다.

"이건 조선의 종교 문제요. 종교를 간섭하는 게요? 이건 어디까지나 중의 신분을 망각하고 파계한 승려에게 내리는 종교 재판이란 말이오."

취조하던 경찰도 난감해졌다. 친일 승려를 응징하는 것은 곧 항일이라는 고리가 걸려 있기는 했으나, 김상호의 주장대로 잘못하면 종교 탄압으로 비칠 수 있었다. 또 지금은 문화 정책을 펴는 중이다. 자칫 잘못하면 종교계 친일 인사를 심어 두고 있다는 비난을 받아 새로운 불씨가 될 수도 있었다. 그렇다고 정면으로 대항하는 이들을 그냥 둘 수도 없는 노릇이었다. 결국 주동자인 김상호와 정맹일 등이 6개월 간 투옥되었다.

한용운은 조선불교청년회 주최로 종로 기독교청년회관에서 강연했다. 그를 감시하기 위해 나와 있는 형사가 눈을 번득였다. 한용운이 움직이는 곳에는 늘 경찰이 따라붙었다. 한용운은 교묘히 형사의 관심을 따돌려 청중 앞에서 노도와 같이 연설했다.

"개성 송악산에서 흐르는 물은 만월대의 티끌은 씻어 갈지라도 선죽교의 피는 못 씻으며, 진주 남강에 흐르는 물은 촉석루의 먼지는 털어 가도 의암에 서려 있는 논개의 이름은 못 씻는다."

연설을 마치자, 우레 같은 박수가 쏟아져 나왔다. 일본 경찰은 영문도 모른 채 그의 열변에 덩달아 손뼉을 치다가 황급히 손을 뒤로 감추었다. 그의 연설은 그만큼 청중을 사로잡았다.

얼마 후, 한용운은 다시 기독교 청년회관에서 사회 저명인사들이 운집한 가운데 민족의 진로에 대해 강연했다. 임석 형사에 의해 그는 여러 차례 연설 중지 명령을 받았지만, 그때마다 임기응변으로 모면하는 여유를 보였다.

"여러분, 우리의 가장 큰 원수는 누구입니까? 소련일까요? 아닙니다. 그렇다면 미국인가요? 미국도 아니외다."

청중들은 손에 땀을 쥔 채 긴장했다. 무슨 말이 터져 나올지 짐작하고 있었기 때문이다. 임석 형사도 긴장한 채 한용운을 노려보고 있었다.

"그렇다면 우리의 가장 큰 원수는 일본일까요? 남들은 모두 일본이 우리의 가장 큰 원수라고들 말합니다."

그때였다. 임석 형사가 벌떡 일어나 외쳤다.

"중지! 연설 중지!"

한용운은 이에 아랑곳하지 않고 연설을 계속했다.

"아닙니다. 우리의 원수는 소련도 아니요, 미국도 아니요, 일본도 물론 아니올시다. 우리의 가장 큰 원수는 바로 우리 자신이외다! 게으름, 이것이 바로 우리를 파괴하는 가장 큰 원수라는 말씀이외다!"

말이 채 마무리되기도 전에 청중들은 와 소리치며 우레와 같이 손뼉을 쳤다.

"잘한다!"

"명연설이다!"

연설을 중단시키기 위해 일어섰던 형사는 그만 머쓱한 얼굴로 슬그머니 자리에 앉고 말았다. 강연이 끝나 갈 무렵 그는 자유에 대해 한마디 했다.

"여러분 만반진수滿盤珍羞를 잡수신 후에 비지찌개를 드시는 격으로 내 말을 들어주십시오. 아까 동대문 밖을 지나가다 보니 과수원의 나뭇가지를 모두 잘라 놓았는데, 아무리 무정물인 나무라지만 대단히 보기가 싫고, 그 무엇이 그리운 듯 보였습니다."

이 말에 청중들이 모두 손뼉을 쳤다. 자유를 빼앗긴 조선 민족의 현상을 가지가 잘린 과수에 비유하여 말한 것이다. 임석한 형사가 무슨 영문인지 몰라 어리둥절한 눈으로 사람들을 둘러보았다. 과수원의 가지치기를 이야기하는 데 무엇이 좋아 박수를 하는지, 그로서는 의아하기 짝이 없었다. 궁금해서 견딜 수가 없어 그는 옆 사람에게 물었다.

"왜 손뼉을 쳤소?"

"몰라요. 남들이 치니까 나도 따라 쳤을 뿐이오."

이 말을 듣고 사람들이 폭소를 터뜨렸다. 한용운은 강연을 계속했다.

"여러분, 진정한 자유는 누구에게서 받는 것도 아니고 누구에게 주는 것도 아닙니다. 서양의 모든 철학과 종교는 '신이여 자유를 주소서!' 하고 자유를 구걸합니다. 그러나 자유를 가진 신은 존재하지도 않고, 또 존재할 필요도 없습니다. 사람이 부자유할 때 신도 부자유하고, 신이 부자유할 때 사람도 부자유합니다. 그러므로 우리는 오히려 스스로가 자유를 지켜야 합니다. 따라서 우리는 '신이여, 자유를 받아라!' 하고 나아가야 합니다."

이는 한용운이 종교와 신에 대한 자신의 견해를 나타낸 것이었다. 그는 진정한 종교는 인간이 중심이 되어야지, 신을 중심으로 인간이 노예가 되어서는 안 된다는 생각을 했다. 진정한 자유인이 되어야만 비로소 신도 자유자재할 수 있다.

한용운은 30본산 주지 회의에 초빙되었다. 우리나라 불교계를 한 손에 쥐고 있는 내로라 하는 승려들이 모인 회의다. 한용운은 당당히 그들 앞으로 나아가서 말했다.

"여러분이 진정한 승려가 되길 원한다면 총독을 편안하게 놔두시오!"

주지들은 그가 무슨 말을 하는지 잘 알아듣지 못해 서로의 얼굴을 돌아다봤다.

"모두 총독을 만나기에 바쁘신 모양인데, 총독은 똥 눌 시간도 없을 정도로 더 바쁜 사람이오. 총독을 그렇게 존경한다면, 똥이라도 좀 편안히 누도록 만나지 마시오."

그제야 주지들은 한용운의 말을 알아듣고 당황했다.

"여러분, 세상에서 제일 더러운 물건이 무엇인지 아시오?"

승려들은 쥐 죽은 듯 조용히 앉아 있었다. 한용운의 입에서 무슨 말이 튀어나올지 몰라 숨을 죽이고 있었다.

"세상에서 가장 더러운 것이 무엇이냐 하면, 썩어 가는 송장이오. 똥 옆에서는 밥을 먹을 수 있지만, 송장 썩는 옆에서는 먹을 수가 없더군요. 그런데……."

한용운은 말을 잠시 끊고 주지들을 한번 휘둘러 보았다.

"이 송장 썩는 것보다 더 더러운 게 세상에 있어요. 그건 바로 본산 주지 네놈들이다!"

주지들은 얼굴이 붉으락푸르락한 채 어쩔 줄을 몰라 했다. 한용운은 그렇게 일갈하고는 자리를 박차고 그곳을 나와 버렸다.

이 무렵부터 한용운은 독립운동 방향을 재고해야 한다는 결심을 굳혔다. 당초 그가 꿈꾸어 왔던, 조선 민족에게 사상을 심어주는 일이 선행되지 않고는 진정한 독립운동이 어렵다는 사실을 실감했다.

불가능하다는 의미는 아니다. 사상이 정립되지 않고는 독립의 길이 그만큼 멀고 험할 수밖에 없다. 민족사상이 정립되어 있지 않기 때문에 어중이떠중이 지도자들이 제각각의 목소리를 터뜨리고 있었다.

한용운은 처음부터 그러한 뜻을 품고 있었다. 불교사상을 매개로 조선 민족의 사상을 정리하고 있던 차에 을사늑약과 경술국치로 나라를 잃는 중대한 사건이 발생한 것이다. 그는 우선 당장 발등에 떨어진 불을 끄기 위하여 사상 정리 작업을 잠시 유보하고 있었다. 그러나 아무리 바빠도 실을 바늘허리에 실을 묶어서 쓸 수는 없다. 일제에 논리적으로 대항하려면 교육 운동이 시급했다. 일제는 조선 민족을 황민화, 우민화하기 위해 갖은 술책을 다 쓰고 있었다. 그는 이대로 가다가는 모두 일본에 동화되고 말 거라는 위기의식을 느꼈다.

1923년 봄, 종로에 있는 기독교 청년회관에서 민립대학 기성 준비회가 열렸다. 한용운을 비롯하여 국내외 발기인 1,170명 가운데 426명이 참석하였다. 회의는 며칠간 계속되었다. 한용운은 이상재 이승훈 최린 조만식 등과 함께 중앙집행위원으로 선출되었다. 동시에 유성준 이승훈과 함께 9인의 상무위원에 선출되기도 하였다. 한용운은 발기인에 유성준이 낀 것을 못마땅하게 여겼다. 유성준은 유길준의 동생으로, 합병 이후 참여관과 도지사를 역임하는 등 일제에서 벼슬을 하고 있다. 그뿐만 아니라, 총독부 경부와 도지사까지 역임한 고원훈, 그리고 최린도 끼어 있었다. 그 무렵 최린은 민족진영에서 서서히 이탈하여 온건 노선을 은근히 주장하고 있었다. 한용운은 이들의 동참에 강력히 반발하였으나, 이것은 어디까지나 조선 민족 모두의 힘을 모으는 데 의미를 둔다는 발기 취지 때문에 결국 양보하고 말았다.

　발기 총회에서 몇 가지 원칙이 결정되었다. 총 소요 자금 1천만 원은 모금으로 충당하되 3차에 나누어 집행한다. 제1차 모금은 4백만 원으로 하여 조선인 교수를 양성하여 법과·문과·경제과·이과를 설립하고, 제2차 모금 3백만 원으로 공과를, 제3차 모금 3백만 원으로 의과·농과를 세워 종합대학으로 발전시키기로 하였다. 모금은 민립대학의 성격에 맞게 조선 본국뿐만 아니라, 미국·일본·만주·중국 등 해외에 지부를 두어 교민의 참여를 유도하기로 하였다.

　한용운은 발기인과 참석자들 앞에서 '자조自助'란 제목으로 강연을 하였다.

　"나는 나이므로 나의 일은 내가 할 뿐이요, 남의 힘을 얻을 필요까지는 없는 것이오. 자유와 행복을 위하여 일하지 않으면 저 아메리카의 흑인종들과 같은 민족이 되고 맙니다. 어디까지나 우리 민족도 다 같이 나의 일이니 내가 도와서 남부끄럽지 않게 무엇이든지 만들어 놓아야 할 것이외다. 그러므로 우리는 다 같이 조선의 민족이 된 의무로 일치단결하여 관공립 학교에 배斥 주고 배 속 빌어먹는 의뢰를 하지 맙시다. 그래서 이천만의 피와 정성을 모아 만립대학을 설립코자 하는 것이며, 따라서 이 대학이 못 된다고 함은 우리 조선 민족의 수치입니다. 어디까지든지 이론을 떠나서 현실을 밟아 나아가야 우리는 자유 민족이 되고 행복을 누리는 민족이 되겠다, 이 말씀이외다."

　이 운동은 당시 민족 언론에서 유사 이래 일대 쾌거로 보도하였으며, '문예 부흥'이라고까지 격찬하였다. 그러나 일제가 이를 쉽게 허락할 리가 없었다. 이는 바로 민족의 혼을 심어주는 전위 활동이었기 때문이다. 민립대학 설립 운동은 발기인 속에 친일 분자가 끼어든 데에서부터 모양이 좋지 않았다. 여기에다 시기도 좋지 않았다. 그해 여름에 전국에 덮친 홍수로 많은 이재민이 발생하였다. 또 9월에는 일본에서 관동대지진이 일어나 일제는 민심 수습을 위해 조선인의 폭동으로 몰아붙여 일본에 거주하고 있던 많은 조선인이 학살당하는 참극이 발생하기도 했다. 그리하여 당초 목표로 했던 기부금조차 제대로 거두어지지 않았다.

일제는 이 기회를 틈타 경성제국대학령을 발표하여 민립대학 설립에 찬물을 끼얹었다. 또 민립대학 기성회 발기인들을 불온사상 혐의자로 탄압하며 모금 운동을 적극 방해했다.

결국 민립대학 설립 운동은 실패하고 말았다. 한용운이 민립대학 설립의 실패는 조선 민족의 수치라고까지 역설했으나, 결국 수치로 끝나고 말았던 것이다. 실패한 원인은 외부 요인 탓만이 아니었다. 재산가와 지도층의 적극적인 협조가 이루어지지 않은 것이 더 큰 실패 이유다. 처음에는 의기투합하였으나, 일제가 항일 운동 차원에서 탄압하기 시작하자 슬그머니 꽁무니를 빼는 사람이 늘어났다. 한용운은 그래서 더욱 울분을 터뜨렸다.

나는 나룻배, 당신은 행인

한용운이 염려하던 대로 민족자치론이 서서히 물 밖으로 떠오르기 시작했다. 총독부에서는 3·1운동 이후 강력하게 저항하는 조선 민족을 무마시키기 위해 문화정치를 실시했다. 겉보기에 조선인에게 차별을 두지 않겠다는 것처럼 보였으나, 이것은 어디까지나 통치 방법을 전환한 것뿐이었다.

조선 총독부에서는 민족 지도자들을 회유하여 서서히 민족정신을 개량하기 위한 공작을 폈다. 이미 지도자들 가운데는 일본과 정면 대결을 피하고 점진적인 독립이 필요하다고 주장하는 사람들이 있었다. 또 좌우익으로 사상 분립이 발생했다. 총독부에서는 조선 지도자급 중에서 적당한 인물을 물색하고 있었다. 첫 번째 대상자로 이광수 최남선 최린 등을 꼽았다. 이들을 앞세워 〈동아일보〉를 중심으로 한 민족 우파와 접촉하도록 시나리오를 꾸몄다. 이광수는 동경 2·8독립선언서를 작성한, 동경 독립 선언의 주동 인물이자 상해임시정부에서 발행하던 〈독립신문〉의 주필을 역임한 사람이다.

1921년 5월, 이광수는 총독부의 회유 정책에 넘어가 귀국하였다. 귀국한 그는 총독부 주선으로 〈동아일보〉에 논설위원으로 들어가 한 달에 3백 원이라는 엄청난 돈을 받고 일했다. 그는 논설위원에 취임하자마자 '민족개조론'을 발표하였다. 독립선언서를 작성한 인물이라고 도저히 믿을 수 없을 정도로 그는 민족 지도자들의 항일 운동을 엉뚱하게 비방하였다. "명망名望의 유일한 기초는 떠드는 것과, 감옥에 들어갔다가 나오는 것, 해외에 표박漂迫하는 것인 듯"하다며 매도하였다. 그는 총독부를 대신하여 조선의 독립 불가능을 역설하고 나섰다. 또 천도교에서 발행하는 『개벽』이라는 잡지 5월호에도 '민족개조론'을 발표했다. 그는 여기에서 "조선 민족의 쇠퇴는 타락한 민족성에 있다"라고 역설했다. 그러면서, 쇠퇴한 민족은 그대로 흥륭興隆할 수 없으며, 타락한 성격을 그냥 놓아두면 아무리 노력해도 실패할 뿐이니 민족성을 반드시 개조해야 한다고 떠들었다.

이광수를 끌어내는 데 성공한 총독부는 이번에는 최남선과 최린을 유혹했다. 당시 3·1운동으로 서대문 형무소에 복역 중이던 두 사람을 먼저 가출옥시켰다. 이러한 공작은 어용 기관지이던 〈경성일보〉 사장 아베 다다이에가 꾸몄다. 그는 총독에게 일일이 건의하여, 이를 실행에 옮겼다. 그는 총독의 정책 자문 역할도 맡았다.

출옥한 최남선은 총독부의 지원을 받아 『동명』이라는 월간 잡지를 창간하였다. 아베 다다이에는 총독에게 서신을 보내 최남선에게 빨리 잡지 허가를 내주라고 건의하기도 했다. 그뿐만 아니라 조선은행 미노베 총재에게 창간 자금을 지원하도록 부탁하였는데, 총독이 압력을 넣어 빨리 지급하도록 하였다. 아베 다다이에가 이토록 이 일에 앞장서는 것은, 이 잡지를 통하여 조선의 사상을 개조하고, 이 광수 등에게 생활비를 대주기 위해서였다. 최남선도 『동명』 창간호에 민족의 독립운동을 부정하는 취지의 '조선민시론朝鮮民是論'을 발표하였다.

아베 다다이에는 가출옥한 최린과 함께하는 술자리를 마련했다. 술자리가 무르익자, 그는 최린에게 넌지시 말을 건넸다.

"그래 오랫동안 감옥에 계시느라 고생이 많으셨지요?"

"좀 고생했지요."

"최 선생의 국가관은 나도 존경하오. 허나, 역사에는 길이 있는 법이오. 자기 의사와 같지 않다고 역사의 길을 돌릴 수는 없소. 어떻게 생각하시오?"

"무슨 말씀인지 잘 못 알아듣겠습니다."

"대표자들은 아직 감옥 안에 있소. 최 선생이 왜 일찍 가출옥했다고 생각하시오?"

최린은 아무 말도 하지 못하고 아베 다다이에를 바라보기만 했다.

"총독께서 최 선생에게 특별한 관심을 보였기 때문이오."

최린은 눈을 크게 떴다.

"어떠시오? 이제 과격한 독립운동은 설 자리가 없소이다. 조선인들이 앞장서서 일본의 지도 아래 자치를 하도록 하시오. 특히 최 선생은 조선 민중뿐만 아니라, 천도교에서도 명망이 높지 않소이까. 천도교 노선을 자치주의 쪽으로 틀어주시오. 내가 적극 지원하겠소."

최린은 마음이 흔들렸다. 일제에 협력하는 것은 아니라고 스스로 못을 박으면서 나름대로 논리를 정리해 보았다. 일본은 강하다. 청나라와 러시아를 물리친 막강한 군사력을 가지고 있다. 또 미국과 중국까지 점령할 꿈에 부풀어 있다. 만약 일본이 중국까지 점령한다면 그야말로 동양에서 그들을 이길 자가 없게 된다. 차라리 일본의 힘을 인정하고 조선 민족이 걸어가야 할 최선의 길을 모색하는 일도 나쁠 것은 없다. 어쩌면 이 길이 조선 민족을 위해 더 나은 일인지도 모른다. 달걀로 바위를 치는 승산 없는 싸움으로 민족의 저력이 송두리째 사라지는 것보다 훨씬 현명한 길인지도 모른다.

최린은 조심스럽게 물었다.

"당국의 계획은 서 있소?"

"작금의 식민지 정책의 변화를 보면 알잖소. 이미 이광수, 최남선도 동조했소이다."

"좋습니다. 그럼, 구체적으로 무엇부터 시작해야 하오?"

"정치연구회를 준비하시오. 가급적 우파 민족 지도자들을 대거 참여시키는 게 좋겠소. 동아일보를 중심으로 구성하는 것이 좋을 듯하오."

이리하여, 최린은 일본이 주장하는 자치론에 적극 동참하게 되었다. 그는 기미년에 독립선언을 할 때의 패기는 간 곳이 없고, '법률이 허용하는 범위 안에서' 정치·교육·산업 등 각 분야의 자치를 주장하고 나왔다.

한편 이광수는 상해임시정부 내무총장인 안창호를 만나기 위해 중국으로 들어갔다. 당시 총독부에서는 안창호를 점진주의자의 대표로 보고 있었다. 안창호는 주위 사람들에게 "일본을 적대시하면서 조선의 독립을 바란다는 것은 도저히 불가능하다. 따라서 조선의 독립은 일본에 의지해서 이룰 수밖에 없다"라고 말한 적도 있었다. 총독부에서는 이것이 안창호 한 사람의 뜻이 아니라, 대다수 독립운동 지도자들의 공통된 의견으로 파악하고 있었다.

이광수를 만난 안창호는 자신의 노선을 말했다.

"춘원의 생각대로 일본을 무력으로 이길 수는 없소. 그래서 나는 미국으로 가서 흥사단을 만들 작정이오."

"흥사단이라고 하셨습니까?"

"그렇소. 유길준 선생이 국민을 모두 선비로 만들겠다고 흥사단을 만든 적이 있지요. 계속해서 흥농단興農團, 흥공단興工團 등을 만들려고 했으나 여의치 못해 실패했소. 나는 흥사단을 국민사상 부흥 운동 단체로 키울 생각이오."

"그렇다면 중국에서의 독립 활동은 중지한다는 말씀입니까?"

"중지하는 게 아니라 방향을 전환하는 것이오. 블라디보스토크에 있는 이동휘 선생은 나의 이런 생각에 강하게 반발하오. 그들은 일본에 독립을 청원하려는 온건 노선에 반대하여 상해 임시정부와도 손을 끊고 독자적인 좌경 무장 투쟁을 선언하였소. 여기에 여운형 등도 가담하고 있어요."

"일본 당국도 과격파 이동휘 선생을 지도자 중에서 가장 골치 아픈 인사로 보고 있어요."

"춘원이 국내에 흥사단 지부를 조직해 주시오."

"알겠습니다."

이광수는 이듬해에 북경으로 가서 다시 안창호를 만났다. 이에는 두 사람 사이에 민족 개량주의에 대해 어느 정도 의견 접근을 보였다.

한용운은 이러한 소식을 접하고 몹시 분개했다. 그도 안창호를 만난 적이 있었다. 안창호도 명연설가로 소문이 나 있다. 명연사로 이름을 날리던 한용운으로서도 그를 한번 만나보고 싶던 차였다. 안창호의 의중을 파악할 겸 해서 한용운은 그를 만났다. 두 사람은 의기투합하여 나라의 장래를 걱정하였다.

"조선이 독립하면, 이번 정권은 우리 서북 사람이 맡아야 하오. 절대로 기호畿湖 사람들에게 맡길 수가 없소."

"도산, 대체 그게 무슨 말씀이시오?"

"기호 사람들이 오백 년이나 정권을 잡고 온갖 횡포를 다 부렸지 않소. 결국 나라까지 잃는 사태까지 되었소이다. 서북 사람들은 그동안 여러모로 박대만 받아오지 않았소. 그러니까 새로운 독립 조국에서는 우리 서북 사람들이 정권을 맡아야 한다는 게요."

"이것 보시오, 도산! 도산은 그럼 정권을 얻기 위해 독립운동을 하시오?"

초면임에도 불구하고 한용운은 정색하고 그에게 대들었다. 조금 전까지만 해도 정중하게 예의를 갖추어 말하던 그가, 안면을 싹 바꾸며 대드는 통에 안창호는 어안이 벙벙한지 할 말을 잊었다.

"말씀해 보시오! 서북 사람이 정권을 맡는다면, 도산이 대권을 쥐어야 하질 않소?"

"소견을 피력한 것뿐이오. 오해는 마시오."

"예끼! 민족 지도자라는 인물의 소견이 고작 이것이오?"

한용운은 자리를 박차고 나와 버렸다. 그 이후부터 한용운은 다시는 안창호를 만나지 않았다. 염불에는 관심 없고 잿밥에만 관심이 있는 중같이 느껴져서 크게 실망한 것이다.

이광수는 안창호를 만나고 와서 〈경성일보〉 아베 다다이에를 통하여 총독에게 다음과 같은 보고를 하였다.

유랑(流浪) 조선 청년 구제 선도의 건

3·1운동 이후 해외에 망명한 자들 가운데 중등 정도 이상의 교육을 받은 자로서 지나(支那: 만주, 북경, 상해) 및 시베리아를 유랑하는 자가 2천 명 이상에 이르고 있다. 이들은 조선에 돌아올 수 없는 자, 또는 돌아가기를 원치 않은 자들이다. 또 이들은 민심을 선동하는 데에 막대한 세력을 가지고 있으며, 실제로 그쪽에 있는 온갖 독립 단체의 여러 기관을 그들이 움직이고 있다. 또 그들의 손으로 모든 계획이 수립되고 실행된다. 제외 독립 운동가들의 사상 경향이 갑자기 과격화되고 있으니, 일본에서는 이를 경시해서는 안 되는 큰 문제이다.

이러한 상태에 있는 그들로서 택할 방도는 세 가지가 있다.

1. 독립운동을 표방해서 무기를 들고 조선 안으로 몰래 들어오는 일.

2. 과격파 러시아의 선전자가 되는 일.

3. 사기꾼 또는 절도, 강도가 되는 일이 바로 그것이다.

또 그들은 과격파의 사상에 기울고 있는데, 소비에트 정부도 동양에 있어서의 과격주의의 선전자로서 조선의 불우한 청년 지식층을 이용하는 방책을 세워 현재 상해 및 다른 곳에서 수백의 조선 청년을 쓰고 있다. 사태의 추이에 맡긴다면 아마도 그들 2천여 명은 모두 과격화해 버릴 것으로 보인다. 그러니까 그들이 수효에 있어 적은 것 같지만, 그 실제로 일본의 국방 및 사회의 안녕에 대해 경시해서는 안 되는 관계를 가지고 있는 것이다.

이렇듯 민족주의 독립 노선은 좌우로 확연히 갈라졌고 이러한 지도 노선의 분열을 틈타 민족개량주의가 서서히 고개를 들기 시작한 것이다.

최린은 이와 같은 자치론을 본격적인 운동으로 실천하기 위하여 '연정회硏政會' 결성을 추진했다. 최린 이광수 등은 마침내 동조자들을 규합하여 명월관에 모였다. 이 자리에는 〈동아일보〉 쪽의 김성수 송진우 최원순을 비롯하여 안재홍 이승훈 이종린 조만식이 참석하였다. 이날 비밀리에 '연정회'가 탄생한 것이다. 물론 여기 참석한 대다수 지도자들은 총독의 두뇌 역할을 하는 아베 다다이에의 작품이라는 사실을 전혀 몰랐다. 표면에 나타난 대로 폭력적 독립운동 노선을 비폭력 합법적인 노선으로 전환하자는 데 큰 의미를 두었던 것이다.

이광수는 이와 때를 맞추어 〈동아일보〉에 '민족적 경륜'이란 글을 발표하였다. 일제의 지배 아래에서 정치·교육·산업·결사를 경륜으로 삼자는 취지였다.

이들의 움직임이 표면에 떠오르자, 각계에서 반발이 거세게 일어났다. 한용운은 청년들이 모인 자리에서 연정회의 자치 운동에 반대하도록 역설했다.

"조선 청년들은 들으라. 어제 몇몇 지도자라는 사람들이 모여 연정회를 만들었다고 한다. 연정회라는 것은 바로 일본에 영구적인 종속을 의미하는 것이다. 조선인이 일본의 법률에 따른다는 것 자체가 곧 식민 예속을 의미하는 것이 아니냐? 예속된 민족이 무슨 자율을 갖는단 말인가. 일부 눈먼 지도자들의 오늘의 추태는 실로 통탄할 일이로다. 지금도 저 황량한 간도 땅에서 목숨을 초개와 같이 버리면서 조국 독립을 위해 싸우는 지사들이 있는데, 호의호식하면서 생각한다는 것이 고작 일본 법 아래 구걸한 자치란 말이냐!"

"동아일보를 타도하자!"

"동아일보를 불매하자!"

이 소식은 상해 임시정부에까지 전해졌다. 임시정부의 〈독립신문〉은 독립운동의 폭력 노선을 재확인하면서, 이광수가 주장한 '민족적 경륜'은 독립운동 노선이 아니라고 반박하고 나왔다. 조선노동총동맹에서도 임시 대회를 열고 이를 격렬히 비난하면서 〈동아일보〉 불매 운동에 앞장섰다.

의외로 강한 반발에 부딪힌 총독부에서는 〈경성일보〉를 통해 자치론의 실천을 강조하기 시작했다.

연정회에 참여한 인사들 가운데 뒤늦게나마 연정회가 아베 다다이에의 각본에 의해 탄생한 것이라는 사실을 알고 하나둘 이탈하기 시작하였다. 결국 연정회는 민중의 강력한 반발에 부딪쳐 빛을 보지 못하고 좌절했다.

민립대학 설립 운동이 실패로 돌아가고, 한동안 울분을 삭이고 있던 한용운은 설악산 오세암으로 내려갔다. 당분간 머리를 식히며 새로운 행동 방향을 모색할 생각이었다. 불교 유신도 뜻대로 잘되지 않았다. 독립운동도 여러 가지 방해 요인으로 뜻과 같이 잘 움직여지지 않고 있었다. 그는 자신이 마지막 할 수 있는 일을 생각했다. 그것의 바로 문학이었다. 문학은 계몽의 수단으로 이용될 수 없다는 것이 평소 그가 지닌 문학관이었다. 문학은 개인의 정서를 아름답게 물들이는 예술이라고 생각해 왔다. 그것이 궁극에는 개인의 성향을 바꾸고, 인생의 행동 지침이 되는 것은 문학의 효과일 뿐이지 수단은 아니라고 생각했다. 그러나 그러한 입장이 바뀌었다. 문학을 조선인에게 민족사상을 심는 수단으로 이용하고자 한 것이다.

　　한용운은 설악산으로 내려가면서 다시 한번 자신의 마음을 확인했다. 조선 민족을 영원한 도피안到彼岸, 절대 자유와 절대 평등이 있는 세상으로 인도하는 초석이 되고자 몸과 마음을 바치기로 재다짐한 것이다. 한용운은 이러한 자신의 심정을 시로 읊었다.

　　나는 나룻배
　　당신은 행인.

　　당신은 흙발로 나를 짓밟습니다.
　　나는 당신을 안고 물을 건너갑니다.
　　나는 당신을 안으면 깊으나 옅으나 급한 여울이나 건너갑니다.

만일 당신이 아니 오시면 나는 바람을 쐬고 눈비를 맞으며 밤에
서 낮까지 당신을 기다리고 있습니다.

당신은 물만 건너면 나를 돌아보지도 않고 가십니다그려.

그러나 당신이 언제든지 오실 줄만은 알아요.

나는 당신을 기다리면서 날마다 날마다 낡아 갑니다.

나는 나룻배
당신은 행인.

한용운은 오세암에서 『십현담十玄談』 주해註解 작업을 시작했다.
『십현담』은 당나라 때 홍주 봉서산 동안원 상찰선사가 저술한 선화
禪話 게송이다. 일찍이 중국에서는 화엄종 제4조인 처양국사가 주석
을 하였고, 우리나라에서는 매월당 김시습이 주석하였다. 『십현담』
은 10가지 현담으로 나누어 간략하게 기술한 것이지만, 그 뜻이 오
묘하고 깊어 쉽게 접근하기가 어렵다. 매월당이 쉽게 주석을 붙였다
고는 하지만, 한용운은 아직도 그 근본 뜻에 충분하게 접근하지 못
하였다고 본 것이다.

『십현담』은 심인心印, 조의朝意, 현기玄機, 진이塵異, 연교演敎, 달
본達本, 환원還源, 전위轉位, 회기廻機, 일색一色으로 되어 있다. 각 현
담마다 8개의 게송으로 배치되어 있어, 모두 80게송으로 이루어져
있다. 이 80게송은 차례대로 실천하도록 했는데, 이를테면 심인을
인식한 뒤에 조의를 알고, 조의를 안 뒤에 현기를 깨닫는다. 이렇게
일색까지 10현에 도달하면 바로 선의 세계에 들어서게 되는 것이다.
그러나 이 10현을 인식하는 데 문제가 있었다. 문구가 너무 어려워,

뜻은 고사하고 문장을 이해하는 데 세월을 다 보내야 할 판이었다. 청량국사와 매월당이 주석을 한다고 했지만, 여전히 난해했다.

한용운은 오세암이 소장하고 있는 매월당 주석의 『십현담』을 접하고 이를 재해석하는 작업을 하고 싶은 충동을 느꼈다. 한용운은 일찍이 매월당의 학문과 행적에 깊은 관심을 가져왔다. 매월당이 입적한 지 4백여 년이나 지난 지금, 그의 필적을 접한다는 것 자체만으로도 한용운에게는 큰 의미가 있었다. 한용운은 김시습 주석의 『십현담』을 일일이 재해석하고, 비批와 주註를 달았다. 한용운은 특히 조의편 제5게송인 '투망금린유체수透網金鱗猶滯水'에 관심을 두었다. 그물에 갇혀 있던 물고기가 그물을 뚫고 나왔지만, 여전히 물이라는 더 큰 그물 속에 갇히게 된다는 말이다. 물고기는 그물 때문에 죽는 것이 아니라 결국은 물 때문에 죽는다. 그물에 갇히기는 했지만, 물고기는 그래도 물속에 있을 수는 있다. 물고기가 죽는 것은 그 그물에서 탈출하는 순간, 그러니까 물 밖으로 꺼내어지면서 죽는다는 뜻이다.

한용운은 여기에 주석을 달았다. 물고기는 결국 물 때문에 살기도 하고 죽기도 한다. 이는 인간에게 있어서 법(法: 진리)과도 같다. 인간은 이 법에 얽매여 자신의 삶에 그물을 치는 것이다. 버리지도 탈출하지도 못하는 그물 속에 갇혀 일생을 허덕이는 것이다. 이것을 벗어나는 방법은 스스로 법을 넘나드는 무애 자유를 터득하는 길밖에 없다. 물고기에게 그물 안에 있으나 그물 밖에 나오나 역시 물속일 뿐이라는 인식을 갖게 하는 이치와 같은 것이다. 주석을 마친 한용운은 머리말을 썼다.

……매월당은 꿋꿋이 지조를 지키려 했으나, 세상사와 서로 맞지 않아 운림에 낙척(落拓)하였다. 때로는 원숭이처럼 때로는 학처럼 살면서, 마침내 세상에 무릎 꿇지 않고 천하 만세에 결백하였다. 실로 그 뜻은 괴로웠고 그 정은 비분하였도다.

매월이 이 오세암에서 십현담을 주해했고, 나 또한 오세암에서 열경(悅卿: 매월당의 자)의 주해를 읽으니, 세상 사람들이 이를 접한 지 수백 년이 지났건만 느끼는 뜻은 새롭기만 하도다. 이에 십현담에 주를 붙인다.

『십현담 주해』를 탈고하고 나서 그는 그동안 틈틈이 썼던 시들을 정리했다. 「님의 침묵」 「나는 나룻배, 당신은 행인」을 비롯한 여러 편이었다. 한 권의 시집으로 묶을 작정이었다. 시집 제목을 생각하던 끝에 그는 시 「님의 침묵」 원고를 들었다. 그가 가장 아끼는 시였다. '님의 침묵'에는 그가 남달리 품은 뜻이 있었다. 그는 시집 제목을 '님의 침묵'으로 하기로 결정하였다. 이 한 편의 시가 이 시집을 대표한다고 생각하지는 않았다. 여기에 실린 모든 시가 전부 '님의 침묵'이었다. 낱낱의 시에는 모두 침묵의 향기가 배어 있다.

한용운은 「님의 침묵」을 다시 한 번 읽었다. 지금까지 만났던 많은 인물이 주마등처럼 스쳐 갔다. 강대용 이지룡 광덕스님 법성스님 미치코……. 이들이 모두 보살로 환생했다. 이들과 동시대에 살았다는 것만으로도 그에게는 한없는 행복이었다. 그들이 비추는 빛줄기는 한 송이 무언의 꽃이었다. 시를 모두 정리한 한용운은 서문을 썼다. '군말'이라 이름 붙였다.

'님'만 님이 아니라, 기룬 것은 다 님이다. 중생이 석가의 님이라
면, 철학은 칸트의 님이다. 장미화의 님이 봄비라면 마치 나의 님
은 이태리다. 님은 내가 사랑할 뿐 아니라 나를 사랑하느니라.

　　연애가 자유라면 님도 자유일 것이다. 그러나 너희는 이름 좋은
자유에 알뜰한 구속을 받지 않느냐. 너에게도 님이 있느냐. 있다면
님이 아니라 너의 그림자니라.

　　나는 해 저문 벌판에서 돌아가는 길을 잃고 헤매는 어린 양이
기루어서 이 시를 쓴다.

　　'군말'을 다 쓴 뒤 한용운은 조용히 붓을 놓았다. 밤이 얼마나 깊
었는지 알 수 없었다. 계곡을 돌아오는 바람 소리만 낯선 짐승의 울
음처럼 간간이 들려왔다. 그는 오세암에 처음 발을 디뎠던 때를 잠
시 떠올려 보았다. 지우가 마당에 떨어진 낙엽을 쓸고 있었다. 그는
원산에서 아직 그대로 살고 있을까? 이미 많은 세월이 흘렀다.

　　한용운은『십현담주해』와『님의 침묵』의 원고를 들고 다시 상경
하였다. 법보회에서『십현담주해』를, 안동서관에서『님의 침묵』을
간행하였다. 그해가 1926년, 한용운의 나이 47세, 시단에 등단하기
에는 꽤 늦은 나이였다.

　　『님의 침묵』이 발표되자 문단을 비롯한 각계가 깜짝 놀랐다. 그
가 시를 쓰고 있었다는 사실에 사람들은 깜짝 놀란 것이다. 웅변을
잘하고 한시와 시조에 능하며, 문장력이 뛰어나다는 사실은 알고 있
었지만 이렇듯 주옥같은 현대시를 쓰고 있을 줄은 그 누구도 몰랐
다. 또 이 많은 시편 하나하나가 모두 뛰어난 문학성을 지니고 있었

다. 문학으로서도 빼어날 뿐만 아니라, 민중을 사랑하는 그의 사상이 그대로 담겨 있었다. 특히 사람들은 '님의 침묵'에 관심을 모았다. '님'을 잃어버린 조국으로 비유하며, 그의 확고한 항일의지를 높이 평가하기도 했다.

문단에서는 최남선이 신체시 「해에게서 소년에게」를 발표한 이후, 기미독립선언이 있던 해에 주요한이 『창조』 창간호에 발표한 「불놀이」를 자유시의 시초로 보고 있었다. 그런데 한용운의 「님의 침묵」은 이들에 비해 공식 발표는 늦었지만, 시의 형태에 있어서는 획기적인 변화였다. 더구나 그는 한 권의 시집으로 묶어 발표하였다. 이 많은 시가 한꺼번에 씌어진 것이 아니라는 사실은 그들도 잘 알고 있었다.

한용운은 이미 오래전부터 현대시를 써 오고 있었다. 그들은 「님의 침묵」이 어쩌면 「불놀이」보다 훨씬 이전에 씌어진 것인지도 모른다며 문학사적인 의미를 부여하기도 했다. 이에 대한 질문에 한용운은 빙그레 웃기만 했다. 문학 작품을 두고 누구보다 먼저 발표하고 말고 하는 것을 따져 무엇 하는가. 먼저 발표한 것이 뒤에 발표한 것보다 못할 수도 있고, 후배가 선배보다 더 훌륭한 글을 쓸 수도 있다. 문학 작품은 작품 자체로 남는 것이 아닌가. 사람들이 선후 우열을 따지는 게 우습게만 보였다. 시에 의하여 시인이 만들어지는 것이지, 시인에 따라서 시의 가치가 결정되는 것은 아니다.

어느 날 잡지사 기자가 한용운에게 인터뷰하러 왔다.

"먼저 시집을 내신 것을 축하드립니다."

"고맙소."

"시는 언제부터 쓰셨습니까?"

"태어날 때부터 쓰기 시작했소이다."

"하하, 스님께선 농담도 잘하시는군요."

"농담이 아니외다. 시는 누구나 쓸 수가 있는 거요. 배운 자나 못 배운 자나, 나이 많은 사람이나 어린아이나 모두 쓸 수가 있어요. 시란 글재주로 쓰는 것이 아니기 때문이오. 가슴에 들어 있는 자신의 감정을 그대로 뱉어놓으면 되오. 감정이 없는 사람이 세상에 어디 있소? 어린아이도 배고픔을 알고 그리워할 줄 알지요. 다만, 아무나 시를 못 쓰는 이유는 감정보다 글재주를 더 우위에 올려놓기 때문이오. 마치 자기만 시를 쓸 줄 아는 양 으스대는 마음이 앞서기 때문이지요. 더 잘난 글을 쓰겠다고 생각하면 좋은 글이 되지 못하오."

"그렇다면 이 세상 사람은 누구나 시인이란 말씀일 수도 있겠군요?"

"물론이지요. 사람은 누구나 시인입니다."

"'님의 침묵'에 대해서 몇 가지 여쭙고 싶습니다. 님은 무엇을 말하는 것입니까?"

"시에 다 나타나 있지 않소. 글을 쓴 자가 그런 것을 다 말해 버리면 맛이 없어지는 게요. 그럴 바에야 차라리 시를 쓰지 않고 논설을 써야지. 님은 말 그대로 모든 사람이 바라고 그리워하는 대상이오. 그 대상은 제각각 다르겠지요."

"사람들은 조국이라고 합니다만?"

"그럴 수도 있지요. 지금은 조국이 가장 그리운 대상이니까……
허나 조국만을 뜻하는 건 아니오. 그렇다면 조국이 독립되면 그 시는 못 쓰게 되질 않소이까? 하기야, 독립이 된다면 그까짓 시가 무슨 소용이오만, 인간에게는 영원히 그리워하는 게 있소."

"그게 무엇입니까?"

"자유와 평등이오."

"그렇다면 자유와 평등이 침묵하고 있다는 말씀인데, 지금의 상황을 나타내는 것이군요."

"거듭 말하지만, 정치적 자유가 있다고 해서 인간적 자유와 평등을 누리는 것은 아니오. 석가모니가 무엇이 불편해서 출가했겠소? 호의호식하며 왕족으로 무한 자유를 누리는 생활 속에서도 자유와 평등을 박탈당하고 있다고 생각했기 때문이오. 석가모니가 생각한 자유와 평등을 호의호식할 수 있는 부와 권력이 아니라, 가슴에 담겨 있는 인생의 자유였소."

"그렇다면, 스님의 시 속에는 불교 사상이 흐르고 있겠군요."

"그렇소. 불교의 화엄 사상이 흐르고 있소."

"화엄이 무엇입니까?"

"모든 인간의 마음에 대자유를 주는 일이오."

"약간 엉뚱한 질문입니다만, 석가모니께서 오늘 점심때에 광화문 네거리를 지나가다 큰 부자를 만났다고 합시다. 그때 석가모니는 어찌했겠습니까?"

한용운은 기자를 바라보았다. 그가 절대 자유와 절대 평등이라는 석가모니의 이상을 불가능한 이상주의로 보고 있다는 것을 알았다. 그 기자뿐만 아니라 모든 사람이 다 그렇게 말하고 있을지도 모른다.

"경전에 '두 벌 옷을 가졌거든 벗어 주어라'고 했습니다. 물론 그러셨겠지요. 대체로 석가께서는 재산의 축적을 부인합니다. 경제상의 불균등을 배척합니다. 당신 자산도 늘 풀로 옷을 지어 입으시고 설교하면서 돌아다니셨습니다. 소유욕 없이 살자는 것이 그분의 이상입니다. 선한 자, 악한 자가 생기는 것은 모두 소유욕에서 나온 가증할 고질이 아닙니까?"

"화엄이나 절대 자유와 평등이라는 말은 대개 사람들에게는 어려운 말일 것입니다. 석가께서 추구하던 사회사상을 현대어로 표현한다면 무엇일까요?"

"불교 사회주의라 하겠지요."

"불교 성지인 인도에 불교 사회주의라는 것이 있습니까?"

"없습니다. 그렇지만 나는 이 사상을 만들려 하고 있습니다. 그러므로 나는 최근에 불교 사회주의에 대하여 저술할 생각을 가지고 있습니다. 기독교에 기독교 사회주의가 학설로서 사상적 체계를 이루고 있듯이, 불교 역시 불교 사회주의가 있어야 옳을 줄 압니다."

"불교 사회주의라면…… 장차 저술을 통하여 그 내용을 알 수 있겠습니다만, 그러면 석가께서 오늘날 조선에 나셨더라면 우리들이 늘 듣는 공산주의자가 되기 쉬웠을 듯합니다."

한용운은 빙그레 웃으며 기자를 바라보았다. 이 무렵 국내외에서 좌우익이 대두되고 있었다. 항일 운동에도 두 파가 대립 또는 합작하면서 늘 긴장 상태를 이루었다. 일본에 대항할 때는 합작하고, 잠시 조용할 때는 자기네끼리 사상 논쟁을 하는 등 분열을 일삼았다. 기자의 말에는 바로 그러한 것을 지적하는 가시가 들어 있었다.

한용운은 기자를 바라보며 다시 한번 빙그레 웃었다. 그가 사회주의를 공산주의로 이해하고 있었다. 그렇다면 예수 그리스도와 석가모니, 그 밖에 절대 자유와 평등을 부르짖는 사람은 모두 공산주의자가 되어야 한다. 더구나 공산주의가 태어나기 훨씬 이전부터 있던 석가모니까지 공산주의라고 하지 않는가. 만약 나중에 생긴 이념이 역사를 거슬러 올라가면서 과거 인물들에게 이념의 색깔을 입힐 수도 있다면, 이후에는 예수 그리스도나 석가모니와 같은 인물이 절대로 태어나서는 안 된다는 소리도 된다. 그들 논리로 말하면 모두 공산주의자가 될 것이기 때문이다.

　　"기자는 내가 말한 불교 사회주의를 공산주의 사상으로 오해하고 있는 듯하오. 내가 말한 사회주의는 말 그대로 사회성에 초점을 맞춘 사상이오. 종교가 너무 이상에 치우치고, 특정 성직자들의 전유물이 되어 있질 않소. 석가모니나 예수 그리스도와 같은 분들이 주장한 진리는 아름다운 것이오. 그분들의 말 그대로가 천당이요 극락입니다. 그것을 인간들이 현실보다 이상으로 끌고 온 것이오. 그래서 현세보다는 내세를 더 중요시하는 종교가 되어 버렸소. 공산주의의 종착역과 파라다이스는 같은 것이오. 종교가 현실을 무시하고 파라다이스만 좇는 것과, 실현 불가능한 공산주의가 맹목적으로 종착역을 향해 달려가는 것은 같은 이치요. 종교는 현실에 머물러야 하오. 현실에 사는 인간이 그 종교 혜택을 누려야 한다는 게요. 이상을 현실로 끌어내리는 게 무엇이오? 사회성 아니오? 인간이 사회에 살면서 극락이 되게 하는 길은 자유와 평등이오. 이것만 있으면 인간은 바로 행복한 삶을 누리는 게요. 내가 말한 불교 사회주의는 바로 그러한 것을 말하오. 불교가 사회로 눈을 돌리는 것이오. 좀 불교적으로 말하면 화엄 사상의 실천 철학이오."

"그럼, '님의 침묵'의 님은 바로 화엄 사상의 결실이겠군요?"

"그렇다고 볼 수도 있지요. 님이 침묵하는 것은 아직 그러한 세상이 오지 않았다는 뜻이오. 자유와 평등은 인간에게 꼭 필요한 것이기는 하지만 동시에 이루어질 수는 없소. 생각해 보시오. 자유는 무엇이오? 인간이 하고 싶은 것을 하는 것 아니오? 반대로 평등은 하고 싶은 것으 참고 남과 나란히 뛰어가는 것이외다. 자유를 이루자면 평등을 무시해야 하고, 평등을 이루자면 자유를 버려야 되오. 그렇다면 이 두 가지는 동시에 이룰 수 없느냐 하면 그렇지도 않소. 그것은 바로 정치적인 해결이오. 서구에서 말하는 복지사회라는 게 그것이오. 있는 자에게 많은 세금을 받아 없는 자에게 혜택을 나누어 주는 것이오. 그러나 이것도 궁극에는 몇몇 정치인들의 자기 인기에 의해 좌우되오이다. 나는 이것을 경계하오. 정치적으로는 절대 복지사회를 이룰 수가 없소. 그것은 결국 정치인들의 운동장 역할밖에 하지 못하오. 해결 방법은 하나밖에 없소. 바로 인간의 가슴에 저울을 다는 것이오. 스스로 모자라는 것은 채우고, 넘치는 것은 나누어 줄 줄 아는 정신을 심는 것이오. 그것은 종교가 해야 할 일이외다. 그런데 오늘날 종교는 종교를 위해 존재하고 있소. 나는 종교의 근본 뜻을 실현하려는 것이오. 그것이 불교 사회주의올시다. 공산주의와는 절대 다른 개념이오."

"그러면 떠난 님은 언제 돌아오게 됩니까?"

"우문愚問에는 우답愚答을 할 수밖에. 그것은 기다리고 바라는 사람에게 오지요."

이러는 가운데 1926년 4월 26일, 조선의 마지막 왕 순종이 승하하였다. 순종의 승하는, 조선 민족에게 조선의 막을 내리는 것과도 같은 애절한 감정을 부추겼다. 기미년

3·1운동으로 불이 붙은 독립운동이 일본의 교묘한 술책으로 차츰 빛이 바래 가고 있던 무렵이었다. 상해 임시 정부는 이상주의에 휘말려 좌충우돌하고 있었고, 정산리 대첩 이후 일제의 강경 토벌에 무력 항쟁도 주춤하고 있는 가운데, 공산주의와 무정부주의가 활발하게 활동하고 있었다. 국내에서는 민립대학 설립의 실패와 물산 장려 운동도 일제의 문화 정책에 밀려 좌절한 상태였다.

이러한 때 순종의 서거는 좌우 노선의 항일 지도자 모두의 가슴에 공통 인자의 불을 당기는 계기가 되었다. 순종의 인산일인 6월 10일을 기하여 평소 반목하던 공산 진영과 민족 진영, 사회 인사, 그리고 학생들이 참여하는 전국적인 만세 시위를 벌이기 위하여 은밀히 계획하고 있었다. 노총과 사회주의 계열, 전문학교 학생들이 중심이 되어 제2의 3·1운동으로 이어 가려고 하였다. 그러나 기미년 고종 황제의 인산 때에 한번 혼쭐이 난 일제는 미리 이를 예측하고 육해군 7천여 명을 경성에 집결시켰으며, 인천과 부산에는 함대까지 정박하고 대대적인 예비 검속을 벌였다. 이리하여 만세 계획은 대부분 사전에 탐지되어 계획이 무산되었다. 조선 공산당과 천도교 쪽 지도자들의 거사 계획은 발각되어 실패하고 학생들의 계획만 성공하였다.

순종의 인산일인 6월 10일에 전국적으로 만세 시위를 벌이고, 동

맹 휴학을 벌이는 등 조직적인 학생 항일 운동으로 이어졌다. 한용
운도 천도교 교주인 박인호와, 송세호 김성수 최남선 최린 등과 함
께 미리 겁을 집어먹은 경찰에 의해 예비 검속되었다가 시위가 잠잠
해질 무렵이 되어서야 풀려났다.

그칠 줄 모르고 타는 가슴

　아침 일찍 홍명희가 한용운이 임시로 묵고 있는 선학원으로 찾아왔다. 그는 충북 괴산 출신으로 호가 벽초다. 사회 운동가이자 소설가로, 지금은 〈시대일보〉 사장이다. 한용운과는 평소 가까이 지내고 있었다. 다른 지도자들과 달리 그는 한용운이 지향하는 불교 사회주의에 대해 깊이 동조하고 있었다. 그도 독립운동이 몇몇 지도자들의 이권 각축장 같은 정치 놀음으로 변해 가는 것을 경계하고, 2천만 민족이 다 같이 참여하고 주인이 되는 독립운동을 희망했다.

　"이른 아침부터 벽초가 웬일이오?"

　"만해에게 긴히 의논드릴 일이 있어 왔소이다."

　"서대문 별장에 놀러 가고 싶은 게로군."

　서대문 별장은 서대문형무소를 말한다. 민족 지도자들이 걸핏하면 자기 집 드나들 듯하는 곳이어서 그렇게 불렀다. 한용운과 의논하는 것은 곧 항일 운동을 뜻하고, 그것을 서대문형무소로 가는 지름길이었다.

"지금 조선일보 쪽의 김준연과 백관수를 만나고 오는 길이오. 동아일보 쪽과 기독교, 천도교, 그리고 좌우 지도자들 모두 모여 신간회를 만들자는 의견들이 오가고 있소. 만해 의견은 어떻소?"

"또 감투가 그리운 게요?"

"쯧쯧, 그 고집하고는. 바야흐로 6·10만세 이후 분열되었던 지도층이 화합하는 의미가 강해요. 지도자들의 힘을 한곳으로 모으는 작업이 무엇보다 중요하지 않소. 더구나 좌우 사상 대립 없이 함께 참여하기로 하였으니, 얼마나 다행한 일이오."

"구체적으로 누구누구 참여하오?"

"조선일보 쪽은 김준연과 백관수 등이, 시대일보 쪽은 나와 이승복이, 동아일보 쪽은 한위건과 최원순 등이, 기독교 쪽은 이갑성과 이승훈 등이, 천도교 쪽은 권동진 등 신구파 모두 참여하고 있소."

"회장은 누가 하오?"

"아마 월남이 맡게 될게요."

한용운은 이맛살을 찌푸렸다.

"왜 그러시오, 만해?"

"앞이 훤히 내다보이는군."

"대체 그게 무슨 말이오?"

"벽초, 이보시오."

"갑자기 왜 그러시오?"

"일본이 어떤 나라인 줄 모르시오?"

"일본이 어떤 나라라니요?"

"벽초도 일본에 유학하였으니, 일본을 잘 알 것이오만, 일본은 속과 겉이 다른 나라요."

홍명희는 눈을 크게 떴다.

"꽃과 칼을 동시에 좋아하는 나라요. 한 손에는 꽃을 들고 시구를 읊으며, 또 한 손에는 칼을 들고 피 흘리며 싸우는 민족이 일본이오. 이들을 상대로 독립하자면 어떻게 해야 하오?"

"칼을 빼앗아야 하는 게 아니오?"

"그렇소이다. 꽃향기를 맡고 따라가다가 보면 기필코 칼에 베이게 되오. 꽃은 멀리해도 향기를 맡을 수가 있지만, 칼은 그렇지 않소. 일본은 지금 우유부단한, 소위 지도자들이라는 조선인들에게 꽃을 들고 흔드는 게요. 그 꽃을 좋아하는 인사들이 이 모임에 끼어 있으니, 앞길이 뻔하지 않소이까?"

"그게 누구요?"

"두고 보면 알 터이오."

"그러나 적극 투쟁하더라도 힘을 결집하여야 하지 않소. 그러면 우리의 일차 적을 일본이 아닌 그런 인사로 하면 될 게 아니겠소?"

한용운은 참여 인사들이 마음에 맞지 않았다. 단지 개인적인 감정에 맞지 않은 것이 아니라, 독립을 생각하는 그들의 태도가 마음에 맞지 않았다. 특히 이상재의 경우에는 3·1 독립 선언 때 총독부에 청원서를 내자는 태도를 보일 때부터 한용운을 그를 경원했다.

만약 그때 이상재가 참여했더라면 더 많은 사람이 호응하였을 것이고, 어쩌면 독립의 꿈을 앞당겼을지도 모른다는 아쉬움을 버리지 못했다. 당시에는 일본이 아직 국제사회에서 입지가 불안할 때였다.

세계 조류가 일본에 불리했다. 지금은 다르다. 일본은 이제 군사 강국으로서 한창 상승 무드를 타고 있다. 그것을 보고 일부 인사들이 일본이 영원히 조선을 지배할 것이라는 착각을 일으키면서 독립운동 대열에서 이탈하는 사태까지 일어나고 있다. 이러한 때 이상재가 민족 운동 대표 자리를 맡고 나온다는 사실 자체가 한용운은 못마땅했다. 이상재는 지금 78세의 고령으로 병석에 누워 있다.

결국 한용운은 신간회에 참여했다. 좌우 사상 대립에서 벗어나 연합한다는 취지에 동조하기 위해서였다. 신간회新幹會의 간幹은 한韓으로도 통하는 글자다. 새로운 한국을 만들자는 뜻으로 만든 이름인데, 일제의 눈을 속이기 위하여 '간幹' 자를 쓴 것이다. 또 고목신간古木新幹, 즉 고목에서 새 가지가 나온다는 뜻도 포함되어 있었다.

2월 15일 오후 7시, 종로에 있는 중앙기독교청년 회관에서 신간회 창립총회가 열렸다. 한용운은 창립총회의 중앙 집행위원이 되었다. 대회장에는 3백여 명이 참석하여 장내가 초만원을 이루었다. 임석 경관이 참석한 가운데 회의가 진행되었다. 일경의 제지로 선언문조차 낭독하지 못하는 긴장된 분위기에서 회의가 진행되었다. 이 자리에서 3대 행동 강령을 채택하였다.

1. 우리는 정치적 경제적 각성을 촉진한다.
1. 우리는 단결을 공고히 한다.
1. 우리는 기회주의를 일체 부인한다.

이날 창립총회에서 병으로 불참한 이상재를 회장으로, 권동진과 홍명희를 부회장으로 선출하였다.

그로부터 한 달 뒤, 월남 이상재가 사망했다. 비록 생각하는 바는 달랐지만, 한용운은 한 인간으로서 그의 죽음을 애도했다. 어려운 시대를 살다 간 한 지도자의 죽음을 진정으로 슬퍼했다. 많은 지식인이 변절하여 친일노선을 걸으며 영달을 추구할 때 그는 그나마 지조를 지키며 살았다. 그런데 한용운의 이런 마음에 찬물을 끼얹는 사건이 터졌다. 이상재의 사회장 발표를 보니 장례 위원 명단에 한용운의 이름이 올라가 있는 것이었다.

"이런 고약한! 누가 마음대로 나를 장례 위원에 올려놓았어!"

한용운은 주먹을 불끈 쥐었다. 사회장 자체도 그는 못마땅해했다. 조국 독립을 위해 싸우다가 이름 모를 산천에서, 차디찬 감옥에서 짐승처럼 죽어간 사람들 앞에서, 이 나라 최초의 사회장이라고 떠들썩하게 장례하는 것조차 그는 못마땅했다. 그의 주검에 영혼이 남아 있다면, 차라리 거적에 싸여 나갈망정 그러한 예장禮葬을 마땅히 거절해야 옳을 것이다.

한용운의 표정이 굳어졌다. 그의 죽음을 진정으로 애도하고 있기는 하지만, 일제 치하에서의 사회장까지 용납하는 건 아니었다. 더구나 자신이 장례위원으로 올라가 있는 것은 참을 수가 없었다. 그는 먼저 장례위원회에 전화하여 자신의 이름을 빼 주도록 요구하였다. 그런 후에도 이름이 삭제되지 않고 계속 올려져 있음을 알고 그는 자리를 박차고 나갔다. 그 길로 그는 장례위원회가 있는 수표동으로 달려갔다.

"장례위원 명단을 내놓아라!"

"만해, 왜 그러시오?"

사람들이 달려와 그를 만류했다.

"누가 마음대로 나를 위원으로 만들었어? 나는 그런 것을 허락한 적이 없네. 빨리 명단을 내놓지 않으면 요절을 내겠다."

한용운의 대쪽 같은 성격을 잘 아는 그들은 허겁지겁 명부를 내놓았다. 한용운은 펜에 먹물을 푹 찍어 자기 이름을 두 줄로 박박 그어 버렸다. 얼마나 강하게 그었던지 펜촉이 뚝 하고 부러졌다.

한용운은 신간회 경성지회장에 피선되어 신간회의 주도적 역할을 수행했다. 하루는 공문을 발송하기 위해 인쇄해 온 봉투에 일본 연호 쇼와[昭和]가 표기된 것을 발견했다. 그는 깜짝 놀라 고함을 질렀다.

"누가 이따위 글을 찍었는가!"

한용운은 금방 인쇄해 온 봉투를 모조리 아궁이 속으로 집어넣고 태워 버렸다. 재정이 빈약하여 겨우 찍어온 봉투를 미련 없이 태워 버린 것이다. 자신들의 실수를 민망해하며 한용운의 행동을 긴장한 채 지켜보고 있는 사람들에게 그는 태연하게 말했다.

"소화[昭和]를 소화[燒火]해 버리니, 속이 후련하군!"

한용운은 그 말 한마디를 남기고 사무실을 나가 버렸다. 그가 나간 뒤 사람들이 한숨을 내쉬며 말했다.

"대쪽이야."

"대쪽보다 강한 강철이지. 만해는 긴말하지 않아. 그의 행동 하나, 말 한마디는 총 백 자루를 능히 당하지."

그러던 어느 날이었다. 김상호가 한용운에게 달려와 급히 소식을 전했다.

"스님, 광주에서 사건이 터졌어요."

"사건이라니?"

"왜놈 학생이 우리 조선 여학생을 희롱하다가 단체 싸움으로 번졌는데, 일경이 조선인 학생들만 잡아갔다고 합니다. 그래서 전 조선인 학생들이 들고일어났어요."

한용운은 어금니를 깨물었다. 일제의 조선인 차별 대우야 어제오늘의 일이 아니었다. 한용운은 이야기를 전해 듣고는 이 사건을 민중 봉기의 기회로 확산하는 게 좋겠다고 생각했다. 3·1독립선언과 6·10만세사건에 이어 민족 봉기할 수 있는 절호의 기회였다.

신간회 본부에서 허헌과 김병노를 진상 조사차 현지에 파견했다. 이들에 의해 진상이 자세히 보고되자, 신간회에서는 먼저 '광주학생 사건 보고 대연설회'를 열려고 하였다. 그러나 일경의 탄압으로 이 보고대회는 무산되고 말았다.

신간회 간부들이 광화문에 있는 허헌의 집에 모였다. 여기에서 다시 민중 대회를 열기로 결정하였다. 12월 13일 오후 2시에 번화가에서 광주학생사건 진상 보고, 구속 학생의 즉각 석방 촉구, 그리고 일제의 포악한 압박에 항거하는 민중 대회를 개최하기로 한 것이다. 한용운은 이 민중 대회에 연사로 나가기로 되어 있었다. 그는 그동안 가슴에 쌓인 생각들을 발표하기 위해 연설문을 작성했다.

이 계획마저 도중에 무산되고 말았다. 사전에 비밀을 탐지한 일경이 들이닥쳐 모두 잡혀간 것이다. 한용운도 며칠 동안 구금되었다가 민중 대회의 열기가 식을 때쯤 되어서야 풀려났다. 그 이후부터 그는 계속 일본 형사의 감시를 받고 있었다.

한용운이 염려하던 대로 신간회 운영은 삐걱거렸다. 내부에서 신간회 '해소론'이 대두되기 시작했다. 좌우 합작에다 온건 과격 노선이 모두 모였으니, 불협화음이 안 생길 수가 없었다. 한용운은 이런 기운을 잠재우기 위해 안간힘을 썼다. 2천만 민족을 대변할 변변한 단체나 기구가 없는 마당에 이런 단일 단체가 없어져서는 안 된다. 불협화음은 개인적인 욕심에서 나오는 것이다. 그 욕심만 해소된다면 명실공히 독립을 위한 강력한 단체가 될 수 있었다.

한용운은 언론 기관과 강연을 통해 신간회 해산에 대한 부당성과 앞으로 나아갈 길에 대한 주장을 줄기차게 폈다.

신간회 해소에 반대합니다. 해소론자로부터 그 이유에 대하여 명확한 제시가 없으므로 구체적 비판을 할 수가 없습니다만, 대체로 시간적 협동이란 것은 분명히 인식하였다면 그들의 입에서 해소론이 안 나와야 옳을 것입니다. 우리가 가설(假設)을 지어서, 가령 계급 선상의 여러 사람이 신간회를 떠나서 따로 계급적 운동을 한다고 합시다. 그렇더라도 그네들도 똑같이 신간회가 목표로 하는 어느 것을 넘지 않고는 아무 일도 못 할 것입니다. 아무 일도 되지 못함은 결정적 이치니까요.
현재의 신간회에 대하여 여러 가지 생각을 갖는 분이 많겠지요. 혹은 만족한 생각을, 혹은 불만족한 생각들을……. 그러나 대체로 말하면 불만족한 생각을 가진 이들 역시 이를 개선하려고 노력할 것이지, 아주 없앤다는 생각은 안 할 줄 압니다…….

한용운의 이런 기대는 무너졌다. 1930년 12월, 부산지회 대회에서 집행 위원장 후보가 된 김봉환이 다시 해제를 거론하고 나왔다.

결국 신간회는 해체되고 말았다. 한용운은 당초 이 모임이 온전하게 유지되리라 기대하지 않았다. 그러나 일단 일으킨 이상 제 궤도에 올려놓기 위해 백방으로 노력했으나, 결국 정치적 이해관계로 신간회는 무너지고 만 것이다.

한용운은 신간회의 해체를 단순히 한 단체의 해체로 보지 않았다. 조선의 장래에 대한 우려가 동시에 그의 가슴을 짓눌렀다. 압박받는 민족으로 공동의 목표인 독립을 하는 일에도 이렇게 이해관계를 앞세우는데, 만약 독립했을 때는 또 어떻겠는가. 우려하지 않을 수가 없다. 집안싸움이 격렬해질 것 같은 조짐이 보였다. 집안싸움 때문에 나라까지 잃었으면서 끝내 그 못된 버릇을 버리지 못하고 있었다.

한용운은 〈조선일보〉를 통하여 신간회 해소론자들을 향해 신랄한 비판을 퍼부었다. 파행적 이론과 충동으로 '조선 운동'을 그르친 죄를 범한 것이라며 혹평을 가한 것이다. 한용운은 여기에서 독립운동 대신 '조선 운동'이라는 용어를 썼다. 독립은 새삼 나라를 일으키는 듯해서 일부러 피한 것이다. 그의 가슴에는 이미 조선이 독립국으로 받아들이고 있었다. 그래서 그는 오래전부터 호적을 갖지 않았다. 일본총독부에서 관리하는 호적에 자신의 이름을 올릴 수 없다고 하여 그는 무적자無籍者로 남아 있었다.

한용운은 언론 기관과 강연을 통해 계속 신간회 해소론자들을 향해 신랄한 비판을 가했다.

　　……신간회의 조직이 과오를 범하여 미구에 실패될 것을 알았
다면 왜 유물 변증법에 적합한 비신간회를 과오를 범하지 않도록
조직하여 조선 운동으로 성공을 기하지 않았는가…….

　한용운은 민족 지도자들에게 모든 사상과 이념의 대립에서 벗어
나도록 촉구했다. 또한 천도교에 대해 강력한 비판을 가하기도 했
다. 지나치게 세속에 물들어 파당을 짓고 있음을 경고했다. 아울러,
그럴 힘이 있으면 사회사업과 시대 상황에 명쾌히 대처하라고 충고
한 것이다. 천도교뿐만 아니라 종교계에 대해서도 전반적인 비판을
가했다. 민족개량주의에 대해서도 다시 한번 각성을 촉구했다. 민족
이 지향하는 목표를 잃으면 영원히 구렁텅이에 빠진다는 것을 잘 알
고 있는 한용운으로서는 잠자코 앉아 있을 수가 없었다. 자주 독립
운동을 '조선 운동'이라고 한 것도 바로 새로운 각오를 다지기 위해
서였다.

　한용운은 그날 밤에 잠을 이루지 못했다. 분명히 다가오고 있는
독립의 날이, 지도자라는 인물들의 욕심 때문에 자꾸만 멀어져가는
듯해 안타까움을 참을 수가 없었다. 또, 독립했을 때 나라 꼴도 걱정
이었다. 독립되기 전인데도 저렇듯 자신의 주의·주장을 가지고 다
투고 있는데, 독립하고 나면 오죽하겠는가. 지금은 독립을 위해서만
모든 힘을 바쳐도 모자랄 때다. 그런데 독립 이후의 걱정까지 해야
하니 한심하기 짝이 없었다.

한용운은 방문을 열었다. 달빛이 쏟아져 들어왔다. 바람 한 점 없이 조용한 밤이었다. 달빛에 비친 오동나무 그늘이 마당에 길게 드리워져 있었다. 답답한 가슴을 시상으로 정리했다.

바람도 없는 공중에 수직의 파문을 내이며 고요히 떨어지는 오동잎은 누구의 발자취입니까.

지리한 장마 끝에 서풍에 몰려가는 무서운 검은 구름의 터진 틈으로, 언뜻언뜻 보이는 푸른 하늘은 누구의 얼굴입니까.

꽃도 없는 깊은 나무에 푸른 이끼를 거쳐서, 옛 탑 위의 고요한 하늘을 스치는 알 수 없는 향기는 누구의 입김입니까.

근원은 알지도 못할 곳에서 나서, 돌부리를 울리고 가늘게 흐르는 작은 시내는 굽이굽이 누구의 노래입니까.

연꽃 같은 발꿈치로 가이 없는 바다를 밟고, 옥 같은 손으로 끝없는 하늘을 만지면서, 떨어지는 날을 곱게 단장하는 저녁놀은 누구의 시입니까.

타고 남은 재가 다시 기름이 됩니다. 그칠 줄을 모르고 타는 나의 가슴은 누구의 밤을 지키는 약한 등불입니까.

심우장에 풍기는 매화 향기

한용운이 선학원에서 참선하던 어느 날이었다. 갑자기 바깥이 소란스럽더니 여자의 앙칼진 목소리가 들려 왔다.

"이 중놈들아! 왜 여학생들이 옷 벗는 모습을 훔쳐보느냐, 이 땡초들아!"

한용운은 빙그레 웃었다. 상황이 파악되었다. 선학원 건너편에 덕성학원이 있다. 체육 시간에 여학생들이 옷을 갈아입는 모습을 젊은 승려들이 훔쳐본 모양이다.

한용운은 태연스럽게 밖으로 나가 덕성학원 담을 넘겨다보았다. 중년의 여성 교장이 목에 핏대를 세우고 고래고래 고함을 지른다.

한용운은 그녀를 잠시 노려보다가 느닷없이 맞고함을 질렀다.

"놈놈 하는 걸 보니 그쪽은 년년이로구나!"

여성 교장의 눈이 화등잔만 해졌다. 사과를 할 줄 알았는데 되려 욕을 먹었다. 놀라는 여성 교장을 향해 한용운은 숨 쉴 틈을 안 주고 몰아붙였다.

"네년들이 이쪽을 훔쳐보았으니까, 그쪽을 훔쳐보는 중들을 보았을 게 아니냐? 너희들은 왜 젊은 중들이 사는 담을 넘겨다보았느냐! 피장파장인 주제에 뭐 잘했다고 큰소리야?"

여성 교장은 그만 말문이 막혀 멍하니 서 있었다. 잘못을 저지르고 쥐 죽은 듯 한쪽에 숨어 있던 젊은 승려들은 한용운의 기개에 질려 더욱 움츠러들었다. 한용운은 그들을 향해서도 일갈했다.

"이놈들아, 여자를 왜 훔쳐보았느냐? 즐기려고 보았으면 마땅히 즐겨야지, 왜 죄지은 놈처럼 숨어? 욕되는 줄 알면 애시당초 볼 생각을 말든지!"

어느 날, 김상호 최범술 김법린 등이 선학원으로 한용운을 찾아왔다. 최범술은 경남 사천에 있는 다솔사에서 출가한 뒤 독립운동하다가 여러 차례 투옥된 청년 승려였다. 일본 다이쇼 대학 불교학과를 나온 엘리트였다.

"스님, 이번에 저희가 모여 비밀 결사를 조직하기로 하였습니다."

"비밀 결사라니?"

"어차피 내놓고 독립운동하기에는 여건이 맞지 않습니다. 합법적인 신간회도 무너졌잖습니까? 불교 내부에도 친일 분자들이 득실거리고 있어 공식적인 불교 청년회만으로는 우리의 뜻을 관철할 수가 없습니다. 비밀 결사를 만들어 지하 운동을 벌일까 합니다. 스님께서 총재가 되어 주셨으면 합니다."

이리하여 비밀 결사인 '卍黨(만당)'이 결성되고, 한용운이 총재가 되어 청년 불교도를 지휘하였다. 결사 요원은 김법린 최범술 김상호 김범부 이용조 조학부 조은택 박창두 강재호 허영호 최봉수 차상명 정산진 장도환 박영희 박윤진 강유문 박근섭 한성동 김해윤 서원출 정맹일 이강길 등이었다. 이들은 국내 각지와 일본 동경에 지부까지 설치하고 활동하였다.

만당은 우선 불교 내부의 부조리를 척결하는 데 앞장섰다. 정교 분리와 사찰령 폐지 운동을 끈질기게 펴나간 것이다. 사찰령은 전국 사찰을 30본산으로 묶고, 경성에 이들 본산을 통괄하는 기구를 설치하여 불교를 총독부 관할 아래 두려는 계책에서 만들어졌다. 이들 30본산 주지들이 대부분 일제에 동조함으로써 조선 불교는 자연히 일제에 예속되기에 이르렀다.

만당의 활동은 문서로 기록하지 않는 비밀 행동을 원칙으로 운영되었다. 또 결사 요원들도 절대 비밀을 엄수키로 선서하고, 체포되어도 단독 행동으로 책임지도록 약속했다. 이들은 선언문을 채택하였다.

보라! 3천년 법성(法聲)이 허물어져 가는 꼴을! 들으라! 2천만 동포가 허덕이는 소리를! 우리는 참을 수 없어 의분에서 감연히 일어났다. 이 법성을 지키기 위하여, 이 민족을 구하기 위하여! 향자(向者)는 동지요, 배자(背者)는 마권(魔眷)이다.

단결과 박멸이 있을 것이다. 우리는 안으로 교정(教政)을 확립하고, 밖으로 대중 불교를 건설하기 위하여 신명을 다하고 과감히 전진할 것을 선언한다.

만당은 철저하게 비밀을 지키며 지하 활동을 하였다. 만당은 곧 불교 안팎으로 무서운 존재로 활동하기 시작했다. 한용운은 만당 총재로 활동하면서 권상로가 운영하던 『불교』 잡지를 인수하여 발행했다. 『유심』지 발행 이후 그는 언론 매체를 통한 의식 개혁을 끊임없이 갈망하고 있던 터였다. 그는 『불교』 잡지를 통하여 청년들의 의식에 불을 당기는 작업을 시작했다. 재정난에 허덕이며 폐간 직전에 있는 잡지를 인수했지만, 상황이 더 나아질 리도 없었다. 한용운의 의욕에도 불구하고 잡지 운영은 점점 더 어려워졌다.

그러던 어느 날이었다. 불교사 사무실에 앉아 있던 한용운은 쇼쿠산[殖産] 은행에서 도장을 가지고 나와 달라는 연락을 받았다. 무슨 영문인지 알 수도 없었지만, 한용운은 쇼쿠산 은행이라는 이름만으로도 뒷맛이 좋지 않아 응하지 않았다.

한용운이 응하지 않자 쇼쿠산 은행에서 불교사로 직접 직원을 내보냈다. 그 직원은 서류 뭉치를 들고 와서 한용운에게 도장을 찍어 달라고 하였다.

"무엇 때문에 그러오?"

"모르고 계셨습니까?"

"무얼 말이오?"

"성북동에 있는 임야 이십만 평을 무상으로 선생님께 드리는 것입니다."

"뭐라구?"

어이가 없는 소리를 듣고 한용운은 그를 노려보았다.

"여기에다 도장만 찍으시면 모두 선생님의 땅이 됩니다."

"이것 보시오! 내가 언제 당신네더러 땅을 달랬소?"

"저희도 모릅니다. 우리는 여기에다 도장 받는 일만 맡고 있으니까요."

"난 그런 것을 원한 적도 없고, 또 받을 의사도 없소. 당장 돌아가시오!"

한용운은 이해할 수 없다는 듯 고개를 갸웃거리는 쇼쿠산 은행직원을 내쫓아 버렸다. 총독부에서 그를 회유하기 위해 어려움을 겪고 있는 기회를 틈타 접근한 것이었다.

결국 얼마 못 가 『불교』는 경영난으로 휴간하고 말았다. 이 무렵 한용운의 생활은 말할 수 없이 궁핍했다. 뚜렷이 몸담고 있는 사찰이 없어 더욱 힘들었다. 웬만한 사찰은 대부분 친일 승려가 장악하고 있어 그가 몸담을 만한 곳도 없었다. 묵을 곳이 있다고 하더라도 깊은 산중에서 승려 노릇만 하고 있을 수는 더더욱 없었다.

이때 통도사에서 그를 모시겠다는 연락이 왔다. 통도사는 그에게 인연이 깊은 절이다. 그곳에서 팔만대장경을 열람하고 『불교대전』을 편찬하기도 했으며, 강원에서 학승들을 지도하기도 했다. 김경봉을 비롯해 그를 따르는 젊은 승려들이 많았다.

통도사에 내려간 한용운은 몇 달이 되지 않아 다시 상경했다. 아직은 산방山房에 눌러앉아 밥그릇을 축내고만 있을 때가 아니라고 생각한 것이다. 밥을 굶는 한이 있더라도 고통받는 중생들과 함께 있고 싶었다.

한용운은 사직 공원 옆에 한 달에 8원씩 하는 허름한 방 한 칸을 빌려 살고 있었다. 그 생활의 어려움이야 이루 말할 수가 없었다. 가까운 친지와 제자들이 조금씩 보태어 근근이 지내고 있는 형편이었다.

하루는 지루한 해를 바라보다가 답답한 심정을 달랠 심산으로 사직공원으로 나갔다. 마침 한 걸인 부부가 의자에 앉아 있었다. 남편은 병을 앓는지 누워 있고, 여인이 남편의 머리를 무릎에 베인 채 먼산을 바라보고 있다. 자세히 보니 여인은 앞을 못 보는 장님이었다.

그 광경을 멀리서 바라보던 한용운은 별안간 고향에 두고 온 가족들이 생각났다. 이미 생사조차 모르며 소식이 끊긴 지도 오래되었다. 그리움은 아니었다. 인연을 끊고 하나의 독립된 인간이 되어 떠돈 지 오래된 마당에 새삼 끈을 이으려는 것은 아니었다. 다만 두 부부의 모습을 보는 순간 삶이란 무엇인가 하는 명제가 떠올랐다.

중이 되어 혼자 살든, 결혼하여 가족을 거느리고 살든 인간의 삶은 똑같다. 어느 쪽에 서든 자신의 의지와 사고로 무애無㝵 자유를 누리고 사는 것이 중요할 뿐인 것이다. 그래서 그는 일찍이 불교 유신을 주장했고, 승려의 취처娶妻를 주장했다. 승려도 인간이다. 유신은 실패로 돌아갔고, 공교롭게도 일본 불교가 들어와 대처승들이 등장하게 되었다. 취처가 곧 왜색인 양 오해를 받게 된 것이다. 대처승과 비구승의 싸움이 곧 민족주의와 친일 변절자의 싸움처럼 되어 버렸다.

한용운은 걸인 부부에게 다가가 말을 걸었다. 남편은 말할 기력조차 없는지 죽은 듯이 누워 있었고, 부인이 대답을 했다. 그 부인은 본래 양가 출신으로 살림살이도 넉넉한 집안이었다. 그런데 남편이 방탕 생활로 아편쟁이가 되어 패가하고 가출해 버렸다. 그로부터 가족들이 뿔뿔이 흩어져 거지가 되었는데, 부인이 우연히 길에서 남편을 만났다. 남편은 이미 병이 들어 거동도 못 할 지경에 이르러 있었으므로 부인이 자신도 앞 못 보는 처지임에도 불구하고 부부의 정을 버리지 못하고 밥을 얻어 먹이며 남편의 병 구완을 하는 중이라고 한다.

한용운은 날마다 공원에 나가 이들 부부와 이야기를 나누었다. 자기도 그들을 도울 수 있는 처지는 아니나, 이들 부부를 통하여 그동안 잊고 있던 가정이라는 문제를 생각해 보고 있는 것이었다. 출가하여 지금까지 그는 자신과 조국, 그리고 민족을 생각하는 데 모든 걸 바쳤다. 한용운은 이들 부부를 모델로 『후회後悔』라는 소설을 썼다.

하루는 가까이 지내던 중동 학교 교장 최규동을 비롯한 지기들이 한용운을 찾아왔다.

"어떻게 지내셨소, 만해?"

"잘 지내고 있소."

"만해, 장가들지 않겠소?"

한용운은 눈을 크게 뜨고 그를 바라보았다. 그가 농담하는 거라 여기면서도 한용운은 전 같지 않게 신경이 쓰였다. 아무리 농담이지만, 승려에게 장가들라고 하는 것 자체가 파격이다.

"농담이 아니오, 만해."

"대체, 그게 무슨 말씀이오? 느닷없이 중에게 장가를 들라시니?"

"다른 뜻은 없소. 유신론을 만해가 직접 실천하라는 게요. 남에게 이론으로 역설하면 무엇하오? 본인이 한 번 실천해 보시오. 좋으면 남들이 따라 할 것 아니오?"

한용운은 잠시 말을 잊고 멍하니 그를 바라보았다.

"생각해 보시오. 취처하라고 부르짖은 장본인이 여기서 이렇게 혼자 밥 지어 먹으며 궁색하게 처박혀 있어서 쓰겠소. 마침 참한 규수가 있소. 진성당 병원에 있는 간호원인데, 노처녀요."

"허허……."

한용운은 헛웃음을 웃었다.

"한번 생각해 보시오. 당장 답을 듣자는 게 아니니까."

그들이 돌아간 후 한용운은 며칠 동안 그 문제를 생각했다. 유신론을 주장한 장본인으로서 취처하는 걸 꺼리는 건 아니었다. 그는 한 가지 마음에 걸리는 게 있었다. 고향에 두고 떠난 가족들 때문이었다. 3·1운동 이후 그의 이름이 신문 지상에 자주 떠오르자 어느 날 아들이라며 한 청년이 찾아왔다. 이름이 보국保國이라고 했다. 나이를 계산해 보니 그가 고향을 재차 떠날 때인 1904년에 태어난 게 틀림없었다. 그렇다면 그가 출향할 때 아내가 임신 중이었다는 거다.

한용운은 아들을 돌려보냈다.

"어차피 우리는 갈 길이 다르다. 나는 이미 너의 아비가 아니요, 너도 또한 나의 아들이 아니니라. 꿋꿋하게 조선의 청년으로 살아가거라."

그러면서 아들을 돌려세웠다. 비록 출가한 몸이기는 하나 가슴이 미어지는 정은 범부나 마찬가지였다. 그는 그같은 심정을 달래느라,

『별건곤別乾坤』이란 잡지에 아들을 상봉한 사연을 발표하기도 했다. 그 후 그는 가족에 대한 소식은 전혀 모른다. 이제 새삼 새로운 가정을 만든다는 것은 그 가족에게 죄를 짓는 것이라는 생각으로 가슴이 아팠다.

한용운은 며칠 동안 이 문제를 고민했다. 그는 마침내 마음의 결정을 내렸다. 이미 생사를 알 수 없는 가족을 찾는 일도 어렵거니와, 그것은 지금까지 자신이 걸어온 사유思惟의 세계를 물거품으로 버리는 결과가 된다. 자신이 집성한 사상의 탑을 무너뜨릴 수는 없었다. 개인적인 욕심에서 아쉬운 것이 아니라 스스로 버릴 수가 없었다. 그것은 이미 자기 자신만의 사상이 아니라 만인이 공유해야 할 정신이기 때문이었다. 또 그 사상의 불빛 아래 모여든 많은 제자들은 어떻게 하는가. 그는 결심했다. 자신은 이미 한유천이 아니라 한용운이었다. 한용운으로서 제2의 삶을 살아가고 있다.

이리하여 한용운은 유숙원과 재혼하였다. 성북동 한 구석에 움막 같은 방을 얻어 신접살림을 차렸다. 가족이 생겼어도 그의 구차한 생활은 이전과 별로 나아진 것이 없었다. 그러던 어느 날 김철중이 한용운을 찾아왔다. 그는 평소 한용운과 가까이 지내는 지기였다.

"스님, 마침 동아일보사에 다니는 저의 동생 정국이 이번에 오사카 지국장으로 발령이 나서 가게 되었습니다. 동생이 살던 성북동 집이 비었는데, 스님께서 임시로 그곳에 기거하십시오."

이리하여 한용운은 성북동 산자락에 있는 감정국의 동생 집에 들어가 살게 되었다. 성북동은 경성 시내에서 벗어난 변두리의 산림이 우거진 산속이었다. 하루는 내장사 주지 벽산 스님이 와서 엉뚱한 말을 하였다.

"허어, 산 주인은 따로 있었구만."

"무슨 말씀이오?"

"이 산자락의 경계가 좋아서, 늙으면 들어앉아서 염불이나 하며 지내다가 무덤으로 삼을까 하고 저기 소나무 숲에다 땅을 한 자락 사 두었지요."

"그래요?"

"만해가 여기 먼저 들어왔으니, 거기에다 무덤이나 참하게 지어 사시오."

"허허, 나는 남에게 나누어 준 것도 없는데, 이렇게 받기만 하여 무엇으로 갚을고."

이리하여 본격적으로 건축 작업을 시작하였다. 건축 비용이 약 1천 원 정도 드는데, 한용운에게 그만한 돈이 있을 턱이 없었다. 부인 유씨가 가지고 있던 약간의 돈에다 홍순필 방응모 박광 윤상태 김적음 등, 평소 그를 아끼던 친지들이 추렴하여 경비를 모았다. 그래도 모자라서 홍순필이 종로에 있는 금융조합에 월부로 변상하기로 하고 돈을 빌렸다.

한창 터를 고르고 있을 때, 한용운이 인부들에게 느닷없이 집을 북향으로 지으라고 하였다.

"북향이라뇨? 남향으로 지어야 여름에 시원하고 겨울에 따뜻한 법이오. 뭘 모르시는구먼요."

"총독부 돌집과 마주 보기 싫어서 그러오. 그 돌집을 보고 사느니,

차라리 북풍한설에 떨면서 사는 게 마음 편하오."

결국 집을 북향으로 지었다. 한용운은 당호를 '심우장룞牛莊'이라고 하였다. '룞牛(심우)'는 소를 찾는다는 말이다. 불교 경전에 소를 깨달음의 실체로 인용한 구절이 많이 나온다. 또 훌륭한 조사들이 소에 비유한 법거량을 주고받은 경우도 많다. 그가 심우장이라고 당호를 정한 것은 바로 영원히 깨달음을 찾으며 살겠다는 뜻이었다. 현판 글씨는 명필 오세창이 썼다. 그리고 김은호가 그를 은유하여 그린 '포대화상布袋和尙' 그림 한 폭을 기념으로 걸어 주었다.

집이 마련되었으나, 생활이 어렵기는 마찬가지였다. 가난한 것은 비단 한용운뿐만 아니었다. 몇몇 친일 부호를 제외하고는 조선 민족 모두가 하루하루 먹을 것을 걱정하면서 살아야 했다.

총독부에서 한용운의 이런 사정을 약점으로 이용하기 위해 끊임없이 유혹의 손길을 뻗쳐 왔다. 하루는 한 신사가 보따리 하나를 들고 심우장에 찾아왔다. 그는 보따리를 한용운 앞으로 밀어 놓으며 말했다.

"선생님, 얼마 되지는 않습니다만 살림에 보태 쓰십시오."

"이게 무엇이오?"

"돈입니다."

"돈이라니? 누가 무엇 때문에 나에게 돈을 보냈소?"

"실은, 어제 총독부에서 불러 들어갔더니……."

그의 말이 채 끝나기도 전에 한용운의 고함이 터졌다.

"뭐라구! 네 이놈!"

한용운은 돈 보따리를 집어 들고 그의 뺨을 후려쳤다.

"젊은 놈이 이따위 더러운 심부름이나 하고 돌아다녀? 당장 나가거라!"

그는 혼쭐이 나서 줄행랑을 놓았다.

어느 날 한 청년이 심우장을 찾아왔다. 그는 방으로 들어오자마자 한용운을 향해 큰절을 올렸다.

"선생님."

한용운은 그를 물끄러미 바라보았다. '선생님'이라는 호칭이 낯설었다. 모든 사람이 '스님'으로 부르고 있는데 그만 유독 선생님이라고 하였다.

"어떻게 찾아왔소?"

"저는 동아일보 업무국에 근무하는 김관호라고 합니다."

"어찌 날 찾아왔소?"

"위당 정인보 선생님의 강연을 듣고 이리로 달려왔습니다."

"위당의 연설을 듣고?"

"예."

김관호는 위당 정인보의 강연을 듣던 중에 "조선 청년들은 한용운을 배우라! 한용운은 인도의 간디와 같은 인물이다"라고 외치는 소리에 감명받았다. 그렇지 않아도 그는 평소 한용운을 존경해 오고 있었다. 민족 지도자들이 하나둘 변절하고 있는데, 오직 대나무처럼 꼿꼿이 일제에 항거하는 한용운을 흠모하던 터였다.

"허허, 위당도 싱거운 사람이구먼."

"앞으로 선생님을 가까이 뫼시면서 좋은 말씀을 듣고자 합니다. 제자로 받아 주십시오."

"보시다시피 나는 우거에 틀어박혀 염불이나 외고 있어. 제자를 받을 만한 입장이 되지 못해."

"선생님을 가까이에서 뵙게만 허락해 주시면 됩니다."

"그래, 김군은 왜 나를 좋아하는가?"

김관호는 들고 있던 시중회時中會의 격문을 내보였다.

"그건 여기도 있네. 최린이 우송해 온 것일세."

"부민관에서 윤치호 옹이 연설하는 것을 들었습니다. '서양인이 상해 공원을 점거하고 개를 데리고 들어가면서 동양인을 출입 금지 하는 꼴을 보았다. 조선인은 서양인을 금제해야 한다.'고 하였습니다. 시중회의 이 격문에 장개석 총통이 중국을 미국화한다고 역설하면서, 우리는 일본과 일체가 되자고 외칩니다. 최린 선생은 선생님과 독립선언을 하고 함께 감옥살이까지 하신 분이 아닙니까? 그래서 선생님을 더욱 만나 뵙고 싶었습니다."

한용운은 김관호를 바라보며 고개를 끄덕였다. 이날부터 김관호는 한용운의 제자가 되어 매일 심우장에 와서 살다시피 하였다.

이 무렵 최린이 중추원 참의가 되었다. 자치론으로 희석하여 일제에 동조하던 그가 이제 노골적인 친일노선을 표방하고 나선 것이다. 또한 시중회를 조직하여 '대동방大東方주의' '일선 융합日鮮融合'을 외쳤다. 그는 이전부터 총독부의 공작 아래 이광수 최남선 등과 자치론 실천 운동을 하고 다녔다. 그는 총독부의 주선으로 구미 각국을 여행하고 왔다. 특히 그의 아일랜드 방문은 특별한 의미가 있었다. 당시 아일랜드는 정치와 경제적으로 몹시 어려움을 겪고 있었다. 일본은 최린으로 하여금 이에 대한 실상을 직접 보게 하여 조선에서의 역할을 보다 발전적으로 이용하려 했던 것이다. 그는 아일랜드에서의 감상을 천도교 지도자들에게 서면으로 알렸다. '아일랜드가 투쟁 끝에 겨우 자치권을 얻었는데, 소국은 대국의 협조 없이는 독립하기가 곤란하다'라고 말했다.

고우 최린이 중추원 참의가 되었다는 소식을 들은 한용운은 분노했다. 이미 최남선도 일제가 침략 정책으로 세운 만주 건국대학에 교수로 부임하는 등 노골적인 친일 행동을 시작한 터였다.

"이제 일본이 망할 날이 다가오는군. 고우도, 육당도, 춘원도 다 변절하는 걸 보니 일본은 곧 망한다. 일본이 얼마나 다급했으면 이들까지 끌어들였겠는가."

한용운은 그들이 일본이 망하지 않을 거라고 믿는 것에 안타까움을 금할 수 없었다. 꽃은 개화하면 떨어진다는 이치를 모르고 있다. 빨리 피는 꽃은 그만큼 빨리 지게 마련이다.

어느 날 최린이 심우장으로 한용운을 찾아왔다.

"오랜만이오, 만해."

"어흠!"

한용운은 최린을 쏘아보다가 큰기침을 한 번 하는 것으로 인사를 대신했다.

"만해, 우리가 일본에 대한 감정이야 어찌 잊을 수가 있겠소. 허나 일본은 이제 엄연히 중국을 점령하였소. '동양인은 동양인의 손으로'라는 구호를 외치며 대동아 공영권을 구성하고 서양의 침략을 배척하고 있질 않소. 나는 그런 일본의 소신을 찬성하는 바요. 동양이 서양의 침범을 받으면 그 질곡에서 벗어나기 힘들지 않겠소? 이러한 나의 뜻으로 행동한 것이니 만해가 이해해 주시오."

"고우!"

한용운은 최린의 호를 부른 뒤 잠시 뜸을 들이고 나서 말했다.

"당신은 장래를 멀리 보고 있는 듯 착각하고 있으나, 나는 소견이 좁아 눈앞에 있는 잃은 나라부터 찾으려 하오. 나는 남의 노예로서 어떠한 공영도 바랄 수 없어, 민족부터 독립을 하려는 것이 나의 일편단심이외다."

"만해, 만해의 뜻도 옳으오만, 바깥 정세를 잘 파악하지 못해서 하는 소리오. 어차피 일본의 간섭을 받아야 한다면, 우리 민족이 편하게 살 수 있도록 하는 것도 우리의 책무이질 않소."

"내 말을 잘 못 알아듣는 모양이구려. 나는 소견이 좁아 발등에 떨어진 불이 더 겁난다고 하질 않았소."

"허어……."

"앞으로는 내 집에 걸음을 하지 마시오. 오늘만은 옛정으로 친구 대접한 것이오. 그러나 오늘 이후부터는 우린 서로 모르는 사람이외다."

"만해."

"어흠!"

한용운은 크게 기침을 한 번 하고는 벽을 향해 돌아앉아 버렸다. 그는 가부좌를 틀고 선정에 들었다. 혼자 잠시 겸연쩍게 앉아 있던 최린은 조용히 방을 나갔다.

이광수도 심우장을 자주 방문했다. 그는 주로 연재하는 소설에 등장하는 불교 교리를 한용운에게 묻곤 했다. 그도 비록 민족자치론에 동조하며 온건 노선을 걷기는 하였지만, 아직 표면에 나타난 친일 행각은 하지 않아 한용운으로부터 심우장 출입이 허용되었다. 한용운은 그를 볼 때마다 정신 차리라고 충고하였다.

이듬해에 한용운에게 딸 영숙이 태어났다. 자신과 마찬가지로 딸도 호적을 못 만들게 하였다. 호적이 없다 보니 불편한 점이 한두 가지 아니었다. 공민권이 없는 건 둘째로 치고, 장차 아이가 자라면 학교에 보낼 수도 없다. 보다 못한 그의 부인이 사정을 했다.

"그래도 학교에는 보내야 할 것이 아닙니까?"

"일본놈 혼을 가르치는 학교에는 무엇 하러 보내."

"글이라도 깨쳐야지요."

"집에서 내가 가르쳐 주지."

그의 부인은 더 이상 말을 붙이지 못했다.

한용운의 생활은 점점 더 어려워졌다. 수입이라고는 간간이 발표하는 원고료와 건봉사에 있는 법답에서 나오는 소출이 고작이었다. 법답에서 나오는 소출은 일 년에 두어 차례 건봉사에 있는 법손法孫 박설산이 가지고 왔다.

끼니가 떨어져도 한용운은 남에게 구차한 모습을 보이지 않았다. 심우장 거실에는 한겨울에도 불을 때지 않았다. 연료를 살 돈이 없어서이기도 했지만, 2천만 민족이 추위에 떨고 있는데 혼자 따뜻한 방에 잘 수가 없다며 안 때는 것이었다.

차가운 방에서 원고를 집필하던 한용운은 최린이 방문한 소리를 들었다. 곧이어 그의 부인이 들어와 최린의 방문을 그에게 알렸다. 한용운은 짤막하게 말했다.

"없다고 하오."

"지금 마당에 서 계시는데요. 목소리를 다 듣고 계실 터인데……."

"어흠! 나는 그런 사람을 모른다고 하시오."

한용운의 성격을 아는 그의 부인은 어떻게 해야 좋을지 몰라 당황했다. 부인은 밖으로 나와 최린을 보면서 겸연쩍은 표정만 지었다. 최린도 이미 모든 상황을 짐작하고 있었다.

"내가 다녀갔다고 전해 주시오. 그리고…… 이거 얼마 안 되지만 생활에 보태 쓰세요."

최린은 그의 부인에게 돈 봉투를 건네주고는 힘없이 심우장을 나갔다. 돈을 받은 것을 안 한용운이 벽력같이 소리를 질렀다.

"이 더러운 돈을 왜 받소! 그렇게도 배가 고프시오? 앞으로는 절대로 이런 돈은 받지 마시오!"

그 길로 한용운은 돈 봉투를 들고 최린의 집으로 가서 마당에 던져 버리고 되돌아왔다.

홍명희가 심우장을 찾아왔다. 그는 수시로 심우장을 찾아 한용운과 바둑을 두고는 했다. 그날도 바둑을 두다가 홍명희가 느닷없이 말했다.

"소설 한 편 쓰십시오."

"소설은 벽초 같은 소설가가 써야지 나 같은 중이 소설은 무슨 소설이야."

"조선일보에 최만식이 '탁류'를 연재했는데 이번에 끝나는 모양입니다. 그 후속으로 만해께서 한번 써 보십시오. 그렇지 않아도 계초가 나한테 부탁 했어요."

계초는 조선일보 발행인 방응모를 말한다. 한용운은 홍명희의 소개로 그와 몇 번 만난 적이 있었다. 그는 한용운에게 큰 호감을 보였다. 물질적으로 한용운을 돕기 위해 평소에도 글을 써 달라며 자주 청탁하였다. 원고료부터 미리 지불해 놓고 언제든지 짬 나는 대로 무슨 글이든지 보내 달라고도 했다. 만해의 자존심을 안 건드리려고 일부러 원고를 빌미로 생활비를 보태준 것이었다.

이리하여 한용운은 〈조선일보〉에 장편 소설 「흑풍黑風」을 연재하게 되었다. 〈조선일보〉에는 한용운의 장편소설 연재를 알리는 사고社告가 나갔다.

금번 만해 한용운 선생이 본보를 위하여 「흑풍」이란 장편소설을 집필하시게 되었습니다…… 선생은 우리 사회에 있어 가장 존경받는 선진자의 한 분이요, 또 가장 널리 명성을 울리는 선배의 한 분입니다. 선생의 인격에 이른 여러분이 잘 아시는 터로 구구한 소개가 도리어 회사첨족(畵蛇添足)을 이루지 않을까 합니다…… 옛사람이 말하기를, 어떠한 작품에든지 그 작자의 인격이 반영되어 있다고 합니다. 「님의 침묵」에도 고결한 열정이 넘치는 선생의 인격으로 가득 차 있지만, 더구나 이 「흑풍」에는 한 구절 한 구절이 모두 다 그러한 선생의 인격으로부터 우러나온 것이올시다. 선생의 소설은 다른 소설과 유가 다릅니다. 좀 더 다른 의미로 읽어 주시기를 바랍니다.

한용운은 같은 지면에 작가의 말을 썼다.

나는 소설 쓸 소질이 있는 사람도 아니요, 또 나는 소설가가 되고 싶어 애쓰는 사람도 아니올시다. 왜 그러면 소설을 쓰느냐고 반박하실지도 모르나, 지금 이 자리에서 그 동기까지를 설명하려고는 않습니다……. 오직 나로서 평소부터 여러분께 대하여 한번 알리었으면 하던 그것을 알리게 된 데 지나지 않습니다.

한용운은 소설의 형태를 빌려 독립 정신을 고취시키려 했다. 일제의 검열을 피해 소설이라는 형태 속에 교묘하게 자기의 생각을 숨기려고 했던 것이다.

떨어진 북간도의 별

한용운은 일과 중에는 서대문형무소를 찾는 일이 끼어 있었다. 만주에서 독립운동을 하던 일송一松 김동삼金東三이 이송되어 와 구금 생활을 하고 있다. 그를 1급 사상범으로 분류하여 면회를 금지했다. 한용운은 먼발치에서 형무소 담벼락을 한참 동안 쳐다보다가 발걸음을 돌리고는 했다. 그러면서도 한용운은 수시로 서대문을 찾아갔다. 비록 얼굴은 보지 못하더라도 이심전심 마음만이라도 전하고 오는 것이다. 경술국치가 있고 얼마 되지 않아 만주에 갔을 때, 그를 만나 밤새도록 구국에 대한 일념을 토로하던 일이 엊그제처럼 머릿속을 스쳐 갔다.

한용운은 지도자 가운데 김동삼을 유독 흠모했다. 그는 사심이 없었다. 경북 안동 출신인 김동삼은 일생을 오직 조국 독립을 위해 몸 바쳤다. 상해임시정부에서 그를 요직에 임명하였지만, 그는 취임을 거부했다. 조차 보호 구역 안에서 논쟁으로 독립을 쟁취하는 일을 그는 못마땅해했다. 만주에서 생명을 초개와 같이 내던지고 일본군과 싸우는 독립군을 생각한 것이다. 한용운은 김동삼의 이런 정신에 감탄했다. 명분과 감투를 위해 대의를 그르치는 인물들이 득시글거리는 마당에 그의 이런 행동은 아무나 할 수 있는 게 아니었다. 그런 김동삼이 일경에 체포되어 지금 영어의 몸이 되었다. 한용운은 김동삼이 체포되었다는 소식을 들었을 때 맨 먼저 조선의 앞날을 걱정했다. 조선의 별 하나가 떨어진 것 같이 가슴이 무너져 내렸다.

한용운은 서대문형무소에 가지 않은 날은 종종 선학원에 갔다. 선학원 문밖을 내다보면 총독부 청사 옆모습이 들어온다. 한용운은 그 총독부 청사를 쳐다보면서 빨리 망하라고 염불하는 것이었다.

어느 날 마곡사 주지 만공스님이 선학원으로 한용운을 만나러 왔다. 한용운을 보자 만공은 대뜸 투덜댔다.

"이빨 빠진 사자들이 지금 총독부에 모여 있어."

한용운은 만공의 말을 금방 알아듣고 대꾸했다.

"이빨이 빠졌으니 곧 죽겠군."

만공은 총독부가 주관한 전국 30본산 주지 회의에 참석하였다가 이리로 온 길이었다. 이빨 빠진 사자는 본산 주지들을 말한다. 만공은 회의 석상에서 회의를 주재하던 미나미 지로 총독을 큰소리로 꾸짖었다.

"이전에는 승려들이 궁성 사대문 안에 들어오지도 못했으며, 몰래 들어왔다가 들키는 날에는 볼기를 얻어맞았다. 얼마 전까지만 해도 이처럼 국법이 엄하였는데, 이제는 총독실에까지 들어오게 되었구나. 그러나 나는 도리어 볼기를 맞던 그 시절이 그립다. 우리가 사

대문 안에 들어오고, 더구나 총독이 있는 이곳에까지 들어와 모이게
된 것은 데라우치 마사타케가 이른바 사찰령을 내려 승려의 규율을
파괴했기 때문이다. 그러니 데라우치는 경전에 이르는 대로 무간지
옥에 갔느니라. 따라서 미나미 총독도 역시 무간지옥에 갈 것이다."

회의장이 갑자기 찬물을 끼얹은 것처럼 조용해졌다. 긴장감이 감
돌았다. 경비를 서고 있던 헌병들이 만공을 노려보았다. 옆에 있던
주지 하나가 만공의 장삼 자락을 잡아당겼다.

"앉으시오."

"놔라! 이 이빨 빠진 사자야. 늬들이 중이면 중생은 다 무엇이더
냐?"

만공은 들고 있던 주장자로 책상을 내리치며 버럭 소리를 질렀다.
장삼을 잡았던 승려가 그만 기겁하고 얼른 손을 놓았다. 만공은 마
지막으로 한마디 더 했다.

"총독은 부디 우리 불교를 간섭하지 마시오. 교단은 우리에게 맡
기시오."

참석한 승려들은 고개를 들지 못했다. 나는 새도 떨어뜨린다는 총
독에게 무간지옥에 떨어지라고 악담했으니 무사할 리가 없을 것이
었다. 모두 반죽음이 되어 와들와들 떨었다.

경비 책임자가 눈짓하자 헌병들이 우르르 만공에게 달려왔다. 그
순간 미나미 총독이 제지했다.

"그만두어라!"

총독은 무슨 뜻에서인지 만공을 가만히 내버려 두었다. 이런 분위
기 속에서 회의를 끝마쳤다. 회의가 끝난 뒤 총독이 주지들을 총독

관저로 초대했다. 그리고 나서 만공에게는 곁으로 다가와 꼭 참석해 달라고 특별히 부탁까지 하였다. 그러나 만공은 총독 관저로 가지 않고 곧장 선학원으로 온 것이다.

한용운은 그의 이야기를 듣고 나서 말했다.

"호령만 하지 말고 스님이 들고 있는 주장자로 한 대 갈기지 그랬소?"

그러자 만공이 말을 받았다.

"곰은 막대기로 싸우지만, 사자는 호령만 하는 법이지."

한용운은 그 말을 듣고 빙그레 웃었다. 졸지에 자신은 둔한 곰이 되고, 만공은 지혜로운 사자가 된 것이다.

한용운은 즉각 대꾸했다.

"새끼 사자는 호령하지만, 자고로 큰 사자는 그림자만 보이는 법이지."

이번에는 만공이 새끼 사자가 되고, 선학원에서 그림자를 보이는 한용운은 큰 사자가 된 셈이었다.

1937년 봄, 그날따라 날씨도 화창했다. 만물은 일제의 매서운 총칼에 아랑곳하지 않고 새 생명을 움 틔운다. 산천마다 진달래가 흐드러지게 피던 그날, 심우장에 비보가 날아들었다. 서대문형무소에서 복역하던 김동삼이 옥사했다는 소식이었다. 그 소식을 듣고 한용운은 대성통곡했다.

"이 일을 어쩌면 좋은가. 유사지추有事之秋가 눈앞에 있는데, 장차 이 조선을 어쩌라는 말인가. 아, 조선의 별이 떨어졌구나. 조선을 잃는구나!"

옆에서 이를 지켜보던 김관호도 따라 울면서 그를 진정시켰다.

"선생님, 고정하십시오. 국내외에 저명한 지도자들이 아직 많지 않습니까. 일송 선생의 비보는 가슴 아프나, 선생님 건강을 해칠까 걱정입니다."

"그런 인물들 백 명이 있어도 다 소용이 없다. 백천 명이 있어도 일송 한 사람 당할 수가 없다. 그들은 시비를 일삼아 도리어 대사를 그르치는 인물들이다. 일송을 잃은 것은 전 민족의 대손실이다."

"선생님, 유사지추가 무엇입니까?"

"가을이 온다. 가을이 오면 할 일이 산처럼 쌓일 텐데, 이제 일송이 없으니 장차 이 일을 누가 한단 말인가."

김관호는 눈을 크게 떴다. 한용운이 말하는 가을은 독립을 말하는 것이다. 독립을 하면 국가 건설을 위해 할 일이 많을 텐데, 그 일을 김동삼 같은 인물이 아니고서는 할 수가 없다고 단언한 것이다. 일제 강점 아래에서도 시시비비를 일삼는 인물들이, 조국이 독립하면 감투 자리를 놓고 서로 잡아먹으려고 으르렁거릴 거라는 걸 한용운은 예견했다. 감투에 연연하지 않고 오직 조국과 민족을 생각하는 인물이라야만 온전한 나라를 세울 수 있다고 믿었다.

한용운은 서대문형무소로 가서 여러 번 요청한 끝에 김동삼의 시신을 인계받았다. 김동삼의 가족들은 모두 만주에 있었다. 그의 죽음을 알고도 다른 민족 지도자들은 총독부의 눈치를 보느라 서대문 근처에도 얼씬하지 못했다.

시신을 인계받은 한용운은 심우장에 빈소를 마련했다. 한용운은 김관호에게 호상護喪을 하도록 이르고 손수 시신을 염했다. 또한 김관호에게 만주 봉천에 있는 가족에게 김동삼의 죽음을 알리고, 국내 인사들에게 부고를 띄우게 했다.

김동삼의 장례식에는 봉천에 있는 그의 아들이 귀국해 상주로 참석했고, 국내 인사로는 조헌영 조지훈 여운형 이원혁 홍명희 방응모 김혁 이병홍 이극노 이인 박광 국수열 서정희 정노식 김적음 김항규 김진우 허헌 양근환 허영호 박고봉 등이 참석했다. 특히 방응모는 장례비로 백 원을 선뜻 내놓기도 하였다. 이날 장례식에는 알 만한 민족 지도자들은 참석하지 않았다.

일본 경찰이 와서 조문객 명단을 보면서 이인에게 물었다.

"왜 이 사람들만 모였지? 새로운 파당인가?"

이 소리를 곁에서 들은 한용운은 대갈하면서 말했다.

"다른 자들은 사람 볼 줄 모르는 장님들이지. 그자들은 자기를 높여 주는 사람들만 좋아하지."

김동삼의 장례는 5일장으로 치러졌다. 누군가가 시신을 홍제동 화장터로 운구하려 하자 한용운이 펄쩍 뛰었다.

"선생의 시신을 왜놈이 경영하는 화장터에서 태울 수 없다. 미아리로 가자. 그곳에 조선인이 경영하는 화장터가 있다."

한용운은 시신마저도 일본인의 손에 화장시키기를 꺼렸다. 김동삼의 시신은 화장한 뒤, '내가 죽거든 화장하여 고향 산천에 뿌려 달라'고 한 평소 그의 말에 좇아 한강에 뿌려졌다.

엎친 데 덮친 격으로 만당의 비밀 활동이 그만 일경에 발각되고 말았다. 경성 사천 진주 해남 합천 양산 등지에서 전후 여섯 차례에 걸친 대대적인 검거 바람이 일어났다. 최범술 등 핵심 멤버들이 모두 체포되었다. 이리하여 만당 조직은 무너지고 말았다.

한용운은 구속된 당원들을 격려하기 위하여 각지로 쫓아다녔으나, 사상범이라며 면회조차 시켜 주지 않았다. 한용운은 면회 갈 때 꽃을 사 들고 갔다. 그는 그 꽃을 경찰서 앞에서 내동댕이쳤다. 꽃잎이 부서지며 사방으로 흩어졌다. 그걸 보며 한용운은 목청껏 외쳤다.

"너희들은 미구에 바로 이 꽃과 같은 신세가 될 것이다!"

한용운이 꽃을 사 들고 간 목적은 그들의 구속을 축하해 주기 위해서였다.

마침내 일본은 조선말을 말살하기 시작했다. 일본말을 사용하도록 강요하다가, 드디어 학교에서 조선어 과목을 폐지해 버렸다. 그러고는 창씨개명을 하도록 강요했다.

한용운은 홍명희와 바둑을 두고 있다가 이런 소식을 접하고 혼잣말하듯 중얼거렸다.

"또 숱하게 애꿎은 애비를 산송장 만들겠군."

성을 바꾸는 것은 곧 아버지를 바꾸는 것과 같다는 뜻에서 한 말이었다. 그때 심우장에 자주 들르는 곽영춘이 허겁지겁 들어와서 말했다.

"세상에 이런 일이 있습니까."

"왜, 태양이 떨어졌소?"

태양은 일장기를 말하는 것이었다.

"최린 등이 창씨개명했답니다. 최린은 가야마 린으로, 윤치호는 이토 지코로, 이광수는 가야마 미스로로, 주요한은 마스무라 고이치로, 이갑성은 이와무라 마사오로 바꾸었어요. 최남선 박희도 등도 바꾸었다는데, 미처 이름을 외지 못했습니다. 특히 이광수는 창씨 제도가 시행되기도 전에 이미 이름을 바꾸었다지 뭡니까. 그러고도 모자라서 사람들에게, 지금으로부터 2600년 전 저 신무천황께서 어즉위하신 곳이 강원橿原인데, 그곳에 향구산香久山이 있다. 뜻깊은 이 산 이름을 성으로 삼아 향산香山이라 하고, 밑에다 광수의 광자를 붙이고, 수洙자는 내 지식으로 랑郎으로 고쳤다'며 떠들어댄답니다. 이 개자식들 때문에 악영향을 줄 텐데, 앞으로 청년들을 어떻게 지도해야 합니까?"

그의 말을 가만히 듣고 있던 한용운이 큰소리로 웃으면서 말했다.

"당신이 그자들을 너무 과신한 듯하오. 그러나 실언했소이다. 만일 개가 이 자리에 있어 능히 말을 들을 줄 안다면 당신에게 항의했을 것이오. '나는 주인을 알고 충성하는 동물인데, 어찌 주인을 저버리는 그런 인간들에게 나를 비유하느냐'고 말이오. 그러니 앞으로는 개보다 못한 자식을 두고 개자식이라 욕하면 도리어 개를 모욕하는 것이 되오."

홍명희도 그 말을 듣고 껄껄 웃었다.

"과연 만해다운 명언이십니다."

"그런데 그 소식은 들었습니까?"

"또 무슨 소식이오?"

"일부가 배정자네 집에 들어가 산답니다."

"뭐라고?"

한용운은 깜짝 놀랐다. 최린과 이광수가 창씨개명했다는 말을 들었을 때보다 더 놀란 것이다. 일주는 화가 김진우를 말한다. 한용운과 각별한 친구였다. 한용운은 벽에 걸려 있는 일주의 대나무 그림을 바라보았다. 일주도 변절하는가 싶어 가슴이 찢어지는 듯하였다.

배정자는 김해 고을 아전 출신인 배지홍의 딸이다. 집안이 몰락하자, 기생 노릇하다가 일본 무역 상인과 동거하였다. 그러다가 초대 통감 이토 히로부미의 눈에 들어 그의 양녀가 되었다. 그녀는 이토의 침략 정책에 첩보원으로 투입되어 합병에 일조를 하였다. 일설에 의하면, 그녀는 고종 황제가 거처하던 덕수궁을 무시로 드나들었는데, 이를 못마땅하게 여긴 고종이 덕수궁 정문인 大安門(대안문) 현판을 大韓門(대한문)으로 바꾸어 버렸다고 한다. 가운데 글자인 안安 자를 파자破字하면 계집[女]이 갓[宀]을 쓴 형상이다. 당시 배정자는 모자를 즐겨 쓰고 다녔다. 그래서 계집이 갓을 쓰고 그 문을 들락거린다고 하여 안安 자를 한漢 자로 바꾸어 버렸다는 것이다.

한용운은 바둑을 두다 말고 슬그머니 일어났다. 홍명희가 눈을 크게 뜨고 물었다.

"어디 가시려고?"

한용운은 아무 말도 하지 않았다. 방 안에 있던 사람들이 서로 얼굴을 쳐다보았다. 방금 김진우 이야기를 하고 난 뒤였다. 그렇다면 배정자의 집으로 가는 게 틀림없었다. 그들은 무슨 큰일이 일어날 것 같아 긴장했다. 배정자는 초대 통감 이토 히로부미의 양딸이다. 비록 조선 사람이나 당당한 권세를 휘두르고 있는 여자였다. 잘못

건드리면 크게 화를 입게 될지도 모르는 일이었다. 그러나 그들은 한용운의 성품으로 보아 만류할 수도 없었다.

한용운은 그 길로 배정자를 찾아갔다. 그는 대문 앞에서 큰 소리로 불렀다.

"아무도 없느냐!"

배정자가 직접 쫓아 나와 대문을 열었다.

"어서 오셔요."

초면이었으나 배정자는 한용운을 알고 있는 듯 그를 반갑게 맞았다. 한용운은 대문 밖에 버티고 서서 그녀를 노려보았다. 순간적으로, 한용운은 당대를 풍미한 여인답게 그녀의 자태가 아름답다는 생각을 잠깐 했다. 이내 차가운 바람이 이는 표정을 지었다. 그녀의 손에 얼마나 많은 우국지사가 잡혀갔던가. 그의 눈에는 그녀가 다시 친일 요녀妖女로 둔갑했다.

"들어오셔요."

한용운은 아무 대꾸도 하지 않고 안으로 들어갔다. 화가 일주 김진우가 안에서 한용운이 온 것을 알고 달려나왔다. 얼굴이 하얗게 질려 있었다. 여기까지 달려온 걸 보면 필시 무슨 일이 일어날 것이 틀림없다는 걸 눈치챘다. 그는 초조감을 감추지 못했다.

한용운은 김진우가 거처하는 방으로 안내되어 들어갔다. 김진우가 면구스러운 얼굴로 말했다.

"살기 어려워 도움을 받고 있을 뿐……."

한용운은 그가 뭐라고 말하든 관심도 두지 않았다. 입을 꾹 다문채 바위처럼 앉아 있었다. 김진우는 한용운의 그런 태도가 더 불안

했다. 잠시 뒤 배정자가 술상을 크게 차려 가지고 들어왔다. 불과 시간이 얼마 되지도 않았는데 산해진미를 상 위에 가득하게 차렸다. 김이 무럭무럭 나는 신선로도 있었다. 이런 술상을 짧은 시간에 차린 것만으로 보아도 이 집의 살림살이 규모를 한눈에 알 수 있었다.

배정자가 술잔을 들고 한용운에게 권했다.

"존함은 알고 있습니다. 평소 한번 뵙기를 바랐는데, 영광이군요. 한잔 받으시지요."

한용운은 배정자를 한번 쏘아보고는 벌떡 일어났다. 그러고는 술상을 번쩍 들어 방바닥에 엎어 버렸다. 와장창 그릇이 깨어지고 음식이 방바닥에 어지럽게 흩어졌다. 눈이 왕방울만 해진 배정자와 김진우는 놀라 한쪽으로 물러나 앉아 떨었다.

한용운은 태연하게 방을 나와 심우장으로 돌아왔다. 그는 배정자의 집에 도착했을 때 대문 앞에서 사람을 부른 것 말고는 돌아 나올 때까지 한 마디도 말하지 않았다. 심우장에는 홍명희가 그때까지 기다리고 있었다. 두던 바둑판도 그대로였다. 한용운은 아무 일도 없었던 사람 모양 바둑을 계속 두었다. 방 안에 있던 사람들은 몹시 궁금했으나, 그는 그 일에 대해 한마디도 입을 열지 않았다.

이날 배정자의 집에서 일어난 사건은 후일 김진우 자신에 의해 사람들에게 알려졌다. 한용운은 아끼던 친구를 호되게 나무란 동시에 배정자까지 간접 응징한 것이었다.

한용운은 길에서 우연히 최남선을 만났다. 한용운의 성격을 아는 최남선은 한동안 심우장 근처에 얼씬도 하지 못했다. 최남선이 반갑게 다가와 먼저 인사를 했다.

"만해 스님, 오랜만입니다."

한용운은 고개를 외로 꼬며 말했다.

"뉘시오?"

"날 모르십니까. 육당입니다."

"육당이 누구요?"

"최남선입니다. 날 잊으신 모양입니다."

최남선은 한용운이 정신이 이상해진 모양이라 생각하며 고개를 갸웃거렸다. 그러나 한용운의 그다음 말에 최남선은 기겁을 했다.

"내가 아는 최남선은 벌써 죽은 지 오래요! 내 손으로 장송葬送을 하였소이다."

그러고는 그 자리를 지나쳐 가버렸다.

만공 송월면이 오랜만에 심우장에 왔다. 그는 품속에서 칼을 꺼내 보이며 말했다.

"오늘 총독부에서 주지 회의가 있어 왔소이다. 이번 기회에 이놈 미나미를 내 손으로 찔러 죽일 작정이오."

그 말을 듣고 한용운이 웃었다.

"다 죽어가는 송장을 죽여서 무엇하오? 더러운 업보만 쌓게 될 터이니 관두시오."

"죽어가는 송장이라니요?"

"이제 곧 그놈들도 끝장이 나게 돼 있어요. 얼마 안 가서 항복할게요. 그때 가서 할복 자결을 하든지, 아니면 전범으로 사형을 받을 터이니 죽을 날 받아 놓은 거나 마찬가지지."

"확실하오?"

"두고 보라지 않아요. 얼마 안 남았어요."

만공은 한용운의 말에 칼을 내던졌다. 그 길로 만공은 서산에 있는 간월도로 가서 조선 독립을 비는 천일기도를 시작하였다. 정말 기적 같은 일이 일어났다. 만공이 천일기도를 마치고 나온 그날이 바로 1945년 8월 15일이었다.

만공이 돌아가고 난 직후 이광수가 심우장을 찾아왔다. 그는 일본 군복에 군모까지 쓰고 있었다. 그런 차림으로 학생들에게 학병에 나가도록 연설하고 돌아다니는 것이었다. 한용운은 이광수가 인사를 건네기도 전에 버럭 소리를 질러 내쫓았다.

"그 더러운 발을 내 집 안에 들여놓지 마라! 네놈 얼굴은 보기도 싫으니 당장 돌아가거라. 그리고 다시는 내 집 앞에 얼씬거리지도 마라!"

이광수는 뭐라고 변명 한마디 못 하고 돌아서야 했다. 그는 한용운의 강직한 성격을 누구보다 잘 아는 사람이었다.

혼아, 돌아오소서

태평양전쟁의 전세는 1940년을 기점으로 일본이 밀리기 시작한다. 일제는 1938년부터 조선의 젊은이들을 자기네가 일으킨 전쟁에 끌고 갈 생각을 한다. 육군특별지원병제는 1938년부터 1944년 4월까지 일본 제국이 조선인을 대상으로 시행했던 제도이다. 일본군 육군은 1938년부터, 일본군 해군은 1943년부터 실시했다. 모집 정원은 1만 7,500명으로 이 가운데 5,870명이 전사했다.

이것으로 모자라자 일제는 10대 말과 20대 초의 학생을 끌고 갔다. 1943년부터 전문학교 등 고학력자들을 대상으로 학병을 뽑았는데 일본에 체류하던 조선인 유학생을 강제로 뽑아가는 경우가 많았다. 즉, 학병은 강제입대로 이뤄진 경우가 대부분이었는데 육군 장교 자원으로 뽑아갔고 주로 소모품인 소대장으로 쓰려고 했다. 훈련에 뒤처진 이는 강제로 육군 병으로 복무시켰다. 가장 늦은 시기인 1944년 1월 20일에 학병으로 입대한 사람의 경우 막 예비사관학교를 수료하면 1945년 8월이어서 견습사관 신분으로 패망을 맞이하였다. 10명 남짓 사망자가 나온 조선인 가미카제 특공대원이 바로 학병 출신이었다.

일제는 조선의 민족 지도자들을 앞세워 학병에 나가도록 강요하는 연설에 앞세웠다. 친일 분자들은 있는 재주 없는 재주를 다 동원하여 학병 지원을 부추기기 시작했다. 모윤숙 서정주 김팔봉 등이 축시를 썼고, 최남선 이광수 장덕수 등 민족 지도자라고 자처하던 인사들이 앞다투어 젊은이들을 전쟁터로 내몰았다.

혜화전문에 다니던 박설산이 조영암과 함께 심우장을 찾아왔다. 박설산은 건봉사에 있을 때부터 서울을 드나들며 한용운의 법답에서 나온 소출을 가져다주던 법손이다. 이들도 강요에 못 이겨 학병을 지원하였다. 떠나기에 앞서 한용운에게 인사를 하러 온 것이었다.

한용운은 입을 굳게 다문 채 아무 말도 하지 않았다. 멀거니 천장을 바라보고 있었다. 한참 동안 그러고 있다가 그는 조용히 입을 열었다.

"죽지 마라. 놈들을 위해 죽어서는 안 된다!"

"스님!"

"차라리 총부리를 돌려라."

박설산과 조영암은 고개를 떨구었다. 일제에 항거하면서 일생을 바친 한용운 앞에서 일본을 지원하기 위해 싸움터에 나가는 자신들이 죄인처럼 느껴졌다. 그러나 행정적인 힘으로 몰아붙이는 징병을 피할 수가 없었다. 이 좁은 땅 어디에 숨어 그들의 눈을 피할 수 있다는 말인가.

심우장에서 돌아온 박설산은 고민하던 끝에 달리는 열차에 발을 집어넣었다. 한쪽 발가락 다섯 개를 스스로 자르고 불구가 되었다. 그는 결국 그 사고로 학병에서 빠졌다. 평생 불구의 몸으로 살아갈지언정 스승의 지조에 먹칠할 수 없다고 생각한 것이다.

하루는 총독부 기관지인 〈매일신보〉 기자가 한용운을 찾아왔다. 학병 출정을 독려하는 글을 써달라고 부탁하러 온 것이었다. 한용운은 기자를 쏘아보다가 말했다.

"자네는 조선 사람이 아니군그래. 여기가 어딘 줄 알고 찾아와 그런 소리를 하는가?"

"그럼 한마디만 해 주십시오. 제가 받아 쓰겠습니다."

"당장 여기서 나가!"

"사진만이라도 찍게 해 주십시오."

"이런 고약한 놈 보았나! 이놈! 그런 것은 너희 사장한테나 가서 부탁해라!"

한용운은 크게 화를 내며 기자가 메고 있던 카메라를 빼앗아 내동 댕이쳐 부숴 버렸다. 당시 〈매일신보〉의 사장이 최린이었다.

며칠 후, 이번에는 총독부에서 김대우라는 고등관이 한용운을 찾아왔다. 서로 수인사를 한 후 잠시 시국에 관한 방담을 했다. 대화가 무르익자 그가 넌지시 운을 떼웠다.

"선생님, 잠깐만 나오셔서 한 말씀만 해 주시면 됩니다."

시국 강연회에 나와 달라는 것이었다.

"나는 그런 것 못 하오. 조선의 독립에 관해 말하라면 당장 나가리다.”

“총독이 특별히 관심을 두고 있는 일이라 저도 입장이 매우 난감합니다. 다른 명사들은 두세 차례 강연했는데, 선생님은 특별히 한 번으로 그치도록 하겠습니다.”

“1차고 2차고 난 관심이 없소. 그런 말 잘하는 인사들이나 찾아가 보시오.”

“사실…… 이번에 나오지 않으면…… 선생님 신상에 좋지 않을 것 같아 제가 이렇게 직접 찾아뵌 것입니다. 평소 전 선생님을 존경합니다.”

한용운은 순간 안색을 바꾸며 버럭 소리를 질렀다.

“들어라, 이놈! 세상에 태어났으면 사람 노릇을 하고 가야지! 사람의 도는 정의와 양심이다. 인간은 정의를 생명보다 중하게 여기는 법이다. 너희 같은 놈들은 신상의 위험은 고사하고 조금만 이득 있다 싶으면 양심에 부끄러운 줄도 모르고 짐승 같은 짓을 하겠지만, 나는 정의가 생명이라 위험을 겁내지 않고 못 할 짓은 죽어도 못 한다. 너도 조선놈으로 한껏 양심은 있을 것이다.”

김대우는 고개를 푹 떨구었다.

“어서 돌아가거라. 가서 네 아비 총독놈에게, 너를 욕했으니 나를 잡아다가 죽이라고 말하여라!”

김대우는 한참 동안 말없이 앉아 있다가 돌아갔다. 그는 돌아가서 “한용운은 늙고 병석에 누워 있어 거동조차 못 하니, 대상에서 제외하는 게 좋겠다”고 거짓 보고를 하였다.

일본은 점점 전쟁에서 밀렸다. 밀리고 있다는 사실을 한용운은 낱낱이 읽고 있었다. 총알을 만든다고 집집을 뒤져 놋그릇까지 빼앗아 갔으며, 쌀 한 톨 남기지 않고 거두어 갔다. 식량 배급이라고 해서 나누어 주는 것이 대두미大豆米였는데, 말이 그렇지 콩가루 비료 덩어리를 부순 것이었다. 그래도 그것을 콩쌀이라고 해야지 콩가루 비료라고 말했다가는 당장 끌려가 구류 처분을 받았다.

이 무렵 한용운은 건강이 극도로 악화했다. 반평생을 오직 구국의 길을 걸어오느라 자신의 몸을 돌볼 사이가 없었다. 게다가 강직한 성품이 그의 몸과 마음을 많이 손상케 했다. 더구나 심우장으로 와서는 한겨울에도 찬 온돌방에서 생활했다. 그는 신경통과 각기병에다가 영양실조까지 겹쳐 몸져눕고 말았다. 병들어 누웠으나 병원에 갈 생각은 꿈에도 할 수가 없었다. 병원에 가 봐야 물자가 없어 주사한 대 맞을 수도 없는 상황이었다. 미음을 끓이고 싶어도 쌀값이 금값이었고, 그나마 구하기도 쉽지 않았다.

김관호는 매일 같이 심우장에 찾아와 병상을 지켰다. 그의 부인이 정성 들여 간호했지만, 치료를 받지 못하는 한용운의 병세는 더욱 악화되어 갔다.

〈조선일보〉 사장 방응모가 금덩이보다 귀한 녹용이 든 한약을 구해 들고 심우장으로 달려왔다.

"만해, 어서 일어나셔야지요. 이제 독립이 눈앞에 와 있소."

"허허…… 계초도 죽는 게 겁나는 모양이구려."

"죽을 때 죽더라도 독립은 보아야 하질 않소. 그토록 기다리던 독립 아니오."

"독립은 나를 위한 독립이 아니었지 않소. 이천만 동포가 독립을 보면 되는 게지……."

"쯧쯧…… 자신의 육신에게 이토록 냉담한 자는 내 평생 처음 보았소. 정말 무서운 사람이오."

방응모는 곁에 있는 김관호에게 일렀다.

"수족을 자주 주물러 주시오. 피가 돌면 그래도 화기가 생길게요."

"알겠습니다."

한용운의 병세가 위중할 무렵, 선학원에 있는 김적음 스님은 매일 삼청동 뒷산을 넘어 심우장으로 달려와 침을 놓았다. 그는 가끔 귀한 쌀을 구해 허리에 차고 왔다. 다솔사 최범술이 약을 구해 올라오기도 했지만 이미 한용운의 병세는 한쪽으로 깊이 기울고 있었다.

그렇게도 기다리던 독립을 한 해 앞둔 1944년 6월 29일, 몹시 무덥던 날 오후였다. 석양이 심우장 안으로 깊숙이 파고들던 그 시각에 한용운은 고요히 마하열반摩訶涅槃에 들었다. 세수 66세, 법랍 40세로 파란 많은 일생을 마감한 것이다.

김관호가 놀라 한용운을 불렀다.

"선생님!"

대답이 없었다. 김관호는 유씨 부인을 불렀다. 입적入寂을 확인한 유씨 부인과 딸 영숙이 시신 앞에서 통곡했다. 김관호도 눈물이 앞을 가렸다. 그런데 시간이 흘러도 한용운의 시신은 평소와 전혀 다르지 않게 화기가 돌았다. 조용히 잠들어 있는 듯 평화롭게 누워 있었던 것이다. 김관호는 혹시 깊이 잠든 게 아닐까 싶어 한 번씩 몸을 흔들어 보기도 했다. 찌는 듯 무더운 여름에는 숨이 끊어지면 시신이 금방 부패한다.

김관호는 유씨 부인에게 말했다.

"혹시 회생하실지도 모르니, 염을 하지 말고 좀 기다려 보시지요. 이러다가 회생하는 예가 종종 있습니다."

시신은 4일간 그대로 두었다. 그때까지도 안색에 화기가 돌았고, 입술은 꽃잎처럼 발그레했다.

김병노가 소문을 듣고 심우장으로 달려왔다. 그는 김관호를 보자 물었다.

"염을 했는가?"

"아직 하지 않았습니다."

"뭐라구? 내일이 장례인데 여태 염습을 안 하면 어떻게 하는가? 이 무더운 여름에 나흘씩이나 방치하다니, 못 하면 내 손으로 하지."

김병노가 화를 내며 방으로 뛰어들어 가려고 했다. 김관호가 자초지종을 이야기했다.

"시신이 너무 말짱합니다. 혹시 회생하실까 하고 기다리는 중입니다."

"그래?"

김병노는 놀란 얼굴을 하면서 시신을 확인했다. 정말 그때까지 시신이 말짱했다.

"정말 놀랄 일이다. 이건 분명 만해가 보통 인물이 아니라는 징조인 게야."

"어떻게 할까요?"

"조금 있으면 날이 어두워진다. 전깃불이 없어 손을 쓸 수도 없을 터이니 염습을 하세. 만해는 이제 가신 게야."

그제야 김병노와 김관호는 염습을 서둘렀다.

이튿날, 미아리에 있는 조선인이 경영하는 화장장에서 다비하였다. 쌀 한 톨 없고, 돈 한 푼 없는 형편이라 장례도 지내기 어려웠다. 많은 사람이 부조했다. 특히 방응모가 거액을 내놓아 쉽게 장례를 치를 수가 있었다. 장례식에는 많은 조문객이 찾아왔다. 오세창 정인보 민형식 김혁 방응모 이갑섭 박광 이원혁 이인 이재열 허영호 김진우 정노식 이극노 이병홍 전용학 조헌영 조지훈 변영노 김항규 노기용 김진국 홍기문 박윤진 정자영 이길용 국수열 장도환 김상호 박고봉 김영운 최응산 장사웅 이해전 표회암 임태허 이석구 김병허 유방주 양근환 서원출 김은호 이경희 서정희 여운형 김적음 배정국 안진호 송병기 이수영 강석주 이관구 조종현 외 혜화전문학교 학생들, 그리고 홍성에서 많은 청년이 올라왔다. 위당 정인보는 조시弔詩를 바쳤다.

풍란화 매운 향기
당신에게 비길손가
이 날에 님 계시면
별도 아니 더 빛날까.
불토(佛土)가 이외 더 없으니
혼(魂)아 돌아오소서.

김진우는 목놓아 울었다. 배정자의 집에 찾아왔을 때 말없이 술상을 뒤엎고 돌아간 한용운의 충고를 생각하며 더없이 슬퍼한 것이다.

다비를 끝내고 남은 유골을 거두었다. 모두 다 탔는데 치아만 타지 않고 그대로 남아 있었다. 망우리 공동묘지에 유택을 마련하였다. 마지막 가는 그의 여행에는 평소 그를 존경하던 많은 지우들이 동행했다. 사람들은 해방을 눈앞에 두고 간 그의 죽음을 매우 가슴 아파했다. 누군가가 말했다.

"만해는 떠난 게 아니야. 그는 영원히 우리 민족의 가슴에 살아 있을 게야."

만해의 유해는 조선인이 경영하는 망우리 화장장에서 다비식을 거친 다음 동지들에 의해서 망우리 공동묘지에 안장되었다. 1945년 8월 15일, 만해가 그렇게도 갈망하던 광복이 되었다.

1948년 5월에 만해한용운전집간행위원회가 최범술 박광 박영희 박근섭 김법린 김적음 허영호 장도환 김관호 박윤진 김용담에 의해 결성되어 자료수집에 들어갔다. 한국전쟁 때 사업이 중단되기는 했지만 휴전 이후에 속개되어 1973년, 신구문화사에서 한용운전집 전 6권이 간행되었다. 1962년에 대한민국 건국공로훈장이 수여되었다. 1967년에는 용운당만해대선사비건립추진위원회가 발족되어 파고다공원에 용운당대선사비가 건립되었다.

1996년에는 재단법인 만해사상실천선양회가 조직되었다. 만해 한용운의 민족의식과 자유·평등·평화 사상을 선양하기 위해 재단법인 만해사상실천선양회를 조직하였으며 무산 조오현 스님이 이사장에 취임했다. 이 해에 백담사 경내에 만해기념관을 개설했다.

2018년 무산스님이 입적한 이후 재단법인 설악·만해사상실천선양회로 재단 명칭을 개칭하고 백담사 회주 삼조 스님이 2대 이사장에 취임했다. 2023년도 재단 이사회에서 재단 활동을 폭넓게 확대하기 위해 제3대 이사장으로 권영민 교수를 추대하였다. 김시습 김창흡 한용운 조오현 이은상 등의 문학작품을 수집 정리하는 '설악불교문학 아카이브 구축사업'을 완결하고 온라인에 설악불교문학관 (www.manhaemusan.org)을 구축하여 이를 일반에게 개방하였으며, 재단 홈페이지(www.manhaemusan.or.kr)를 개설하였다. 이와 같이 만해 한용운의 애국애족의 정신과 불교정신은 우리 모두의 가슴에 불씨로 남아 길이 이어질 것이다.

왜 만해 한용운이 우리에게 크나큰 자랑인가
—김호운 작『님은 침묵하지 않았다』를 읽고

이승하(시인, 문학평론가)

그대에게 누가 "만해 한용운에 대해 무엇을 좀 알고 계십니까?"라는 질문을 받는다면 그대는 곧바로 시집 『님의 침묵』을 쓰신 분이라고 대답할 것이다. 여기에 3·1운동 당시 민족대표 33인 중의 한 사람이라고 덧붙일 것이다. 하지만 고등학교 시절 국어 시간에 '님'에 대해 설명해 주셨던 국어 선생님의 음성은 생각날지언정 그 외의 것은 잘 떠오르지 않을 것이다. 혹자는 최남선이 기초한 「독립선언서」를 3·1만세운동 당일에 낭독한 분이라고 덧붙일 수 있을 것이다. (실제로는 낭독하지 않은 상태에서 체포되었다.) 「독립선언서」에 행동강령인 「공약삼장」을 첨가한 분이라고 말한다면 역사 공부 혹은 국어 공부를 착실히 한 분이다. 한용운이 『님의 침묵』을 발간한 것은 47세 때인 1926년이었다. 그는 그 이전에 자유시를 써 등단하거나 동인 활동을 한 적이 전혀 없었다.

고종 16년인 1879년 충남 홍성군(당시의 지명은 洪州府였다) 결성면 성곡리 491번지에서 한응준의 차남으로 태어난 한유천韓裕天은 26세 때인 1905년에 수계受戒하여 스님이 된 이후 승려로서 20년을 살다가 시집 한 권 분량의 시를 써 자비출판을 했으니 그것이 한국 시문학사의 불멸의 금자탑이 된 『님의 침묵』이다. '만해'라는 법호를 가진 스님이 아니었다면 쓸 수 없는 불교적인 성찰과 깨달음의 시편을 모은 시집이다. 그런데 농사꾼의 아들로 태어나 한평생 농사를 지으며 살아갈 팔자였던 한유천이 어찌하여 불가에 입문했으며 어찌하며 시를 쓰게 되었으며 어찌하여 독립운동가가 되었는지 궁금증을 가질 법도 한데 지금까지 이 땅의 소설가 중 그의 생애를 추적하여 소설로 쓴 이가 없었다는 것은 말도 안 되는 일이고 있을 수도 없는 일이었다. 김삼웅과 임중빈, 고은 등이 한용운 평전을 쓴 적이 있었지만 그것은 생애를 추적해 문자로 복원한 전기물이지 문학작품은 아니다. 영혼의 편력, 주변 인물들과의 교유, 불가에서 만난 스승들, 을미사변과 아관파천 및 3·1운동 같은 여러 사건의 추이, 사상과 불심의 심화, 독립투사로 거듭나는 과정 등은 소설가의 몫이지 전기작가는 도달할 수 없는 영역이다.

한용운은 시만 썼던 것이 아니다. 3년 꼬박 옥살이를 할 때 많은 한시를 썼고 시조와 동시까지 썼다. 『님의 침묵』 이후에 발표한 시가 21편인데 3편의 동시가 포함되어 있고 한시 139수, 시조 21편이 전해지고 있다. 장편소설 『흑풍』과 『박명』을 썼고 「후회」와 「철혈미인」은 신문에 연재하다 중단되었다. 엄청난 양의 논문과 수필을 썼다. 게다가 생시에 『조선불교유신론』과 『십현담주해』를 간행했고, 『불교대전』과 『건봉사급건봉사말사사적乾鳳寺及乾鳳寺末寺事蹟

』을 편찬했다. 『조선불교유신론』은 불교 개혁론이고 『십현담주해』는 중국 당나라의 선승 동안상찰同安常察이 수행자의 실천 지침 등을 칠언율시 형식으로 노래한 10수의 게송偈頌을 주해한 책이다.

즉, 만해 한용운은 스님일 뿐만 아니라 학자였다. 65세에 입적했으니 장수한 것이 아니지만 남겨놓은 글의 양은 두꺼운 전집 6권을 아우르고 있다. 게다가 일본 후쿠오카의 감옥에서 20대에 옥사한 윤동주와 생의 반을 일경에 쫓겨다니다 중국 북경의 감옥에서 마흔 살에 옥사한 이육사와 달리 만해는 한반도 내에서 조선불교회나 조선불교청년회, 청년법려비밀결사 등의 조직을 이끌면서 또는 단신으로 일본의 압제에 대항해서 싸운 독립투사였다. 상해임시정부의 요인들도 그렇고 북만주와 연해주, 중국대륙, 미대륙에서 독립운동을 한 사람은 많았지만 그곳은 일제의 직접적인 탄압이 있었다고 보기 어려운 이국이었다. 이국에서의 독립운동과 국내에서의 저항은 차원이 다른 것이었다. 국내에 머물면서 생애 내내 단 한 번도 훼절한 적이 없는 인물은 오상순 이상화 심훈 등이 있었는데 이들은 문인이었다.

한용운은 불교계를 대표하는 승려로서 늘 일본의 회유와 협박에 직면해 있으면서도 허리를 굽힌 적이 없었다는 점에서 거의 불가사의한 존재이다. 불교와 천주교와 기독교, 몇몇 민족종교의 지도자들이 신앙심에 입각해 일제강점기 때 일본에 저항했을까? 전혀 그렇지 않았다. 친일문인은 글이 남아 있어서 지금까지도 지탄의 대상이 되고 있지만 훨씬 많은 종교인이 적극적으로 아부하고 협력하였다. 헌금으로 받은 돈을 군비로 바치기까지 하면서.

그러나 한용운은 시종여일 저항의 심지를 꺼트리지 않았다. 어떻게 그것이 가능했을까? 사찰에서 도를 닦으며 살아간 생의 한 측면과 저술 및 사회활동은 양립하기 어려운 것이 아닌가? 소년 한유천이 승려 겸 학자 겸 시인 겸 독립투사로 커간 원동력은 과연 어디에 있었던 것일까? 젊은 시절 그에게 도대체 어떤 생의 궤적이 있었기에 이런 1인 다역의 삶을 영위하게 되었을까?

소설가 김호운은 바로 이런 점들이 궁금하여 한용운에 대한 자료를 찾아보았을 것이고, 작가적 상상력을 발휘하여 서사를 만들었을 것이다. 이제 해설자는 김호운 작가의 소설작품을 따라가면서 한용운의 불가 귀의 이전의 편력과 귀의 이후의 사회활동과 독립운동에 대한 작가의 이야기에 귀를 기울여 볼까 한다.

소년 한유천은 열네 살 어린 나이에 부모가 정해준 천안 전씨 정숙과 결혼해서 그저 평범한 농사꾼으로 살아간다. 그런데 머리가 비상했다. 한용운의 산문을 보면 향리의 서당에서 한문 공부를 하는 과정에서 『서상기』를 독파하였고 『통감』을 읽고 뜻을 다 파악했으며 『서경』을 거듭해서 읽어 기삼백주朞三百註를 통달했다고 한다. 1896년 17세 때 서당의 훈장이 병석에 눕자 유천은 스승의 뒤를 이어 학동들을 가르치는 숙사塾師가 되어 호미와 낫을 손에서 놓게 된다. 그런데 바로 그 전해인 1895년에 명성황후가 일본 사무라이들에 의해 끔찍하게 시해되는 을미사변이 일어나고 다음해에 요원의 불길처럼 일어난 을미의병운동에 참가, 고향을 떠나게 된다. 아버지와 형이 동학농민혁명 때 목숨을 잃어 가문을 지켜야 했지만 끓는 피는 그를 집에 두게 하지 않았다. 특히 아버지는 토벌군으로 차출되어 전장에 섰다가 농민들의 손에 죽었기에 죄책감도 없지 않았다. 을미 의병운동 당시 유천은 몇몇 젊은 의병과 군자금을 마련하겠다고 홍주 호방戶房의 금고를 털어 국고 1천 량을 훔쳤는데 이 죄는 어떤 벌을 받을지 알 수 없었다.

소설의 시작점은 세월이 꽤 흐른 뒤인 1904년이다. 고향 홍주로 내려가 7년 전, 처음 고향을 떠날 때를 회상한다. 1896년, 의병 '창의군'을 모은다는 소식을 듣고 훈장 노릇을 집어치우고 어머니와 아내에게 이 나라를 구하고자 창의군에 참가해야겠다고 말하곤 집을 떠난다. 하지만 관찰사 이승우는 형세가 불리해지자 일본군-관군 세력에 붙어 의병 무리를 배신한다. 의기로만 뭉친 의병은 훈련받은 일본군-관군 앞에서 중과부적이었고 작전 부재였다. 조직적인 항거를 유도할 유능한 지휘관이 없는 것도 문제였다.

창의군이 전투에서 지자 졸지에 반란군이 됨으로써 유천은 고향에 가면 옥살이를 할 처지에 놓이게 된다. 그래서 고향에 가지 않고 강원도 인제에 있는 백담사 등지를 전전한다. 스님이 된 것은 아니고 불목하니 노릇을 하면서 절밥을 얻어먹게 된 것이다. 이때가 만스무 살 무렵이었다. 그 뒤로 유천은 블라디보스토크 등을 돌아다니면서 온갖 사람들을 만나고 견문을 넓히게 된다. 국제적인 시각을 갖게 되는 것이다. (소설에서는 이 시기를 수계 이후로 설정한다.)

이 나라의 운명이 풍전등화가 된 1904년, 7년 만에 고향에 내려가지만 그를 기다리고 있는 것은 녹슨 호미와 아내였다. 몇 달 머무는 동안 아내가 임신하자 여기에 계속 있다가는 농사꾼으로 생을 마칠

거라는 예감이 들어 다시금 집을 떠나는데 이번에는 가출이 아니라 출가였다. 맏아들 보국이 태어난 것이 1904년 12월 21일이었는데 바로 다음해 1월에 백담사에서 득도得度하고 수계受戒하여 불가에 귀의한다. 이때가 26세 때였다. 계명戒名은 봉완奉玩이었다.

소설은 7년 만에 고향에 갔다가 다시금 출분, 세상 구경에 나서는 장면에서 시작한다. 독자가 만나는 첫 사건이 나그네 유천의 무전취식無錢取食이다. 위기에서 유천을 구해준 강대용이란 사람을 만나 함께 도보 여행을 하게 된다. 역관 출신 이지룡, 동학농민군 출신 강대용과의 대화를 통해 그는 한성(서울)으로 갈 생각을 접고 수양과 학문을 위해 백담사로 간다. 5년 전, 떠돌다가 만난 속리산 수구암의 광덕스님이 생각나서였다. 관군에게 쫓기는 한낱 범죄인인 자기를 거둬주었던 광덕스님과의 인연은 결국 유천을 불가의 세계로 이끈다. 오세암에서 만난 동년배 스님 지우는 백담사의 주지 법성의 문도로 그를 이끌었고, 결국 불가에 귀의하게 된다.

이후 봉완스님은 절에 머무르지 않고 세상 편력에 나선다. 한성에서 다시 만난 이지룡은 큰 건어물상의 주인이 되어 있었고 강대용은 큰 뜻을 품고 미국으로 떠났다는 것이었다. 강대용의 누이동생 강연실은 한용운과 인연을 계속 이어가고 소설의 마지막까지 나오면서 독자의 흥미를 불러일으킨다. 하지만 두 사람은 끝내 맺어지지 못하고 만해는 1933년에 유씨와 재혼한다. 원효는 요석공주와의 사랑이 이루어지지만 만해와 강연실과의 사랑은 끝끝내 어긋나기만 해 독자의 애간장을 녹인다. 승려의 결혼을 허해야 한다는 글을 발표하고 불교계의 용인을 구하고자 애를 쓴 것은 강연실 때문인가 하는 생각

을 계속해서 하면서 소설을 읽게 된다. 그만큼 이 소설에서 강연실
은 비중있게 다뤄진다.

만해의 전기상의 외국 편력은 불가에 귀의하기 전인 1899년의 해
삼위(블라디보스토크)가 시작인 셈이지만 소설에서는 스님이 된 이
후로 삼는다. 제1권의 후반부에 몇 가지 중요한 이야기가 나온다.

우리는 1896년 서울에서 조직되었다가 1898년에 해산하는 사회
정치단체인 독립협회가 독립운동의 산실이라고 생각하면서 고평하
고 있지만 작가는 서재필이 세운 이 단체의 맹점을 예리하게 지적한
다. 그리고 독립운동에 일신을 바친 훌륭한 인물로 우리가 존경해온
서재필이란 인물의 행적에 대해서도 날카롭게 문제를 제기하고 비
판한다. 역사에 대한 재평가가 사학자가 아닌 소설가가 행하니까 더
욱더 흥미롭다.

원산으로 가서 배편을 구해 해삼위에 간 봉완스님은 큰 봉변을 당
한다. 자운스님과 혜관스님과 일행을 이뤄 여관에 투숙하는데 일진
회의 중으로 오해되어 죽을 고비에 이르게 되는 드라마틱한 과정이
전개된다. 일본에 적극적으로 아부하는 일진회 멤버 중 스님이 많았
던 탓에 해삼위에 들어오는 일진회를 색출해 죽이는 일이 있어서 이
들도 표적이 된 것이다. 나라를 송두리째 바치려고 하는 무리가 바
로 민족 반역자인 일진회임을 알고는 해삼위 항구로 들어오는 일진
회 멤버에게 테러를 가하고 죽이기까지 한 사례가 있었던 모양이다.
그만큼 한일합방 이전에 해외에서도 반일과 친일의 의견이 나뉘어
동족끼리 살상을 하고 있었던 것이다. 해삼위를 떠나 더 넓은 세상
을 살펴보려고 했던 봉완스님은 죽을 고비를 기지를 발휘하여 아슬

아슬하게 넘기고는 귀국길에 오른다.

　봉완스님은 귀국한 이후에 안변에 있는 석왕사에서 석전 박한영 스님을 만나게 된다. 한영스님은 아홉 살 연하인 봉완에게 깍듯이 대하면서 많은 대화를 나눈다. 봉완스님은 한영스님을 만남으로써 국내 불교가 개혁해야 할 필요성을 느끼고 되고 망국의 길로 걸어가는 국내외 정치적 상황에 눈을 제대로 뜨게 된다. 한영스님과 시를 주고받으면서 시의 묘미를 알게 되는 것으로 마무리된다.

　제2권은 다시 백담사로 간 봉완스님이 학암스님한테 『기신론』을 배우고 원효를 본격적으로 연구하기 시작하는 내용으로 시작한다. 『원각경』과 『능엄경』도 배운다. 대체로 20대 후반인 1906년부터 1908년까지의 일로 봉완스님이 용맹정진하면서 법력이 깊어지는 기간이다. 소설을 보면 제2권 3장에서 봉완스님은 건봉사의 만화스님에 의해 또 한 번 태어나게 된다. 법명 용운龍雲, 법호 만해(萬海 혹은 卍海)가 된 해는 바로 대한제국이 일본에 의해 강제로 을사늑약을 체결한 이후 급속히 식민지로 치닫는 1907년이었다. 만해는 일본에 가서 제국의 실체를 보고 와야겠다는 생각을 하고 한성으로 간다. 부산까지 철도가 놓였기 때문이었다. 한성에 간 김에 요정을 하고 있는 강연실을 만나는데 일진회 회원이자 통감부 직원인 이용범의 후처가 되어 있음을 알게 된다.

　그 당시 이 땅의 불교계는 구심점이 없어 좌초의 위기에 봉착해 있었다. 일본 조동종이 침투해 조선의 불교계를 조직적으로 와해시키는 중이었다. 이에 위기를 느낀 만해는 지피지기해야 한다는 생각에 일본으로 간다. 시모노세키, 미야지마, 교토, 도쿄, 나고야, 기리코, 오이타, 구마모토, 닛코 등지를 순유하면서 신문물과 일본 불교를 시찰한다. 특히 도쿄의 고마자와 학림대학에서는 불교와 서양철학을 청강하면서 견문을 넓힌다. 조동종의 대표 승려 히로쓰 다케조와도, 아사다 오노야마 교수와도 친분을 쌓는다. 일본에 유학 가 있던 최린도 만나 나라의 앞날을 걱정하면서 허교하게 된다. 즉, 이들과의 대화와 다양한 경험을 통해 한일관계에 대한 자기 나름의 견해를 확립하게 되는 것이다. 일본에 정신적으로 예속되지 않으려면 어떻게 해야 하는지 방책을 마련한 시기라고 할 수 있다.

만해는 1908년 일본 여행 중 일제가 곧 조선을 식민지로 만들고, 토지조사사업을 하리라 예측하여 이에 맞서고자 측량기계를 사 오는 것은 그에게 뛰어난 국제적인 감각과 선견지명이 있음을 말해 주는 대목이다. 그는 귀국 후 12월 10일에 경성(수도의 명이 그간에 한성에서 경성으로 바뀐다)에다가 경성명진측량강습소를 개설해 소장으로 취임한다. 훗날 한반도가 일본의 식민지가 되더라도 개인 소유 및 사찰 소유의 땅을 빼앗기지 않으려면 토지 측량을 치밀하게 하고 토지문서를 잘 챙기고 있어야 한다고 생각했기 때문이었다. 결국 만해의 예측대로 일본은 1908년에 동양척식회사를 만들어 전국적으로 토지조사사업을 철저하게 실시하고, 토지문서에 없는 땅은 일본의 귀속영토로 만들어 버린다. (지금도 전국에 이런 땅이 꽤 많다.)

강원도 표훈사에서 불교 강사로 취임해 있는 동안 한일합병의 소식을 듣고 절망하지만 30대로 접어든 만해는 그때부터 오히려 조국의 독립운동과 불교계 개혁운동을 동궤에 놓고 혼신의 힘을 다한다. 승려 취처娶妻 문제에 대한 건백서를 두 차례 당국에 제출해 불교계에서 물의를 일으키기도 하고 『조선불교유신론』을 백담사에서 탈고하기도 한다. 한일불교동맹조약 체결의 조짐이 보이자 순천의 송광사와 동래의 범어사에서 승려궐기대회를 개최해 분쇄하고 범어사에 조선임제종 종무원을 설치해 관장에 취임한다.

1911년 8월에는 만주로 쫓겨난다. 하지만 이때다 하고는 만주지방 독립군들에게 독립사상을 고취하였고 망명 중이던 박은식 이시영 윤세복 등 독립지사들과 만나 향후 독립운동의 방향을 논의하기도 한다. 1913년에 박한영 장금봉 등과 불교종무원을 창설하고 그 다음해에 조선불교회 회장에 취임한다. 1913년에 『조선불교유신론』을 발행한다. 불교 경전이 대중이 읽을 수 있도록 1914년에는 『불교대전』을 발행한다. 1915년에는 조선선종중앙포교당 포교사에 취임하고 1917년에는 『정선 강의 채근담』을 발행한다.

비록 조국의 산천은 일본의 식민지가 되고 말았지만 만해는 이와 같이 불교계의 핵심인물로 우리 민족의 정신적 지도자가 된다. 1918년 9월에 경성 계동 43번지에서 월간 『唯心』을 창간, 편집인 겸 발행인으로서 3집을 발행한다. 이쯤에서 소설의 제2권은 끝나고 제3권으로 접어든다.

1919년 1월에 미국의 윌슨 대통령이 민족자결주의를 제창하자 만해는 최린 현상윤 이승훈 함태영 등을 은밀히 만나면서 조선의 독립을 위해 모종의 일을 꾸민다. 독립을 천명해 세계만방에 알린다는 것, 즉 목숨을 내놓겠다는 것이었다. 천도교 지도자 손병희를 설득하여 앞장세우고 문장력이 뛰어난 최남선에게 「독립선언서」의 초안을 잡아달라고 부탁한다. 초안이 넘어오자 자구를 수정하고 공약

삼장을 추가한다. 사실상 만해의 주도로 기미년 3월 1일의 대한독립 만세운동이 착착 진행되는 것인데, 이 소설의 클라이맥스가 바로 3·1운동 전야이다. 소설가 김호운은 작가적 역량을 총동원하여 1919년 2월의 상황을 묘사해 나가는데, 독자로 하여금 손에 땀을 쥐게 한다. 어떻게 그때 있었던 일들을 이렇게 다큐멘터리 영화를 찍듯이 소상히 재현해 냈는지 신기하기까지 하다. 마침내 3월 1일, 탑골공원 옆 태화관에서 모여 독립을 선포하고 투옥되는 과정도 독자가 영화를 보고 있듯이, 시종일관 긴박감 넘치게 묘사한다. 만해는 그 자리에서 이렇게 말한다.

"우리가 잡혀가서 취할 행동에 대해 몇 가지 원칙을 세웁시다. 첫째, 비굴하게 굴지 말 것. 당당하게 맞서야 합니다. 둘째, 사식(私食)을 넣지 말 것. 우리 자초한 일인데 고통을 덜려고 하지 맙시다. 셋째, 보석을 신청하지 말 것. 제 발로 걸어 들어간 우리가 보석으로 출소한다면 만인이 웃소이다. 몇 년을 살지, 아니면 살아서 나오게 되는지도 모르나 형을 모두 살고 나옵시다. 절대로 저들의 은전을 받아서는 안 되오이다."

정말 대쪽같은 태도요 거침이 없는 발언이다. 7월 10일에는 서대문형무소에서 일본인 검사의 신문에 대한 답변으로 「조선독립의 서」를 기초하여 제출한다. 최남선이 기초한 「독립선언서」도 명문이지만 「조선독립의 서」는 우리의 가슴을 뜨겁게 하는 독립 출사표다.

3년의 옥고를 치르고 나와서도 만해의 독립운동은 멈추지 않는다. 1922년에 5월에는 조선불교청년회 주최로 기독교청년회관에서

'철창 철학'이라는 제목으로, 그해 19월에는 조선학생회 주최로 천도교회관에서 육바라밀'이라는 주제로 학생들에게 독립사상을 고취하는 강연을 한다. 일제가 만해를 다시금 구속하지 못한 것은 그랬다가는 무슨 소요가 일어날지 예측을 할 수 없었기 때문이다. 1923년 4월에는 민립대학 설립 운동을 지원하고자 '자조自助'라는 제목으로 강연, 청중들에게 큰 감명을 준다. 일제는 만해를 감히 건드릴 수가 없게 되었던 것이다.

만해는 1926년에는 『십현담주해』와 『님의 침묵』을 발간하고 그 다음해에 항일 단체인 신간회를 발기한다. 조선불교청년회 체제를 개편하여 조선불교총동맹을 발족, 일제의 불교 탄압에 정면으로 맞선다. 광주학생의거가 일어나자 민중대회를 장거를 지지하였다. 윤치호 신흥우 등과 나병구제연구회를 조직해 전국 여러 곳에 간이수용소를 설치할 것을 결의하기도 했다.

벽산스님이 집터를 기증하고 방응모 박광 등이 성금을 보내 지은 집 '심우장'을 조선총독부를 마주 보고 지을 수 없다고 북향으로 지은 것은 만해의 대꼬챙이 같은 성격을 잘 말해주는 일화이다.

만해는 광복운동의 선구자 김동삼이 옥사하자 유해를 심우장으로 모셔다 오일장을 지내기도 했다. 창씨개명을 반대하는 운동을 전개하였고 조선인 학병 출정을 반대하기도 했다. 그러다 광복을 1년 정도 앞둔 1944년 6월 29일, 신경통이 악화되어 심우장에서 입적하니 나이 고작 예순여섯이었다.

일진회에 몸담았던 친일 부역자들이 마음을 바꿔 우리 민족의 독립운동을 시작했던 '대동단' 사건은 우리 역사에 묻혀 있는 중요한 사건이다. 그들은 한때 친일분자였다는 것만으로 지금까지 역사의 정면에 서지 못했다. 소설에는 이들의 활동상이 잘 그려져 있다. 역사학자들이 놓친 부분이나 각종 재미있는 일화들도 여러 가지 발굴하여 소설의 장면 장면으로 재현해 보여줌으로써 만해를 생생한 인물로 재현한 것도 작가의 역량 덕분이 아닌가 한다. 이용범의 개심 과정도 흥미진진하고 친일로 돌아선 인문들에 대한 심판조의 비난도 가슴을 후련하게 한다.

거듭 말하거니와 김호운은 장편소설 『님은 침묵하지 않았다』를 쓰면서 기존의 평전과는 달리 인물들의 성격 부각과 사건의 디테일한 묘사, 대화의 감칠맛에 신경을 많이 썼다. 그래서 이 소설을 읽는 독자라면 대한제국 시대와 일제강점기를 합친 50년 정도의 역사를 공부하게 될 것이다. 또한 수많은 문인이 친일로 돌아선 일제 말기에 독야청청한 인물이 있었음을 알게 될 것이다. 만해 한용운은 우리 민족의 크나큰 자랑이면서 자부심이다. 그런 점에서 이 소설은 우리 소설문학사의 자랑이자 자부심이 될 수 있을 것이다.